Treffpunkt
Österreich

Deutsch für Alltag und Beruf

Kurs- und Übungsbuch A2.1

Julia Herzberger
Friederike Jin
Martina Schäfer
Matthias Scheliga
sowie
Kateřina Chrástová
und
Eva Enzelberger

Cornelsen

Herzlich willkommen bei *Treffpunkt Österreich*

Das Lehrwerk **Treff**punkt *Österreich* richtet sich an erwachsene Lernende, die in Österreich leben und arbeiten möchten. Ziel ist es, ihnen die Integration in Alltag und Beruf zu erleichtern und sie zu befähigen, in allen Angelegenheiten des täglichen Lebens sprachlich selbstständig zu handeln. Die Themen, die Aufgaben sowie die Sozialformen sind so gewählt, dass eine möglichst für alle Lernenden angenehme Lernatmosphäre im Unterricht geschaffen werden kann. **Treff**punkt *Österreich* orientiert sich an den Vorgaben des Gemeinsamen europäischen Referenzrahmens und führt in sechs Teilbänden zur Niveaustufe B1. Das Lehrwerk begleitet die Lernenden mit nützlichen expliziten und impliziten Inhalten zum Werte- und Orientierungswissen, die u. a. als Wegweiser mit W gekennzeichnet sind. Die **Handreichungen für den Unterricht** beinhalten didaktische Anregungen zur Wertevermittlung und eine Übersicht, an welchen Stellen die Integration einer werteorientierten Reflexion sinnvoll ist.

Blick ins Kursbuch

Zielaufgaben mit Alltagsbezug

f Arbeiten Sie zu zweit. Wählen Sie eine Rolle (A oder B). Ihre Partnerin / Ihr Partner wählt die andere Rolle. Spielen Sie einen Dialog.

A: Sie möchten einen Tisch für ... Personen um ... Uhr reservieren. Rufen Sie im Restaurant an.

B: Sie arbeiten im Restaurant und nehmen die Reservierung an.

Humorvolle Video-Geschichten mit Orientierungswissen auf verschiedenen kommunikativen Ebenen

Aufgaben mit Perspektivenwechsel und Informationen zu kulturell unterschiedlichen Werten

c *Du* oder *Sie*? Was ist für Sie angenehm? Was möchten Sie im Kurs sagen? Sprechen Sie im Kurs. Einigen Sie sich.

- Sagen wir *du* oder *Sie*?
- Das ist mir egal. Ich finde *Sie* und *du* gut.
- In meiner Sprache gibt es kein *Sie* und *du*. Wir sagen *Ihr* und *du*. Ich möchte lieber *Sie* sagen.

Kooperative Aufgaben

W **3 Das sind unsere Kursregeln.**

a Arbeiten Sie zu zweit. Wählen Sie einen Text in der App (A oder B). Ihre Partnerin / Ihr Partner wählt den anderen Text. Lesen Sie. Wählen Sie zusammen fünf wichtige Regeln.

b Welche Regeln haben Sie ausgewählt? Vergleichen Sie im Kurs. Einigen Sie sich auf Regeln für Ihren Deutschkurs. Machen Sie ein Plakat.

Regeln für unseren Deutschkurs
1. Wir kommen pünktlich. Der Kurs beginnt um 9 Uhr, wir kommen spätestens um 8:55 Uhr.
2. Wir passen im Unterricht auf und ...

Visualisierung von grammatischen Strukturen

Strategien bewusst einsetzen

1 Mit Plakaten lernen

a Welche Adjektive kennen Sie? Arbeiten Sie in Gruppen. Sammeln Sie Adjektive aus Kapitel 11.

b Wie schreiben Sie neue Grammatik auf: mit Bildern oder Farben, in Tabellen? Sammeln Sie Ideen. Gestalten Sie ein Plakat zu Adjektiven. Benutzen Sie die Adjektive aus a.

c Hängen Sie Ihr Plakat auf. Präsentieren Sie im Kurs.

d Arbeiten Sie in Gruppen. Sprechen Sie die Adjektive mit Emotionen (laut, leise, traurig, fröhlich, schnell).

Das Kursbuch

Die **Kapitel** folgen einem einheitlichen linearen Aufbau: Jede Doppelseite enthält die Schritte Einstieg ins Thema, selbstentdeckendes Lernen, Automatisieren, Üben und eigenständige Sprachproduktion. Jedes Kapitel bietet Aufgaben zur Mediation und Aufgaben mit plurikulturellem Schwerpunkt an, in denen die Lernenden für vielfältige Perspektiven auf das Leben sowie kulturell unterschiedliche Werte sensibilisiert werden. Didaktische Anregungen dazu finden sich in den **Handreichungen für den Unterricht**.

Auf den letzten zwei Seiten können die Lernenden die wichtigen Lerninhalte wiederholen. Das integrierte Strategietraining erleichtert es den Lernenden, den Lernprozess zunehmend selbst zu gestalten. Nach je zwei Kapiteln folgt eine **Magazin-Doppelseite** mit interessanten Lesetexten und Projektaufgaben.

Das Übungsbuch

Die Kapitel bieten viele abwechslungsreiche Übungen zur Wiederholung und Festigung der Lerninhalte. Auf den Seiten **Wichtige Wörter** wird der Wortschatz spielerisch geübt. Das **Prüfungstraining** bereitet auf die wichtigen Prüfungen vor.

Aufgaben zur Binnendifferenzierung

a **Arbeiten Sie zu zweit. Wählen Sie einen Beruf und eine Rolle (A oder B). Ihre Partnerin / Ihr Partner wählt die andere Rolle. Schreiben Sie einen Dialog. Arbeiten sie mit den Fragen in 1b.**

A	B
Sie sind die Arbeitgeberin / der Arbeitgeber. Was möchten Sie wissen?	Sie sind die Bewerberin / der Bewerber. Welche Fragen haben Sie?

b **Spielen Sie den Dialog. Wie haben die Personen gefragt und geantwortet? Die anderen geben Feedback.**

Sprachvergleichende Aufgaben

b **Was bedeuten die Wörter in a? Sprechen Sie zu zweit.**

Mailen bedeutet: ein E-Mail schicken.

c **Kennen Sie noch andere englische Computer-Wörter? Sammeln Sie im Kurs.**

d **Benutzen Sie englische Wörter auch in Ihren Sprachen? Sprechen Sie im Kurs.**

Auf Französisch sagt man nicht *downloaden*. Man sagt *télécharger*.

Aufgaben zur Werte-Sensibilisierung

W **3 Was bedeutet dieses Schild?**

a **Wählen Sie eine Aufgabe (A oder B). Fotografieren Sie die Schilder.**

A	B
Welche Schilder gibt es an verschiedenen Orten in Ihrer **Stadt**?	Welche Schilder gibt es in Ihrer **Sprachschule**?

Aufgaben mit Textbausteinen und Redemitteln

◉ a **Schreiben Sie ein E-Mail an den Lehrer Herrn Basar. Die App hilft.**
- Danken Sie für die Informationen zum Mathematikunterricht.
- Bitten Sie um eine finanzielle Hilfe für den Taschenrechner.

Angebot zum individuellen Üben

4 Alles klar? Wollen Sie mehr üben?

a **Was hat Ihnen gefallen? War es schwer? War es leicht? Sprechen Sie im Kurs.**

b **Wiederholen Sie und üben Sie in der App. Wählen Sie A (leichte Übungen) oder B (schwere Übungen).**

c **Mehr zu „Werte und Orientierung"**

Werte und Orientierung
1 Seite 168

Aufgaben zur Medienkompetenz

b **Welche Vereine gibt es in Ihrer Stadt? Suchen Sie im Internet. Notieren Sie drei Vereine.**

Ich habe viele Sportvereine gefunden, zum Beispiel den Fußballverein *FC 94*.

c **Möchten Sie Mitglied in einem Verein werden? In welchem? Warum? Sprechen Sie im Kurs.**

Ja, ich möchte Mitglied in einem Musikverein werden. Ich singe gerne.

Interessante Texte und Projekte im Magazin

TREFFPUNKT

Café Küçük Zevkler

Herr Tosun, Sie haben zusammen mit Ihrem Bruder Aki vor einem Jahr das Café *Küçük Zevkler* eröffnet. Wie geht es Ihnen?

Es ist sehr viel Arbeit, aber es geht uns gut. Ich habe früher als Paketzusteller gearbeitet. Ich habe den Job aber nicht gerne gemacht. Dann haben unsere Freunde gefragt: „Warum eröffnet ihr kein Café?" Und ich habe gedacht: Stimmt eigentlich. Warum nicht? Und mein Bruder war auch sofort begeistert von der Idee.

Backen Sie Ihre Kuchen selbst?

Ja, sicher! Wir haben jeden Tag drei bis fünf Kuchen oder Torten. Und jeden Morgen bieten wir Frühstück an: türkisch, arabisch, französisch und österreichisch. Außerdem haben wir ein kleines Mittagsmenü. Alles selbst gemacht.

Was mögen Sie am meisten an Ihrem Café?

Diese Symbole führen zu den Inhalten in der PagePlayer-App:

- Hörtext
- Video, Grammatik-Video
- kooperative Aufgabe
- ◉ Textbausteine/Redemittel als Hilfe, interaktive Übungen

Inhalt

Ausblick auf Teilband A2.2

11 Informationen und Unterhaltung

A Informationen finde ich im Internet.
B Kennst du eine lustige Serie?
C Ich habe das doch gelesen!
D Es gibt ein gemütliches Café.

12 In der Schule

A Wie war es in der Schule?
B Ich komme zum Elternabend.
C Wir haben Zeugnisse bekommen.
D Worüber freust du dich?

6 Magazin Treffpunkt

13 Selbstständig arbeiten

A Das ist interessant, aber ...
B Ein neuer Kollege, der Autos reparieren kann.
C Meine Arbeit ist spannend.
D Die Geschäftsidee ist toll.

14 Zusammen wohnen

A Ich möchte mich beschweren.
B Das ist unsere Hausordnung.
C In welche Tonne kommt der Deckel?
D Aus, bei, mit, nach ...

7 Magazin Treffpunkt

15 Mit dem Auto unterwegs

A Ich möchte den Führerschein machen.
B Wer hat hier Vorfahrt?
C Was machen Sie denn?
D Was hilft beim Lernen?

16 Sport und Ernährung

A Findest du Sport interessant?
B Gute Besserung!
C Ich ernähre mich gesund.
D Trotzdem habe ich alles verstanden.

8 Magazin Treffpunkt

17 Geschäfte

A Dieser Copyshop ist am billigsten.
B Was fehlt in der Lieferung?
C Das wollte ich nicht.
D Danke für das nette Gespräch!

18 Rund ums Geld

A Ich bezahle immer mit Karte.
B Ich muss Geld überweisen.
C Können Sie mir erklären, was das bedeutet?
D Wenn ich genug Geld habe, ...

9 Magazin Treffpunkt

19 Auf Reisen

A Den Ort mag ich besonders gerne.
B Ganz toll!
C Bitte kommen Sie zu Gate 45.
D Das ist ein guter Vorschlag.

20 Erinnerungen und Wünsche

A Weißt du noch?
B Wer war oder ist wichtig für Sie?
C In der Zukunft will ich ...
D Können Sie es noch?

10 Magazin Treffpunkt

1 Unser neuer Kurs

A Sagen wir *du* oder *Sie*?

W **1 Mein Name ist ...**

a Kurskette: Wie heißen Sie? Was machen Sie gern? Stellen Sie sich vor. Machen Sie eine Geste.

b Kursspaziergang. Wählen Sie aus: *du* oder *Sie*. Fragen Sie und antworten Sie.

Du:	Sie:
Wie heißt du?	Wie heißen Sie?
Wie geht es dir?	Wie geht es Ihnen?
Woher kommst du?	Woher kommen Sie?
Wie lange lernst du schon Deutsch?	Wie lange lernen Sie schon Deutsch?
Wo wohnst du?	Wo wohnen Sie?

c *Du* oder *Sie*? Was ist für Sie angenehm? Was möchten Sie im Kurs sagen? Sprechen Sie im Kurs. Einigen Sie sich.

- Sagen wir *du* oder *Sie?*
- Das ist mir egal. Ich finde *Sie* und *du* gut.
- In meiner Sprache gibt es kein *Sie* und *du*. Wir sagen *ihr* und *du*. Ich möchte lieber *Sie* sagen.

Lernziele: sich vorstellen • über formelle und informelle Anrede sprechen • sich auf eine gemeinsame Ansprache im Kurs einigen •

2 Was ist gleich? Was ist anders?

a Was möchten Sie von den anderen noch wissen? Sammeln Sie Fragen im Kurs.

Familie	Sprachen lernen	Essen	Lieblingsaktivität	Kurioses
Hast du Kinder?	Was ist dein Lieblingswort auf Deutsch / in deiner Erstsprache?	Was kannst du gut kochen?	Was machst du gern am Wochenende?	Welche Schuhgröße hast du?

b Arbeiten Sie zu viert. Wählen Sie in a eine Frage zu jedem Thema. Schreiben Sie Informationen zu Ihrer Person.

c Was haben Sie gemeinsam? Sprechen Sie. Schreiben Sie in die Mitte.

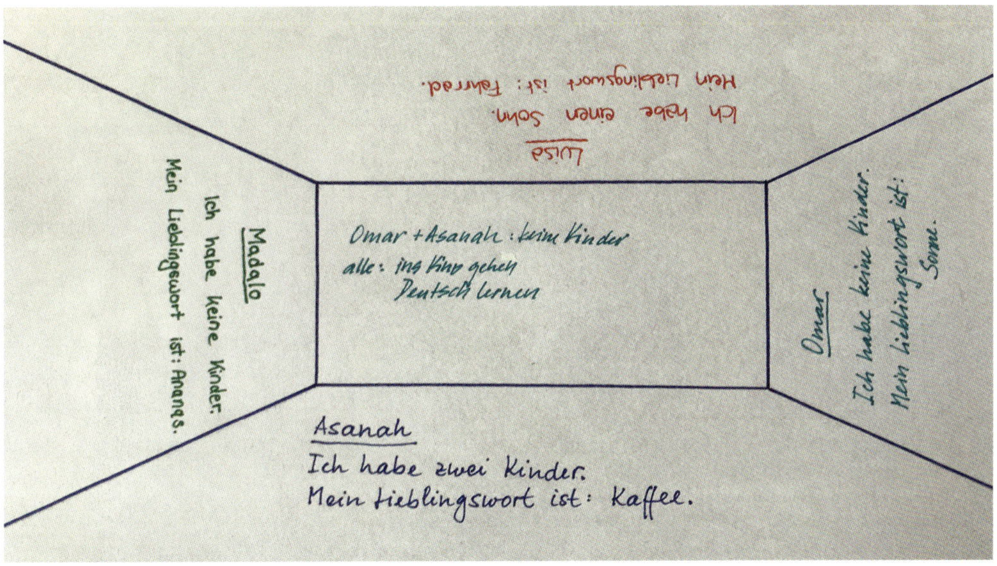

Aufgaben verteilen	etwas vergleichen
Wer schreibt?	Was ist gleich? Was ist anders?
Kannst du / Können Sie schreiben?	Das ist bei uns gleich/ähnlich.
Ja, ich kann schreiben.	Das ist bei mir anders.
Wie schreibt man ...?	

d Was ist bei allen gleich? Hängen Sie die Plakate auf. Lesen Sie laut. Für wen passt die Information auch? Die Personen stehen auf.

B Wie war der erste Tag?

1 Ich war neugierig und auch ein bisschen nervös.

a Wie fühlen sich die Personen? Sprechen Sie zu zweit. Die Bildleiste hilft.

1

2

3
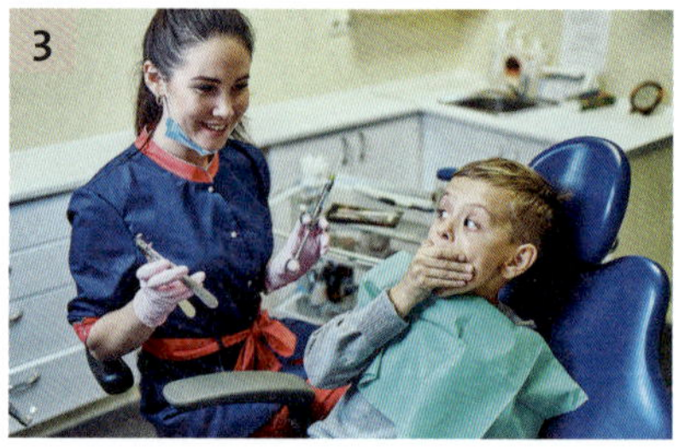

Die Frau auf dem Foto 1 ist vielleicht ...

1.02 **b Welches Foto passt? Hören Sie. Ordnen Sie zu.**

A ☐

Cristiane Tolima

nervös
neugierig
ängstlich
aufgeregt
froh
unsicher
glücklich

B ☐

Salita Fuchs

1.03 **c Welche Adjektive passen? Hören Sie. Verbinden Sie in b.**

Cristiane Tolima war am ersten Tag nervös und ...

1.03 **d Richtig oder falsch? Hören Sie noch einmal. Kreuzen Sie an.**

	richtig	falsch
1. Cristiane Tolima ist früh aufgestanden.	☐	☐
2. Sie ist zu Fuß zur Sprachschule gegangen.	☐	☐
3. Sie hat 30 Minuten vor der Sprachschule gewartet.	☐	☐
4. Die Lehrerin hat die Grammatik nur wenig erklärt.	☐	☐
5. Sie hat im Unterricht alles gut verstanden.	☐	☐
6. Salita Fuchs ist mit ihrem Mann nach Österreich gekommen.	☐	☐
7. Sie hat in Österreich schon viele Menschen gekannt.	☐	☐
8. Ihr Mann hat seine Eltern zum Flughafen mitgebracht.	☐	☐
9. Die Schwiegereltern haben sie nicht freundlich begrüßt.	☐	☐
10. Ihre Schwiegermutter hat ihr einen Mantel gegeben.	☐	☐

genervt

aufgeregt

überrascht

neugierig

Lernziele: über Neuanfänge sprechen • Gefühle ausdrücken • von einem besonderen Tag erzählen • Wortfeld: Gefühle •

2 Ich habe alles gut verstanden.

a Markieren Sie die Verben in 1d. Ergänzen Sie. Markieren Sie wie im Beispiel.

ge...t	__________, __________, __________	ge...en	__________, __________, __________, __________
...ge...t	__________, __________	...ge...en	*aufgestanden*
...t	*erklärt*, __________, __________, __________	...en	__________

Partizip II: Verben mit *be-, er-, ver-*

...t	begrüßen – (hat) begrüßt
	erklären – (hat) erklärt
	verkaufen – (hat) verkauft
...en	verstehen – (hat) verstanden

!

kennen – (hat) gekannt

wissen – (hat) gewusst

(mit)bringen – (hat) (mit)gebracht

b Sehen Sie das Grammatik-Video. Ergänzen Sie weitere Verben in a.

01

1.04

c Phonetik: Wortakzent. Was ist betont? Hören Sie. Markieren Sie. Sprechen Sie nach.

1. aufstehen – aufgestanden, einkaufen – eingekauft, mitbringen – mitgebracht
2. erklären – erklärt, begrüßen – begrüßt, verkaufen – verkauft, verstehen – verstanden

d Mein erster Tag im Deutschkurs. Fragen Sie und antworten Sie.

1. Hast du den Bus verpasst und bist du zu spät gekommen? Oder bist du zu früh gekommen?
2. Hast du andere Personen im Kurs gekannt?
3. Hast du etwas vergessen?
4. Hat die Lehrerin / der Lehrer viel erklärt?
5. Hast du alles verstanden?

3 Das war mein erster Tag.

a Was haben Sie an dem Tag gemacht? Wählen Sie eine Situation (A, B oder C). Schreiben Sie Aktivitäten.

A	B	C
Mein erster Tag in Österreich	Mein erster Tag im Deutschkurs	Mein erster Tag in ...

b Was ist passiert? Schreiben Sie. Die App hilft.

Mein erster Tag in Österreich. Ich bin mit dem Bus nach Salzburg gekommen. Ich habe ...

c Arbeiten Sie zu zweit. Erzählen Sie auswendig. Wissen Sie nicht weiter? Dann hilft der Text aus b.

d Arbeiten Sie mit einer anderen Partnerin / einem anderen Partner. Erzählen Sie noch einmal.

nervös

ängstlich

unsicher

glücklich

C Alle sind herzlich willkommen!

W 1 Wir sind ein buntes Team.

a Was denken Sie: Was ist ein Nachbarschaftszentrum? Was kann man dort machen? Sprechen Sie im Kurs.

b Was ist richtig? Lesen Sie. Kreuzen Sie an.

www.nachbarschaftszentrum.example.org × +

ÜBER UNS | AKTUELL | PROGRAMM UND PROJEKTE | MITMACHEN | KONTAKT

Das Nachbarschaftszentrum –
unser interkultureller Treffpunkt

Willkommen im Nachbarschaftszentrum!
Unser Haus ist jeden Tag ab 10 Uhr für alle geöffnet.

Sie möchten Leute treffen, mit ihnen sprechen und gemeinsam lachen? Bei uns treffen Sie viele verschiedene Menschen: Frauen und Männer, Kinder, Jugendliche und Erwachsene, Menschen mit und ohne Arbeit. Alle sind willkommen! Viele kommen aus Wien, einige kommen aus anderen Städten und viele kommen aus anderen Ländern.

Unser Café ist jeden Tag geöffnet. Sie können Kaffee oder Tee trinken und interessante Menschen aus Ihrer Nachbarschaft kennenlernen.

Sie möchten einen Kurs machen? Schauen Sie in unser Veranstaltungsprogramm.

Sie brauchen Rat oder Unterstützung? Niemand kann alleine alle Probleme lösen. Aber zusammen sind wir stark. Wir helfen bei Problemen und beraten Sie gern.

Wir sind ein buntes Team. Wir sprechen viele Sprachen: Arabisch, Türkisch, Spanisch, Ukrainisch ... Und alle sprechen Deutsch!

Diese Woche:
1 23.3.–31.5.
Fotoausstellung
Menschen aus unserem Bezirk

1. ☐ Alle können am Nachmittag in das Nachbarschaftszentrum gehen.
2. ☐ Im Nachbarschaftszentrum kommen alle aus Wien.
3. ☐ Viele möchten Menschen aus der Nachbarschaft kennenlernen.
4. ☐ Bei Problemen kann im Nachbarschaftszentrum leider niemand helfen.
5. ☐ Im Team vom Nachbarschaftszentrum sprechen nur einige Deutsch.

c Kennen Sie ein Nachbarschaftszentrum oder ein Kulturzentrum? Waren Sie schon einmal dort? Möchten Sie dorthin gehen? Sprechen Sie im Kurs.

Lernziele: über ein Nachbarschaftszentrum sprechen • über Regeln sprechen • Regeln für den eigenen Kurs festlegen •

W 2 Schaltet bitte immer das Licht aus!

02

a **Was machen die Personen im Nachbarschaftszentrum? Sehen Sie sich das Video an. Sprechen Sie im Kurs.**

02

b **Welche Regeln nennt Nino Arabuli? Sehen Sie sich das Video noch einmal an. Schreiben Sie.**

Regel 1: ______________________________

Regel 2: ______________________________

____

Regel 3: ______________________________

Nino Arabuli und Aaron Mahlangu

c **Welche Regel gibt es in der Hausordnung nicht? Lesen Sie. Markieren Sie in b.**

d **Wie finden Sie die Regeln? Sprechen Sie im Kurs.**

W 3 Das sind unsere Kursregeln.

a **Arbeiten Sie zu zweit. Wählen Sie einen Text in der App (A oder B). Ihre Partnerin / Ihr Partner wählt den anderen Text. Lesen Sie. Wählen Sie zusammen fünf wichtige Regeln.**

b **Welche Regeln haben Sie ausgewählt? Vergleichen Sie im Kurs. Einigen Sie sich auf Regeln für Ihren Deutschkurs. Machen Sie ein Plakat.**

Regeln für unseren Deutschkurs
1. Wir kommen pünktlich. Der Kurs beginnt um 9 Uhr, wir kommen spätestens um 8:55 Uhr.
2. Wir passen im Unterricht auf und ...

D Erzähl doch eine Geschichte.

1 So ein Stress am ersten Arbeitstag!

a Was passt? Ordnen Sie zu.

zu spät in der Firma ankommen • den Namen vom Chef vergessen • den Bus verpassen • in einem Büro fragen • einen Kaffee an der Haltestelle trinken • telefonieren • genervt sein • regnen • antworten und erklären • eigentlich nett sein • am Ende glücklich sein • nicht wissen: Wen kann ich fragen?

1

2

3

4

b Was ist passiert? Schreiben Sie zu zweit. Die Verbliste am Buchende hilft.

So ein Stress am ersten Arbeitstag! Zuerst hat Mela den Bus ...

c Tauschen Sie Ihren Text mit einem anderen Paar. Sind alle Verben richtig? Korrigieren Sie.

d Lesen Sie die Geschichte zu zweit laut. Jede/Jeder liest den Text zu einem Bild.

Lernziele: eine Geschichte schreiben und erzählen • Strategie: das Erzählen vorbereiten • Perfekt: Partizip II

2 Er ist zum Kurs gefahren.

a **Welche Verben passen? Ordnen Sie zu.**

gehen – gegangen • mitbringen – mitgebracht • beginnen – begonnen • abholen – abgeholt • laufen – gelaufen • erklären – erklärt

●•	•●•	●••	●••(•)
fahren	gefahren	aufstehen	aufgestanden
trinken	getrunken	wegfahren	weggefahren
________	________	________	________
________	________	________	________

•●•	•●•
verstehen	verstanden
vergessen	vergessen
________	________
________	________

1.05 b **Hören Sie. Klatschen Sie. Sprechen Sie nach.**

c **Arbeiten Sie in Gruppen zu viert. Sprechen Sie wie im Beispiel.**

fahren

ist gefahren

Er ist zum Kurs gefahren.

trinken

3 Das Erzählen vorbereiten

a **Was ist in der Geschichte in 1a am Anfang passiert? Was ist später passiert? Arbeiten Sie zu dritt. Überlegen Sie den Anfang und das Ende. Sammeln Sie Verben.**

b **Schreiben Sie die Perfekt-Formen. Überlegen Sie: *sein* oder *haben*? Die Verbliste am Buchende hilft.**

c **Ergänzen Sie bei Ihrem Text aus 1b den Anfang und das Ende.**

Mela ist schnell aus dem Haus gegangen. Leider ... den Schlüssel vergessen. ...

d **Lesen Sie die Geschichte zweimal laut.**

e **Arbeiten Sie in neuen Gruppen. Erzählen Sie Ihre Geschichte auswendig.**

4 Alles klar? Wollen Sie mehr üben?

a **Was hat Ihnen gefallen? War es schwer? War es leicht? Sprechen Sie im Kurs.**

b **Wiederholen Sie und üben Sie in der App. Wählen Sie A (leichte Übungen) oder B (schwere Übungen).**

c **Mehr zu „Werte und Orientierung“**

Werte und Orientierung

1 Seite 168

2 Arbeiten und lernen

A Das habe ich früher gemacht.

1 Das gefällt mir bei der Arbeit.

a Welche Informationen gibt es über Nino Arabuli und Felix Klauser? Lesen Sie. Fragen Sie und antworten Sie.

Wer muss Material bestellen?

Herr Klauser. Wer kann gut fotografieren?

b Welche Informationen über Nino Arabuli und Felix Klauser haben Sie überrascht? Sprechen Sie im Kurs.

1.06 **c Was erzählt Nino Arabuli? Hören Sie. Kreuzen Sie oben an.**

1.06 **d Was passt zusammen? Hören Sie noch einmal. Verbinden Sie.**

1. Nino Arabuli musste als Kind
2. Sie hat schon in der Schule
3. Sie musste bei der Arbeit in Wien
4. Sie wollte bei der Arbeit
5. Sie durfte ihrer Mutter
6. Sie hat von ihrer Mutter
7. Sie konnte schon als Kind

a Kontakt mit Menschen haben.
b viel gelernt.
c gut Feste organisieren.
d oft auf dem Bauernhof helfen.
e bei Festen helfen.
f Deutsch gelernt.
g Pläne schreiben.

Lernziele: über die Vergangenheit sprechen • eigene Kompetenzen benennen • Arbeitserfahrungen beschreiben •

2 Nino Arabuli musste oft helfen.

a Markieren Sie in 1d die Modalverben. Ergänzen Sie.

jetzt		früher
sie muss	→	sie ________
sie will	→	sie ________
sie kann	→	sie ________
sie darf	→	sie ________

Modalverben: Präteritum

ich	musste	*auch:* wollen (ich wollte),
du	musstest	können (ich konnte),
er/sie/es	musste	dürfen (ich durfte)
wir	mussten	
ihr	musstet	
sie/Sie	mussten	

b Was konnte Herr Klauser früher? Schreiben Sie.

können: schon als Kind Dinge reparieren • dürfen: mit dem Großvater zusammen Möbel bauen • wollen: eine Lehre zum Tischler machen • müssen: eine Lehre zum Dachdecker machen • wollen: dann als Hausmeister arbeiten

Herr Klauser konnte schon als Kind ...

c Alles richtig? Tauschen Sie Ihre Texte zu zweit. Kontrollieren Sie.

1.07

d Phonetik: *o* und *u*. Hören Sie. Sprechen Sie nach.

1. u: er musste – sie durfte – wir mussten – ihr durftet – putzen – gut – besuchen
2. o: er wollte – sie konnte – wir wollten – ihr konntet – kochen – oft – der Großvater

e Lesen Sie laut.

1. Ich konnte gut kochen.
2. Ich musste oft putzen.
3. Ich wollte meinen Großvater besuchen.

3 Ich musste früher ...

a Was konnten Sie früher? Schreiben Sie.

1. Was konnten Sie früher (nicht) gut?
2. Was mussten Sie in der Schule (nicht) machen?
3. Was durften Sie früher (nicht) machen?
4. Was wollten Sie beruflich werden?
5. Was mussten Sie oft machen?

Ich konnte früher gut tanzen.

b Arbeiten Sie in Gruppen. Lesen Sie Ihren Text laut. Die anderen fragen.

- Oh, du konntest früher gut tanzen? Ich auch!
- Konntest du auch gut singen?
- Nein, ich konnte nie gut singen.

B Welcher Beruf passt zu mir?

W 1 Ich möchte eine Ausbildung machen.

a Was machen die Menschen in ihrem Beruf? Sprechen Sie im Kurs. Die Bildleiste hilft.

☐ **Lokführer/-in**
(w/m/d)

Das lernst du:
Züge im Fern- und Regionalverkehr fahren und reparieren

Das ist wichtig:
- Du hast einen Schulabschluss.
- Du findest Technik toll.
- Du bleibst bei Stress ruhig.
- Du arbeitest gerne auch im Schichtdienst und am Wochenende.

☐ **Kaufmann/Kauffrau für Mobilitätsservice**
(w/m/d)

Das lernst du:
Fahrgäste in Zügen betreuen und beraten

Das ist wichtig:
- Du hast einen Schulabschluss.
- Du hast gerne Kontakt mit Menschen.
- Du hast gute Fremdsprachenkenntnisse.
- Du bist flexibel und mobil.

☐ **Bauzeichner/-in**
(w/m/d)

Das lernst du:
Pläne für Gebäude und Brücken zeichnen und planen

Das ist wichtig:
- Du hast einen Schulabschluss.
- Du findest Architektur interessant.
- Du arbeitest gern genau.
- Du hast gute Mathematikkenntnisse.
- Du arbeitest gern im Team.

b Welcher Beruf passt? Lesen Sie. Ordnen Sie in a zu.

1. Janina spricht gut Deutsch, Englisch und Polnisch. Sie möchte Kontakt mit Menschen haben.
2. Ben kann sehr gut rechnen und zeichnen. Er möchte nicht allein arbeiten.
3. Marisa findet Züge toll. Sie kann auch in der Nacht oder an Wochenenden arbeiten.

c Was können Sie gut? Was passt zu Ihnen? Markieren Sie in a.

d Wie gefallen Ihnen die Berufe? Sprechen Sie in Gruppen.

Der Beruf *Lokführer/-in* gefällt mir. Ich finde Technik sehr interessant.

e Welches Wort benutzt man noch für den Beruf Kaufmann/Kauffrau für Mobilitätsservice? Lesen Sie. Markieren Sie.

Liebe Fahrgäste, ich begrüße Sie auf unserer Fahrt von Wien nach Graz. Mein Name ist Aima Maurer und ich bin heute Ihre Zugbegleiterin und wünsche Ihnen eine gute Fahrt!

Kunden beraten

Fragen beantworten

eine Maschine bedienen

zeichnen

mit Kunden diskutieren

2 Was macht ...?

a Arbeiten Sie zu dritt. Wählen Sie einen Beruf (A, B oder C). Hören Sie zweimal. Schreiben Sie.

1.08–1.10

A	B	C
Kaufmann/-frau	Lokführer/-in	Bauzeichner/-in

1. Was macht man in dem Beruf?
2. Was ist für den Beruf wichtig?
3. Wie viel Geld verdient man in der Ausbildung?
4. Passt die Ausbildung? Wie kann man das prüfen?

Bauzeichner/-in:
1. Gebäude und Brücken planen, ...

b Passt der Beruf zu Ihnen? Warum? Erzählen Sie. Arbeiten Sie zu dritt (A, B und C).

3 Der Beruf passt zu dir.

a Fragen Sie und antworten Sie. Kreuzen Sie für Ihre Partnerin / Ihren Partner an.

Was machst du gern?

1.	Bedienst du gern Maschinen?	☐ ja	☐ nein
2.	Arbeitest du gern am Computer?	☐ ja	☐ nein
3.	Möchtest du mit Menschen im Team arbeiten?	☐ ja	☐ nein
4.	Arbeitest du gern draußen?	☐ ja	☐ nein
5.	Sprichst du gern mit Kundinnen und Kunden?	☐ ja	☐ nein
6.	Rechnest du gerne?	☐ ja	☐ nein
7.	Sprichst du Fremdsprachen?	☐ ja	☐ nein
8.	Möchtest du im Schichtdienst arbeiten?	☐ ja	☐ nein
9.	Bist du kreativ?	☐ ja	☐ nein
10.	Hast du einen Schulabschluss?	☐ ja	☐ nein

b Welcher Beruf passt zu Ihrer Partnerin / Ihrem Partner? Empfehlen Sie einen Beruf.

- Du arbeitest gern draußen und du bist kreativ. Zu dir passt ...
- Findest du? Das ist interessant.

Informationen notieren

rechnen

Waren transportieren

Brücken planen

Gebäude bauen

C Die Fortbildung ist interessant.

1 Man kann alles lernen!

a **Was denken Sie: Was macht Herr Klauser auf dem Foto? Sprechen Sie im Kurs.**

03 **b** **Welche Lösung schlägt Nino Arabuli vor? Sehen Sie sich das Video an. Sprechen Sie im Kurs.**

03 **c** **Wie findet Herr Klauser die Situation? Sehen Sie sich das Video noch einmal an. Kreuzen Sie an.**

1. ☐ peinlich
2. ☐ ärgerlich
3. ☐ nicht schlimm
4. ☐ nicht angenehm

Ich glaube, er findet die Situation ...

Ich denke, die Situation ist ... für ihn.

d **Arbeiten Sie zu zweit. Wählen Sie eine Situation (A, B oder C). Sie haben ein Problem, die Partnerin / der Partner hilft. Spielen Sie einen Dialog.**

A	B	C
Die Lampe ist kaputt.	Der Drucker ist kaputt.	Der Wasserkocher ist kaputt.

um Hilfe bitten	Hilfe anbieten
Ich habe ein Problem. Kannst du / Können Sie mir helfen?	Ist alles in Ordnung?
Verstehst du / Verstehen Sie etwas von ...?	Das macht nichts. Ich kann auch nicht alles.
	Ich kann das. Ich kann dir/Ihnen helfen.

W 2 Es gibt 150 Euro Ermäßigung.

a **Wo finden Sie die Informationen zu den Fragen 1 bis 8? Lesen Sie. Markieren Sie.**

Elektrotechnik für Hausmeister

Als Hausmeister elektrische Anlagen betreuen

Als Hausmeister müssen Sie viele Aufgaben erledigen, z.B. Lampen reparieren oder elektrotechnische Anlagen kontrollieren.
In unserem Kurs bekommen Sie alle wichtigen Informationen.

Inhalte: erste Schritte bei Reparatur; Sicherheit; Werkzeuge und Geräte; erste Hilfe bei Unfällen

Dauer: zwei Tage, 8:00–16:00 Uhr

Termine: 6./7. Mai

Ort: Breitestraße 15

Am zweiten Kurstag machen Sie eine Prüfung und bekommen ein offizielles Zertifikat.

PREIS:
1.080,00 €

150 € Ermäßigung bei Anmeldung bis zum 15.3.

weitere Informationen hier

Anmeldung: info-elektroakademie@example.com
oder telefonisch von 8:00 bis 20:00 Uhr unter 01/688317...

Lernziele: Informationen zu Fortbildungen verstehen und weitergeben • Fragen zu Fortbildungen stellen •

1. Wie heißt die Fortbildung?
2. Was lernt man?
3. Wo ist die Fortbildung?
4. Wie lange dauert sie?
5. Wie viel kostet sie?
6. Gibt es eine Ermäßigung?
7. Wie kann man sich anmelden?
8. Muss man eine Prüfung machen?

b Welchen Artikel haben die Nomen auf *-ung*? Markieren Sie die Nomen oben. Ergänzen Sie.

Nomen auf *-ung*

____ Fortbildung, Prüfung, Ausbildung, Ermäßigung, Anmeldung

c Kennen Sie andere Nomen auf *-ung*? Sammeln Sie im Kurs.

W 3 Möchten Sie als Taxifahrer/-in oder mit Lebensmitteln arbeiten?

a Welche Informationen sind wichtig? Arbeiten Sie zu zweit. Wählen Sie einen Text (A oder B). Ihre Partnerin / Ihr Partner wählt den anderen Text. Markieren Sie.

Gesundheitszeugnis A

Sie möchten im Restaurant, in einem Imbiss, in einer Bäckerei oder an einem anderen Ort mit Lebensmitteln arbeiten?

Dann brauchen Sie ein

Gesundheitszeugnis.

Bei uns bekommen Sie alle wichtigen Informationen in einem Film.
Zum Schluss beantworten wir Ihre Fragen.
Planen Sie etwa eine Stunde.

Wann?
Montag–Freitag 8:00–14:00 Uhr,
kein Termin notwendig.

Was?
Bringen Sie Ihren Ausweis mit.

Wo?
Gesundheitsamt, Kirchengasse 14

Wie viel?
Das Gesundheitszeugnis kostet 28 Euro.
Die Bezahlung ist nur mit Bankomatkarte möglich.

Taxilenkerausweis B

Als Taxifahrer/-in Geld verdienen?
Dann brauchen Sie den **Taxilenkerausweis**.

Sie müssen online oder telefonisch (01/39158...) einen Termin vereinbaren.

Sie müssen einen Kurs und eine Prüfung bei uns in der Taxischule machen.
Informationen finden Sie unter:
www.taxilenker-test.example.org

Unsere Öffnungszeiten:
Montag–Freitag 8:00–12:00 Uhr
Donnerstag 14:00–18:00 Uhr

Bringen Sie Ihren Ausweis, einen Seh- und Gesundheitstest und ein Passfoto mit.
Gebühren für Kurs und Prüfung: 390 Euro

b Arbeiten Sie zu zweit. Fragen Sie und antworten Sie. Die App hilft.

Wann braucht man das Gesundheitszeugnis?

Man braucht es im ...

c Was ist für Sie interessant? Sprechen Sie im Kurs.

d Wo kann man den Kurs und die Prüfung in Ihrer Stadt machen? Suchen Sie Adressen im Internet. Vergleichen Sie im Kurs.

D Ich habe viele Fragen.

1 Ich wollte gestern kochen.

a Schreiben Sie drei Informationen mit Modalverben im Präteritum. Eine Information ist falsch.

1. Ich konnte gestern nicht kochen.
2. Ich musste gestern meine Kinder abholen.
3. Ich wollte gestern einen Kuchen backen.

b Was ist falsch? Arbeiten Sie in Gruppen. Lesen Sie Ihre Sätze aus a laut. Die anderen raten.

Du backst nicht gern. Die dritte Information ist falsch.

Ja, richtig.

2 Was fehlt hier?

Arbeiten Sie zu zweit. Wählen Sie eine Rolle in der App (A oder B). Ihre Partnerin / Ihr Partner wählt die andere Rolle. Ergänzen Sie. Ihre Partnerin / Ihr Partner kontrolliert.

W 3 Ich möchte im Hotel arbeiten.

a Wählen Sie eine Rolle (A oder B). Ihre Partnerin / Ihr Partner wählt die andere Rolle.

A

Sie möchten eine **Lehre zum/zur Hotelkaufmann/-frau** machen und haben viele Fragen. Schreiben Sie.

1. Was ______
2. Wann ______
3. Wie lange ______
4. Wie viel ______
5. Was muss man können?
6. Was ist wichtig für den Beruf?

B

Sie arbeiten in der **Personalabteilung** und bilden Hotelkaufleute aus. Lesen Sie und ergänzen Sie.

Hotelkaufmann/-frau

Aufgaben: Hotelkaufleute betreuen Gäste, bestellen Waren, schreiben Dienstpläne, kalkulieren Preise. Sie müssen Fremdsprachen sprechen und einen Schulabschluss haben. Hotelkaufleute sollen gern im Team arbeiten und flexibel sein, denn sie arbeiten an der Rezeption, in der Küche oder im Büro.

______: Schichtdienst, Wochenende

______: 3 Jahre

______: zwischen 800 und 1100 Euro

b Rufen Sie (A) bei der Personalabteilung (B) an. Spielen Sie zu zweit einen Dialog.

Lernziele: sich über eine Ausbildung informieren • Wortfeld: Arbeitsaktivitäten • Strategie: schnelles Lesen • Modalverben: Präteritum

4 Schnelles Lesen

a Was denken Sie: Wie viel können Sie in dem halben Text verstehen? Stellen Sie sich in eine Ecke.

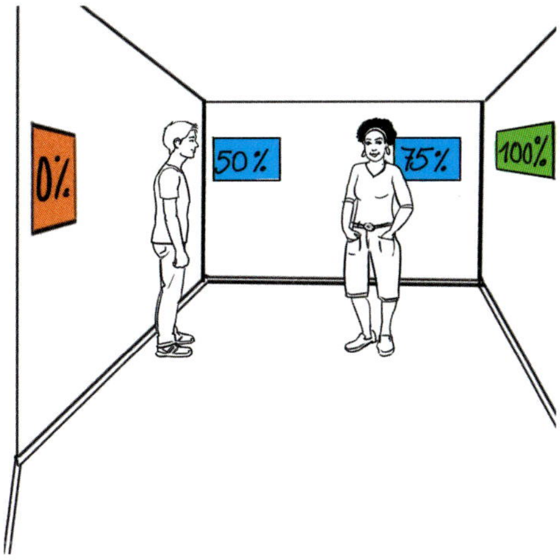

Mein erster Tag i

Hallo, ich bin Kristina und ich habe eine Fortbi
arbeite in einer kleinen Firma und ich soll die

An meinem ersten Tag in der Fortbildung war ic
hatte auch Angst und ich habe gedacht: Die a
vielleicht die Aufgaben nicht. Die Prüfung ist s
das ist peinlich ...

Endlich war es dann so weit: Im Kurs waren 12
Klama, unsere Lehrerin, hat uns sehr freundlic
unsere Namen, unseren Beruf und unsere Aufg
Programm für die sechs Tage gegeben und sie

Wir haben in der Fortbildung ganz viel gelernt
wir alle die Prüfung sehr gut gemac

b Lesen Sie in a. Schreiben Sie Antworten.

1. Was hat Kristina gemacht? ______________________
2. Warum war sie nervös? ______________________
3. Was hat sie am ersten Tag gemacht? ______________________
4. Wie hat Kristina die Prüfung gemacht? ______________________

c Welche Stellen im Text haben Ihnen geholfen? Markieren Sie in a.

d Wie viel haben Sie richtig verstanden? Lesen Sie den ganzen Text in der App. Kontrollieren Sie in b. Sprechen Sie im Kurs.

Ich habe jetzt alles verstanden, am Anfang nur 75 Prozent.

5 Alles klar? Wollen Sie mehr üben?

a Was hat Ihnen gefallen? Was war schwer? Was war leicht? Sprechen Sie im Kurs.

b Wiederholen Sie und üben Sie in der App. Wählen Sie A (leichte Übungen) oder B (schwere Übungen).

c Mehr zu „Werte und Orientierung“

Werte und Orientierung
▶2 Seite 169

TREFFPUNKT

Wen siezen, wen duzen?

Wen siezt man? Wen duzt man? Was ist wichtig? Wir haben verschiedene Menschen in Österreich gefragt.

Emil Bach: Ich bin 16 und ich bin in der 7. Klasse im Gymnasium. Die Lehrerinnen und Lehrer siezen uns: Das finde ich super! Bis zum letzten Jahr haben sie uns geduzt und wir haben sie gesiezt. Wir waren ja Kinder und sie die Erwachsenen. Aber jetzt siezen uns die Lehrerinnen und Lehrer. Wir sind ja auch schon erwachsen! Das ist ein gutes Gefühl.

Andrej Junker: Für das Duzen und Siezen ist die Situation sehr wichtig. Die Ärztin oder den Arzt muss man siezen, genauso wie die Mitarbeiterinnen und Mitarbeiter von Behörden zum Beispiel. Manchmal ist die Person noch sehr jung, aber auch dann sagt man immer *Sie*. Das ist beim Sport ganz anders. Beim Sport sage ich immer *du* zu allen und auch die Trainerinnen und Trainer sagen *du* zu mir. Das macht man ganz automatisch.

Maria Varga: Ich habe mehrmals meine Arbeitsstelle gewechselt. Am Anfang hatte ich jedes Mal das Problem: Wie rede ich meine Kolleginnen und Kollegen an? Ich war immer vorsichtig und habe am Anfang immer gesiezt. Meistens hat eine Kollegin oder ein Kollege dann gesagt: „Wir duzen uns hier in der Firma. Ist *du* für Sie in Ordnung?" Ich war natürlich immer einverstanden. Ich finde, Kolleginnen und Kollegen kann man duzen. Meine Chefin sieze ich aber bis heute!

1 Wen siezen, wen duzen?

a Wie ist die Anrede? Lesen Sie. Ergänzen Sie.

	Sie	du
in der Schule	*ab der 7. Klasse Gymnasium*	
beim Arzt, bei Behörden		
beim Sport		
bei der Arbeit		

b Projekt. Wann und wo duzen Menschen in Österreich? Wann und wo siezen sie? Fragen Sie fünf Personen. Machen Sie ein Plakat. Erzählen Sie im Kurs.

c Gibt es in Ihren Sprachen einen Unterschied zwischen *Sie* und *du*? Sprechen Sie im Kurs.

Das Nachbarschaftszentrum Südblick

Herr Weber, Sie sind der Leiter vom Nachbarschaftszentrum *Südblick*. Waren Sie schon von Anfang an mit dabei?
Ja, ich habe vor fünf Jahren die Betreuung bei den Hausübungen für die Jugendlichen aus der Nachbarschaft organisiert. Dann ist eine Nachbarin gekommen und wollte einen Gymnastikkurs anbieten. Und ein Freund von mir ist Fotograf. Er wollte Fotokurse für Kinder und Erwachsene anbieten. Wir haben dann zusammen das Nachbarschaftszentrum gegründet.

Wo haben Sie die Veranstaltungen gemacht?
Das war ein Problem. Zuerst waren wir in einer Schule. Aber da konnten wir nicht bleiben. Wir mussten uns andere Räume suchen und haben dann Räume im Einkaufszentrum bekommen.

Die ersten Angebote waren die Betreuung bei den Hausübungen und die Fotokurse. Welche Angebote gibt es jetzt im Nachbarschaftszentrum?
Wir haben jetzt mehr als zehn verschiedene Kurse in der Woche und viele kulturelle Angebote für Jung und Alt – zum Beispiel verschiedene Tanzkurse oder einen Nähkurs. Wir geben jetzt auch Nachhilfe in Mathematik, Deutsch und Englisch – und helfen natürlich auch immer bei den Hausübungen!

Nachhilfe ist ja meistens teuer. Was kostet die Nachhilfe im Nachbarschaftszentrum?
Bei uns zahlen die Jugendlichen aus der Nachbarschaft nichts, aber sie helfen mit. Sie arbeiten zum Beispiel in unserem Café, putzen die Fenster oder bieten selbst einen Kurs an. Zwei Jugendliche geben zum Beispiel einen Hiphop-Tanzkurs. Die machen das super! Dieses Prinzip: Nehmen und Geben, das ist ganz wichtig bei uns im Nachbarschaftszentrum.

2 Das Nachbarschaftszentrum Südblick

1.11

a Richtig oder falsch? Lesen Sie und hören Sie. Kreuzen Sie an.

	richtig	falsch
1. Das Nachbarschaftszentrum hat eine Person gegründet.	☐	☐
2. Das Nachbarschaftszentrum hat jetzt Räume in einer Schule.	☐	☐
3. Es gibt Angebote für Kinder, Jugendliche und Erwachsene.	☐	☐
4. Die Nachhilfe im Nachbarschaftszentrum kostet kein Geld.	☐	☐

1.11

b Welche Informationen sind falsch? Lesen Sie und hören Sie noch einmal. Korrigieren Sie in a.

3 In der Freizeit

A Ich mache Sport im Verein.

1 Das ist für mich keine Freizeit.

a Was bedeutet *Freizeit*? Sammeln Sie in Gruppen.

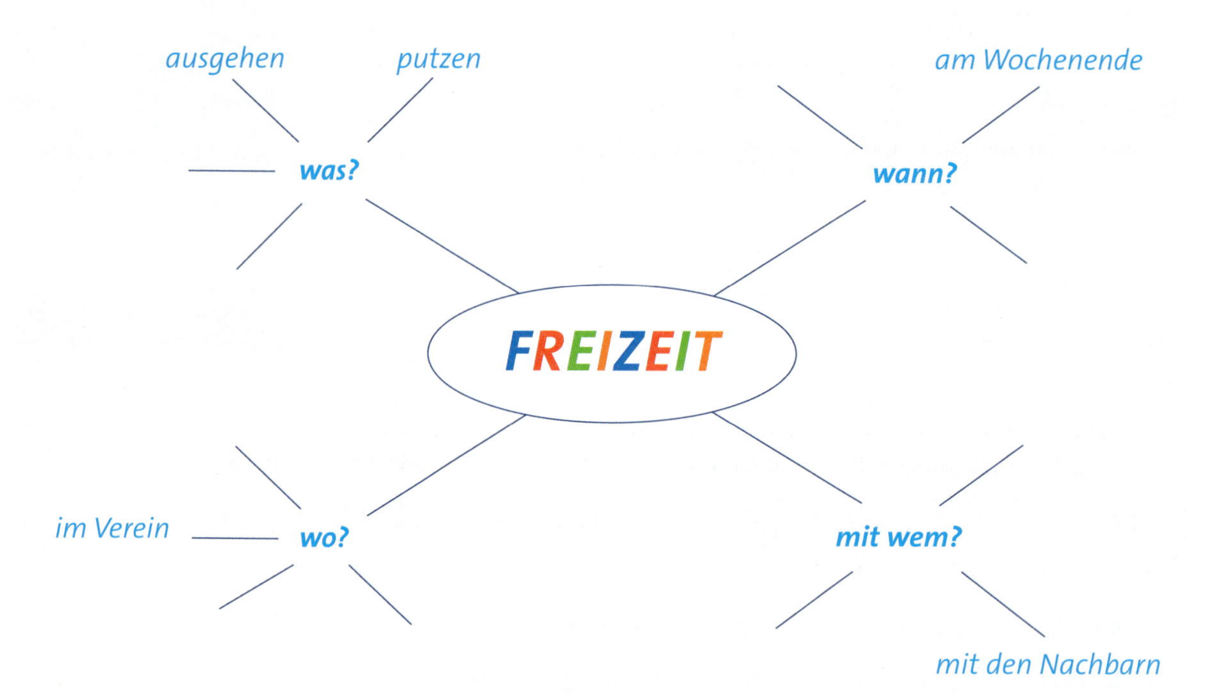

b Vergleichen Sie im Kurs.

c Was machen die Personen auf den Fotos oben? Ist das *Freizeit* für Sie? Sprechen Sie zu zweit.

- Auf Foto 6 shoppen zwei Personen. Das ist für mich keine Freizeit. Einkaufen ist stressig.
- Oh, ich shoppe gern. Ich gehe immer mit meinem Freund shoppen. Das macht Spaß.

Verben

basteln	ich bastle du bastelst ...
sammeln	ich sammle du sammelst ...

Lernziele: über Freizeit sprechen • Informationen über Vereine verstehen • Vereine in der eigenen Stadt recherchieren •

2 Was machen Sie in Ihrer Freizeit?

a Kursspaziergang. Fragen Sie und antworten Sie. Sie haben fünf Minuten Zeit. Sprechen Sie mit fünf Personen.

1. Was machen Sie in Ihrer Freizeit?
2. Wann haben Sie Freizeit?

Michaela, was machst du in deiner Freizeit?

Ich sehe gern fern. Da kann ich entspannen. Und ich chatte viel mit meiner Familie.

b Wer macht was gern? Erzählen Sie im Kurs.

3 Was kostet der Mitgliedsbeitrag im Verein?

a Wo finden Sie die Informationen? Lesen Sie. Markieren Sie im Text.

ÖSTERREICHISCH-PAKISTANISCHER VEREIN

verein@example.org
Tel. 01/24445...
www.verein.example.org

Kommen Sie aus Pakistan? Oder finden Sie Pakistan interessant? Möchten Sie Menschen kennenlernen? In unserem Verein finden Informationsabende über Pakistan, Sprachkurse (Urdu), internationale Konzerte, Feste und vieles mehr statt.

Möchten Sie auch aktiv mitmachen? Dann melden Sie sich bei uns! Wir haben keine Mitgliedsbeiträge, aber Spenden sind willkommen. Sie können Feste organisieren, Kurse anbieten und mehr.

Kicker United

Wir sind viele lustige Menschen – jung und alt – aus der ganzen Welt und wir lieben Fußball. Möchten Sie mitmachen? Oder Ihre Kinder?

Mitgliedsbeitrag:
Erwachsene 10,50 €/Monat
Kinder/Jugendliche 6 €/Monat

Und so können Sie uns helfen:
Sie bringen einen Kuchen oder einen Salat zu den Spielen mit oder Sie waschen Fußballkleidung.

Anmeldung/Information:
info@kicker-united.example.net
Tel: 0662/32519...
www.kicker.example.org

1. Welche Angebote gibt es?
2. Was kostet der Mitgliedsbeitrag im Verein?
3. Wie können die Mitglieder im Verein mitmachen?

Welche Angebote gibt es im ersten Verein?

Man kann viele Veranstaltungen besuchen. Es gibt zum Beispiel ...

b Welche Vereine gibt es in Ihrer Stadt? Suchen Sie im Internet. Notieren Sie drei Vereine.

Ich habe viele Sportvereine gefunden, zum Beispiel den Fußballverein *FC 94*.

c Möchten Sie Mitglied in einem Verein werden? In welchem? Warum? Sprechen Sie im Kurs.

Ja, ich möchte Mitglied in einem Musikverein werden. Ich singe gerne.

B Warum gehen Sie ins Nachbarschaftszentrum?

W 1 Das Nachbarschaftszentrum hat viele Angebote.

a Welche Angebote gibt es? Wann finden sie statt? Was macht man da? Sprechen Sie im Kurs.

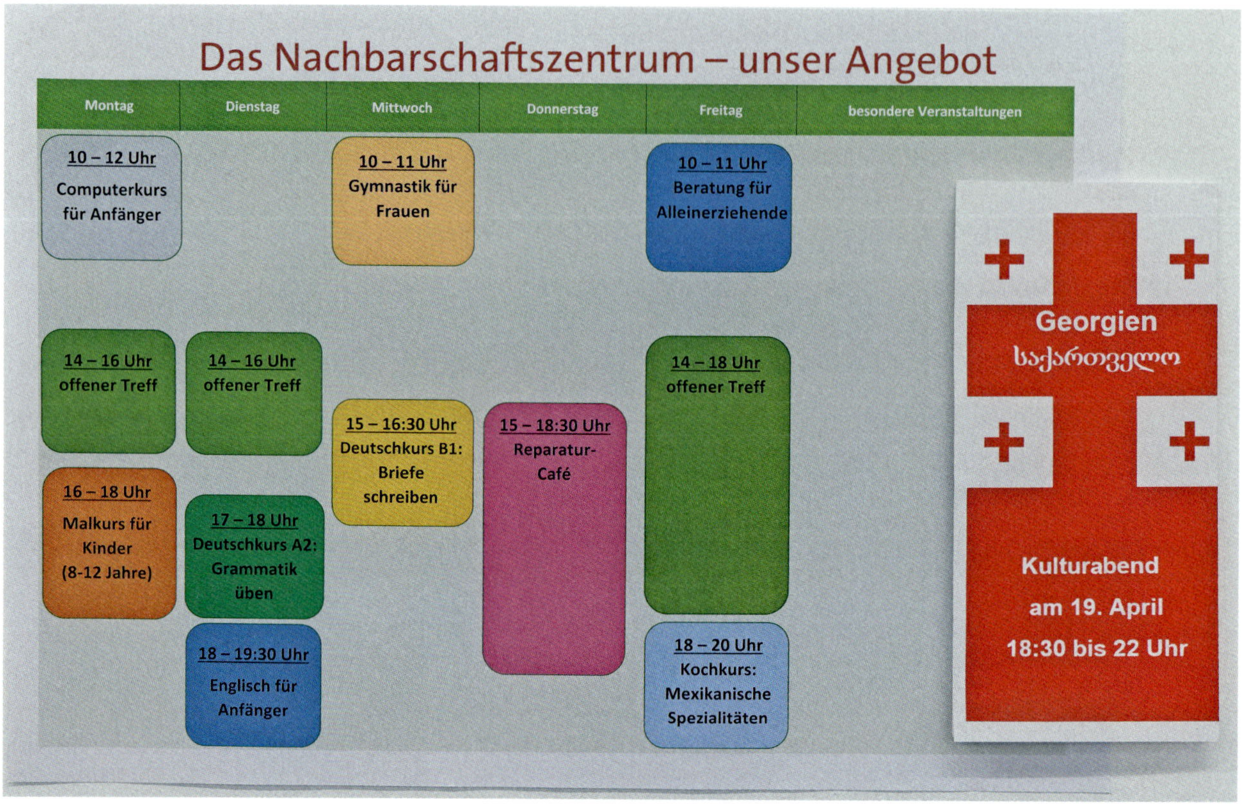

- Wann findet das Reparatur-Café statt?
- Das findet am Donnerstag von 15 bis 18:30 Uhr statt.
- Was macht man dort?
- Ich glaube, man kann dort Dinge reparieren. Vielleicht bekommt man auch Hilfe und dann kann man etwas selbst reparieren.

04 **b Was empfiehlt Nino der Frau? Sehen Sie sich das Video an. Markieren Sie auf dem Foto in a.**

04 **c Warum? Sehen Sie sich das Video noch einmal an. Kreuzen Sie an.**

1. Die Frau möchte Georgisch lernen,
   a ☐ weil ihr Mann aus Georgien kommt.
   b ☐ weil sie nach Georgien fährt.
2. Sie fährt in den Kaukasus,
   a ☐ weil sie wandern möchte.
   b ☐ weil sie dort Verwandte hat.
3. Sie will zum Georgien-Abend kommen,
   a ☐ weil sie dann Tipps für ihre Reise bekommt.
   b ☐ weil sie ein Kochrezept aus Georgien sucht.

Lernziele: einen Kursplan verstehen • etwas begründen • Vorschläge machen und darauf reagieren • sich einigen • Nebensätze mit *weil*

2 Warum? Weil ...

a Wo stehen die Verben? Markieren Sie in 1c. Ergänzen Sie die beiden Sätze.

Nebensätze mit *weil*

				Satzende
Sie möchte Georgisch lernen,	weil	sie	______	______.
Sie fährt in den Kaukasus,	weil	______	______	______.
______,	weil	______	______	______.
______,	weil	______	______	______.

b Verbinden Sie die Sätze mit *weil*. Ergänzen Sie die Sätze in a.

1. Ich mache einen Kurs. Ich möchte Deutsch lernen.
2. Ich muss jetzt gehen. Mein Kurs fängt gleich an.

05 **c Sehen Sie das Grammatik-Video. Kontrollieren Sie die Sätze in a.**

d An welchem Angebot in 1a möchten Sie (nicht) teilnehmen? Schreiben Sie einen Grund.

Ich möchte ins Reparatur-Café gehen, weil ...

e Kurskette. Sprechen Sie wie im Beispiel. Arbeiten Sie mit den Sätzen aus d.

Ich möchte ins Reparatur-Café gehen, weil meine Kopfhörer kaputt sind.

Du möchtest ins Reparatur-Café gehen, weil deine Kopfhörer kaputt sind.

Ich möchte zum Gymnastikkurs gehen, weil ...

3 Ja, das klingt gut.

04 **a Was sagen die Personen? Sehen Sie sich das Video noch einmal an. Markieren Sie.**

Vorschläge machen

Ich habe einen Vorschlag.	Könnten wir ...?
Ich habe eine Idee.	Vielleicht ist das interessant für dich/Sie?
Darf ich (dir/Ihnen) etwas vorschlagen?	Wollen wir das machen? Was denkst du / denken Sie?

reagieren

Ja, das klingt gut.	Vielleicht ein anderes Mal?
Das mache ich bestimmt.	Wirklich? Ich möchte lieber ...
Super, das ist eine sehr gute Idee.	Ach nein, ich habe keine Lust.

b Was machen wir? Arbeiten Sie zu zweit. Wählen Sie einen Text in der App (A oder B). Ihre Partnerin / Ihr Partner wählt den anderen Text. Lesen Sie. Einigen Sie sich.

Darf ich etwas vorschlagen? Am Montag findet ein Kurs statt. Man lernt ...

Hm, vielleicht ein anderes Mal? Ich habe auch einen Vorschlag: ...

c Was machen Sie zusammen? Warum? Sprechen Sie im Kurs.

Wir gehen zum Spielenachmittag, weil Juan zwei Kinder hat und weil wir gern spielen.

C Ich hätte gern das Hendl.

1 Ich würde gern einen Tisch reservieren.

a Gehen Sie gern essen? Wo essen Sie gern? Wann? Mit wem? Sprechen Sie zu dritt.

Ich gehe nicht oft essen, weil es teuer und nicht gemütlich ist. Ich koche lieber.

1.12 **b Was ist richtig? Hören Sie. Kreuzen Sie an.**

1. Luisa Pichler möchte einen Tisch für ...
   ☐ zwei ☐ drei Personen reservieren.
2. Sie möchte am Donnerstag um ...
   ☐ 12 Uhr ☐ 20 Uhr kommen.
3. Ihr Mann hat ...
   ☐ heute ☐ morgen Geburtstag.
4. Das Restaurant hat morgen um ...
   ☐ 18 Uhr ☐ 20 Uhr einen Tisch frei.

1.12 **c Was sagen Luisa Pichler und der Kellner? Hören sie noch einmal. Ergänzen Sie.**

Namen • Personen • reservieren • ausgebucht • frei

Gast	Kellnerin/Kellner
Ich möchte bitte einen Tisch ____________.	Für wie viele ____________?
Für zwei Personen.	Wann möchten Sie kommen?
Haben Sie morgen einen Tisch ________?	Ja, das geht. / Nein, tut mir leid. Wir sind ____________.
	Auf welchen ____________ möchten Sie reservieren?

1.13 **d Phonetik: kurz oder lang? Hören Sie. Markieren Sie: • (kurz) oder __ (lang).**

1. *Vokal + zwei Konsonanten*: kommen – der Kellner – der Löffel – das Messer – der Teller
2. *Vokal* + h: nehmen – die Uhr – ohne – das geht
3. ie: lieber – reservieren – wie viele

1.13 **e Hören Sie noch einmal. Sprechen Sie nach.**

f Arbeiten Sie zu zweit. Wählen Sie eine Rolle (A oder B). Ihre Partnerin / Ihr Partner wählt die andere Rolle. Spielen Sie einen Dialog.

A Sie möchten einen Tisch für ... Personen um ... Uhr reservieren. Rufen Sie im Restaurant an.

B Sie arbeiten im Restaurant und nehmen die Reservierung an.

die Gabel

der Löffel

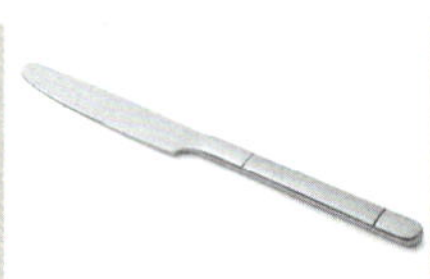
das Messer

der Teller

das Glas

die Serviette

Lernziele: über Vorlieben sprechen • einen Tisch im Restaurant telefonisch reservieren • Gespräche im Restaurant führen •

W 2 Haben Sie reserviert?

1.14

a Welche Situation passt? Hören Sie. Ordnen Sie zu.

A

B

C

D

b Was ist falsch? Lesen Sie. Sehen Sie die Bilder an. Finden Sie zwei Fehler? Die Bildleiste hilft.

1. Grüß Gott. Haben Sie reserviert?
   Ja, für zwei Personen um 18 Uhr, auf den Namen Pichler.
   Hier, bitte, die Speisekarte.
   Danke.
   Was darf es sein?
   Ich hätte gern einen Rotwein. Und ich nehme den Tomatensalat als Vorspeise und die Spaghetti als Hauptgericht.
   Ich möchte auch einen Rotwein bitte, und als Vorspeise die Gemüsesuppe. Und ich hätte gern das Hendl als Hauptgericht.

2. Entschuldigung! Könnte ich bitte ein anderes Messer haben? Mein Messer ist nicht sauber.
   Oh, natürlich. Tut mir leid!

3. Hat es geschmeckt?
   Ja, danke. Sehr gut.
   Haben Sie noch einen Wunsch? Möchten Sie einen Nachtisch oder einen Kaffee?
   Ich hätte gern ein Tiramisu.
   Ich nehme einen Kaffee, bitte.

4. Entschuldigung, die Rechnung bitte.
   Gern. Das macht 55,50 Euro.
   Auf 60, bitte .
   Vielen Dank. Einen schönen Abend noch.
   Danke. Ihnen auch.
   Danke für die Einladung, Luisa!

c Arbeiten Sie zu dritt. Variieren Sie die Dialoge in b.

d Wie viel Trinkgeld geben die Personen in b? Geben Sie Trinkgeld? Wie viel? Wie kennen Sie es? Sprechen Sie im Kurs.

die Speisekarte

das Trinkgeld

die Vorspeise

das Hauptgericht

der Nachtisch

das Getränk

D Meer oder Berge?

1 Ausschlafen oder Frühsport machen?

Was finden Sie besser? Was machen Sie lieber? Und warum? Arbeiten Sie zu zweit. Wählen Sie zehn Karten. Fragen Sie und antworten Sie.

ausschlafen | Sport machen

das Meer | die Berge

reparieren | neu kaufen

die Stadt | das Dorf

telefonieren | chatten

die Pizza | der Salat

der Zug | das Flugzeug

singen | tanzen

joggen | spazieren gehen

fernsehen | ins Kino gehen

die Schokolade | die Chips

der Regen | der Schnee

der Sommer | der Winter

Essen bestellen | kochen

Lokführer/-in | Gärtner/-in

Ausschlafen oder Sport machen?

Ausschlafen, weil ich immer sehr spät ins Bett gehe.

Lernziele: über Vorlieben sprechen • etwas begründen • Nebensätze mit *weil* • über Gedichte sprechen •

2 Freizeit-Gedichte

a Welcher Titel passt? Lesen Sie. Ordnen Sie zu.

Joggen • Das Restaurant • Das Freizeit-ABC

1. ______________________

Atmen
Brot backen
Computer reparieren
Deutsch lernen
Einkaufsliste schreiben
Fahrrad fahren
Gitarre spielen
Handy
Ins Restaurant gehen
Joggen
Kaffee im Bett trinken
Langweilig
Mein Garten
Neue Wohnung suchen
Oksana besuchen
Putzen
Rezept im Internet suchen
Shoppen
Telefonieren
Um 10 erst aufstehen
Videos sehen
Wochenende
Zahnarzttermin machen

2. ______________________

Gemütlich und köstlich
und scharf.
Indien.
Der Tee ist warm.
Ich gehe nach Hause.
Glücklich.

3. ______________________

Meine Füße auf dem Boden.
Der Park riecht gut.
Ich laufe.
Und laufe.
Mein Kopf ist frei.
Ich denke nicht.
Meine Füße auf dem Boden.

b Welcher Text gefällt Ihnen? Warum? Sprechen Sie im Kurs.

schön • toll • lustig • interessant • süß • wunderbar • super

Ich finde das zweite Gedicht toll, weil ich auch gern Tee trinke.

c Wichtige Wörter für sich auswählen. Wo sind Sie gern in der Freizeit? Was machen Sie gern? Sammeln Sie Wörter.

d Schreiben Sie ein Gedicht wie in a. Haben Sie keine Idee? Die App hilft.

e Arbeiten Sie zu viert. Lesen Sie Ihr Gedicht vor.

f Warum haben Sie über den Ort / die Aktivität geschrieben? Sprechen Sie zu viert.

Ich habe das Café gewählt, weil ich dort oft bin. Ich war dort schon an meinem ersten Tag in Österreich.

3 Alles klar? Wollen Sie mehr üben?

a Was hat Ihnen gefallen? Was war schwer? Was war leicht? Sprechen Sie im Kurs.

b Wiederholen Sie und üben Sie in der App. Wählen Sie A (leichte Übungen) oder B (schwere Übungen).

c Mehr zu „Werte und Orientierung“

Werte und Orientierung

▶3 Seite 170

Strategie: wichtige Wörter für sich auswählen und lernen

4 Wohnen und Nachbarn

www.wohnungen.example.at ✕ +

Perfekt für Paare! Schöne Wohnung mit Einbauküche

Maxstr. 17, Wien

Merken

Drucken

Teilen

Vermieter/-in kontaktieren

A Wie möchten Sie wohnen?

1 Die Wohnung ist schön, aber teuer.

a Was denken Sie: Wie ist die Wohnung oben? Sprechen Sie im Kurs.

1. Wie groß ist die Wohnung?
2. Wie teuer ist sie?
3. Welche Zimmer gibt es?
4. Wo liegt die Wohnung?

b Was bedeuten die Abkürzungen? Sprechen Sie zu zweit. Die Bildleiste hilft.

www.wohnungen.example.at ✕ +

Schöne 3-Zi-Whg. im Zentrum, großes Bad und helle Küche (EBK) ☐

1200 € MM	3 Zi.	60 qm Fläche	160 € BK

www.wohnungen.example.at ✕ +

2-Zimmer-Wohnung am Park, große Küche, S-Bahn in der Nähe ☐

800 € MM	2 Zi.	60 qm Fläche	200 € BK

1.15 **c Phonetik: qu (*kw*). Hören Sie. Sprechen Sie nach.**

der Quadratmeter – bequem – unbequem – die Qualität

1.16 **d Welche Anzeige in b passt? Hören Sie. Kreuzen Sie an.**

1.16 **e Welche Informationen gibt es noch? Hören Sie noch einmal. Schreiben Sie.**

5 Min zur S-Bahn,

das Einfamilienhaus (EFH)

die 3-Zimmer-Wohnung (3-Zi-Whg.)

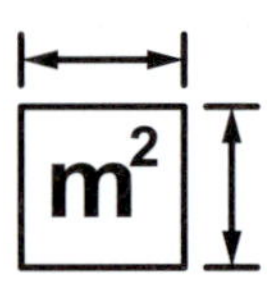

der Quadratmeter (qm/m²)

die Monatsmiete (MM)

Lernziele: über Wohnungen sprechen • Wohnungsanzeigen verstehen • eine Nachricht an die Vermieterin / den Vermieter schreiben •

2 Wir suchen dringend eine Wohnung.

a Wie muss eine Wohnung für Sie sein? Sprechen Sie im Kurs.

groß/klein • teuer/billig • im Zentrum / außerhalb (von ...) • der Altbau / der Neubau • Schule/Geschäfte/S-Bahn in der Nähe • der Balkon / der Garten • mit/ohne Einbauküche • ...

Die Wohnung muss nicht groß sein. Das ist nicht wichtig für mich.

Ich möchte nicht im Zentrum wohnen. Ich finde Wohnungen außerhalb vom Zentrum besser.

b Warum schreiben Estia und Alexios an Herrn Gottfried? Lesen Sie. Kreuzen Sie an.

Kontakt zu Vermieter/-in

Ihre Nachricht:

Sehr geehrter Herr Gottfried,
wir suchen dringend eine Wohnung in Salzburg, weil wir hier Arbeit gefunden haben. Wir haben Ihre Anzeige gelesen und möchten gern die Wohnung besichtigen. Können wir einen Termin vereinbaren? Unsere Bewerbung schicken wir mit. Brauchen Sie noch andere Informationen? Eine Frage haben wir noch: In welchem Stockwerk ist die Wohnung?
Vielen Dank und mit freundlichen Grüßen
Estia und Alexios Angelis

Weiter

Estia und Alexios Angelis möchten ...

1. ☐ einen Termin für eine Besichtigung ausmachen.
2. ☐ die Bewerbung persönlich abgeben.

c Was denken Sie: Was ist in der Nachricht an den Vermieter wichtig? Sprechen Sie im Kurs.

die Anrede • die Bitte um einen Termin • persönliche Informationen • ein schönes Foto • ...

3 Ich finde die Wohnung interessant, weil ...

a Arbeiten Sie zu zweit. Wählen Sie eine Aufgabe (A oder B). Beschreiben Sie Ihre Wohnung.

A Wählen Sie eine **Anzeige in 1b.** Wie ist die Wohnung? Warum haben Sie die Anzeige gewählt?

B Recherchieren Sie eine **Anzeige im Internet oder in einer Zeitung.** Wie ist die Wohnung? Warum haben Sie die Anzeige gewählt?

Die Wohnung hat ... Quadratmeter. Es gibt ... Wir finden die Wohnung gut, weil wir ...

b Schreiben Sie zu zweit eine Nachricht an den Vermieter wie in 2b. Die App hilft.

c Sind die Anrede und der Gruß richtig? Passt die Frage zur Wohnung? Tauschen Sie Ihren Text mit einem anderen Paar. Kontrollieren Sie.

der Briefkasten, auch: der Postkasten

der Strom

die Heizung

die Einbauküche (EBK)

B Wohin kommt der Tisch?

1 Wo stehen die Sessel?

Kurskette. Was gibt es hier? Sprechen Sie. Die Bildleiste hilft.

stehen • liegen • hängen

auf dem Fußboden • an der Wand • in der Ecke • hinter dem Schreibtisch • vor dem Fenster • an der Decke • im Regal • ...

- In der Ecke steht ein Regal.
- In der Ecke steht ein Regal und vor dem Fenster hängt ...

2 Wohin kommen die Sessel?

06

a Wohin kommen die Sessel? Sehen Sie sich das Video an. Kreuzen Sie an.

1. ☐ ins Büro 2. ☐ an die Wand 3. ☐ in die Küche

06

b *Wo* oder *wohin*? Sehen Sie sich das Video noch einmal an. Ergänzen Sie.

___________?

Die Sessel kommen ins Büro.

Die Sessel kommen an die Wand.

___________?

Die Sessel stehen im Büro.

Die Sessel stehen an der Wand.

c Was passt? Ergänzen Sie.

Wechselpräpositionen

Wohin? *(Akkusativ)*	**Wo?** *(Dativ)*
hinter ___________ Tisch	hinter dem Tisch
hinter ___________ Sofa	hinter dem Sofa
hinter ___________ Tür	hinter der Tür
hinter ___________ Sessel	hinter den Sesseln

auch: in, an, auf, unter, über, vor, neben, zwischen

! an dem = am; an das = ans
in dem = im; in das = ins

der Fußboden

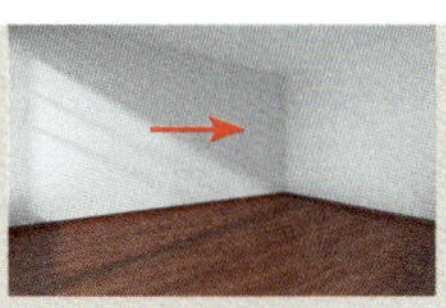

die Ecke

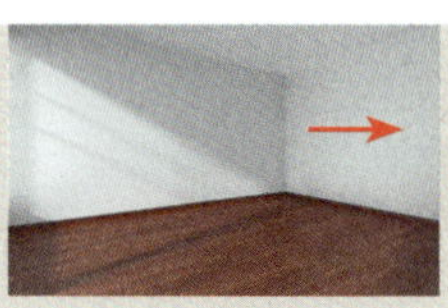

die Wand

die Decke

der Teppich

Lernziele: ein Zimmer beschreiben • ein Zimmer einrichten • Wortfeld: Zimmer, Einrichtung • Wechselpräpositionen

d Wohin kommt das Buch? Sprechen Sie zu zweit wie im Beispiel.

- Wohin kommt das Buch?
- Auf ... Tisch.
- Wo ist das Buch?
- Auf ... Tisch.

07

e Sehen Sie das Grammatik-Video. Spielen Sie die Präpositionen im Kurs nach.

- Wohin geht Jola?
- Jola geht hinter den Kasten.
- Wo ist Jola jetzt?
- ...

3 Das Bild kommt an die Wand.

a Was kommt wohin auf dem Foto in 1? Schreiben Sie Sätze.

die Tasche • die Lampe • der Papierkorb • die Sessel • der Fauteuil • die Pflanze • der Teppich

Die Tasche kommt unter den Tisch.
Die Lampe kommt ...

b Kurskette. Lesen Sie Ihre Sätze aus a laut. Sprechen Sie zu dritt wie im Beispiel.

- Meine Tasche kommt unter den Tisch.
- Deine Tasche ist unter dem Tisch. Meine Tasche kommt vor das Regal.
- Deine Tasche ist vor dem Regal. Meine Tasche kommt ...

4 Welche Möbel brauchen wir für unser Büro?

a Was brauchen Sie? Wohin kommt es? Arbeiten Sie zu zweit. Wählen Sie eine Rolle in der App (A oder B). Ihre Partnerin / Ihr Partner wählt die andere Rolle. Suchen Sie zusammen acht Dinge aus. Zeichnen Sie.

- Ich finde, wir brauchen eine Pflanze.
- Hm, okay, aber wir brauchen unbedingt einen Schreibtisch.
- Gut. Dann brauchen wir noch ...
- Ja, ein Schreibtisch ist wichtig. Er kommt zwischen die Fenster.

b Was ist gleich? Was ist anders? Arbeiten Sie mit einem anderen Paar zusammen. Vergleichen Sie Ihre Zimmer. Sprechen Sie.

- Ah, bei euch steht ein Tisch zwischen den Fenstern. Bei uns auch. Aber die Lampe ...

der Fauteuil

die Pflanze

der Vorhang

der Spiegel

der Papierkorb

C Es gibt ein Problem.

W 1 Bitte stellen Sie die Fahrräder in den Hof.

a Was denken Sie: Wer ist Herr Czerwinski? Warum hat er den Zettel geschrieben? Lesen Sie. Sprechen Sie im Kurs.

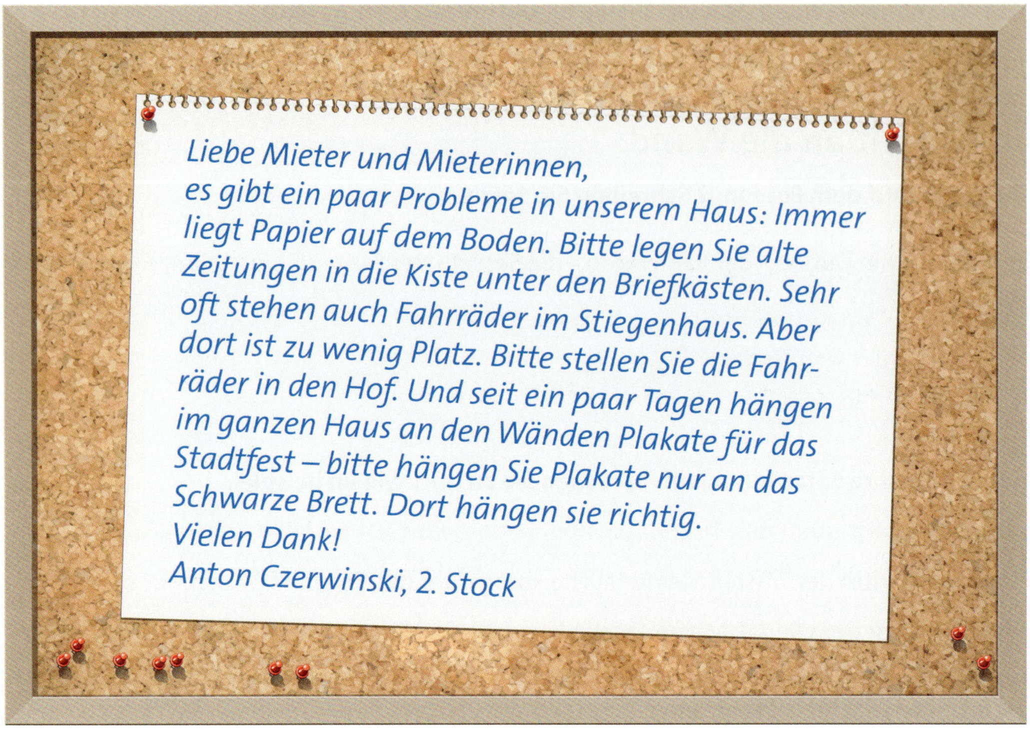
Liebe Mieter und Mieterinnen,
es gibt ein paar Probleme in unserem Haus: Immer liegt Papier auf dem Boden. Bitte legen Sie alte Zeitungen in die Kiste unter den Briefkästen. Sehr oft stehen auch Fahrräder im Stiegenhaus. Aber dort ist zu wenig Platz. Bitte stellen Sie die Fahrräder in den Hof. Und seit ein paar Tagen hängen im ganzen Haus an den Wänden Plakate für das Stadtfest – bitte hängen Sie Plakate nur an das Schwarze Brett. Dort hängen sie richtig.
Vielen Dank!
Anton Czerwinski, 2. Stock

b Welche Probleme gibt es im Haus? Lesen Sie. Markieren Sie in a.

c Welches Verb passt? Lesen Sie noch einmal. Ergänzen Sie. Die Bildleiste hilft.

Wohin?	**Wo?**
in die Kiste ____________	auf dem Boden ____________
in den Hof ____________	im Stiegenhaus ____________
an das Schwarze Brett ____________	an den Wänden ____________
in die Tasche stecken	in der Tasche stecken

d Kannst du bitte ...? Fragen Sie und antworten Sie. Machen Sie die Aktivität.

das Heft auf den Tisch legen • das Handy in die Tasche stecken • den Text an die Wand hängen • den Korb in die Ecke stellen • den Zettel ins Buch legen • den Sessel an den Tisch stellen

- Kannst du bitte das Heft auf den Tisch legen?
- Ja, klar. Das Heft liegt jetzt auf dem Tisch.

Wohin?

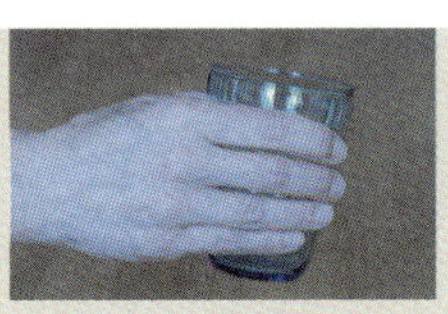
stellen

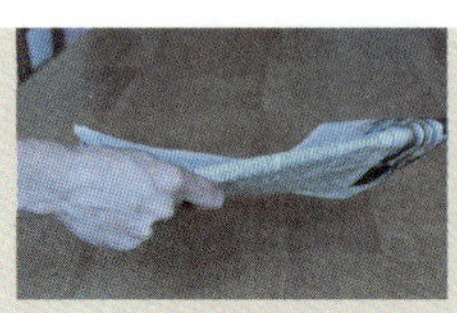
legen

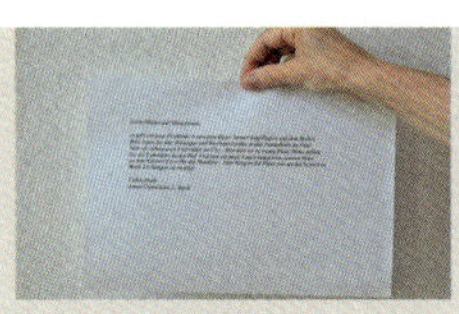
hängen

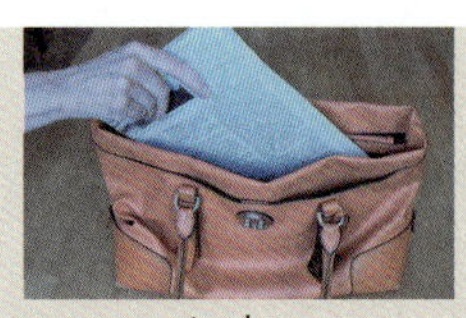
stecken

Lernziele: über Beschwerden sprechen • Lösungen vorschlagen und reagieren • Verben *stehen, stellen, liegen, legen, hängen, stecken*

W

2 Ich finde das nicht gut.

1.17

a Wo ist das Problem? Hören Sie. Kreuzen Sie an.

1. a ☐ Herr Gabor gibt nie Bescheid.
   b ☐ Die Musik war am Abend zu laut.
   c ☐ Herr Gabor feiert zu oft.

2. a ☐ Vor den Briefkästen ist zu wenig Platz.
   b ☐ Die Briefkästen sind voll.
   c ☐ Der Kinderwagen steht unter der Stiege.

b Welche Lösung haben die Personen gefunden? Verbinden Sie. Nicht alles passt.

1. keine Party machen
2. Kinderwagen unter die Stiege stellen
3. gleich Bescheid geben
4. keine Lösung finden
5. Musik leise machen

1.17

c Was sagen die Personen? Hören Sie noch einmal. Markieren Sie.

Lösungen vorschlagen	reagieren
Warum haben Sie nichts gesagt? Wir können ...	Also, ich weiß nicht.
Vielleicht können wir das so machen: ...?	Das finde ich (nicht) gut.
Ich habe eine Idee: ...	Gut, so können wir es machen.
Könnten Sie vielleicht/bitte/lieber ...?	Das gefällt mir (gar) nicht.
Ich habe einen Vorschlag: ...	Damit bin ich (nicht) einverstanden.
Ich schlage vor, dass wir ...	In Ordnung.

d Wie sprechen und reagieren die Personen? Sprechen Sie im Kurs.

(nicht) freundlich • (nicht) höflich • neutral

Ich finde, Herr Meier spricht ...

W

3 Ich habe einen Vorschlag.

a Arbeiten Sie zu zweit. Wählen Sie eine Situation (A oder B). Spielen Sie den Dialog. Finden Sie eine Lösung.

1.18

A
Rolle 1: Sie sind Musikerin/Musiker.
Rolle 2: Sie sind die Nachbarin / der Nachbar. Sie haben angerufen.
Hören Sie in der App. Spielen Sie einen Dialog.

B
Rolle 1: Sie haben eine Wohnung mit Balkon.
Rolle 2: Sie sind die Nachbarin / der Nachbar. Sie haben einen Zettel geschrieben.
Lesen Sie in der App. Spielen Sie einen Dialog.

b Was war Ihr Problem? Welche Lösung haben Sie gefunden? Erzählen Sie im Kurs.

Unsere Lösung ist: Wir ...

Wir haben eine andere Lösung: Ich ...

Wo?

stehen

liegen

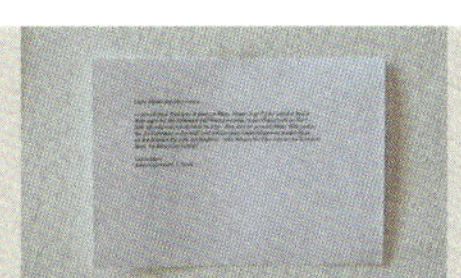
hängen

stecken

D Waren Ihre Vermutungen richtig?

1 Vermutungen nutzen

a Was denken Sie: Worum geht es in dem Gespräch? Sprechen Sie im Kurs.

1. Wer sind die Personen?
2. Wo sind die Personen?
3. Was sagen die Personen?

Ich glaube, die Personen sind zwei Mieter. Der Mann kommt nach Hause und die Frau ...

1.19

b Waren Ihre Vermutungen richtig? Hören Sie. Sprechen Sie im Kurs.

c Was denken Sie: Wer ist Frau Schulz? Was ist passiert? Lesen Sie die Aufgabe. Sprechen Sie im Kurs.

Sie hören ein Gespräch.

Ist die Aussage richtig oder falsch? Kreuzen Sie an.

Der Paketzusteller hat das Paket bei Frau Schulz abgegeben. ☐ *richtig* ☐ *falsch*

1.20

d Was ist richtig? Hören Sie. Kreuzen Sie in c an.

e Waren Ihre Vermutungen richtig? Haben Ihnen die Vermutungen in a und c beim Hören geholfen? Kreuzen Sie an. Sprechen Sie im Kurs.

Die Vermutungen haben mir beim Hören ...

1. ☐ sehr geholfen.
2. ☐ gut geholfen.
3. ☐ ein bisschen geholfen.
4. ☐ gar nicht geholfen.

Lernziele: Nachbarschaftsgespräche verstehen • Strategie: Vermutungen nutzen • Wortfeld: Wohnung • Wechselpräpositionen,

2 Wortspiele: Welches Wort ist das?

a **Welche Wörter passen zu *Wohnung*? Arbeiten Sie in drei Gruppen. Jede Gruppe sammelt Wörter an der Tafel. Sie haben zwei Minuten Zeit. Welche Gruppe hat die meisten Wörter?**

b **Arbeiten Sie mit den Wörtern an der Tafel. Eine Person erklärt ein Wort, die anderen raten. Welche Gruppe weiß das Wort zuerst?**

Ich möchte schlafen. Ich gehe ins ...

Schlafzimmer!

Nein.

Bett!

Ja, Bett ist richtig.

3 Wir legen das Handy unter die Tasche.

a **Arbeiten Sie zu dritt. Wählen Sie drei bis fünf Dinge im Kursraum. Legen oder stellen Sie die Dinge auf den Tisch.**

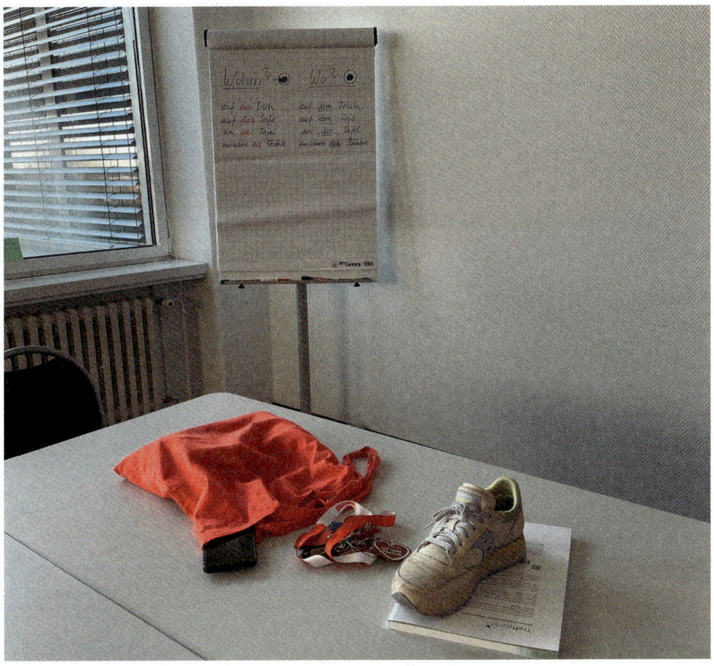

Stecken wir das Handy in die Tasche?

Nein, wir legen es lieber unter die Tasche.

b **Gehen Sie zu einer anderen Gruppe. Ändern Sie die Position von drei Dingen.**

c **Gehen Sie wieder zu Ihren Dingen zurück. Was hat sich geändert? Sprechen Sie im Kurs.**

Oh, das Handy liegt nicht mehr unter der Tasche. Es liegt im Schuh.

Richtig.

4 Alles klar? Wollen Sie mehr üben?

a **Was hat Ihnen gefallen? War es schwer? War es leicht? Sprechen Sie im Kurs.**

b **Wiederholen Sie und üben Sie in der App. Wählen Sie A (leichte Übungen) oder B (schwere Übungen).**

c **Mehr zu „Werte und Orientierung"**

Werte und Orientierung
4 Seite 171

TREFFPUNKT

Café Küçük Zevkler

Herr Tosun, Sie haben zusammen mit Ihrem Bruder Aki vor einem Jahr das Café *Küçük Zevkler* eröffnet. Wie geht es Ihnen?
Es ist sehr viel Arbeit, aber es geht uns gut. Ich habe früher als Paketzusteller gearbeitet. Ich habe den Job aber nicht gerne gemacht. Dann haben unsere Freunde gefragt: „Warum eröffnet ihr kein Café?" Und ich habe gedacht: Stimmt eigentlich. Warum nicht? Und mein Bruder war auch sofort begeistert von der Idee.

Backen Sie Ihre Kuchen selbst?
Ja, sicher! Wir haben jeden Tag drei bis fünf Kuchen oder Torten. Und jeden Morgen bieten wir Frühstück an: türkisch, arabisch, französisch und österreichisch. Außerdem haben wir ein kleines Mittagsmenü. Alles selbst gemacht.

Was mögen Sie am meisten an Ihrem Café?
Ich finde es toll, dass wir so viele verschiedene Menschen kennenlernen. Viele wohnen in der Nachbarschaft. Manchmal trinken sie nur einen Espresso, manchmal essen sie auch etwas und bleiben länger. Einige Gäste kommen aus einem anderen Stadtteil und haben einen weiten Weg. Sie kommen aber immer wieder, weil unsere Kuchen so gut schmecken.

Es gibt an Ihrem Café aber noch etwas Besonderes, richtig?
Ja, richtig. Mein Bruder Aki kann seit seiner Geburt nicht hören. Aber das ist kein Problem – er versteht eigentlich immer alle. Er kann Lippen lesen und spricht die Gebärdensprache. In unser Café kommen also besonders gerne gehörlose Menschen – mit ihnen spricht Aki die Gebärdensprache, also mit dem Gesicht, den Händen und dem Körper. Viele andere Gäste finden das spannend. Sie wollen wissen, wie die Sprache funktioniert.

Interessant. Kann man in Ihrem Café die Gebärdensprache lernen?
Na ja, wenn die Leute wollen, können sie ein paar Wörter lernen. Aber wir bieten keine Kurse an. Wir sind einfach ein normales Café mit gutem Essen.

Eine letzte Frage: Gibt es Musik in Ihrem Café?
Ja, sicher! Wir mögen laute Musik! Aki hört sie vielleicht nicht, aber er kann sie fühlen. Er genießt das sehr.

Vielen Dank, Herr Tosun. Ich wünsche Ihnen alles Gute.

1 Café Küçük Zevkler

1.21

a Richtig oder falsch? Lesen Sie und hören Sie. Kreuzen Sie an.

	richtig	falsch
1. Die Idee mit dem Café hat Hüseyin und Aki sofort gefallen.	☐	☐
2. Das Kuchenbacken gefällt ihnen bei der Arbeit am besten.	☐	☐
3. Nur gehörlose Menschen besuchen das Café.	☐	☐
4. Aki Tosun kann alle Gäste verstehen.	☐	☐
5. Im Café ist es immer sehr still.	☐	☐

b Was ist das Besondere an dem Café? Sprechen Sie im Kurs.

Und das sagen die Café-Gäste:

Johanna Zeeh: Das *Küçük Zevkler* gefällt mir sehr gut. Ich bin heute das zweite Mal hier. Das erste Mal war ich mit meinem gehörlosen Bruder hier. Er kennt Aki und Hüseyin und hat mir das Café gezeigt. Heute bin ich alleine gekommen. Ich wollte das Mittagsmenü probieren. Es ist sehr fein!

Francesco Vitale: Das Mittagsmenü ist super. Ich bin fast jeden Tag hier, weil ich hier in der Straße arbeite. Am Anfang habe ich nicht gewusst, dass ich Aki anschauen muss, damit er mich verstehen kann. Das habe ich erst später gemerkt. Ein paar Sachen kann ich jetzt in der Gebärdensprache sagen. Das ist toll. Ich möchte gerne mehr lernen.

Spiel & Spaß: Finden Sie zehn Unterschiede?

c Was passt: Johanna (J), Francesco (F) oder beide? Lesen Sie weiter. Ergänzen Sie.

1. ☐ ☐ ist oft im *Küçük Zevkler*.
2. ☐ ☐ isst zum ersten Mal im Café zu Mittag.
3. ☐ ☐ möchte die Gebärdensprache lernen.
4. ☐ ☐ arbeitet in der Nähe vom Café.

2 Spiel & Spaß: Finden Sie zehn Unterschiede?

a Wer findet die Unterschiede zuerst? Suchen Sie. Markieren Sie. Sagen Sie *stopp*.

b Alles richtig? Arbeiten Sie zu zweit. Vergleichen Sie.

5

Mein neuer Job

A Sie sind pünktlich, das ist gut.

1 Für mich ist das Gehalt wichtig.

a Was ist für Sie im Beruf sehr wichtig, wichtig oder nicht wichtig? Sprechen Sie zu viert.

1. Wie viel verdiene ich?
2. Wann muss ich arbeiten?
3. Ist die Arbeit interessant?
4. Arbeite ich allein oder im Team?
5. Sind die Kolleginnen und Kollegen nett?
6. Ist der Job befristet oder unbefristet?

Ist die Arbeit interessant? Das ist für mich sehr wichtig. Und für euch?

b Das Vorstellungsgespräch. Wer fragt was? Markieren Sie: Arbeitgeber/-in oder Arbeitnehmer/-in.

1. ☐ Was haben Sie schon gemacht?
2. ☐ Was muss ich machen?
3. ☐ Arbeiten Sie gern im Team?
4. ☐ Haben Sie eine Ausbildung?
5. ☐ Welche Ausbildung haben Sie?
6. ☐ Wie sind die Arbeitszeiten?
7. ☐ Warum möchten Sie bei uns arbeiten?
8. ☐ Wie ist das Gehalt?

1.22 **c Wo möchte Herr Kemal arbeiten? Hören Sie. Kreuzen Sie an.**

1. ☐ bei der Bahn
2. ☐ im Lager
3. ☐ in einer Schule

1.22 **d Was haben die Personen gefragt? Hören Sie noch einmal. Kreuzen Sie in b an.**

1.22 **e Was fragt Herr Schuster am Anfang? Wie antwortet Herr Kemal? Ist es eine gute Antwort? Hören Sie noch einmal den Anfang. Sprechen Sie im Kurs.**

Lernziele: sagen, was bei der Arbeit wichtig ist • ein (einfaches) Vorstellungsgespräch führen • Tipps zum Vorstellungsgespräch

2 Ich hoffe, dass ...

1.23

a Was passt? Hören Sie. Ergänzen Sie.

Ich habe gehört • Es ist wichtig • Ich denke • Sie haben gesagt • Ich hoffe

Nebensätze mit *dass*

Hauptsatz	Nebensatz	
______________________,	dass Sie Auto fahren	können.
______________________,	dass Sie 14 Euro pro Stunde	zahlen.
______________________,	dass ich es schnell	lerne.
______________________,	dass Sie schnell	arbeiten.
______________________,	dass ich Vollzeit	arbeite.

1.23

b Phonetik: Satzmelodie. Hören Sie noch einmal. Sprechen Sie nach.

Es ist wichtig →, dass Sie Auto fahren können ↘.

c Was ist beim Vorstellungsgespräch wichtig? Schreiben Sie drei Sätze. Vergleichen Sie im Kurs.

Es ist wichtig, dass man höflich ist.

d Welchen Tipp finden Sie wichtig? Wie kennen Sie es? Lesen Sie. Sprechen Sie im Kurs.

Tipps für das Vorstellungsgespräch

1. Vorbereitung
Überlegen Sie: Was kann der/die Arbeitgeber/-in fragen? Was können Sie antworten? Vergessen Sie auch nicht: Welche Fragen haben Sie?

2. Pünktlichkeit
Informieren Sie sich rechtzeitig: Finden Sie den Weg? Fahren alle Busse und Bahnen? Seien Sie unbedingt pünktlich! Kommen Sie am besten zehn Minuten früher.

3. Höflichkeit
Bei der Begrüßung gibt man die Hand. Siezen Sie die andere Person. Und schalten Sie Ihr Handy aus!

4. Der erste Satz
Oft beginnt das Gespräch so: „Hatten Sie eine gute Fahrt?“ oder „Haben Sie den Weg gut gefunden?“ Erzählen Sie keine langen Geschichten. Antworten Sie kurz und höflich, z. B.: „Ja, danke, die Bahn war pünktlich.“ oder „Ja, das war kein Problem.“

5. Kleidung
Die Kleidung darf nicht schmutzig oder kaputt sein. Sie sollten keine Jogginghose tragen und auch keine Flipflops.

Ich denke, dass Tipp 1 wichtig ist. Man muss Fragen vorbereiten.

3 Haben Sie noch Fragen?

a Arbeiten Sie zu zweit. Wählen Sie einen Beruf und eine Rolle (A oder B). Ihre Partnerin / Ihr Partner wählt die andere Rolle. Schreiben Sie einen Dialog. Arbeiten Sie mit den Fragen in 1b.

A — **Sie sind die Arbeitgeberin / der Arbeitgeber.** Was möchten Sie wissen?

B — **Sie sind die Bewerberin / der Bewerber.** Welche Fragen haben Sie?

b Spielen Sie den Dialog. Wie haben die Personen gefragt und geantwortet? Die anderen geben Feedback.

B Ich habe einen Vertrag.

1 Das Arbeitsverhältnis ist unbefristet.

a Was verstehen Sie schon? Lesen Sie. Markieren Sie.

Arbeitsvertrag

zwischen
Höhner-Spedition GmbH (Arbeitgeber/-in)
und
Buruk Kemal (Arbeitnehmer/-in)

§1 Gegenstand des Vertrags

Der/Die Arbeitnehmer/-in wird als Lagerist in Vollzeit eingestellt.

§2 Beginn des Arbeitsverhältnisses

Das Arbeitsverhältnis beginnt am 01.03. 20... und ist unbefristet.

§3 Probezeit

Die Probezeit sind 3 Monate.

§4 Tätigkeit

Der Arbeitsort ist Thalgau.
Der/Die Arbeitnehmer/-in hat folgende Aufgaben: Sortieren und Transportieren von Waren.

§5 Arbeitszeit

Die Arbeitszeit beträgt 40 Stunden wöchentlich.
Die Arbeitszeiten sind: Montag bis Freitag von 8 bis 17 Uhr.
Pausen sind keine Arbeitszeit.

§6 Gehalt

Der/Die Arbeitnehmer/-in erhält ein Bruttogehalt von 2240 Euro.

b Lesen Sie noch einmal. Schreiben Sie Antworten.

Welche Stelle? ____________________

Wo? ____________________

Ab wann? ____________________

Arbeitszeit von __________ bis __________ Uhr

Befristet? ☐ ja ☐ nein

Probezeit? ☐ ja ☐ nein

Gehalt? ____________________

c Haben oder hatten Sie auch schon mal einen Arbeitsvertrag? Wie haben Sie den Vertrag abgeschlossen: schriftlich oder mündlich? Sprechen Sie in Gruppen.

Ich habe bei Verwandten gearbeitet. Ich hatte keinen Arbeitsvertrag.

Lernziele: Arbeitsverträge verstehen • über Gehalt sprechen und in verschiedenen Ländern vergleichen • Gehälter für verschiedene

W 2 Wie viel verdienen Sie denn?

a Was denken Sie: Was bedeuten die Wörter *brutto* und *netto?* Lesen Sie. Sprechen Sie im Kurs.

Was ist brutto? Was ist netto?

In Österreich zahlt man jeden Monat einen Teil vom Gehalt an den Staat als **Steuern (Lohnsteuer und Einkommenssteuer).** Mit den Steuern bezahlt der Staat z. B. Straßen, Kindergärten und Schulen.
Man bezahlt vom Gehalt auch **Sozialversicherungen.** Dazu gehören die Pensionsversicherung, die Arbeitslosenversicherung, die Unfallversicherung und die Krankenversicherung. Wenn man später (z. B. ab 65 Jahren) nicht mehr arbeitet, bekommt man jeden Monat Geld vom Staat: die Pension.

Ich glaube, *brutto* bedeutet ...

1.24 **b Was passt? Hören Sie. Verbinden Sie.**

1. Gehalt mit Steuern und Versicherungen — a netto
2. Das Geld bekommt man aufs Konto. — b brutto

c Was beantwortet Frau Weber nicht? Warum? Wie kennen Sie es? Sprechen Sie im Kurs.

Herr Kemal fragt: ... Das beantwortet Frau Weber nicht.
Stimmt. Vielleicht verdient sie wenig?
Hm, aber sie sagt, dass ...

1.24 **d Was fragt Herr Kemal? Hören Sie noch einmal. Markieren Sie.**

nachfragen
Habe ich Sie/dich richtig verstanden?
Was meinen Sie / meinst du damit?
Sie meinen / Du meinst also, dass ...?
Ist das richtig?
Darf ich Sie/dich noch etwas fragen?

e Kennen Sie *brutto* und *netto* auch aus anderen Ländern? Sprechen Sie zu viert. Fragen Sie nach.

Bei uns gibt es auch Steuern, aber man bezahlt sie nur einmal im Jahr.
Du meinst also, dass ihr nicht jeden Monat Steuern zahlt?
Ja, genau.

3 Das kann man verdienen.

a Was verdient man in Österreich? Wählen Sie eine Aufgabe. Suchen Sie im Internet.

A Gibt es einen **Mindestlohn** in Österreich, Deutschland und der Schweiz? Wie hoch ist er?

B Was verdient man in den **Berufen:** Bauhelfer/-in, Verkäufer/-in, Paketzusteller/-in? Geben Sie im Suchfenster den Beruf und das Wort *Gehalt* ein.

b Vergleichen Sie im Kurs.

C Wie macht man das?

1 Klicken Sie die Datei an.

a Welche Symbole kennen Sie? Die Bildleiste hilft. Schreiben Sie.

b Eine Datei drucken: Wie machen Sie das? Ordnen Sie.

a ☐ die Datei schließen
b ☐ eine Datei anklicken und öffnen
c ☐ die Datei ausdrucken
d ☐ in der Datei etwas schreiben
e ☐ die Datei speichern
f ☐ den Drucker einschalten
g ☐ den Computer einschalten

c Vergleichen Sie Ihre Lösung in b zu zweit.

Zuerst schaltet man den Computer ein.

Richtig, dann ...

2 Ich maile dir den Screenshot von der Website.

1.25

a Phonetik: Wörter aus dem Englischen. Hören Sie. Sprechen Sie nach.

downloaden • mailen • surfen • der Link • die Website • die App • der Screenshot • chatten • das Passwort • starten

b Was bedeuten die Wörter in a? Sprechen Sie zu zweit.

Mailen bedeutet: ein E-Mail schicken.

c Kennen Sie noch andere englische Computer-Wörter? Sammeln Sie im Kurs.

d Benutzen Sie englische Wörter auch in Ihren Sprachen? Sprechen Sie im Kurs.

Auf Französisch sagt man nicht *downloaden*. Man sagt *télécharger*.

die Tastatur • die Taste • der Bildschirm • die Maus • die Datei • der USB-Stick • der Drucker

Lernziele: etwas erklären • Computer-Wortschatz in verschiedenen Sprachen vergleichen • Wortfeld: Computer • *welch-* und *dies-*

3 Öffnen Sie diese Datei.

08

a Was passiert? Sehen Sie sich das Video an. Ordnen Sie die Bilder.

A ☐

B ☐

C ☐

b Erzählen Sie. Die App hilft.

c Was sagen Nala Kumar und Herr Klauser? Lesen Sie. Markieren Sie *welch-* und *dies-*.

- Welchen Knopf soll ich drücken?
- Sie drücken diesen Knopf. Dann öffnen Sie die Datei.
- Welche Datei?
- Na, diese Datei – diese Liste. ... Sie brauchen keinen Tisch? Dann löschen Sie das Wort.
- Welches Wort?
- Na – dieses.

d Was passt? Lesen Sie in c noch einmal. Ergänzen Sie.

Welches? – Dieses.

	Nominativ	Akkusativ
m	Welcher Knopf? – Dieser (Knopf).	Welchen Knopf? – ______ (Knopf).
n	Welches Wort? – Dieses (Wort).	Welches Wort? – ______ (Wort).
f	Welche Datei? – Diese (Datei).	Welche Datei? – ______ (Datei).
Pl.	Welche Dateien? – Diese (Dateien).	Welche Dateien? – Diese (Dateien).

4 Wie funktioniert die App?

a Wählen Sie eine Rolle (A oder B). Ihre Partnerin / Ihr Partner wählt die andere Rolle. Spielen Sie den Dialog.

A Sie möchten Deutsch als Sprache auf Ihrem Smartphone haben. Fragen Sie.

B Erklären Sie und zeigen Sie. Arbeiten Sie mit der App.

etwas erklären

Gern, ich zeige es Ihnen/dir.
Ich erkläre es Ihnen/dir.
Haben Sie / Hast du das verstanden?
Haben Sie / Hast du noch eine Frage?

b Wählen Sie eine App auf Ihrem Smartphone. Erklären Sie. Ihre Partnerin / Ihr Partner fragt nach.

(aus-)drucken

kopieren

ein-/aus|schalten

an|klicken

löschen

speichern

herunter|laden

D Zuerst öffnen Sie die App.

1 Eine neue App?

1.26

a Was will Nino Arabuli Herrn Klauser zeigen? Hören Sie. Kreuzen Sie an.

1. ☐ ein Chat-Programm für die Kollegen
2. ☐ ein Programm für Bestellungen
3. ☐ eine App für die Arbeitszeiten

1.27

b Wie macht man das genau? Hören Sie weiter. Ordnen Sie.

☐ *Pause* anklicken
☐ *Start* anklicken
☐ die App starten
☐ das Programm schließen
☐ 1 die App herunterladen
☐ den Namen und das Passwort schreiben
☐ wieder *Start* anklicken
☐ *Stopp* anklicken

c Arbeiten Sie zu zweit. Wählen Sie eine Rolle (A oder B). Ihre Partnerin / Ihr Partner wählt die andere Rolle. Spielen Sie den Dialog.

A: Sie sind **Frau Arabuli**. Sie erklären die App.

B: Sie sind **Herr Klauser**. Sie fragen nach.

Entschuldigung, wie funktioniert …?

Ich erkläre es Ihnen. Sie müssen zuerst …

W **d Mit dem Smartphone Deutsch lernen. Benutzen Sie Sprach-Lern-Apps, Lernvideos oder Übersetzungs-Apps? Sprechen Sie im Kurs. Die Fragen helfen.**

1. Wie heißt die App?
2. Was kostet sie?
3. Wie funktioniert sie?
4. Wie oft benutzen Sie die App?
5. Wo und wann benutzen Sie sie?
6. Was finden Sie gut / nicht so gut?

Ich spreche manchmal Texte in mein Handy und ich mache Tonaufnahmen. Das ist ganz einfach. Zuerst öffne ich die App und dann …

Ich benutze oft die App … Mit der App kann ich …

Lernziele: etwas erklären • über Lern-Apps sprechen • Strategie: die Wortstellung in verschiedenen Sprachen vergleichen •

2 Die Wortstellung in verschiedenen Sprachen vergleichen

a Wo steht das Verb? Vergleichen Sie. Sprechen Sie im Kurs.

b Arbeiten Sie zu viert: Alle sprechen eine andere Sprache. Schreiben Sie einen Satz mit *dass* oder *weil*. Markieren Sie das Verb im Nebensatz.

c Schreiben Sie den Satz in Ihren Sprachen. Markieren Sie das Verb. Vergleichen Sie.

Ich bin gesund, weil ich Sport mache.

In meiner Sprache steht das Verb ...

Ich bin gesund, weil ich Sport mache.
Sunt sănătos pentru că fac sport.
Jam i shëndetshëm sepse merrem me sport.
Zdrava sam jer se bavim sportom.

3 Ich denke, dass ...

Arbeiten Sie zu dritt. Lesen Sie einen Satz laut. Die anderen reagieren.

1. Das Gehalt ist nicht wichtig, aber die Arbeit muss Spaß machen.
2. Ohne Handy kann man nicht leben.
3. Man zahlt zu viele Steuern.
4. Vorbereitung auf das Vorstellungsgespräch? Das ist nicht wichtig.

Ohne Handy kann man nicht leben.
Ich denke auch, dass man ohne Handy nicht leben kann.
Ich brauche es für ...
Wirklich? Ich meine, dass man ohne Handy leben kann.

Ich denke, dass ... • Ich meine, dass ... • Ich hoffe, dass ... • Es ist wichtig, dass ... • Ich habe gehört/gelesen, dass ...

4 Alles klar? Wollen Sie mehr üben?

a Was hat Ihnen gefallen? Was war schwer? Was war leicht? Sprechen Sie im Kurs.

b Wiederholen Sie und üben Sie in der App. Wählen Sie A (leichte Übungen) oder B (schwere Übungen).

c Mehr zu „Werte und Orientierung“

Werte und Orientierung
5 Seite 172

6 Auf dem Weg in die Arbeit

A Wie lang ist der Weg in die Arbeit?

1 Wie kommen Sie in die Arbeit?

a **Wie kommen die Personen zum Nachbarschaftszentrum? Sprechen Sie im Kurs.**

b **Wie kennen Sie es: Wie kommt man in die Arbeit? Wie lange braucht man? Sprechen Sie in Gruppen.**

Viele Menschen in ... fahren normalerweise mit ... in die Arbeit.

c **Welche Frage passt? Ordnen Sie zu.**

1. Wie lange dauert der Weg?
2. Wie weit fährt man?

Unterwegs in die Arbeit

Der Weg in die Arbeit ist für viele Menschen in Österreich wichtig. Und weil die meisten Menschen jeden Tag in die Arbeit fahren müssen, sind die Fragen interessant: Wie lange dauert der Weg? Wie weit muss man fahren?

(Datenquelle: Statistik Austria)

A

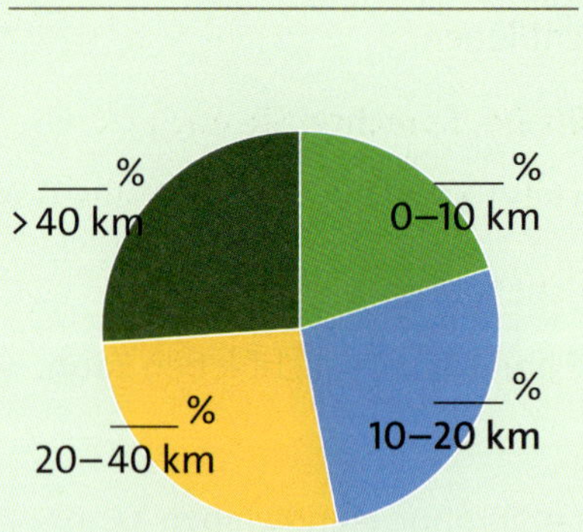

B

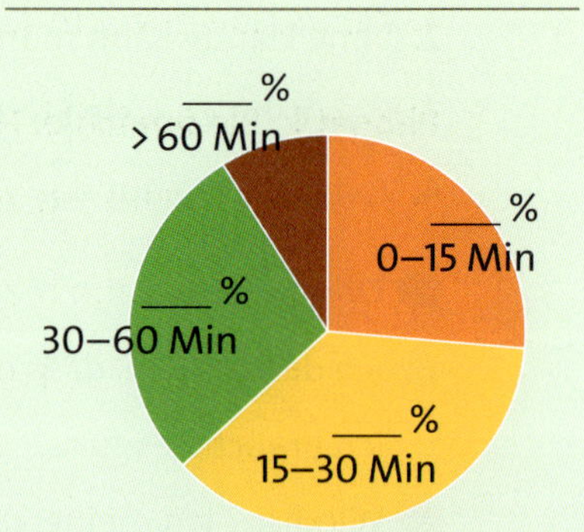

das Drittel · ein Viertel · die Hälfte · circa (ca.) = ungefähr

d **Wie viel Prozent? Arbeiten Sie zu zweit. Wählen Sie eine Grafik (A oder B). Ihre Partnerin / Ihr Partner wählt die andere Grafik. Lesen Sie in der App. Ergänzen Sie in c.**

e **Was hat Sie überrascht? Vergleichen Sie die Grafiken. Sprechen Sie zu zweit.**

Lernziele: über Arbeitswege sprechen • eine Grafik beschreiben • Arbeitswege in verschiedenen Ländern vergleichen •

W 2 Wenn man in Sulz kein Auto hat, ...

1.28 **a Was ist das Thema? Hören Sie. Sprechen Sie im Kurs.**

1.29 **b Wer sagt was? Hören Sie. Kreuzen Sie an.**

	N. Arabuli	F. Klauser	A. Mahlangu
1. Ohne Auto habe ich ein Problem.	☐	☐	☐
2. Mit den öffentlichen Verkehrsmitteln ist man nicht flexibel.	☐	☐	☐
3. Die öffentlichen Verkehrsmittel sind gut für die Umwelt.	☐	☐	☐
4. Die öffentlichen Verkehrsmittel haben oft Verspätung.	☐	☐	☐
5. Fahrradfahren ist gut für meine Gesundheit.	☐	☐	☐
6. Im Winter sind die öffentlichen Verkehrsmittel praktisch.	☐	☐	☐

c Was passt? Verbinden Sie. Markieren Sie die Verben.

1. Wenn man in Sulz kein Auto hat,
2. Wenn ich mit dem Auto fahre,
3. Wenn man mit dem Auto fährt,
4. Wenn es im Winter kalt ist,

a fahre ich mit der U-Bahn.
b hat man ein Problem.
c steht man oft im Stau.
d bin ich flexibel.

09 **d Ergänzen Sie den Satz. Sehen Sie dann das Grammatik-Video. Kontrollieren Sie.**

ich • das Fahrrad • nehme • Wenn das Wetter schön • ist

Nebensätze mit *wenn*

Nebensatz		Hauptsatz		
Wenn ich Zeit	habe,	gehe	ich	zu Fuß.
______________	______,	______	______	______________.

auch: Wenn ich Zeit habe, dann gehe ich zu Fuß.

e Schreiben Sie Sätze.

1. Wenn der Weg kurz ist, ...
2. Wenn man mit dem Auto fährt, ...
3. Wenn der Bus Verspätung hat, ...
4. Wenn es keine S-Bahn gibt, ...

1.30 **f Phonetik: Satzmelodie. Hören Sie. Sprechen Sie nach.**

Wenn der Weg kurz ist →, gehe ich zu Fuß ↘.

Wenn der Weg kurz ist →, fahre ich mit dem Fahrrad ↘.

g Arbeiten Sie zu zweit. Lesen Sie in e laut. Achten Sie auf die Satzmelodie.

3 Wenn ich es eilige habe, nehme ich den Hubschrauber.

a Arbeiten Sie in Gruppen. Schreiben Sie lustige Sätze mit den Verkehrsmitteln.

der Elektroroller

der Hubschrauber

die Drohne

der Traktor

Wenn ich es eilig habe, nehme ich den Hubschrauber.

b Was finden Sie lustig? Hängen Sie Ihre Sätze im Klassenraum auf. Lesen Sie. Geben Sie Likes.

B Achtung Stau!

1 Auf der Westautobahn ist eine Baustelle.

a Was sehen Sie auf dem Foto? Sprechen Sie zu zweit. Die Bildleiste hilft.

1.31 **b Phonetik: *ei/ai, au, eu/äu*. Hören Sie. Sprechen Sie nach.**

1. ei/ai: eins – zwei – drei – Haid – Steinhäusl – Dreieck
2. au: auf der Autobahn – der Stau – die Baustelle – die Ausfahrt
3. eu/äu: heute – neun – häufig

c Markieren Sie *ei, au* und *eu*. Lesen Sie laut.

1. Der Stau ist drei Kilometer lang.
2. Auf der Westautobahn ist heute eine Baustelle.

1.32 **d Auf welcher Autobahn gibt es heute Probleme? Hören Sie.**

1.32 **e Was muss man tun? Hören Sie noch einmal. Sprechen Sie im Kurs.**

A1 • Knoten Steinhäusl • A21 • A7 und B1 • B139

f Wie sind Autobahnen in Ihren Ländern? Gibt es häufig Staus? Wie schnell muss/darf man fahren? Muss man für die Autobahn bezahlen? Sprechen Sie im Kurs.

die Autobahn

die Richtung

der Stau

die Kurve

der Knoten

Lernziele: Verkehrsmeldungen verstehen • Autobahnen in verschiedenen Ländern vergleichen • Erstaunen/Überraschung ausdrücken,

2 Wo sind Sie denn?

10 **a** **Wo ist Nino Arabuli? Wo ist Herr Klauser? Wo ist das Problem? Sehen Sie sich das Video an. Sprechen Sie im Kurs.**

10 **b** **Was ist richtig? Sehen Sie sich das Video noch einmal an. Kreuzen Sie an.**

1. ☐ Nino Arabuli ist sauer.
2. ☐ Im Nachbarschaftszentrum ist die Heizung kaputt.
3. ☐ Herr Klauser kommt zehn Minuten zu spät.
4. ☐ Herr Klauser steht im Stau.

c **Was passt? Ordnen Sie zu.**

Wirklich? • Natürlich. • Klar. • Genau. • Das kann doch nicht wahr sein! • Ja, das stimmt. • Wie bitte?

erstaunt/überrascht sein	zustimmen
______________________	______________________
______________________	______________________
______________________	______________________

d **Lesen Sie die Sätze in c emotional.**

3 Das kann doch nicht wahr sein!

a **Arbeiten Sie zu zweit. Wählen Sie eine Rolle in der App (A oder B). Ihre Partnerin / Ihr Partner wählt die andere Rolle. Spielen Sie einen Dialog. Sprechen Sie emotional.**

A	B
Sie sind **auf der Autobahn**.	Sie sind **zu Hause**.

b **Arbeiten Sie zu viert. Spielen Sie den Dialog. Wie haben die Personen gesprochen? Die anderen geben Feedback.**

Ihr habt schön emotional gesprochen.

Ihr habt manchmal zu lange Pausen gemacht.

die Ausfahrt

der Unfall

die Umleitung

die Baustelle

gesperrt

C Wir kommen am 11.6. an.

1 Wo übernachten wir?

a Was macht man auf der Internetseite? Lesen Sie schnell. Sprechen Sie im Kurs.

www.hotelsuche.example.org

Was suchen Sie?

☐ **Reiseziel:** ______ **Anreise:** ______ ☐

Abreise: ______ ☐

☐ **Zimmer:** ______ ☐ Einzelzimmer ☐ Doppelzimmer — Frühstück ☐ Halbpension ☐ Vollpension ☐

☐ **Unterkunft:**
- ☐ Hotels
- ☐ Ferienwohnungen
- ☐ Pensionen

Preis:
- ☐ bis 50 €
- ☐ 50 –100 €
- ☐ 100 –150 €
- ☐ 150 –200 €
- ☐ über 200 €

Ausstattung: ☐
- ☐ Parkplatz
- ☐ Restaurant
- ☐ 24-Stunden-Rezeption

SUCHE

b Haben Sie schon einmal eine Unterkunft online gebucht? Sprechen Sie im Kurs.

Datum

Wann? Am elften Sechsten.

Heute ist der elfte Sechste.

c Wo stehen die Informationen im Formular? Ordnen Sie zu.

1. Wie viele Zimmer möchten Sie buchen?
2. Wann möchten Sie ankommen?
3. Wann möchten Sie abreisen?
4. In welcher Stadt brauchen Sie eine Unterkunft?
5. Was gibt es in der Unterkunft?
6. Wo möchten Sie übernachten?

1.33 **d Wohin wollen Abyi und Tom fahren? Was wollen sie dort machen? Hören Sie. Sprechen Sie im Kurs.**

1.33 **e Hören Sie noch einmal. Ergänzen Sie in a.**

Lernziele: ein Zimmer online buchen • eine Reservierungsbestätigung verstehen • ein formelles E-Mail schreiben • eine Unterkunft

2 Wir bestätigen Ihre Buchung.

a Welche Fragen kann man nicht beantworten? Lesen Sie. Kreuzen Sie an.

Senden | An: montage-ag@example.net
Betreff: Ihre Reservierung

Sehr geehrter Herr Afewerki,

wir bestätigen Ihre Buchung in der Pension *Harmonie*.

IHRE RESERVIERUNG
Anreise: 11.06.
Abreise: 14.06.
Buchung: 3 Nächte, 2 Einzelzimmer
Adresse: Schmellerstraße 17
Telefon: 0662 21586...

Stornierungsbedingungen:
Die Stornierung ist kostenlos, wenn Sie bis einen Tag vor der Anreise stornieren.
Wenn Sie später als 24 Stunden vor der Anreise stornieren, zahlen Sie den Gesamtpreis.

Übernachtung (2 Personen, 3 Nächte à 80 €): 360 €
Frühstück (2 Personen, 3x à 6,50 €): 39 €
GESAMTPREIS: 399 €

Wir freuen uns auf Ihren Besuch.

Mit freundlichen Grüßen
Ihr Team von der Pension Harmonie

1. ☐ Bis wann kann man kostenlos stornieren?
2. ☐ Bis wann ist die Rezeption geöffnet?
3. ☐ Wie viel kosten die Zimmer für drei Tage?
4. ☐ Wie viel kostet das Frühstück pro Person für die drei Tage?
5. ☐ Ab wann gibt es morgens Frühstück?

b Tom und Abyi haben noch Fragen. Schreiben Sie ein E-Mail an die Pension. Die App hilft.

Rezeption: bis wann geöffnet?

Frühstück: ab wie viel Uhr?

Schreiben Sie eine formelle Anrede und einen formellen Gruß.

c Haben Sie zu beiden Punkten etwas geschrieben? Sind die Anrede und der Gruß richtig? Tauschen Sie zu zweit Ihre Texte. Lesen Sie. Geben Sie Feedback.

3 Das Frühstück ist inklusive.

a Wählen Sie im Kurs einen Ort. Arbeiten Sie zu zweit. Suchen Sie im Internet eine Unterkunft. Geben Sie im Suchfeld den Ort und das Wort *Unterkunft* ein. Machen Sie Notizen.

1. Wo kann man übernachten?
2. Was kostet eine Nacht?
3. Welche Ausstattung gibt es?

b Welche Unterkunft ist am besten? Vergleichen Sie im Kurs.

Unser Zimmer kostet ... Das ist ein bisschen teuer, aber das Frühstück ist inklusive.

D Vielen Dank für Ihr E-Mail.

1 Was machen Sie, wenn ...?

a Schreiben Sie Fragen.

glücklich sein • krank sein • nervös sein • Kopfschmerzen haben • Stress haben • viel Zeit haben • allein sein • es regnet • die Sonne scheint

Was machen Sie, wenn ...? / Was machst du, wenn ...?

b Kursspaziergang. Fragen Sie und antworten Sie. Machen Sie Notizen.

- Was machst du, wenn du Kopfschmerzen hast?
- Wenn ich Kopfschmerzen habe, trinke ich viel Wasser.
- Gute Idee.

c Welche Ideen finden Sie besonders gut? Arbeiten Sie in Gruppen. Sprechen Sie.

2 Gibt es ein *S*?

a Welche Wörter kennen Sie? Arbeiten Sie in Gruppen. Wählen Sie A oder B. Schreiben Sie. Welche Gruppe findet die meisten Wörter?

A

B

b Ratespiel. Spielen Sie zu zweit. Was ist zuerst fertig: das Haus oder das Wort?

Wählen Sie ein Wort aus diesem Kapitel. Schreiben Sie das Wort wie im Beispiel.
Ihre Partnerin / Ihr Partner rät die Buchstaben.
Ist der Buchstabe falsch? Machen Sie einen Strich vom Haus.
Ist der Buchstabe richtig? Ergänzen Sie den Buchstaben im Wort.

- Gibt es ein *T*?
- Nein.
- Gibt es ein *A*?
- Ja.

Lernziele: Nebensätze mit *wenn* • Wortfeld: Autobahn, Reservierung • Strategie: beim Schreiben Sätze verbinden •

3 Beim Schreiben Sätze verbinden

a Was ist anders? Welches E-Mail ist besser? Lesen Sie. Vergleichen Sie.

Senden | An: pension-harmonie@example.net
Betreff: AW: Ihre Reservierung

Sehr geehrte Damen und Herren,

vielen Dank für Ihr E-Mail. Ich habe noch eine Bitte: Ist noch ein Parkplatz frei? Ich möchte gerne einen Parkplatz buchen. Ich möchte Sie auch informieren: Am Anreisetag kommen wir vielleicht spät an. Wir können nicht genau planen. Vielleicht gibt es einen Stau auf der Autobahn. Ist die Rezeption nach 23 Uhr noch geöffnet?

Mit freundlichen Grüßen
Tom Afewerki

Senden | An: pension-harmonie@example.net
Betreff: AW: Ihre Reservierung

Sehr geehrte Damen und Herren,

vielen Dank für Ihr E-Mail. Ich habe noch eine Bitte: Wenn noch ein Parkplatz frei ist, möchte ich gerne einen Parkplatz buchen. Ich möchte Sie auch informieren, dass wir am Anreisetag vielleicht spät ankommen. Wir können nicht genau planen, weil es vielleicht einen Stau auf der Autobahn gibt. Ist die Rezeption nach 23 Uhr noch geöffnet?

Mit freundlichen Grüßen
Tom Afewerki

b Was hat Herr Afewerki gefragt? Lesen Sie noch einmal. Kreuzen Sie an.

1. ☐ Parkplatz für das Auto?
2. ☐ in der Pension auch zu Abend essen?
3. ☐ Rezeption nach 23 Uhr geöffnet?

c Was hat Herr Afewerki vergessen? Schreiben Sie ein E-Mail zu dem Punkt. Schreiben Sie mindestens zwei Sätze. Verbinden Sie die Sätze mit *wenn, weil* oder *dass*.

d Tauschen Sie Ihre E-Mails zu zweit. Lesen Sie. Kontrollieren Sie.

– Stehen die Verben an der richtigen Position?
– Steht ein Punkt am Satzende oder ein Fragezeichen nach einer Frage?
– Steht ein Beistrich zwischen Hauptsatz und Nebensatz?

4 Alles klar? Wollen Sie mehr üben?

a Was hat Ihnen gefallen? Was war schwer? Was war leicht? Sprechen Sie im Kurs.

b Wiederholen Sie und üben Sie in der App. Wählen Sie A (leichte Übungen) oder B (schwere Übungen).

TREFFPUNKT

Leben und arbeiten in Europa

Viele Menschen kommen nach Europa. Sie wollen hier leben und arbeiten. Aber ist das Gehalt überall gleich? Und wie viel vom Gehalt bekommt man wirklich? Wir haben drei Personen gefragt.

Ich heiße Mehdi Hammami. Ich komme aus Tunesien und ich lebe seit 4 Jahren in Wien, in Österreich. Ich verdiene als Mechatroniker 3000 € brutto, das klingt gut, aber netto sind das nur 2100 € und die Mieten hier in Wien sind leider sehr hoch. Ich wohne deshalb in einer WG.

Ich bin Desna Rahman und ich komme aus Bangladesch. Ich lebe in Toulouse und ich arbeite als Informatikerin. Ich verdiene 3300 € brutto. Das ist in meinem Beruf nicht viel, aber ich bekomme in Frankreich mehr netto als in anderen Ländern – etwa 2400 €. Das ist schön. Leider kosten die Lebensmittel hier aber auch mehr Geld.

Ich heiße Aluna Kambonde. Ich bin vor zwei Jahren aus Namibia nach Dänemark gekommen. Ich wohne in Aalborg und ich arbeite als Krankenpflegerin. Ich verdiene 2740 € brutto. Das klingt nicht schlecht, aber ich zahle fast 1000 € Steuern, ich bekomme also nur 1770 € netto. Zum Glück ist das Leben in Aalborg nicht so teuer. Ich brauche ungefähr 1000 € im Monat.

Kreuzworträtsel

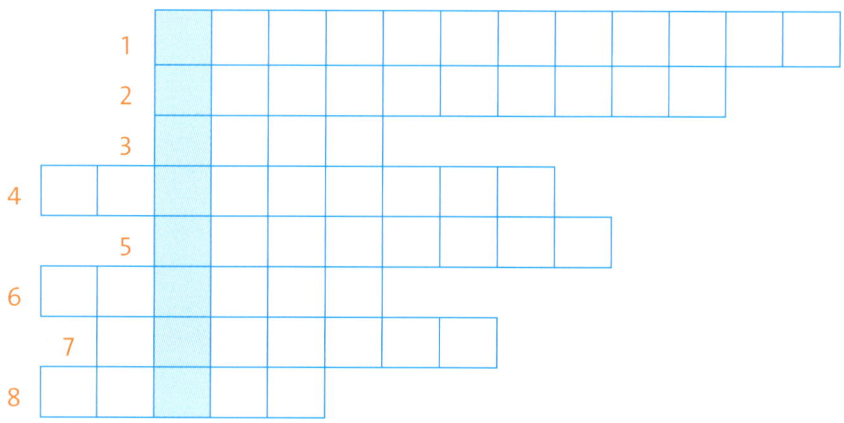

1. Das Gegenteil von *Arbeitgeber*.
2. Hier übernachtet man als Gast.
3. Alle Autos stehen.
4. Das Gegenteil von *unbefristet*.
5. Hier darf man schnell fahren.
6. Wenn man arbeitet, bekommt man ein ...
7. Mit diesem Gerät kann man drucken.
8. Gegenteil von *brutto*.

1 Leben und arbeiten in Europa

1.34

a **Wo wohnen die Personen? Was sind ihre Berufe? Wie ist ihr Brutto- und Netto-Gehalt? Lesen Sie und hören Sie. Notieren Sie.**

Mehdi Hammami
Beruf: ...
Gehalt: ...

b **Wo ist das Leben besonders teuer? Sprechen Sie im Kurs.**

2 Kreuzworträtsel

a **Welche Wörter passen? Lösen Sie das Kreuzworträtsel. Was ist das Lösungswort?**

b Projekt. **Arbeiten Sie in Gruppen. Machen Sie selbst ein Kreuzworträtsel. Tauschen Sie mit einer anderen Gruppe. Lösen Sie das Rätsel.**

Arbeitsort Autobahn

Die Autobahn ist nicht nur eine Straße, sie ist auch ein Arbeitsort. Diese Personen arbeiten auf und an der Autobahn:

Frau Krawcyk, Frau Dogan, Herr Popescu, Sie arbeiten alle an der Autobahn, was machen Sie genau?

Popescu: Also ich arbeite vor allem *auf* der Autobahn – ich bin Lkw-Fahrer. Ich transportiere Waren von Rumänien nach Österreich.

Und wann und wo machen Sie Pause?

Popescu: Nach spätestens 4,5 Stunden muss ich 45 Minuten Pause machen. Dann fahre ich zum Beispiel auf diese Raststätte – und da treffe ich dann Frau Krawcyk.
Krawcyk: Ja, das stimmt, Herr Popescu ist regelmäßig Gast bei uns. Ich verkaufe hier Lebensmittel und Getränke. Herr Popescu tankt immer und dann isst er ein großes Schnitzel mit zwei Portionen Erdäpfelsalat. Entschuldigung, darf ich das sagen?
Popescu: Kein Problem, ich esse sehr gern. Das sieht man ja!

Wo übernachten Sie eigentlich, Herr Popescu?

Popescu: In meinem Lkw natürlich, das ist sehr gemütlich.
Krawcyk: Wirklich? Also ich bin froh, dass ich jeden Tag nach Hause fahren kann. Ich wohne in einem Dorf in der Nähe. Dorthin brauche ich etwa 20 Minuten.

Frau Dogan, Sie tragen eine Uniform ...

Dogan: Ja, ich bin bei der Autobahn-Polizei, unsere Dienststelle ist fast direkt an der Autobahn, das ist ganz praktisch, aber ich wohne weiter weg – ich muss jeden Tag ungefähr 40 Minuten zu meinem Arbeitsplatz fahren.

Was muss denn eine Autobahnpolizistin machen?

Dogan: Wir kommen zum Beispiel, wenn es einen Unfall gibt. Dann sperren wir die Autobahn. Wir kontrollieren aber auch Lkws und ihre Fahrer. Und wenn sie nicht genug Pausen machen ...
Popescu: Dann müssen wir eine Strafe zahlen, oh, das ist teuer! Wir verdienen ja nicht so viel Geld und wir haben immer zu wenig Zeit ...
Dogan: Ja, ich weiß, das ist nicht einfach. Sie haben immer viel Stress, das verstehe ich. Aber was soll ich machen? Es ist wichtig, dass die Autobahn sicher bleibt.
Popescu: Ja, ich weiß. Sie machen Ihre Arbeit, ich mache meine. So, jetzt muss ich aber leider weiter. Auf Wiederschauen!

Gute Fahrt!

3 Arbeitsort Autobahn

a Was erfahren Sie über die Personen? Arbeiten Sie zu dritt. Wählen Sie eine Person. Die anderen wählen die anderen Personen. Lesen Sie. Schreiben Sie.

1. Was ist die Person von Beruf?
2. Was macht die Person an/auf der Autobahn?
3. Welche Informationen gibt es noch?

b Was haben die anderen über ihre Personen erfahren? Sprechen Sie zu dritt.

c Wer arbeitet noch an oder auf der Autobahn? Sprechen Sie im Kurs.

Krankenwagenfahrer/-in oder ...

7 Gesund bleiben

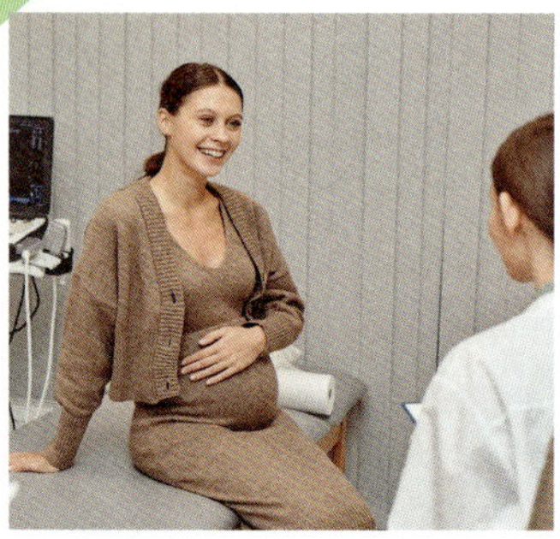

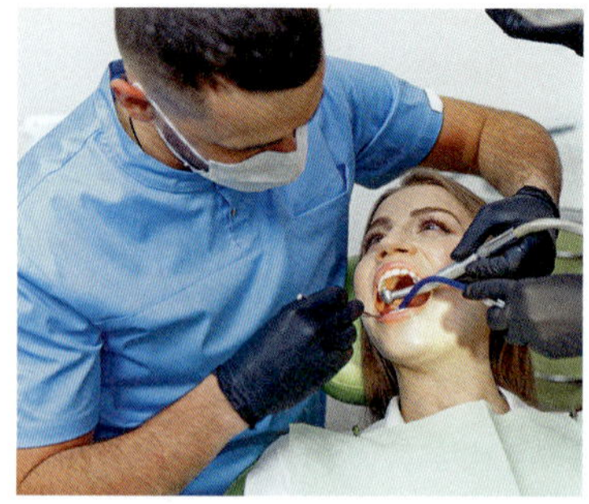
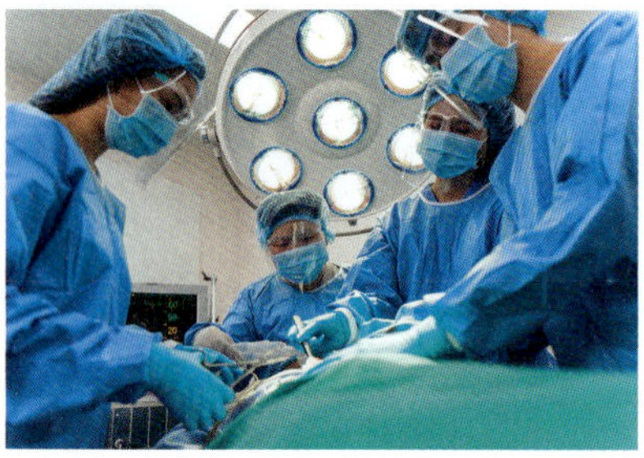

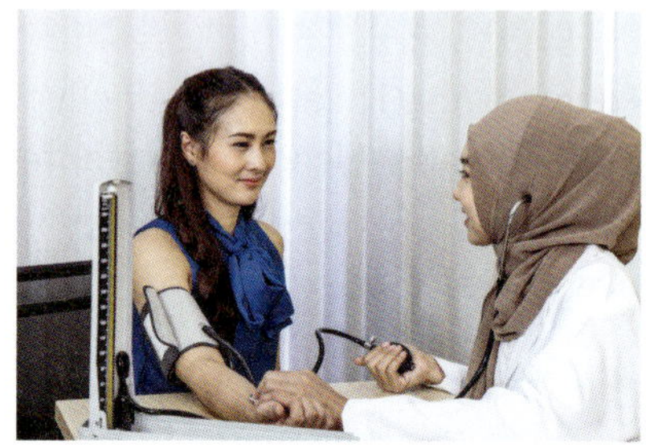

A Vergessen Sie Ihre e-card nicht!

W 1 Hier ist meine e-card.

a Wie heißt Ihre Gesundheitskasse? Wann braucht man die e-card? Sprechen Sie im Kurs. Die Bildleiste hilft.

1.35 **b Phonetik: *ng* und *nk*. Hören Sie. Sprechen Sie nach.**

1. nk: krank – die Krankheit – die Krankenversicherung
2. ng: die Versicherung – die Untersuchung – die Behandlung – schwanger – die Füllung

c Was denken Sie: Was zahlt die Gesundheitskasse (nicht)? Sehen Sie die Bilder an. Sprechen Sie im Kurs.

W 2 Wann waren Sie das letzte Mal beim Arzt?

1.36 **a Was muss Herr Riedle machen? Hören Sie. Kreuzen Sie an.**

1. ☐ die e-card zeigen
2. ☐ den Pass zeigen
3. ☐ den Patientenbogen ausfüllen

Gehen Sie regelmäßig zur Vorsorgeuntersuchung. Das ist wichtig für Ihre Gesundheit. Die Vorsorgeuntersuchung ist einmal im Jahr kostenlos.

b Welche Informationen fehlen? Arbeiten Sie zu zweit. Wählen Sie eine Rolle in der App (A oder B). Ihre Partnerin / Ihr Partner wählt die andere Rolle. Ergänzen Sie rechts.

c Welche Informationen fehlen noch? Fragen Sie und ergänzen Sie.

- Wann ist Herr Riedle geboren?
- Am 05.07.1998. Nimmt er Medikamente?

die Gesundheitskasse

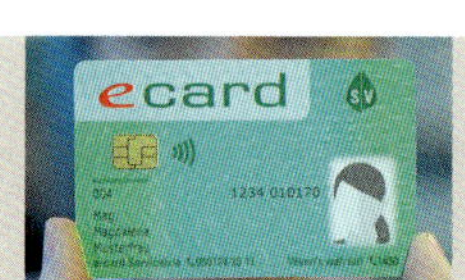

die e-card

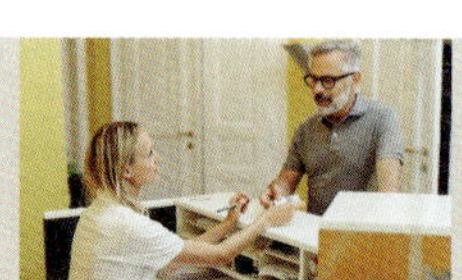
der/die Arzthelfer/-in

der Patientenbogen

schwanger sein

Lernziele: über Krankenversicherung sprechen • einen Patientenbogen ausfüllen • Angebote vom Arzt verstehen und darauf reagieren •

Patientenbogen

Name: ______________________ Gesundheitskasse: ______________________

Geburtsdatum: ______________________ Hausarzt: ______________________

Straße: ______________________ PLZ und Ort: ______________________

Telefonnummer: *0665 / 20814...*

Gesundheitscheck

Hatten Sie im letzten Jahr eine Operation? Wenn ja: Welche? ______________________

Nehmen Sie regelmäßig Medikamente? Wenn ja: Welche? ______________________

Haben Sie eine chronische Krankheit? Wenn ja: Welche? ______________________

Haben Sie eine Allergie? Wenn ja: Welche? ______________________

Rauchen Sie? Ja ☐ Nein ☐ Trinken Sie regelmäßig Alkohol? Ja ☐ Nein ☐

Sind Sie schwanger? Ja ☐ Nein ☐ Gehen Sie regelmäßig zum Zahnarzt? Ja ☑ Nein ☐

1.37

d Was möchte Frau Dr. Saleh wissen? Hören Sie. Kreuzen Sie an.

☐ **1.** Schmerzen? ☐ **3.** Allergien? ☐ **5.** rauchen?
☐ **2.** Medikamente? ☐ **4.** Zahnarztbesuch: wann? ☐ **6.** Füllung?

1.37

e Warum nimmt Herr Riedle nicht die Keramikfüllung? Hören Sie noch einmal. Sprechen Sie im Kurs.

f Wie kann man höflich fragen? Ergänzen Sie.

	Indirekte W-Fragen	
Wie teuer ist die Keramikfüllung?	Können Sie mir sagen, **wie** teuer die Füllung	ist?
Welche Möglichkeiten gibt es?	Ich möchte gerne wissen, ______________	______.
Wie viel Geld muss ich bezahlen?	Mich interessiert, ______________	______.
Wann waren Sie beim Zahnarzt?	Wissen Sie, ______________	______?

g Ich möchte gerne wissen, ... Fragen Sie höflich und antworten Sie.

Wann waren Sie das letzte Mal beim Zahnarzt? • Welche Medikamente nehmen Sie? • Wo tut es weh? • Welche Füllung möchten Sie? • Wie teuer ist die normale Füllung?

3 Ich möchte wissen, wie teuer das ist.

a Schreiben Sie zu zweit einen Dialog beim Zahnarzt. Die Fragen in 2f und 2g helfen.

b Sprechen Sie Ihren Dialog in Ihr Smartphone. Hören Sie dann. Was war gut? Was können Sie besser machen? Spielen Sie den Dialog noch einmal.

die Allergie

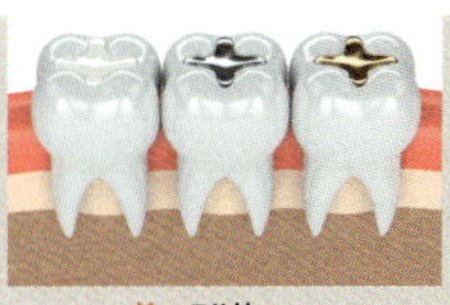
die Füllung

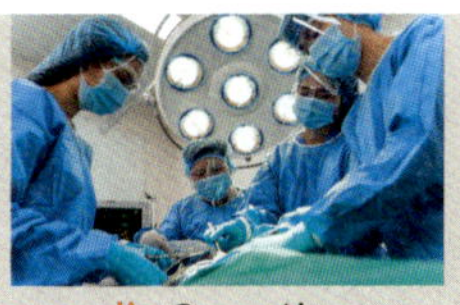
die Operation

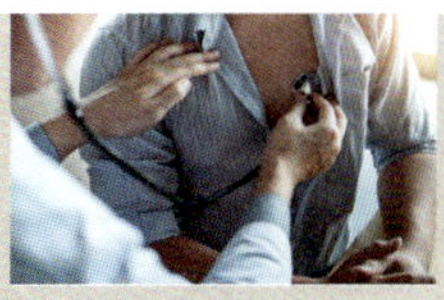
die Untersuchung

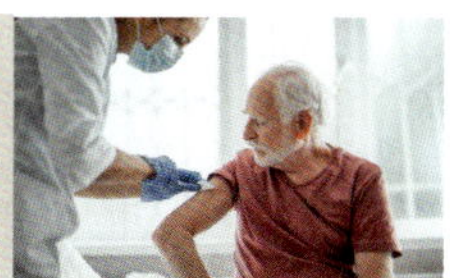
die Behandlung

B Das ist unser Angebot.

1 Tipps für Ihre Gesundheit

a Was machen die Personen auf den Fotos? Sprechen Sie im Kurs.

Aktiv etwas für die Gesundheit tun! Hier unsere Tipps.

A Mit Sport wieder gesund werden? Das finden wir super!

Haben Sie Rückenschmerzen? Spezielles Rückentraining kann Ihnen helfen. Möchten Sie aktiv sein und suchen Sie einen Fitnesskurs? Haben Sie oft Kopfschmerzen? Yoga ist ein gutes Mittel gegen Stress und Kopfschmerzen.

Auf unserer Internetseite finden Sie viele Sportkurse. Jeder Kurs dauert zwischen drei und sechs Monaten und kostet zwischen 80 und 150 Euro. Fragen Sie Ihre Ärztin oder Ihren Arzt, welches Bewegungstraining für Sie passt. Alle Sportkurse, Termine und Preise finden Sie unter www.sport-kurse.example.at

B Endlich mit dem Rauchen aufhören? Wir helfen Ihnen dabei!

Muss es eine Zigarette sein, wenn Sie Stress oder Langeweile haben? Sie wissen, dass Rauchen nicht gut für Ihre Gesundheit ist. Und wenn Sie keine Zigaretten mehr kaufen, können Sie viel Geld sparen. Endlich mit dem Rauchen aufhören? Wir bieten den Online-Kurs „Ab jetzt ohne Zigarette" an. Er dauert drei Monate und die Zeiten sind flexibel. Der Online-Kurs kostet 50 Euro. Starten Sie noch heute!

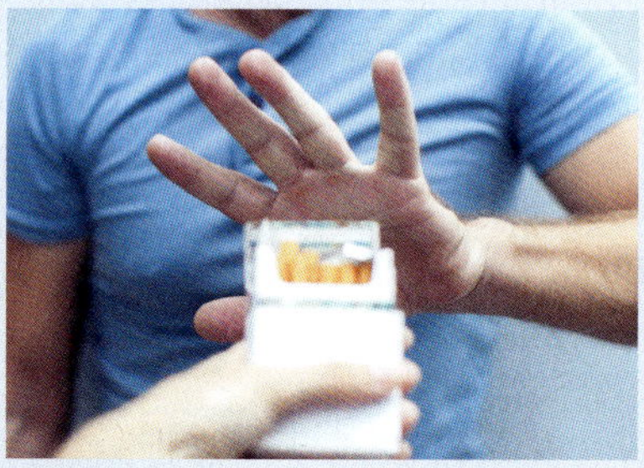

C So bleiben Ihre Zähne schön und gesund. Hier unsere Tipps.

Putzen Sie Ihre Zähne zweimal pro Tag? Wir alle wissen, dass das sehr wichtig ist. Das ist aber nicht genug. Gehen Sie mindestens zweimal pro Jahr zum Zahnarzt. Er kontrolliert: Ist alles in Ordnung? Und er reinigt Ihre Zähne professionell. Die Mundhygiene kostet zwischen 80 und 130 Euro. Für Kinder und Jugendliche bis 18 Jahre ist die Mundhygiene kostenlos.

Tipp: Laden Sie sich die kostenlose Zahnpflege-App herunter!

Wenn Sie Fragen haben, schreiben Sie uns oder rufen Sie uns an: Tel. 01/325199...

Der Mann auf dem Foto links arbeitet im Lager. Er hat ...

b Welche Gesundheitstipps gibt es? Arbeiten Sie zu dritt. Wählen Sie einen Text (A, B oder C). Die anderen wählen die anderen Texte. Lesen Sie. Machen Sie Notizen.

1. Welches Angebot gibt es? ______________________
2. Wie lange dauert es? / Wie oft findet es statt? ______________________
3. Wie viel Geld kostet es? ______________________

Lernziele: Informationen und Gesundheitstipps verstehen • Informationen weitergeben • bei der Gesundheitskasse telefonisch um

c Welche Angebote gibt es? Welches Angebot finden Sie gut? Was möchten Sie auch machen? Sprechen Sie zu dritt (A, B und C).

- Kannst du mir sagen, welches Angebot du gelesen hast?
- Ich habe Text B gelesen. Dort gibt es ein Angebot für Raucher.
- Oh, interessant. Weißt du, wie lange ein Kurs dauert?
- Ja, ein Kurs dauert ...

wissen	
ich **weiß**	wir wissen
du **weißt**	ihr wisst
er/sie/es **weiß**	sie/Sie wissen

d Wie heißen die Wörter in Ihren Sprachen? Gibt es auch lange Wörter? Sprechen Sie im Kurs.

das Rückentraining • die Krankenversicherung • die Kopfschmerzen • die Zahnarztrechnung

2 Ich habe noch eine Frage.

1.38 **a Welches Angebot in 1a passt? Hören Sie. Sprechen Sie im Kurs.**

1.38 **b Was ist richtig? Hören Sie noch einmal. Kreuzen Sie an.**

1. a ☐ Das Fitnessstudio bietet Kurse für Menschen mit Rückenproblemen an.
   b ☐ Mit Rückenproblemen kann man an den Sportkursen nicht teilnehmen.
2. a ☐ Es gibt Kurse online und vor Ort.
   b ☐ Es gibt alle Kurse nur online.
3. a ☐ Ein Kurs kostet zwischen 80 und 100 Euro.
   b ☐ Ein Kurs kostet zwischen 80 und 150 Euro.
4. a ☐ Man kann sich nur online anmelden.
   b ☐ Man kann sich auch im Fitnessstudio anmelden.

c Sie möchten mit dem Rauchen aufhören. Arbeiten Sie zu zweit. Variieren Sie den Dialog.

- Guten Tag. Sie sprechen mit Frau Kowalski.
- Grüß Gott, mein Name ist Kluge. Ich möchte einen Kurs für Raucher machen und ich habe noch Fragen: Wann beginnt der nächste Kurs?
- Der nächste Kurs fängt am 4.9. an.
- Und wissen Sie, wie oft der Kurs stattfindet?
- Der Kurs findet zweimal pro Woche statt, immer am Dienstag und am Freitag, von 18 bis 20 Uhr.
- Oh, das passt gut. Können Sie mir noch sagen, wo ich mich anmelden muss?
- Sie können sich bei mir jetzt anmelden.
- Ok, gerne!

3 Melden Sie sich bei der Gesundheitskasse.

Sie haben geheiratet und sind umgezogen. Schreiben Sie ein E-Mail mit den neuen Informationen an die Gesundheitskasse. Die App hilft.

C Geht es Ihnen nicht gut?

1 Kann ich Ihnen helfen?

11 **a Wie geht es Aaron Mahlangu? Sehen Sie sich das Video bis 00:25 an. Sprechen Sie zu viert.**

Ich glaube, dass Aaron müde ist.

Er ist vielleicht krank.

11 **b Was ist richtig? Sehen Sie sich das Video komplett an. Kreuzen Sie an.**

1. ☐ Aaron Mahlangu konnte zweimal nicht arbeiten.
2. ☐ Nino Arabuli bietet ihm Hilfe an.
3. ☐ Er arbeitet nicht mehr gern als Lehrer.
4. ☐ Er ist krank.
5. ☐ Nino Arabuli empfiehlt ihm eine Selbsthilfegruppe.

c War es richtig, dass Nino Arabuli gefragt hat? Möchte Aaron Mahlangu antworten? Warum (nicht)? Sprechen Sie zu zweit.

Aaron geht es nicht gut. Nino ist die Chefin, sie muss ihn fragen.

Ich denke, es war nicht richtig. Aaron ist die Situation peinlich.

11 **d Was sagt Nino Arabuli? Sehen Sie sich das Video noch einmal an. Markieren Sie.**

Hilfe anbieten

Darf/Kann ich Sie/dich etwas fragen?

Was ist los?

Brauchen Sie / Brauchst du Hilfe?

Darf/Kann ich Ihnen/dir helfen?

Ist etwas nicht in Ordnung?

Kann ich etwas für Sie/dich tun?

Soll ich Ihnen/dir helfen? Das mache ich gerne.

ja	*nein*
______________	______________
______________	______________
	______________

e Welche Antwort bedeutet *ja*, welche *nein*? Ordnen Sie in d zu.

Gerne. Vielen Dank. • Danke, das geht schon. • Das ist (sehr) nett, danke, aber ... •
Danke, das ist nicht nötig. • Gut, einverstanden.

Lernziele: über Hilfsangebote sprechen • Hilfe anbieten und darauf reagieren • Informationen zu Hilfsangeboten verstehen

f Was sagen Aaron Mahlangu und Nino Arabuli? Arbeiten Sie zu zweit. Ordnen Sie zu. Erzählen Sie dann.

a ☐ Du hast deinen Kurs zweimal abgesagt. — Ich hatte eine Erkältung.

b ☐ Kann ich dich etwas fragen? Geht es dir nicht gut? — Nein, alles gut.

c ☐ Vielleicht ist die Selbsthilfegruppe auch gut für dich? — Ich weiß nicht ... Gut, einverstanden.

d ☐ Was ist los? Ist etwas nicht in Ordnung? — Es ist nichts.

e ☐ Kann ich dir helfen? — Danke, das ist nicht nötig.

Aaron ist traurig. Nino fragt: *Kann ich dich etwas fragen? Geht es dir nicht gut?*

2 Brauchst du Hilfe?

Wählen Sie eine Situation (A oder B). Spielen Sie zu zweit einen Dialog. Bieten Sie Hilfe an. Reagieren Sie. Sagen Sie nicht sofort *ja*.

Kann ich dir helfen?

Danke, das ist nicht nötig. Ich rufe den IT-Service an.

Was ist los? Funktioniert das neue Programm nicht? Ich glaube, ich weiß, wie es geht.

Das ist sehr nett, aber du hast auch viel Arbeit. Ich ...

D Können Sie mir sagen, ...?

1 Schwierige Texte verstehen

a Was verstehen Sie? Lesen Sie. Markieren Sie.

DENTALPUTZEREI

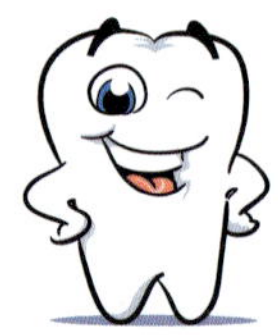

Herrn
Michael Riedle
Maxstr. 107
5300 Salzburg

11. März 20...

Sehr geehrter Herr Riedle,

kennen Sie unser Programm zur Zahnpflege? Das tägliche Zähneputzen ist wichtig: zweimal am Tag! Erneuern Sie nach drei Monaten Ihre Zahnbürste. Lassen Sie zweimal im Jahr Ihre Zähne von Ihrer Zahnärztin oder Ihrem Zahnarzt kontrollieren. Das ist wichtig – Sie beugen Zahnkrankheiten vor und sparen Geld! „Neue Zähne" sind teuer!

Lassen Sie mindestens einmal im Jahr bei uns eine Mundhygiene machen: Das ist eine professionelle Reinigung Ihrer Zähne. Der Preis für eine zahnärztliche Zahnreinigung liegt zwischen 80 und 130 Euro. Für Kinder und Jugendliche von 10 bis 18 Jahren übernimmt die Gesundheitskasse die Kosten für eine Mundhygiene pro Jahr.

Machen Sie noch heute einen Termin!

Bei Fragen können Sie uns unter 01 2090... anrufen.
Oder wenden Sie sich per E-Mail an uns (dentalputzerei@example.at).

Mit freundlichen Grüßen
Ihr Dentalputzerei-Team

b Lesen Sie noch einmal. Antworten Sie. Die markierten Stellen im Text helfen.

1. Welche Tipps gibt es zur Zahnpflege?
2. Was kann man bei der „Dentalputzerei" machen?
3. Wo bekommt man weitere Informationen?

2 Wir üben lange Wörter.

a Arbeiten Sie zu zweit. Sprechen Sie wie im Beispiel.

1. die Gesundheitskasse
2. der Fitnesskurs
3. die Zahnarztrechnung
4. die Zahnarztpraxis
5. die Kursgebühr
6. die Pollenallergie
7. das Rückentraining
8. die Vorsorgeuntersuchung
9. die Krankenversicherung

Die Kasse.

Die Gesundheitskasse. – Der Kurs.

b Sprechen Sie die Wörter langsam und schnell. Gehen Sie dabei langsam und schnell.

Lernziele: Strategie: schwierige Texte verstehen • lange Wörter flüssig sprechen • höflich fragen • indirekte Fragen

3 Können Sie mir sagen, wie viel die Brille kostet?

Spielen Sie zu dritt.

Würfeln Sie und bewegen Sie Ihre Figur. Fragen Sie indirekt. Die Antworten stehen auf den Spielfeldern. Richtig? Sie dürfen stehenbleiben. Falsch? Gehen Sie zurück.

Kannst du mir sagen, ...?
Ich möchte gern wissen, ...

Ich möchte gern wissen, wo das Fitnessstudio ist.
In der Hauptstraße 37. Deine Frage passt.

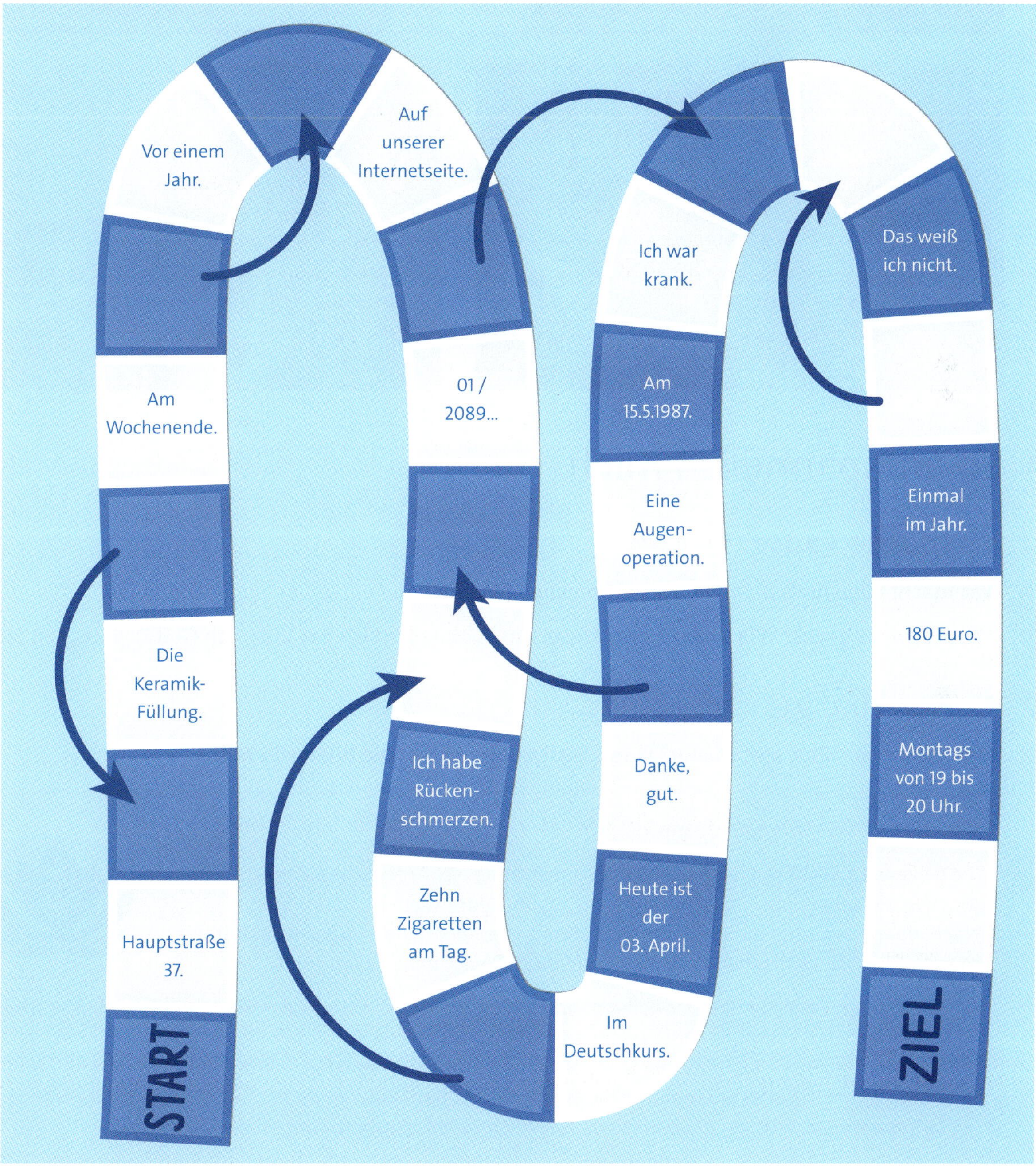

4 Alles klar? Wollen Sie mehr üben?

a **Was hat Ihnen gefallen? Was war schwer? Was war leicht? Sprechen Sie im Kurs.**

b **Wiederholen Sie und üben Sie in der App. Wählen Sie A (leichte Übungen) oder B (schwere Übungen).**

c **Mehr zu „Werte und Orientierung“**

Werte und Orientierung

7 Seite 173

8 Sicher am Arbeitsplatz

1

2

3
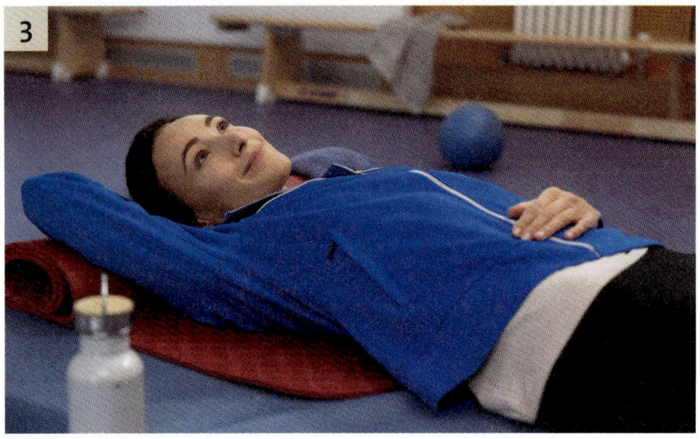

4

A So entspanne ich mich.

W 1 Ich mache Pause.

a Was macht Nino Arabuli in der Pause? Sprechen Sie im Kurs.

12 **b Was macht sie heute? Wie findet Herr Klauser das? Sehen Sie sich das Video an (Teil 1). Sprechen Sie im Kurs.**

W 2 Pausen sind gesund.

a Welche Pausen-Tipps gibt es hier? Lesen Sie. Markieren Sie. Die Bildleiste hilft.

Gesunde Pause: Entspannen Sie sich!

Sie fühlen sich nicht gut, weil die Arbeit sehr stressig ist? Ärgern Sie sich nicht! Machen Sie lieber eine Pause. Pausen sind gesund, denn sie reduzieren Stress. Nach einer Pause sind Sie wieder fit und können besser arbeiten. Aber was sollte man in einer Pause machen? Wir haben ein paar Tipps für Sie gesammelt:

- Verabreden Sie sich mit einer Kollegin oder einem Kollegen, essen Sie etwas gemeinsam oder trinken Sie einen Tee, einen Saft oder ein Wasser. Das ist gesund. Wenn Sie länger Pause machen können, verlassen Sie Ihren Arbeitsplatz. Bewegen Sie sich, machen Sie einen Spaziergang oder etwas Sport.
- Hören Sie Musik oder entspannen Sie sich auf einer Bank oder einem Sofa. Schalten Sie ihr Handy aus und langweilen Sie sich! Auch wenn Sie das vielleicht nicht glauben: Langeweile ist gesund!

sich entspannen

sich beeilen

sich freuen

sich gut fühlen

sich schlecht fühlen

Lernziele: über gesunde Pausen und Entspannung sprechen • einen Ratgebertext verstehen • reflexive Verben

b **Lesen Sie den Grammatikkasten. Markieren Sie die reflexiven Verben in a.**

Reflexive Verben

ich entspanne **mich**	wir entspannen **uns**
du entspannst **dich**	ihr entspannt **euch**
er/es/sie entspannt **sich**	sie/Sie entspannen **sich**

1.39

c **Phonetik: Ich- und Ach-Laut. Hören Sie. Sprechen Sie nach.**

1. *Ich-Laut:* Ich fühle mich manchmal nicht fit. Fühlt ihr euch immer fit?
2. *Ach-Laut (nach* a, o, u, au*):* Mach doch eine Pause. Auch Lachen ist gesund.

d **Arbeiten Sie zu dritt. Wählen Sie ein Verb in der Bildleiste. Sprechen Sie wie im Beispiel. Achten Sie auf den Ich-Laut.**

Ich ärgere mich.

Du ärgerst dich.

Er ärgert sich.

e **Pantomime: Was mache ich? Wählen Sie ein Verb in der Bildleiste. Spielen Sie Pantomime. Die anderen raten.**

Freust du dich?

Ja, das ist richtig. Ich freue mich.

13

f **Welchen Tipp im Text in a findet Herr Klauser gut? Sehen Sie sich das Video an (Teil 2). Sprechen Sie im Kurs.**

3 Wie entspannen Sie sich?

a **Wie entspannt man sich in Österreich? Arbeiten Sie zu zweit. Wählen Sie eine Aufgabe (A oder B). Ihre Partnerin / Ihr Partner wählt die andere Aufgabe. Lesen Sie in der App. Markieren Sie die Aktivitäten.**

A	B
Menschen **von 18 bis 40 Jahren**	Menschen **über 40 Jahre**

b **Was haben Sie erfahren? Erzählen Sie. Machen Sie zu zweit Notizen.**

Menschen von 18 bis 40 Jahren	Menschen über 40 Jahre
lesen: 44 %	…
…	

c **Was hat Sie überrascht? Wie entspannen Sie sich am liebsten? Erzählen Sie.**

Menschen über 40 Jahre hören mehr Musik als junge Menschen – das habe ich nicht gewusst. Ich wundere mich, denn meine Freunde und ich entspannen uns auch am liebsten mit Musik.

sich bewegen

sich verabreden

sich langweilen

sich ärgern

sich wundern

B Ich gehe morgen zum Betriebsarzt.

1 Kannst du mehr Pausen machen?

a Warum tut Mary der Arm weh? Lesen Sie. Kreuzen Sie an.

Mary 10:05
Hallo, ihr Lieben! Mein Arm tut heute schon wieder weh.
Am Wochenende hatte ich keine Schmerzen. Wenn ich aber arbeite, habe ich Probleme. Was soll ich nur machen?

Oumar 10:12
Oje, Mary, das ist nicht gut. Du hast doch schon seit ein paar Monaten Probleme. Kannst du mehr Pausen machen und dich ausruhen?

Mary 10:14
Puh, das geht leider nicht. Wir haben nur sehr wenig Zeit. Und ich muss mich um viele Dinge kümmern.

Simeon 10:14
Wahrscheinlich hast du Schmerzen, weil du im Lager sehr viel trägst. Kannst du weniger arbeiten? Teilzeit?

Elli 10:18
Hast du schon deine Kollegen gefragt? Haben sie auch regelmäßig Schmerzen?

Mary 10:30
Weniger arbeiten? Nein, dann verdiene ich zu wenig. Meine Kollegen haben keine Probleme. Ich habe sie schon gefragt.

Elli 10:35
Also meine Schwester hatte auch Probleme, aber mit dem Rücken. Sie ist dann zum Betriebsarzt gegangen. Der hatte viele Tipps. Das hat ihr geholfen. Habt ihr auch einen Betriebsarzt?

Mary 10:36
Das ist eine gute Idee! Ja, wir haben einen Betriebsarzt. Ich rufe dort morgen an und mache einen Termin. Jetzt muss ich Schluss machen. Bis morgen!

1. ☐ Mary arbeitet viel am Computer.
2. ☐ Mary muss bei der Arbeit viel tragen.

b Was ist falsch? Lesen Sie noch einmal. Korrigieren Sie.

1. Oumar schlägt vor, dass Mary mehr Sport treiben sollte.
2. Simeon findet, dass ein anderer Job eine gute Idee ist.
3. Elli schreibt, dass ihre Schwester von ihrem Hausarzt Hilfe bekommen hat.
4. Mary sagt, dass sie den Betriebsarzt in einer Woche anruft.

Lernziele: über Gesundheit am Arbeitsplatz sprechen • Ratschläge verstehen • höfliche Ratschläge geben • Modalverb: *sollte-*

2 Sie sollten zur Physiotherapie gehen.

1.40

a Welche Tipps gibt der Betriebsarzt? Hören Sie. Kreuzen Sie an.

1. ☐ Sie sollten ein paar Tage nichts tragen.
2. ☐ Sie sollten Tabletten nehmen.
3. ☐ Sie sollten eine Bandage bei der Arbeit tragen.
4. ☐ Sie sollten in Ihrer Pause Gymnastik machen.
5. ☐ Sie sollten zur Physiotherapie gehen.

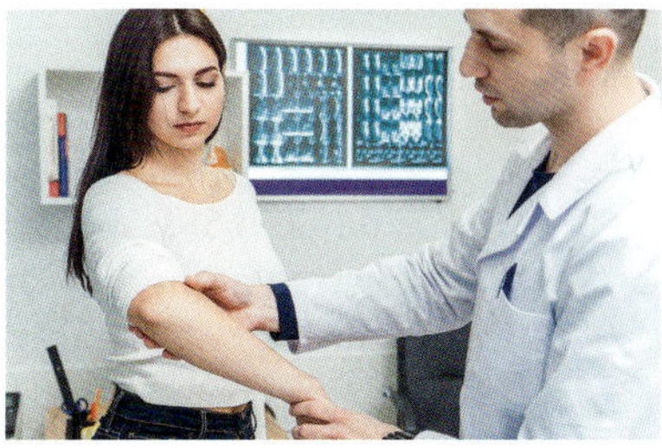

b Welchen Tipp in a finden Sie am besten? Ergänzen Sie den Tipp. Vergleichen Sie im Kurs.

sollte-
höfliche Ratschläge geben

	Position 2		Satzende
Sie	sollten	Sport	machen.
______	______	______	______.

ich sollte	wir sollten
du solltest	ihr solltet
er/es/sie sollte	sie/Sie sollten

c Welche Ratschläge können Sie geben? Arbeiten Sie zu zweit. Die App hilft.

1 Neli: Stress bei der Arbeit haben

2 Piolo: die Arbeit langweilig finden

3 John: die Hausübungen schwer finden

Neli hat viel Stress bei der Arbeit. Sie sollte mit der Chefin oder mit dem Chef sprechen.

Ja, oder sie sollte ...

3 Du solltest dich nicht ärgern.

a Sie haben ein Problem. Schreiben Sie eine Nachricht wie in 1a auf einen großen Zettel.

Stress mit der Chefin / dem Chef haben • zu viel Arbeit haben • immer müde sein • schlecht schlafen • oft ...

b Arbeiten Sie zu viert. Geben Sie Ihren Zettel weiter. Antworten Sie auf die neue Nachricht: Schreiben Sie einen Ratschlag. Geben Sie den Zettel wieder weiter. Schreiben Sie wieder einen Ratschlag.

Kolja: *Hallo, ihr Lieben! Ich schreibe euch heute, weil ...*
Jo: *Du solltest unbedingt ...*
Kalina: *Du kannst auch ... Vielleicht solltest du auch ...*
Richi: *...*

c Haben Sie Ihren Zettel zurückbekommen? Welchen Ratschlag finden Sie gut? Lesen Sie. Sprechen Sie zu viert.

C Vorsicht am Arbeitsplatz!

1 Pausen am Arbeitsplatz: Was darf man? Was muss man?

a Was denken Sie: Was ist richtig? Arbeiten Sie zu dritt. Sprechen Sie mit Ihrer Partnerin / Ihrem Partner. Die dritte Partnerin / Der dritte Partner arbeitet mit der App und kontrolliert die Lösung.

Pausen am Arbeitsplatz

1 Sie müssen nach 6 Stunden ...
- a ☐ mindestens 30 Minuten Pause machen.
- b ☐ keine Pause machen.

2 Sie dürfen die Pause ...
- a ☐ nicht teilen.
- b ☐ teilen: in je 15 Minuten.

3 Sie dürfen ...
- a ☐ früher nach Hause gehen, wenn Sie keine Pause machen.
- b ☐ nicht früher nach Hause gehen, auch wenn Sie keine Pause machen.

4 Die Regeln 1 bis 3 gelten ...
- a ☐ auch im Home-Office.
- b ☐ nicht im Home-Office.

5 Ihr Chef / Ihre Chefin ...
- a ☐ darf sagen, wo Sie die Pause verbringen und was Sie machen.
- b ☐ darf nicht sagen, wo Sie die Pause verbringen und was Sie machen.

6 Zwischen zwei Schichten müssen mindestens ...
- a ☐ 11 Stunden liegen.
- b ☐ 15 Stunden liegen.

7 In manchen Berufen ...
- a ☐ muss man 14 Tage arbeiten und hat dann 14 Tage frei.
- b ☐ arbeitet man manchmal mehr als 5 Tage pro Woche.

8 Für die Pause ...
- a ☐ bekommen Sie Gehalt.
- b ☐ bekommen Sie kein Gehalt.

b Was ist für Sie neu? Sprechen Sie zu dritt.

Ich muss Pausen machen? Wirklich? Das habe ich nicht gewusst.

c Wie kennen Sie es? Sprechen Sie im Kurs.

Elf Stunden Pause zwischen den Arbeitstagen – so etwas gibt es in Japan nicht. Viele Menschen arbeiten sehr viel.

Ich weiß nicht, wie die Regeln in meinem Herkunftsland sind. Bei mir war es bei der Arbeit so: ...

Lernziele: Informationen zur Pausenregelung am Arbeitsplatz verstehen • Pausenregelungen in verschiedenen Ländern

W 2 Stopp! Das ist gefährlich!

a Was bedeuten die Schilder? Ordnen Sie zu.

der Flughafen

1. ☐ Stopp! Nicht weitergehen!
2. ☐ Hier ist der Feuerlöscher.
3. ☐ Hier finden Sie erste Hilfe.
4. ☐ Hier ist der Notausgang.
5. ☐ Achtung! Strom!
6. ☐ Tragen Sie eine Warnweste!
7. ☐ Rauchen verboten!
8. ☐ Tragen Sie einen Ohrenschutz!

b Was bedeuten die Farben? Verbinden Sie.

grün	Feuer? Hier finden Sie Hilfe.
blau	Hier müssen Sie unbedingt ... tragen!
gelb	Stopp! Halt! Das dürfen Sie nicht. Das ist gefährlich/verboten!
rot	Vorsicht! Achtung! Hier müssen Sie aufpassen!
rot	Hier finden Sie Hilfe/Information.

1.41 **c Welche Schilder passen zu dem Dialog? Hören Sie. Markieren Sie in a.**

1.41 **d Was sagt Herr Sevinc? Hören Sie noch einmal. Markieren Sie in b.**

1.42 **e Phonetik: mit Emotionen sprechen. Hören Sie. Sprechen Sie nach.**

W 3 Was bedeutet dieses Schild?

a Wählen Sie eine Aufgabe (A oder B). Fotografieren Sie die Schilder.

A Welche Schilder gibt es an verschiedenen Orten in Ihrer **Stadt**?

B Welche Schilder gibt es in Ihrer **Sprachschule**?

b Wo haben Sie die Schilder gefunden? Was bedeuten sie? Zeigen Sie Ihre Fotos. Sprechen Sie zu viert.

Dieses Schild habe ich im Kindergarten von meiner Tochter fotografiert.

Auf dem Schild sind Hausschuhe. Es bedeutet, dass man die Schuhe ausziehen muss.

D Ich habe mich gut gefühlt.

1 Wir sollten in der Pause Sport machen.

a Was denken Sie: Was sollte man in der Pause machen? Notieren Sie zwei Ideen für eine gesunde Pause. Arbeiten Sie zu dritt.

1. *Wir sollten in der Pause Sport machen. Das ist gut für den Körper und den Kopf.*
2. ...

b Welche Ideen finden Sie gut? Hängen Sie die Zettel auf. Lesen Sie. Wählen Sie drei Ideen aus.

- Das ist eine gute Idee. Einmal in der Woche machen wir die Pause zusammen und frühstücken.
- Ja, das ist schön. So können wir uns ein bisschen entspannen. Wer kann sich um Tee und Kaffee kümmern?

2 Wann hast du dich das letzte Mal ...?

a Arbeiten Sie zu dritt. Schreiben Sie die reflexiven Verben von Seite 70 und 71 auf Karten.

b Wie heißen die Perfektformen? Ergänzen Sie auf den Karten.

c Wann hast du dich das letzte Mal ...? Drehen Sie die Karten um. Arbeiten Sie in Gruppen. Ziehen Sie eine Karte. Fragen Sie. Die anderen antworten.

sich gut fühlen
ich habe mich gut gefühlt

- Wann hast du dich das letzte Mal gut gefühlt?
- Ich habe mich gestern gut gefühlt. Ich hatte ein Problem mit meinem Fahrrad. Meine Nachbarin hat mir dann geholfen. Das war schön. Und wann hast du dich das letzte Mal gut gefühlt?
- Ich habe mich heute in der Früh gut gefühlt. Ich habe gut geschlafen. Endlich wieder!

3 Achtung! Pass auf!

a Schreiben Sie die Wörter auf Karten.

Achtung • aufpassen • unbedingt • gefährlich • Stopp • Vorsicht • verboten • Warnweste

1.43

b Wann hören Sie die Wörter? Arbeiten Sie zu zweit. Hören Sie. Hören Sie ein Wort auf den Karten? Dann nehmen Sie schnell die Karte. Wer hat am Ende die meisten Karten?

... habe meine Warnweste zu Hause ...

Lernziele: über Pausen im Sprachkurs sprechen • höfliche Ratschläge geben • reflexive Verben • eine Warnung aussprechen •

4 Mit Videos lernen

13

a **Was macht Herr Klauser? Sehen Sie sich das Video ohne Ton an. Beschreiben Sie. Ihre Partnerin / Ihr Partner macht, was Sie sagen.**

Herr Klauser liegt auf dem Sofa und er entspannt sich. Er ...

10

b **Was macht Herr Klauser? Sehen Sie sich das Video aus Kapitel 6 noch einmal an. Beschreiben Sie. Ihre Partnerin / Ihr Partner macht, was Sie sagen.**

c **Machen Sie ein Video zu zweit. Zeigen Sie Ihr Video einem anderen Paar. Was machen die Personen? Das Paar beschreibt.**

5 Alles klar? Wollen Sie mehr üben?

a **Was hat Ihnen gefallen? Was war schwer? Was war leicht? Sprechen Sie im Kurs.**

b **Wiederholen Sie und üben Sie in der App. Wählen Sie A (leichte Übungen) oder B (schwere Übungen).**

c **Mehr zu „Werte und Orientierung“**

Werte und Orientierung

8 Seite 174

TREFFPUNKT

Ich musste meinen Mann fragen, wenn ich arbeiten wollte.

In unserer Serie „Arbeit früher und heute“ sprechen wir mit Frau Juliane Lantz. Sie ist vor 100 Jahren in Klagenfurt geboren.

Frau Lantz, herzlichen Glückwunsch zum Geburtstag! Alles Gute für Sie!

Danke schön!

Sie haben viele Jahre in Ihrem Leben gearbeitet. Zuerst waren Sie Hausfrau, später haben Sie als Verkäuferin gearbeitet. Wie war das?

Richtig, ich habe als Verkäuferin in einem großen Modegeschäft gearbeitet. Ich wollte selbst Geld verdienen. Aber das war nicht so einfach. Bis 1975 mussten Frauen ihre Ehemänner fragen, wenn sie arbeiten gehen wollten. Aber mein Mann hat das zum Glück erlaubt! Ein Konto hatte ich am Anfang auch nicht. Das durften Frauen bis 1975 nicht haben.

Das klingt für uns heute seltsam. Und wie viele Stunden haben Sie gearbeitet?

Wir mussten acht Stunden pro Tag arbeiten, sechs Tage in der Woche. Das ist heute anders. Man muss nur fünf Tage und nur 35 bis 40 Stunden pro Woche arbeiten.

Durften Sie Pausen machen?

Nein, wir hatten keine richtigen Pausen. Heute muss man eine Pause machen. Aber man verdient kein Geld in der Pause. Das muss man auch wissen.

Das stimmt! Und noch eine Frage: Durften Sie Urlaub machen? Und haben Sie in der Zeit Geld bekommen?

Ja, das war früher ähnlich wie heute: Im Urlaub haben wir immer unser Gehalt bekommen. Ab 1964 hatten die Menschen in Österreich drei Wochen Urlaub im Jahr und heute haben alle fünf Wochen Urlaub pro Jahr. Manche Leute haben sogar sechs Wochen Urlaub. Aber das sind sehr wenige Menschen, die schon sehr viele Jahre bei demselben Unternehmen arbeiten.

Vielen Dank für das Gespräch. Und einen wunderbaren Tag!

1 Ich musste meinen Mann fragen, wenn ich arbeiten gehen wollte.

a Was erzählt Frau Lantz? Lesen Sie. Ergänzen Sie.

	früher	heute
Arbeitszeit pro Woche		
Pausen		
Urlaub		

b Was durften Frauen früher nicht? Wie war es bei Ihren Großmüttern? Sprechen Sie im Kurs.

Frauen durften früher auch nicht studieren. Meine Großmutter …

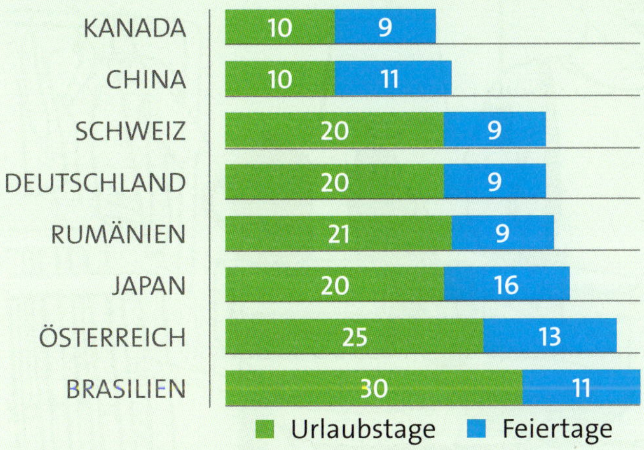

Urlaubs- und Feiertage international

In Österreich gibt es fünfundzwanzig Urlaubstage bei einer Fünf-Tage-Woche. Außerdem gibt es diese dreizehn Feiertage in Österreich: Neujahr, Heilige Drei Könige, Ostermontag, Staatsfeiertag, Christi Himmelfahrt, Pfingstmontag, Fronleichnam, Mariä Himmelfahrt, Nationalfeiertag, Allerheiligen, Mariä Empfängnis und zwei Weihnachtsfeiertage.

(Datenquelle: Statista 2023)

Tiere helfen Groß und Klein

Magdalena Hofmann, Klassenlehrerin 3b:
Die Kinder freuen sich immer sehr, wenn Balu in unserer Klasse ist. Einmal pro Woche besucht er uns. Die Kinder lernen an diesem Tag besonders gut. Sie fühlen sich mit Balu sicher und entspannen sich. Alle Kinder lieben ihn und wünschen sich, dass er jeden Tag in unsere Klasse kommt.

Rainer Seidel, 83 Jahre:
Ich hatte früher einen Hund und ich bin glücklich, weil es im Seniorenheim auch Katzen und Hunde gibt. Viele Menschen hier gehen gern mit einem Hund spazieren. Emma besucht mich jeden Tag und ich spiele mit ihr. Dann fühle ich mich nicht so alleine, sie macht mich froh.

2 Urlaubs- und Feiertage international

a Was finden Sie interessant? Sehen Sie die Grafik an. Sprechen Sie zu zweit.

Ich habe nicht gewusst, dass die Menschen in China nur zehn Tage Urlaub im Jahr haben.

b Projekt. Welche Feiertage gibt es in Ihrem Herkunftsland? Wann sind sie? Wählen Sie einen Feiertag. Warum feiert man diesen Tag? Suchen Sie im Internet. Machen Sie Notizen. Erzählen Sie im Kurs.

3 Tiere helfen Groß und Klein

1.44

a Welche Informationen sind falsch? Lesen Sie und hören Sie. Korrigieren Sie.

1. Balu ist jeden Tag in der Klasse.
2. Die Kinder langweilen sich mit Balu.
3. Herr Seidel geht mit Emma jeden Tag spazieren.
4. Er fühlt sich mit dem Hund alleine.

b Was denken Sie: Können Tiere Menschen helfen? Sprechen Sie im Kurs.

9 Große und kleine Dinge

A Die bunte Vase ist toll.

1 Auf dem Flohmarkt

a **Wo ist das? Was machen die Personen? Sprechen Sie im Kurs.**

b **Was sehen Sie oben? Arbeiten Sie in Gruppen. Sammeln Sie Wörter. Sie haben fünf Minuten Zeit. Welche Gruppe hat die meisten Wörter? Die Bildleiste hilft.**

c **Was macht man auf einem Flohmarkt? Lesen Sie. Markieren Sie.**

FLOHMARKT im NACHBARSCHAFTSZENTRUM

Habt ihr Kleidung oder Geschirr
und braucht ihr diese Dinge nicht mehr?
Ihr könnt die Sachen bei uns auf dem Flohmarkt verkaufen!
Oder sucht ihr Töpfe, Tischdecken und andere Sachen?
Auf unserem Flohmarkt bekommt ihr alles.

Samstag, 4. November, 14 – 18 Uhr

Gebühren für einen Verkaufsstand: 10 Euro und 1 Kuchen
Anmeldung: nino.arabuli@nachbarschaftszentrum.example.org

1. Wann und wo findet der Flohmarkt statt?
2. Was kann man kaufen?
3. Was bezahlen die Verkäuferinnen/Verkäufer?
4. Wie kann man sich anmelden?

der Topf

die Pfanne

das Brett

die Schüssel

die Kanne

Lernziele: Dinge beschreiben • Verkaufsgespräche führen und verhandeln • Informationen (Preise) weitergeben • die Bezeichnung *Flohmarkt* in

d **Wie sagen Sie *Flohmarkt* in Ihren Sprachen? Vergleichen Sie im Kurs.**

e **Waren Sie schon einmal auf einem Flohmarkt? Wo war das? Was haben Sie dort gekauft? Oder haben Sie etwas verkauft? Sprechen Sie in Gruppen.**

2 Wie viel kostet der große Topf?

1.45

a **Welcher Dialog passt zu den Personen in 1a? Hören Sie. Sprechen Sie im Kurs.**

b **Wie sind die Dinge? Lesen Sie die Dialoge. Markieren Sie.**

- Schau einmal hier, der große Topf.
- Oh ja, der ist praktisch. Wie viel kostet er?
- Ich weiß es nicht, ich frage … Entschuldigung, wie viel kostet der große Topf?
- 5 Euro.
- Der Topf kostet nur 5 Euro.
- Super, wir nehmen den Topf.

- Schau einmal, diese Dinge sind schön: Das gelbe Besteck ist toll. Und hier: die großen Teller. Aber am besten gefällt mir die bunte Vase.
- Hm, die Vase finde ich nicht so schön.
- Was? Ich schon. Die bunte Vase ist toll. Ich kaufe sie.

- Entschuldigung, wie teuer ist die rote Kanne?
- Die rote Kanne kostet 8 Euro.
- Oh, das ist zu teuer. 5 Euro.
- Das ist zu wenig! 7 Euro.
- Okay, 7 Euro für die Kanne. Hier sind 10 Euro.
- Danke. Und 3 Euro zurück.

c **Wie sind die Dinge? Lesen Sie in b noch einmal. Ergänzen Sie. Markieren Sie die Endungen.**

Adjektive vor Nomen mit definitem Artikel: Nominativ

maskulin	neutral	feminin	Plural
der große Topf	das ________ Besteck	die ________ Kanne	die ________ Teller

1.46

d **Phonetik: Endung *-e*. Hören Sie. Sprechen Sie nach.**

e **Wie gefällt dir …? Fragen Sie und antworten Sie.**

- Wie gefällt dir das grüne Besteck?
- Das grüne Besteck ist schön, aber das blaue Besteck gefällt mir besser.

3 Wir organisieren einen Flohmarkt im Kurs.

Was verkaufen Sie? Zeichnen Sie drei Dinge auf Karten. Spielen Sie Verkaufsgespräche.

die Tischdecke

das Geschirr

das Besteck

die Dose

die Kerze

B Das ist mir unangenehm.

W 1 Das kann passieren.

a **Was denken Sie: Was ist hier passiert? Sprechen Sie im Kurs.**

14 **b** **Waren Ihre Vermutungen richtig? Wer ist freundlich, wer unfreundlich? Sehen Sie sich das Video an. Sprechen Sie im Kurs.**

14 **c** **Dawit (D), Aaron (A) oder Herr Klauser (K)? Wer sagt was? Sehen Sie sich das Video noch einmal an. Ergänzen Sie.**

☐ *Oh, Entschuldigung!*

☐ *Oje, tut mir sehr leid!*

☐ *Das ist mir wirklich peinlich.*

d **Ist das freundlich oder unfreundlich? Ordnen Sie zu.**

Passen Sie doch auf! • Man muss doch aufpassen! • Kein Problem, das kann passieren. • Na toll! • Das ist nicht schlimm.

sich entschuldigen	reagieren: freundlich	reagieren: unfreundlich
Oje, tut mir sehr leid!	______	______
Das ist mir wirklich peinlich.	Das macht nichts.	______
Oh, Entschuldigung!	______	______ Was machen Sie da?
Entschuldigen Sie, bitte!	Alles gut.	Oh nein, das kann nicht wahr sein!

14 **e** **Sehen Sie sich das Video noch einmal an. Kontrollieren Sie in d.**

W 2 Oje, tut mir sehr leid.

a **Wählen Sie eine Situation (A oder B). Schreiben Sie zu zweit einen Dialog.**

A

B

b **Spielen Sie den Dialog zu zweit.**

Lernziele: Gefühle ausdrücken: sich entschuldigen und reagieren • Dinge und Angebote vergleichen • Wortschatz: sich entschuldigen •

3 Nehmen wir den runden Lautsprecher?

1.47

a Welches Radio und welchen Lautsprecher bestellen Nino Arabuli und Herr Klauser? Hören Sie. Kreuzen Sie an.

1 ☐

2 ☐

3 ☐

4 ☐

1.47

b Richtig oder falsch? Hören Sie noch einmal. Kreuzen Sie an.

	richtig	falsch
1. Herrn Klauser gefällt das gelbe Radio nicht.	☐	☐
2. Nino Arabuli findet das gelbe Radio altmodisch.	☐	☐
3. Sie bestellen das billige Radio.	☐	☐
4. Herr Klauser möchte den runden Lautsprecher kaufen.	☐	☐

c Wie sind die Dinge? Lesen Sie in b noch einmal. Ergänzen Sie. Markieren Sie die Endungen.

Adjektive vor Nomen mit definitem Artikel: Akkusativ

	maskulin	neutral	feminin	Plural
Nom.	der runde Lautsprecher	das gelbe Radio	die eckige Uhr	die modernen Geräte
Akk.	den ________ Lautsprecher	das ________ Radio	die eckige Uhr	die modernen Geräte

d Quartett. Schreiben Sie Karten wie im Beispiel. Spielen Sie zu dritt oder zu viert.

Ich habe den großen Lautsprecher.

Hast du den kleinen Lautsprecher?

den modernen Lautsprecher?

den altmodischen Lautsprecher?

der Lautsprecher • der Topf • die Vase • die Uhren • die Kanne • der Fernseher • das Radio • die Handys

Hast du den großen Lautsprecher?

Ja. Hier, ich gebe dir den großen Lautsprecher. / Nein, tut mir leid. Ich habe den großen Lautsprecher nicht.

e Welchen Staubsauger bestellen Sie? Arbeiten Sie zu zweit. Vergleichen Sie Farbe, Preis und Größe. Die App hilft.

Preis: 89,90 €
Farbe: rot, blau, grün

Preis: 69,99 €
Farbe: schwarz, grau

Preis: 159,00 €
Farbe: gelb, grau

Preis: 539,00 €
Farbe: weiß, schwarz

Welchen Staubsauger findest du besser? Den gelben oder den runden Staubsauger?

Hmm, der runde Staubsauger ist modern, aber er ist teuer.

f Was haben Sie ausgewählt? Vergleichen Sie im Kurs.

Wir haben den ... Staubsauger ausgewählt. Wir finden den ... Staubsauger am besten. Er ist ...

C Was schenken wir?

1 Ich schenke meinem Kind ...

a Welches Spielzeug gefällt Ihnen (nicht)? Sprechen Sie im Kurs. Die Bildleiste hilft.

- Ich finde die Bausteine aus Holz sehr schön.
- Ich weiß nicht. Ich finde, die Buntstifte sind besser.

aus	Stoff
	Holz
	Plastik

b Welches Spielzeug hatten Sie früher? Sprechen Sie zu zweit.

- Ich hatte früher eine Puppe aus Stoff. Ihr Name war ...

c Welche Geschenke kaufen Sie? Sprechen Sie in Gruppen.

Ein Geschenk ...

1. für Ihr Kind
2. für das Kind von einer Freundin / von einem Freund
3. für eine Schulfreundin / für einen Schulfreund von Ihrem Kind

- Wenn mein Kind Geburtstag hat, schenke ich ein Skateboard oder ein Musikinstrument. Und du?
- Ja, das mache ich auch. Und für das Kind von einem Freund kaufe ich ein Spielzeugauto.

der Stoff

das Plastik

das Holz

das Leder

Lernziele: einen Werbeflyer verstehen • über Geschenke sprechen • über persönliche Feiern schreiben und sprechen •

2 Wie haben Miriam und Nivia ihren Geburtstag gefeiert?

a Arbeiten Sie zu zweit. Wählen Sie einen Text (A oder B). Lesen Sie. Ihre Partnerin / Ihr Partner wählt den anderen Text. Schreiben Sie die Antworten.

A

Miriam, 8 Jahre, aus Österreich

Mein Geburtstag war toll. An meinem Geburtstag habe ich mit meinen Eltern, Geschwistern und Großeltern gefrühstückt. Alle haben für mich ein Geburtstagslied gesungen und ich habe eine Torte mit acht Kerzen bekommen. Am Samstag nach meinem Geburtstag durfte ich acht Kinder einladen. Wir haben zuerst zu Hause gefeiert. Ich habe meine Geschenke ausgepackt. Dann sind wir in einen Park gegangen und wir haben Spiele gespielt. Am Ende habe ich allen Süßigkeiten geschenkt.

B

Nivia, 9 Jahre, aus Italien

Mein Geburtstag ist sehr wichtig für mich. Am Nachmittag an meinem Geburtstag waren 40 Personen bei der Feier: meine Eltern, meine Geschwister und viele Verwandte. Auch alle Kinder aus meiner Klasse sind mit ihren Eltern gekommen. Einige Eltern sind geblieben und haben mit uns gefeiert. Sie haben mir eine Gitarre geschenkt. Wir haben in unserem Garten gefeiert. Wir haben gespielt, die Erwachsenen haben sich unterhalten. Am Ende haben die Gäste viele Fotos von mir gemacht und wir haben meine Geburtstagstorte gegessen.

Mit wem? ______________________________

Wo? ______________________________

Was und wann? ______________________________

____

b Was war anders? Arbeiten Sie zu zweit (A und B). Fragen Sie und antworten Sie.

3 Wie haben Sie als Kind gefeiert?

a Welche Feier war für Sie wichtig: Ihr Geburtstag, Ihr Namenstag oder ein anderes Fest? Schreiben Sie einen Text über die Feier. Die Fragen in 2a helfen.

b Was möchten Sie noch wissen? Arbeiten Sie zu viert. Lesen Sie Ihre Texte vor. Fragen Sie.

Du hast gesagt, dass du deinen Namenstag mit der Familie gefeiert hast.

Wie viele Personen sind zu deiner Feier gekommen?

das Metall

das Glas

der Gummi

die Wolle

D Wir schenken Jenni die blaue Tasche.

1 Ein eigenes digitales Bildlexikon

a Welche Dinge aus diesem Kapitel sind für Sie wichtig? Wählen Sie acht Dinge. Fotografieren Sie die Dinge zweimal. Speichern Sie die Fotos einmal mit Wort und einmal ohne Wort.

b Kursspaziergang. Zeigen Sie Ihre Fotos ohne Wort. Ihre Partnerin / Ihr Partner sagt das Wort.

- Oh, das Wort habe ich vergessen.
- Das ist eine Dose.

c Kurskette: Für mich ist ... wichtig. Zeigen Sie die Fotos aus a. Sprechen Sie wie im Beispiel.

- Für mich ist die bunte Dose wichtig.
- Für dich ist die bunte Dose wichtig. Für mich ist ... wichtig.

W 2 Was schenken wir Jenni?

a Arbeiten Sie zu dritt. Wählen Sie eine Rolle (A, B oder C). Die anderen wählen die anderen Rollen. Spielen Sie die Dialoge 1 bis 3.

Rolle A: Kollegin/Kollege A

Rolle B: Kollegin/Kollege B

Rolle C: Beobachterin/Beobachter und Verkäuferin/Verkäufer

Situation: Kollegin/Kollege A und B machen in der Teeküche Pause und sprechen über ein Geschenk für ihre Kollegin Jenni. Jenni wird 30 Jahre alt. Sie haben 30 Euro für ein Geschenk gesammelt.

Lernziele: Wortfeld: Haushaltsgegenstände • Gespräche führen: verhandeln, sich entschuldigen und reagieren • Adjektive vor Nomen •

In der Teeküche: Was können Sie schenken? 1

Rollen A + B Machen Sie Vorschläge und einigen Sie sich.
Rolle A Sie wissen, dass Jenni gerne Fahrrad fährt und eine Tasche für das Fahrrad braucht.
Rolle B Sie wissen, dass Jenni gerne Vasen und Tischdecken kauft.
Rolle C Haben A und B gut diskutiert? Geben Sie Feedback.

In der Teeküche: Entschuldigen Sie sich. 2

Rolle A Auf einem Tisch steht ein Glas Saft. Sie stoßen das Glas um. Nun hat Ihre Kollegin / Ihr Kollege einen Fleck auf der Hose. Entschuldigen Sie sich.
Rolle B Reagieren Sie.
Rolle C Haben A und B freundlich oder unfreundlich gesprochen? Geben Sie Feedback.

Auf dem Flohmarkt: Was kaufen Sie für die Kollegin? 3

Rollen A + B Sprechen Sie mit der Verkäuferin / dem Verkäufer. Einigen Sie sich.
Rolle A Sie finden die gelbe (Fahrradtasche/Vase/Tischdecke) toll.
Rolle B Sie finden die blaue (Fahrradtasche/Vase/Tischdecke) toll.
Rolle C Sie verkaufen auf dem Flohmarkt. Sie haben die (Fahrradtasche/Vase/Tischdecke) in zwei Farben: in Gelb und in Blau.

b **Wie war es für Sie: Welche Gespräche waren für Sie leicht? Welche Gespräche waren für Sie schwer? Sprechen Sie im Kurs.**

3 Zum Geburtstag viel Glück!

Wer im Kurs hatte vor kurzem Geburtstag? Singen Sie zusammen.

4 Alles klar? Wollen Sie mehr üben?

a **Was hat Ihnen gefallen? Was war schwer? Was war leicht? Sprechen Sie im Kurs.**

b **Wiederholen Sie und üben Sie in der App. Wählen Sie A (leichte Übungen) oder B (schwere Übungen).**

10 Durch die Stadt

A Die Drogerie ist gegenüber vom Optiker.

1 Weißt du, wo ich ein Ladekabel kaufen kann?

a **Wo sind die Frauen? Was machen sie dort? Was sagen sie? Sprechen Sie im Kurs.**

b **Fragen Sie und antworten Sie. Die Bildleiste hilft.**

die Zahnpasta

das Ladekabel

der Spitzer

die Brille

der Ring

das Shampoo

- Ich brauche ... Weißt du, wo ich ... kaufen kann?
- Ja, in ... / bei ...

☐ die Drogerie

☐ das Schuhgeschäft

☐ das Spielzeuggeschäft

☐ die Boutique

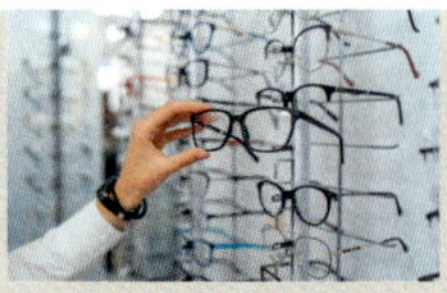

☐ der Optiker

Lernziele: einen Orientierungsplan (in einem Einkaufszentrum) verstehen • den Weg beschreiben • Wortfeld: Geschäfte •

1.48 **c Phonetik: *sp, st*. Hören Sie. Sprechen Sie nach.**

das Spiel – das Spielzeug – der Sport – der Spitzer – der Stift – die Stadt – die Straße

d Was kann man in den Geschäften in der Bildleiste kaufen? Schreiben Sie die Geschäfte auf Plakate. Sammeln Sie.

die Drogerie
– das Parfüm
– die Creme
– …

das Spielzeuggeschäft
– der Teddy
– das Brettspiel

das Schreibwarengeschäft
– der Stift
– der Spitzer

2 Gehen Sie am Sportgeschäft vorbei.

1.49 **a In welche Geschäfte möchten die Personen gehen? Hören Sie. Kreuzen Sie in der Bildleiste an.**

1.49 **b Wo sind die Geschäfte? Hören Sie noch einmal. Ergänzen Sie.**

1. Die Boutique ist gegenüber von der ________________.

2. Das Spielzeuggeschäft ist gegenüber vom ________________.

3. Zur Buchhandlung geht man am ________________ vorbei.

Präpositionen
an (+ *Dat.*) … vorbei
gegenüber von (+ *Dat.*)
an dem = am

3 Können Sie mir sagen, wo es hier … gibt?

a Arbeiten Sie zu zweit. Wählen Sie eine Rolle in der App (A oder B). Ihre Partnerin / Ihr Partner wählt die andere Rolle. Variieren Sie den Dialog. Ergänzen Sie den Plan.

- Entschuldigung, können Sie mir sagen, wo es hier eine Apotheke gibt?
- Ja, gehen Sie an den Toiletten vorbei. Die Apotheke ist gegenüber vom Juwelier.
- Okay, an den Toiletten vorbei. Die Apotheke ist dann gegenüber vom Juwelier.
- Genau.
- Danke!

b Gibt es ein Einkaufszentrum in der Nähe? Welche Geschäfte gibt es dort? Gibt es Einkaufszentren auch in Ihren Ländern? Was gibt es dort? Sprechen Sie im Kurs.

○ der Juwelier

○ das Schreibwarengeschäft

○ die Buchhandlung

○ das Sportgeschäft

○ das Elektrogeschäft

B Wissen Sie, ob …?

1 Möchten Sie die Stadt mit anderen Augen sehen?

a Was bietet der Verein an? Lesen Sie. Sprechen Sie im Kurs.

graz-besuchen.example.at

ÜBER UNS | AKTIVITÄTEN | UNSERE FÜHRUNGEN | MITGLIED WERDEN

VEREIN *Unsere Stadt*

Möchten Sie die Stadt Graz einmal mit anderen Augen sehen? In unserer Stadt wohnen viele Menschen aus der ganzen Welt. Sie zeigen Ihnen „ihr" Graz: Sie sprechen persönlich über ihr Leben in unserer Stadt und führen Sie an viele interessante Orte. Wohnen Sie schon lange in Graz oder sind Sie ganz neu hier? Egal – die Stadtführungen sind für alle spannend!

Tour 1: Durch das Zentrum von Graz

Vijona Gashi ist 2015 aus dem Kosovo nach Österreich gekommen. Welche Orte in Graz waren damals für Vijona wichtig? Und welche sind heute für sie wichtig? Was mag sie in der Stadt?

Treffpunkt: Grazer Stadtpark

Dauer: 1,5–2 Stunden

Wann: immer am ersten Freitag im Monat, 16 Uhr

Preis: 8 € pro Person

Anmeldung unter: graz-besuchen@example.at

A der Stadtpark

B das Kunsthaus

C der Hauptplatz

b Was ist falsch? Lesen Sie noch einmal. Korrigieren Sie die Aussagen.

1. Die Stadtführerinnen und Stadtführer erzählen nur über Sehenswürdigkeiten.
2. Die Führungen sind nur für neue Bewohnerinnen und Bewohner interessant.
3. Frau Gashi spricht über ihr Leben im Kosovo.
4. Die Führung findet jeden Freitag statt.

Lernziele: die wichtigsten Informationen bei einer Stadtführung verstehen • Informationen weitergeben • höflich fragen •

W 2 Wissen Sie, ob man im Stadtpark grillen darf?

1.50–52 **a Was erzählt Vijona über die Orte? Arbeiten Sie zu dritt. Wählen Sie in 1a einen Ort (A, B oder C). Was passt zu Ihrem Ort? Hören Sie. Markieren Sie.**

das Museum • Radfahren ist erlaubt • Grillen verboten • seit 1873 • viele alte Bäume • seit 2003 • keine Autos • ein Spielplatz • in der ganzen Welt bekannt • viele Geschäfte und Cafés • Fotos und Bilder • der wichtigste Platz • ein Wochenmarkt • sich gut entspannen • Spiele für Kinder

b Was haben Sie über Ihren Ort erfahren? Sprechen Sie zu dritt (A, B und C).

Ich habe den Stadtpark gewählt. Der Park ist ...

1.50–52 **c Wie fragen die Personen? Hören Sie Ihren Text noch einmal. Ergänzen Sie. Vergleichen Sie. Ergänzen Sie die anderen Sätze.**

d Wie heißen die direkten Fragen zu den indirekten Fragen? Sprechen Sie im Kurs.

Indirekte Fragen mit *ob*

Hauptsatz	Nebensatz	
______________________,	ob man hier auch grillen	darf?
______________________,	ob das Museum auch für Kinder interessant	ist?
______________________,	ob es in Graz auch Fahrradstraßen	gibt.

Die erste Frage heißt: Darf man ...?

1.53 **e Hören Sie. Sprechen Sie nach.**

f Wissen Sie, ob ...? Fragen Sie und antworten Sie.

Ja, der Stadtpark ist immer geöffnet. • Nein, das Museum hat am Montag geschlossen. • Ja, es gibt in der Straße eine Drogerie. • Ja, Autos dürfen in der Fahrradstraße nur langsam fahren. • Ja, es gibt Führungen durch das Museum. • Nein, man muss keinen Eintritt für den Park bezahlen.

Wissen Sie, ob der Stadtpark immer geöffnet ist?
Ja, der Stadtpark ist immer geöffnet.

3 Für mich ist das Café sehr wichtig.

a Welchen Ort in Ihrer Stadt finden Sie interessant? Was wissen Sie über den Ort? Arbeiten Sie zu zweit. Wählen Sie einen Ort und eine Aufgabe (A oder B).

A Machen Sie ein **Plakat.** Machen Sie Fotos und schreiben Sie über den Ort.

B Drehen Sie ein **Video.** Zeigen Sie den Ort und erzählen Sie über den Ort.

b Präsentieren Sie Ihr Plakat oder Ihr Video im Kurs. Welche Fragen haben die anderen? Fragen Sie und antworten Sie.

Wisst ihr, ob man dort auch ...?

C Nala hat Heimweh.

1 Als Kind hatte ich oft Heimweh.

a Was bedeutet *Heimweh*? Sehen Sie sich das Video an. Sprechen Sie im Kurs.

b Welche Wörter verbinden Sie mit *Heimweh*? Arbeiten Sie zu viert. Sammeln Sie. Vergleichen Sie im Kurs.

c Gibt es ein Wort für *Heimweh* in Ihren Sprachen? Wie heißt es? Was bedeutet es? Sprechen Sie im Kurs.

Auf Spanisch benutzen wir das Wort *la morriña*. Es bedeutet auch *Heimweh*.

d Welchen Vorschlag von Nino findet Nala gut? Sehen Sie sich das Video noch einmal an. Kreuzen Sie an.

Nala soll ...

1. ☐ indische Musik hören.
2. ☐ in ein indisches Restaurant gehen.
3. ☐ in einem indischen Geschäft einkaufen.
4. ☐ im Park spazieren gehen.

e Wie kommt man zu dem Geschäft? Sehen Sie sich das Video noch einmal an. Ergänzen Sie.

Präpositionen

durch (+ *Akkusativ*)

Sie fahren durch den ______________.

auch: durch das Zentrum, durch das Tor

über (+ *Akkusativ*)

Dann fahren Sie über den ______________.

auch: über die Straße, über die Kreuzung, über die Brücke

f Wo kaufen Sie gern ein? Erzählen Sie. Erklären Sie den Weg.

Ich kaufe sehr gern in einem Asiasupermarkt ein. Das Geschäft ist hier in der Nähe. Man geht hier die Straße geradeaus und an der Kreuzung nach links. Dann muss man über den Platz gehen. Das Geschäft ist dort gegenüber von der Bank. Ich kaufe dort immer ...

Lernziele: über Heimweh sprechen • Tipps gegen Heimweh verstehen und geben • das Wort *Heimweh* in verschiedenen Sprachen

2 Ich wollte viel lieber zu Hause sein.

a Was vermissen die Personen? Lesen Sie. Ergänzen Sie die Namen.

Menschen in unserer Region

Haben Sie manchmal Heimweh?

Also früher ja. Als Kind hatte ich oft Heimweh. Ich habe viel geweint, weil ich mich allein gefühlt habe. Das war schrecklich. Meine Eltern hatten ein Restaurant und sie hatten immer viel Arbeit. Ferien zusammen? Das hatten wir nicht. In den Sommerferien war ich jedes Jahr vier Wochen bei meinen Großeltern. Sie waren nett und hatten auch einen großen Garten und eine Katze. Ich habe mit ihr gespielt, wenn ich traurig war. Das hat mir ein bisschen geholfen.

Auf jeden Fall! Das letzte Mal hatte ich gestern Heimweh. Ich komme aus Sétif in Algerien und habe gestern mit meiner Freundin Eya telefoniert. Eya wohnt noch in Algerien. Sie hat mir viel von der Stadt und auch von ihrer Familie erzählt – das war so schön. Aber dann war ich traurig, weil ich sofort in Sétif sein wollte. Ich war schon sehr lange nicht mehr dort. Ich wohne seit 8 Jahren in Linz. Ich vermisse meine Heimatstadt oft – und am meisten natürlich die Menschen. Hier habe ich eine gute Freundin gefunden. Wenn ich Heimweh habe, besuche ich sie.

Heimweh? Das hatte ich eigentlich lange nicht. Ich bin froh, dass ich in Bregenz wohnen kann. Ich komme aus Krems und meine Familie wohnt dort auch nicht mehr. Okay, ja, ich vermisse manchmal die Donau. Wir haben früher regelmäßig Fahrradausflüge an der Donau gemacht. Das war immer toll. Aber Bregenz liegt am Bodensee und in der Nähe gibt es viele Berge. Da kann man wandern und im Winter Ski fahren. Und ich fahre gern Ski.

1. ______________________ vermisst die Landschaft.
2. ______________________ hat die Eltern vermisst.
3. ______________________ vermisst den Heimatort.

b Haben Sie manchmal Heimweh? Wann? Was vermissen Sie? Was machen Sie dann? Schreiben Sie einen Text. Die App hilft.

c Tauschen Sie zu zweit Ihre Texte. Lesen Sie. Was macht Ihre Partnerin / Ihr Partner bei Heimweh? Passt das auch für Sie? Sprechen Sie zu zweit.

D Du fragst immer, Jamal.

1 Ich sehe viele, viele Bilder.

a Welcher Ort ist das? Lesen Sie. Raten Sie.

Ich sehe viele, viele Bilder. Ich sehe auch viele Menschen. Sie sehen sich die Bilder an. Ich höre nichts. Es ist sehr ruhig. Man spricht hier leise. Ich rieche Kaffee, denn es gibt hier auch ein Café.

b Und jetzt Sie: Was sehen, hören, riechen Sie? Wählen Sie einen Ort. Erzählen Sie. Die anderen raten.

Spielzeuggeschäft Einkaufszentrum
Bank Friseur Parkplatz Sportgeschäft Drogerie
Museum Buchhandlung Markt Schuhgeschäft
Elektrogeschäft Bahnhof Schreibwarengeschäft Kino
Park Schwimmbad Markt

2 Das ist die Präposition *durch*!

a Arbeiten Sie zu viert. Wählen Sie eine Präposition. Was bedeutet die Präposition? Drehen Sie ein Video. Zeigen Sie die Bedeutung von der Präposition.

durch • über • an ... vorbei • gegenüber von

b Welche Präposition ist das? Zeigen Sie das Video. Die anderen raten.

3 Einen literarischen Text lesen

1.54

a Lesen Sie und hören Sie. Beantworten Sie die Fragen.

1. Was findet der Autor / die Autorin in Österreich anders?
2. Was vermisst er/sie?
3. Was denken Sie: Wer ist Jamal?

Lernziele: Strategie: einen literarischen Text lesen • einen Text verstehen und schreiben • Wortfeld: Orte in der Stadt • Präpositionen

Du fragst immer, Jamal

Du fragst immer,
ob die Sonne scheint.
Jamal, nein. Die Sonne scheint hier nicht so oft.
Manchmal sehe ich sie ein paar Wochen nicht.

Du fragst immer,
wo ich spazieren gehe.
Jamal, ich gehe in den Park. Er ist schön.
Aber ich vermisse das Meer. Und das Blau.

Du fragst immer,
ob ich gut esse.
Jamal, ja. Aber die Mangos sind nicht so süß.
Es sind nicht die Mangos aus meinem Garten.

Du fragst immer,
was hier anders ist.
Jamal, viel. Im Restaurant ist es leise.
Und im Bus lesen alle auf dem Handy.

Du fragst immer,
ob es hier einen Markt gibt.
Jamal, ja. Es gibt einen Markt. Sehr klein.
Und nur einmal in der Woche.

Du fragst immer,
wann ich komme.
Jamal, ich komme. Ich weiß noch nicht, wann.
Ich brauche etwas Zeit und dann komme ich.

b Lesen Sie den Text zweimal laut. Wie finden Sie den Text? Sprechen Sie im Kurs.

c Was finden Sie in Österreich anders als in Ihren Ländern? Schreiben Sie.

– Hunde als Haustiere, das Wetter, …

d Schreiben Sie ein Gedicht wie in a.

e Wem haben Sie geschrieben? Lesen Sie Ihr Gedicht vor.

Du fragst immer, Ivana
Du fragst immer,
wie die Menschen hier wohnen.
Ivana, mit einem Hund. Manche Menschen …

Ich habe Ivana geschrieben. Das ist meine Freundin. Ich kenne sie aus der Schule und ich habe lange nicht mit ihr gesprochen. Das ist mein Gedicht: …

4 Alles klar? Wollen Sie mehr üben?

a Was hat Ihnen gefallen? Was war schwer? Was war leicht? Sprechen Sie im Kurs.

b Wiederholen Sie und üben Sie in der App. Wählen Sie A (leichte Übungen) oder B (schwere Übungen).

c Mehr zu „Werte und Orientierung“

Werte und Orientierung
10 Seite 175

5 Magazin

TREFFPUNKT

Wir fragen: Feiern Sie Ihren Geburtstag?

Manchmal feiere ich meinen Geburtstag und manchmal nicht. Zum Beispiel habe ich im letzten Jahr meine Freunde zum Essen eingeladen. Jeder hat etwas mitgebracht und wir hatten einen gemütlichen Abend. In diesem Jahr habe ich nicht gefeiert, weil ich viel Stress in der Arbeit hatte. Aber nächstes Jahr möchte ich wieder eine große Party machen.

Lukas Bendele, *29 Jahre*

In Griechenland feiern wir traditionell den Namenstag. Für jeden Namen gibt es einen speziellen Tag. Ich feiere meinen Namenstag gern, aber jetzt lebe ich in Österreich und feiere meinen Namenstag *und* meinen Geburtstag. Das ist ein Vorteil, wenn man mehr als eine Heimat hat. Meine Bekannten in Griechenland sagen, dass viele junge Leute in Griechenland jetzt auch beides feiern. Ich glaube, wir feiern einfach gerne.

Angelos Karagianni, *37 Jahre*

In meiner Heimat, in Vietnam, feiern wir unseren Geburtstag nicht. Meine Großeltern kennen ihren Geburtstag gar nicht. Mein Mann ist Österreicher und er findet Geburtstage wichtig. Er organisiert immer eine kleine Feier an meinem Geburtstag. Jedes Jahr backt er für mich sogar einen Geburtstagskuchen. Da freue ich mich immer!

Phuong Sticherling, *35 Jahre*

Mein Geburtstag ist mir wichtig – das ist *mein* Fest. Geschenke sind mir nicht so wichtig, aber ich freue mich, wenn viele Leute an mich denken und mir zum Beispiel lustige Sprachnachrichten schicken. Natürlich gibt es auch eine Geburtstagsparty. Ich lade meine Freunde ein und koche immer etwas Besonderes. Und natürlich tanzen wir!

Eva Aden, *25 Jahre*

1 Feiern Sie Ihren Geburtstag?

a Wer? Lesen Sie. Sprechen Sie im Kurs.

1. Wer feiert seinen Geburtstag gerne?
2. Wer macht eine Party an seinem Geburtstag?
3. Wer feiert seinen Geburtstag noch nicht so lange?
4. Wer feiert seinen Geburtstag nicht immer?

b Was wissen Sie über Geburtstagsfeiern in Österreich? Sprechen Sie im Kurs.

Kinder feiern ihren Geburtstag manchmal im Park. Sie ...

Ohne Probleme durch die Stadt

Wie bewegt man sich in der Stadt, wenn man die Straße, den Verkehr und die Ampeln nicht sehen kann? Patrick Töpfer, 27 Jahre alt und sehbehindert, zeigt mir, wie es geht.

A Wir treffen uns an der U-Bahn-Haltestelle und gehen zusammen zum Rathaus. Patrick Töpfer hält seinen Stock in der Hand und bewegt ihn über den Boden. „Hier ist ein Weg und hier ist eine Kreuzung", sagt er. Ich darf den Stock ausprobieren. Ich schließe die Augen und bewege den Stock über den Boden. Ich kann die Unterschiede auf der Straße nicht gut erkennen. Das muss man lange üben. Herr Töpfer hat das Gehen mit dem Taststock in der Schule gelernt.

B Wir müssen jetzt über die Straße gehen. An der Ampel hört man: tok – tok – tok. „Das ist eine moderne Ampel", sagt Herr Töpfer. „Ich habe auf meinem Handy eine App installiert. Wenn ich bei einer Ampel stehe, dann sendet die Ampel sofort akustische Signale. Alte Ampeln haben einen Knopf. Den muss ich dann immer drücken."

C Wir sind jetzt am Rathaus angekommen. Wir wollen in den ersten Stock und gehen zum Aufzug. Herr Töpfer zeigt mir die Blindenschrift auf den Knöpfen im Aufzug: „Diese Punkte bedeuten *Öffnen* und das ist *Schließen*". Ich mache die Augen zu und fühle die Punkte. Gar nicht so einfach. Bei dem Spaziergang mit Herrn Töpfer habe ich gelernt: Es gibt in meiner Stadt viele Informationen für Sehbehinderte – ich habe sie aber nie gesehen. Herr Töpfer hat sie mir gezeigt und mir so die Augen geöffnet. Dafür danke ich Herrn Töpfer.

2 Ohne Probleme durch die Stadt

1.55

a **Welches Foto passt zu welchem Textteil? Lesen Sie und hören Sie. Ordnen Sie zu.**

b **Arbeiten Sie zu dritt. Wählen Sie einen Textteil (A, B oder C). Ihre Partner/-innen wählen die anderen Textteile. Lesen Sie Ihren Textteil genau. Was sehen Sie auf dem Foto? Erklären Sie.**

c Projekt. **Wo gibt es Hilfen oder Informationen für sehbehinderte Menschen in Ihrer Stadt? Machen Sie Fotos. Was sehen Sie auf dem Foto? Erklären Sie im Kurs.**

Dieses Foto habe ich am Hauptbahnhof gemacht. Hier sieht man Streifen auf dem Boden vom Bahnsteig. Die sind für Sehbehinderte.

Übungsbuch

1 Unser neuer Kurs

A Sagen wir *du* oder *Sie*?

das Wort, Wörter ______________ | Was ist gleich? Was ist anders?

die Erstsprache, Erstsprachen ______________ | Das ist bei mir/dir/Ihnen gleich/ähnlich/anders.

______________ | Wer schreibt?

die Aktivität, Aktivitäten ______________ | Kannst du / Können Sie schreiben?

______________ | Ja, ich kann schreiben.

ähnlich ______________ | Wie schreibt man ...?

1 Mein Name ist ...

1.1 Was passt? Ordnen Sie zu.

arbeitet • bin • Haben • heißen • ist (3x) • komme • kommen • lerne • liebt • machen • spreche • sprechen • suche • spiele • wohne

- Guten Tag, wie ______________ (1) Sie?
- Mein Name ______________ (2) Abe. Kenta Abe.
- Woher ______________ (3) Sie, Herr Abe?
- Ich ______________ (4) aus Japan, aber ich ______________ (5) seit einem Jahr in Salzburg.
- Was ______________ (6) Sie in Salzburg?
- Meine Frau ______________ (7) hier bei einer Bank. Ich ______________ (8) Ingenieur von Beruf und ich ______________ (9) jetzt Arbeit.
- Interessant! Welche Sprachen ______________ (10) Sie?
- Japanisch ______________ (11) meine Erstsprache. Englisch ______________ (12) ich gut und jetzt ______________ (13) ich Deutsch. Sprachenlernen ist mein Hobby.
- Toll! ______________ (14) Sie noch andere Hobbys?
- Ja, ich ______________ (15) auch gern mit meinem Sohn Tischtennis. Er ______________ (16) acht Jahre alt und er ______________ (17) Tischtennis!

1.2 Wer sind Sie? Schreiben Sie zu jedem Punkt einen Satz.

Name? Alter? Land? Wohnort? Familie? Sprachen? Beruf? Hobbys?

Ich heiße ...

1.3 Prüfung: Sprechen. Stellen Sie sich vor. Nehmen Sie es mit Ihrem Smartphone auf. Ihre Sätze in 1.2 helfen.

1.4 *Du* oder *Sie*? Welche Frage passt? Ordnen Sie zu.

1 
2 
3 
4 

a Was haben Sie beruflich schon gemacht?
b Wo wohnt ihr?
c Wo arbeitest du?
d Wohnen Sie schon lange hier?

2 Was ist gleich? Was ist anders?

2.1 Prüfung: Sprechen. Schreiben Sie Fragen zum Thema *Aktivitäten*.

Was ...?
Wo ...?
Wann ...?

Thema: **Aktivitäten**

Wie oft ...?
Wie lange ...?
Mit wem ...?

Was machst du gerne am Abend?

2.2 Lesen Sie Ihre Fragen in 2.1 noch einmal. Sprechen Sie dann zu zweit wie im Beispiel.

Was machst du gern am Abend?

Ich schaue am Abend gern einen Film oder ich treffe meine Freunde.

2.3 Was macht Ihre Partnerin / Ihr Partner gern? Wann? Wo? Wie oft? Und wie ist das bei Ihnen: gleich, anders oder ähnlich? Schreiben Sie fünf Sätze.

Anisha macht gern Sport. Das ist bei mir anders: Ich lese lieber ...

B Wie war der erste Tag?

genervt ______
aufgeregt ______
überrascht ______
neugierig ______
nervös ______
ängstlich ______

unsicher ______
froh ______
die Grammatik (*Sg.*) ______
begrüßen ______
die Schwiegermutter, -mütter ______
verpassen ______

1 Ich war neugierig und auch ein bisschen nervös.

1.1 Welche neun Wörter sind hier? Suchen Sie die Wörter. Schreiben Sie. Die Wortliste hilft.

übernervtgenergierigvösneulichaufglückgeregtfrohunängstsicherlichrascht

unsicher ______ ______

______ ______ ______

______ ______ ______

1.2 Wie fühlen sich die Personen? Lesen Sie. Ergänzen Sie. Übung 1.1 hilft.

Ich habe einen guten Freund. Er heißt Max und lebt in Innsbruck. Ich wohne aber in Linz. Ich sehe ihn nicht so oft, das finde ich schade. Aber gestern in der Früh habe ich die Tür aufgemacht und – da war Max! Er hat mich einfach so besucht! Ich war total ______ und sehr glücklich! **Fabian, 27**

Morgen fahren wir mit der ganzen Familie von Graz nach Paris. Dort wohnt meine Schwiegermutter. Wir besuchen sie zweimal im Jahr und bleiben dann eine Woche. Die Kinder lieben ihre Großmutter sehr. Sie sind so ______. Sie können gar nicht schlafen! Schon seit Tagen fragen sie: „Wann besuchen wir Oma? Wie lange müssen wir noch warten?“ Ich glaube, sie möchten am liebsten schon heute losfahren. **Abron, 32**

Vor zwei Wochen bin ich mit meiner Frau umgezogen. Leider haben wir unsere Nachbarn noch nicht kennengelernt. Eine Nachbarin hören wir aber regelmäßig. Sie übt Gitarre und singt. Ich finde, sie singt sehr gut. Vielleicht ist sie eine Sängerin? Wir möchten sie gern einmal treffen. Wir sind sehr ______. **Mino, 55**

1.3 Wie ist es richtig? Lesen Sie noch einmal. Korrigieren Sie.

1. Fabian hat Max in Innsbruck besucht. ______
2. Max trifft Fabian regelmäßig. ______
3. Die Großmutter von Abron wohnt in Paris. ______
4. Die Familie fährt in einer Woche nach Paris. ______
5. Mino ist alleine umgezogen. ______
6. Mino findet, die Nachbarin singt zu laut. ______

2 Ich habe alles gut verstanden.

Wiederholung: Perfekt. Ergänzen Sie.

Anna ist 2017 nach Österreich ________________ (*kommen*). (1) Sie hat lange auf die Aufenthaltsgenehmigung ________________ (*warten*). (2) Dann hat sie eine Stelle als Gärtnerin ________________ (*suchen*). (3) Sie hat viele Anzeigen im Internet ________________ (*lesen*) (4) und einige Gärtnereien ________________ (*anrufen*). (5) 2019 hat sie eine Stelle in einer Gärtnerei ________________ (*finden*). (6) Die Gärtnerei war in einem anderen Ort. Sie ist jeden Morgen sehr früh ________________ (*aufstehen*) (7) und ist immer eine Stunde mit dem Zug ________________ (*fahren*). (8) Der Weg war weit, aber sie hat die Arbeit sehr gern ________________ (*machen*). (9)

Welche Verben bilden das Perfekt mit *sein*? Lesen Sie noch einmal. Markieren Sie.

2.1 Lesen Sie. Schreiben Sie Antworten.

Wie war Ihr erster Arbeitstag?

Aanjay Sukarno (44 Jahre, Verkäuferin) erzählt.

An meinem ersten Arbeitstag war ich sehr nervös. Ich bin schon um halb sechs aufgestanden und bin dann in die Arbeit gefahren. Ich bin viel zu früh angekommen und habe lange vor der Tür gewartet. Dann sind ein paar Kolleginnen und Kollegen gekommen und haben die Tür aufgemacht. Sie haben mich nicht begrüßt, denn sie haben mich noch nicht gekannt.

Die Chefin hat mich dann abgeholt und hat meine Aufgaben erklärt. Aber das war so viel! Ich habe viele Dinge gleich wieder vergessen und habe vieles nicht verstanden. Ich habe die Chefin gefragt: „Was bedeutet ...? Wo finde ich ...? Wie mache ich ...?" Sie hat ein bisschen genervt geantwortet: „Das habe ich doch schon erklärt!" Das war sehr schwierig für mich.

Um 17 Uhr war ich fertig mit der Arbeit und bin direkt nach Hause gegangen. Ich war sehr müde und unsicher. Ich habe mich gefragt: Ist es vielleicht nicht der richtige Job für mich? Ein Freund hat mich dann aber am Abend besucht und hat Pizza mitgebracht. Das war nett. Ich habe ihm alles erzählt und er hat gesagt: „Kein Stress! Die Chefin hat am Anfang auch nicht alles gewusst!" Das hat mir sehr geholfen! Jetzt arbeite ich schon seit 12 Jahren dort und bin sehr glücklich in meinem Job. Und auch die Chefin ist sehr zufrieden mit mir!

1. Wie hat Aanjay sich am ersten Tag gefühlt? ________________
2. Wo hat sie gewartet? Warum? ________________
3. Warum hat Aanjay ihre Chefin viel gefragt? ________________
4. Wie hat die Chefin reagiert? ________________
5. Wie hat Aanjay sich am Abend gefühlt? ________________
6. Was hat geholfen? ________________

2.2 Markieren Sie die Partizipien in 2.1. Ergänzen Sie.

ge...t	warten	gewartet	fragen	
	antworten		sagen	
ge...en	kommen		gehen	
	fahren		helfen	
...ge...t	abholen			
...ge...en	aufstehen		ankommen	
...t	begrüßen		besuchen	
	erklären		erzählen	
...en	vergessen		verstehen	
!	kennen		wissen	
	mitbringen			

1.02

2.3 Phonetik: Wortakzent. Was ist betont? Hören Sie. Markieren Sie.

1. abholen – abgeholt, ankommen – angekommen, mitbringen – mitgebracht
2. besuchen – besucht, erzählen – erzählt, verstehen – verstanden, verpassen – verpasst

2.4 Sagen Sie ein Verb. Sprechen Sie zu zweit wie im Beispiel.

- Aufräumen.
- Ich habe aufgeräumt. Erzählen.
- Ich habe erzählt. Wissen.
- Ich habe ...

2.5 Ergänzen Sie im Perfekt.

1. Letzte Woche ______ ich meine Freundin ______. (*besuchen*)
2. Als Kind ______ ich noch nicht viel ______. (*wissen*)
3. Die Lehrerin ______ alles sehr gut ______. (*erklären*)
4. Ich ______ die Grammatik leider nicht ______. (*verstehen*)
5. Entschuldigung, ich ______ Ihren Namen ______. (*vergessen*)
6. Der Polizist ______ mich freundlich ______. (*begrüßen*)
7. Ich ______ einen Kuchen ______. (*mitbringen*)

2.6 Was ist am ersten Kurstag passiert? Schreiben Sie fünf Sätze wie im Beispiel.

aufräumen • begrüßen • essen • erklären • erzählen • fahren • gehen • helfen • kommen • lesen • mitbringen • schreiben • sprechen • trinken • vergessen • verstehen

Unsere Lehrerin ist um 9 Uhr gekommen und hat uns freundlich begrüßt.

3 Das war mein erster Tag.

1.03

Diktat. Hören Sie. Schreiben Sie. Sie hören den Text zweimal.

Ich bin ______________ (1) in die Sprachschule gefahren. Ich war ______________ (2), denn ich habe gedacht, ______________ (3). Zum Glück hatte der Bus aber ______________ (4) und ich bin noch ______________ (5) angekommen. Die Lehrerin hat mich ______________ (6) und dann hat ______________ (7) angefangen.

C Alle sind herzlich willkommen!

interkulturell ______________

verschieden(e) ______________

die Veranstaltung, Veranstaltungen ______________

____

der Bezirk, Bezirke ______________

der Rat (*Sg.*) ______________

die Unterstützung (*Sg.*) ______________

lösen: Probleme lösen ______________

stark (sein) ______________

das Nachbarschaftszentrum, -zentren ______________

____

die Nachbarschaft (*Pl. selten*) ______________

____

alle ______________

viele ______________

einige ______________

niemand ______________

beraten ______________

sauber ______________

sauber machen ______________

der Strom (*Sg.*) ______________

offen (sein) ______________

der Papierkorb, Papierkörbe ______________

der Korb, Körbe ______________

leer ______________

auf|passen ______________

1 Wir sind ein buntes Team.

1.1 Was passt? Ergänzen Sie. Die Wortliste hilft.

Ich heiße Sifan Akar und ich wohne in Wien-Ottakring. In meinem ______________ (1) gibt es ein ______________ (2). Viele ______________ (3) Menschen besuchen das Haus. Es gibt dort viele interkulturelle ______________ (4). Man bekommt dort auch ______________ (5) bei Problemen.

1.2 Was passt? Ergänzen Sie. Die Wortliste hilft.

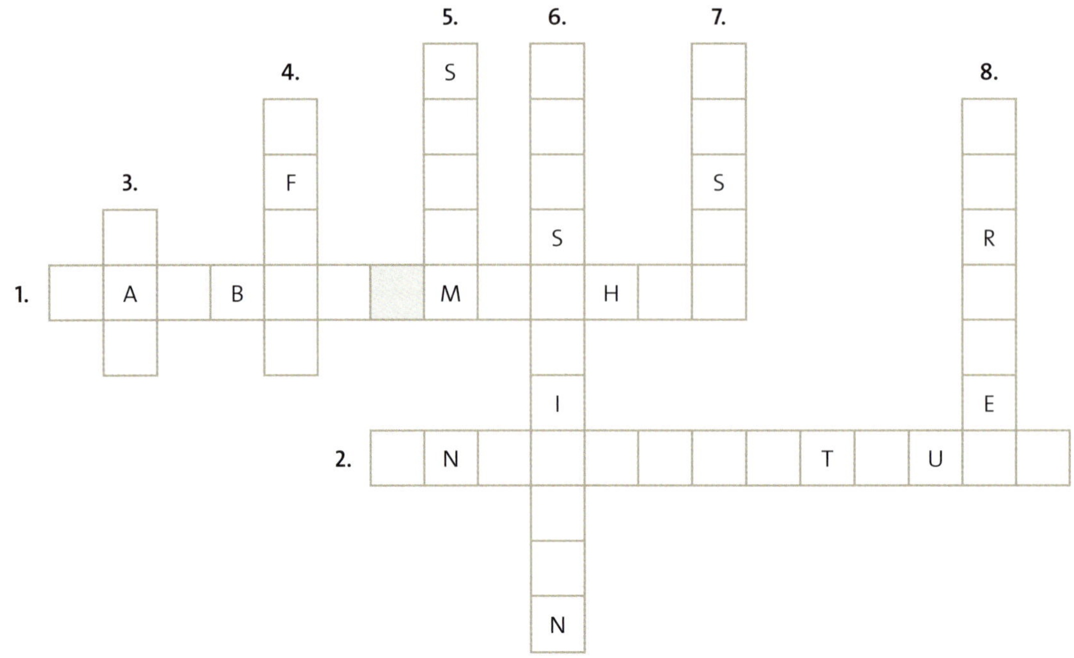

1. ein anderes Wort für „putzen“
2. ein anderes Wort für „Hilfe“
3. ein anderes Wort für „Tipp“
4. ein anderes Wort für „nicht geschlossen“
5. elektrische Geräte brauchen ...
6. ein anderes Wort für „nicht gleich“
7. Probleme muss man ...
8. ein anderes Wort für „Rat geben“

1.3 Was passt: *alle, einige, niemand* oder *viele*? Schreiben Sie.

1  ______

2  ______

3  ______

4  ______

1.4 Was passt: *alle, viele, einige* oder *niemand*? Sehen Sie die Grafiken an. Lesen Sie. Ergänzen Sie im Text.

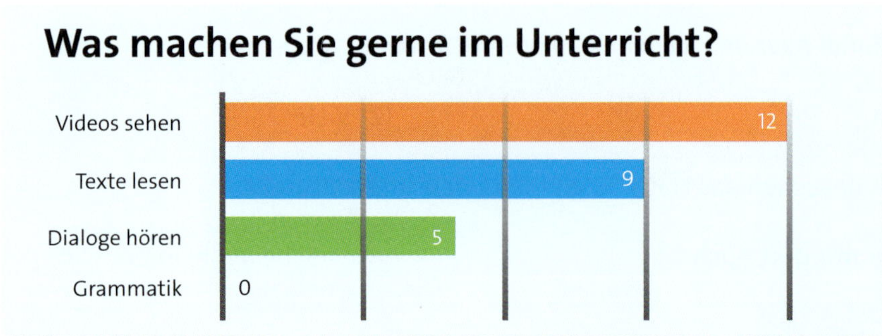

In unserem Deutschkurs sind zwölf Teilnehmerinnen und Teilnehmer. Wir sind alle verschieden und lernen auch nicht alle gleich. ________ (1) arbeiten gerne in Gruppen, ________ (2) arbeiten gerne zu zweit und ________ (3) arbeiten lieber allein. ________ (4) lesen gern Texte, ________ (5) hören gern Dialoge, aber ________ (6) macht gerne Grammatikübungen! ________ (7) sehen am liebsten die Videos vom Nachbarschaftszentrum. Das macht Spaß!

1.04

1.5 Hamzas Geburtstag. Was ist richtig? Hören Sie. Markieren Sie.

1. *Alle/Viele* sind zur Party gekommen.
2. *Viele/Einige* haben etwas geschenkt.
3. *Einige haben/Niemand hat* Wein getrunken.
4. *Alle/Einige* sind bis 24 Uhr geblieben.

2 Schaltet bitte immer das Licht aus!

2.1 Welche Regeln gibt es in der WG? Schreiben Sie wie im Bespiel.

~~Schuhe ausziehen~~ • nicht rauchen • nicht auf dem Balkon grillen • die Tür schließen • nicht zu laut Musik hören • nicht im Zimmer essen • nach dem Kochen die Küche sauber machen • regelmäßig die Toilette und das Bad putzen

Bitte zieht die Schuhe aus.

2.2 Und wie ist das bei Ihnen? Gibt es Regeln in Ihrer Wohnung / in Ihrem Haus? Schreiben Sie.

Bei uns muss man ...

3 Unsere Regeln

Was darf man im Büro (nicht)? Und was muss man? Schreiben Sie wie im Beispiel.

in der Früh immer pünktlich sein • im Büro rauchen • am Computer essen • leise telefonieren • am Abend die Tische sauber machen • das Licht ausschalten • alle Türen schließen

Regeln im Büro:
- *Man muss in der Früh immer pünktlich sein.*
- *Man darf nicht im Büro rauchen.*
- *...*

Richtig schreiben

1 Bist du glücklich?

1.1 Welche zwölf Wörter auf *-lich* und *-ig* finden Sie? Markieren Sie.

n	a	s	ä	h	n	l	i	c	h	w	i	ä
e	n	f	r	g	l	ü	c	k	l	i	c	h
u	g	d	e	n	a	s	t	w	i	c	g	r
g	f	r	e	u	n	d	l	i	c	h	h	d
i	k	i	c	h	g	i	u	c	r	ö	e	n
e	r	c	t	a	w	n	s	h	o	f	s	ä
r	u	h	i	g	e	g	t	t	s	l	i	g
i	n	t	g	s	i	k	i	i	u	i	c	r
g	g	i	d	h	l	ö	g	g	e	c	h	e
ä	n	g	w	e	i	b	l	i	c	h	u	n
r	e	s	ä	n	g	s	t	l	i	c	h	d

1.2 *-lich* oder *-ig*? Ordnen Sie die Wörter aus 1.1.

Endung -lich	*Endung -ig*

1.3 Was passt: *-lich* oder *-ig*? Ergänzen Sie.

Das ist Baris mit seinen Kindern. Bei Baris zu Hause ist es nie langweil ___ (1). Er ist glück ___ (2) mit seiner Familie. Seine Kinder sind sehr lust ___ (3). Sein Sohn ist sehr neugier ___ (4). Seine Tochter ist sehr ruh ___ (5) und ein bisschen ängst ___ (6). Sie ist erst vier Jahre alt.

2 Und Sie?

Wie sind Sie und Ihre Verwandten? Schreiben Sie fünf Sätze wie im Beispiel. Benutzen Sie die Adjektive.

aufgeregt • ängstlich • froh • genervt • glücklich • nervös • neugierig • überrascht • unsicher

Mein Bruder fährt nicht gerne Auto. Im Verkehr ist er sehr ängstlich.

Alles klar?

1 Wortschatz

Welche Wörter sind hier? Bilden Sie Wörter. Ergänzen Sie. (5 Punkte)

cher • ge • gie • glück • lich • ner • nervt • neu • rig • si • un • vös

1. Morgen habe ich eine Deutschprüfung. Ich bin jetzt schon ________________.
2. Morgen fängt mein Deutschkurs an. Wie ist die Lehrerin? Ich bin ________________.
3. Ich muss alles alleine machen. Meine Kollegen helfen nicht. Ich bin ________________.
4. Lisa und Tom heiraten morgen. Sie sehen so ________________ aus.
5. Ist es so richtig? Ich weiß es nicht genau, ich bin ________________.

___ /5 Punkte

0–3 Punkte? Bitte noch üben!

2 Grammatik

Ergänzen Sie im Perfekt. (5 Punkte)

1. wissen — Das war neu für mich. Das habe ich nicht ________________.
2. begrüßen — Der Lehrer hat uns sehr nett ________________.
3. vergessen — Oh nein, ich habe mein Buch ________________.
4. verstehen — Kannst du das wiederholen? Ich habe es nicht ________________.
5. erklären — Das hast du gut ________________. Jetzt verstehe ich es.

___ /5 Punkte

0–3 Punkte? Bitte noch üben!

3 Kommunikation

Was passt? Ordnen Sie zu. (10 Punkte)

willkommen • Alle • Bitte • schalten ... aus • nach dem Kurs • nicht erlaubt • offen • sauber • räumen ... auf

Unsere Regeln:

__________ Menschen sind im Nachbarschaftszentrum ________________. (1)

Unser Café ist __________ für alle. (2)

__________ rauchen Sie nicht. Rauchen ist im Nachbarschaftszentrum ________________. (3)

Bitte __________ Sie den Kursraum ________ und machen Sie die Tische __________. (4)

Bitte __________ Sie ________________ die Computer und das Licht ________. (5)

___ /10 Punkte

0–6 Punkte? Bitte noch üben!

2 Arbeiten und lernen

A Das habe ich früher gemacht.

planen ______	der Bauernhof, Bauernhöfe ______
das Material, Materialien ______	______
die Ordnung *(Sg.)* ______	der Kontakt, Kontakte ______
sorgen (für): für Ordnung sorgen ______	Kontakt haben (mit) ______
______	der Plan, Pläne ______
das Gerät, Geräte ______	bauen ______

1 Das gefällt mir bei der Arbeit.

Was passt? Ordnen Sie zu.

Aufgaben • Ausbildung • Bauernhof • Dinge • Kontakt • Krankenhaus • Krankenpfleger • Material • Medikamente • Ordnung • Pläne • Praktikant

Ich bin ______ (1) von Beruf und arbeite in einem ______ (2) in Klagenfurt.

Meine ______ (3):

Ich habe viel ______ (4) mit Patientinnen und Patienten, ich bringe das Essen und ich gebe ______ (5). In der Pflege muss man viel organisieren: Ich bestelle das ______ (6), z. B. Pflaster, und ich schreibe die ______ (7) für die Schichtarbeit.

Meine Berufserfahrung:

In Syrien habe ich auf einem ______ (8) gearbeitet und Käse gemacht. Vor acht Jahren bin ich nach Österreich gekommen und war ein Jahr ______ (9) im Pflegeheim *Haus Lebenszeit*. Dort konnte ich dann auch die ______ (10) zum Krankenpfleger machen.

Das kann ich gut:

______ (11) reparieren, für ______ (12) sorgen und organisieren

2 Valeska musste oft helfen.

Wiederholung: Modalverben. Was ist richtig? Markieren Sie.

1. Frau Müller, *dürfen/können* Sie bitte die Materialien bestellen?
2. Lea *kann/muss* gut Dinge reparieren.
3. Tischler und Dachdecker *dürfen/müssen* mit den Händen arbeiten.
4. Herr Bracht, *müssen/können* Sie hier bitte für Ordnung sorgen?
5. *Darf/Will* ich das Programm für die Feier planen? Ich mache das gern.

2.1 Richtig oder falsch? Lesen Sie. Kreuzen Sie an.

Glück im Beruf finden – Valeska Nowak erzählt:

Meine Eltern wollten immer ein Geschäft haben. Seit 1989 gibt es ihr Geschäft *Kleidung für alle*. Meine Schwester und ich mussten früher oft im Geschäft helfen. Meine Schwester Ewa hat das gern gemacht, aber ich nicht. Ewa hatte schon immer gern Kontakt mit den Kunden und Kundinnen und konnte gut beraten. Sie hat eine Ausbildung zur Verkäuferin gemacht und arbeitet jetzt mit meinen Eltern zusammen im Geschäft. Aber ich war anders: Mein Berufswunsch war Tischlerin, denn ich arbeite gern mit den Händen. Aber das durfte ich nicht. Ich musste auch eine Ausbildung zur Verkäuferin machen. Das hat mir keinen Spaß gemacht. Das haben auch meine Eltern gesehen. Ich durfte dann mit der Ausbildung aufhören. Vor einem Jahr konnte ich ein Praktikum in einer Tischlerwerkstatt machen. Und jetzt lerne ich diesen Beruf wirklich! Im Sommer beginnt die Berufsschule. Ich bin so glücklich!

	richtig	falsch
1. Valeska wollte als Kind immer gern im Kleidungsgeschäft helfen.	☐	☐
2. Ihrer Schwester hat die Arbeit im Geschäft Spaß gemacht.	☐	☐
3. Valeska konnte gut Kunden beraten.	☐	☐
4. Sie musste die Ausbildung zur Verkäuferin fertig machen.	☐	☐
5. Valeska fängt bald die Lehre zur Tischlerin an.	☐	☐

2.2 Ergänzen Sie im Präteritum.

	können	müssen	dürfen	wollen
ich	______	______	______	______
du	konntest	musstest	______	wolltest
er/es/sie	______	musste	______	______
wir	______	______	______	wollten
ihr	konntet	______	durftet	______
sie/Sie	konnten	mussten	______	______

2.3 Ergänzen Sie im Präteritum.

1. Wir *durften* früher keine Süßigkeiten essen. (*dürfen*)
2. ______ du als Kind auf einem Bauernhof leben? (*wollen*)
3. Valeska ______ nach der Schule keine Lehre zur Tischlerin machen. (*dürfen*)
4. Wir ______ auch am Sonntag immer früh aufstehen. (*müssen*)
5. Herr Mustawi, ______ Sie gestern noch das Problem mit dem Computer lösen? (*können*)
6. ______ ihr früher oft Pizza essen? (*wollen*)
7. Lena und Helen ______ früher viel von ihrer Mutter lernen. (*können*)

2.4 Was passt: *müssen* oder *dürfen*? Ergänzen Sie im Präteritum.

1. Wir *durften* mit unserer Großmutter kochen. Das war lustig.
2. ______ ihr abends Freunde treffen? Ich ______ schon um 8 Uhr zu Hause sein.
3. ______ du als Kind auch immer früh ins Bett gehen?
4. Unsere Kinder ______ auf dem Bauernhof helfen, das haben sie nicht gern gemacht.
5. Ich ______ zusammen mit meinem Vater einen Tisch bauen. Das war super!

2.5 Was passt: *müssen, wollen* oder *können*? Ergänzen Sie im Präteritum.

- Was *konntest* (1) du als Kind gut?
- Ich ______ (2) gut singen und tanzen. Meine Oma war Musiklehrerin und ich ______ (3) sie am liebsten jeden Tag besuchen und mit ihr Musik machen. Aber das ______ (4) ich leider nicht, ich hatte keine Zeit. Meine Eltern hatten ein Restaurant und sie hatten viel Arbeit. Meine Schwester und ich ______ (5) oft in der Küche helfen oder zu Hause für Ordnung sorgen. Das war nicht immer leicht.
- Das verstehe ich, aber ihr ______ (6) bestimmt viel von euren Eltern lernen.
- Stimmt! Mein Vater ______ (7) sehr gut kochen, das habe ich von ihm gelernt. Aber ich ______ (8) nie putzen und aufräumen.

1.05 **2.6 Phonetik: *o* und *u*. Welches Wort hören Sie? Kreuzen Sie an.**

1. ☐ groß ☐ Gruß
2. ☐ Uhr ☐ Ohr
3. ☐ kochen ☐ Kuchen
4. ☐ Zoo ☐ zu

1.06 **2.7 Hören Sie. Sprechen Sie nach.**

3 Ich musste früher ...

Schreiben Sie Antworten. Sprechen Sie zu zweit. Tauschen Sie dann die Rollen.

Welchen Berufswunsch hatten Sie als Kind?

____

Was durften Sie mit 16 Jahren noch nicht machen?

____

Was konnten Sie früher gut?

____

Was wollten Sie als Kind nicht gern machen?

____

B Welcher Beruf passt zu mir?

beantworten: Fragen beantworten ______________

die Maschine, Maschinen ______________

bedienen: eine Maschine bedienen ______________

zeichnen ______________

diskutieren: mit Kollegen diskutieren ______________

notieren ______________

rechnen ______________

die Ware, Waren ______________

die Brücke, Brücken ______________

das Gebäude, Gebäude ______________

der Fernverkehr *(Sg.)* ______________

der Regionalverkehr *(Sg.)* ______________

der Verkehr *(Sg.)* ______________

der Schulabschluss, -abschlüsse ______________

die Technik *(Sg.)* ______________

die Fremdsprachenkenntnisse *(Pl.)* ______________

die Fremdsprache, -sprachen ______________

die Kenntnisse *(Pl.)* ______________

mobil ______________

die Architektur *(Sg.)* ______________

genau: genau arbeiten ______________

die Mathematikkenntnisse *(Pl.)* ______________

die Mathematik (Mathe) *(Sg.)* ______________

die Fahrt, Fahrten ______________

der Fahrgast, Fahrgäste ______________

draußen ______________

kreativ ______________

Arbeitest du gern draußen / am Computer / ...?

Ich arbeite gern mit Menschen / im Team / ...

Der Beruf passt zu mir, denn ...

1 Ich möchte eine Ausbildung machen.

1.1 Was passt? Verbinden Sie.

1. Maschinen	a beantworten
2. Fragen	b diskutieren
3. Kundinnen und Kunden	c transportieren
4. mit Kolleginnen und Kollegen	d notieren
5. Informationen	e beraten
6. Brücken	f lernen
7. Waren	g bauen
8. Fremdsprachen	h bedienen

1.2 Was macht man in diesen Berufen? Sprechen Sie zu zweit wie im Beispiel. Übung 1.1 hilft.

Tischler/-in • Lehrer/-in • Bauzeichner/-in • Ingenieur/-in • Arzt/Ärztin • Kaufmann/-frau • Lagerist/-in • ...

Ein Tischler bedient ...

Maschinen. Eine Lehrerin ...

1.3 Was macht ein Tischler? Ordnen Sie zu.

bauen • bedienen • beraten • Kontakt • Mathematikkenntnisse • Tischler • Schulabschluss • rechnen • zeichnen

Ich bin Jerrard und ich mache eine Lehre zum ____________. (1) Der Beruf passt zu mir, denn man kann kreativ sein, mit den Händen arbeiten und man hat ____________ (2) mit Kunden. Man braucht einen ____________ (3) und gute ____________. (4) Früher konnte ich nicht so gut ____________ (5), aber jetzt ist das kein Problem mehr. Ich lerne viele Dinge: Maschinen ____________ (6), Möbel ____________ (7) und ____________ (8) und Kunden ____________. (9)

1.07 **1.4 Prüfung: Hören. Richtig oder falsch? Hören Sie. Kreuzen Sie an. Sie hören den Text zweimal.**

	richtig	falsch
1. Antonia wollte schon immer Lokführerin sein.	☐	☐
2. Sie fährt nur Züge im Regionalverkehr.	☐	☐
3. Der Beruf passt gut zu ihr, denn sie findet Technik toll.	☐	☐
4. Antonia findet den Stress bei der Arbeit nicht schlimm.	☐	☐
5. Sie arbeitet gern im Schichtdienst.	☐	☐

2 Was macht ...?

2.1 Was passt? Ordnen Sie zu.

Fahrt • Fremdsprachenkenntnisse • Gebäude • genau • mobil • ruhig • Waren • Verkehr

1. Wir haben die ________________ bei der Firma bestellt, aber sie sind noch nicht angekommen.
2. Die ________________ von Salzburg nach Wien dauert mit dem Zug ungefähr drei Stunden.
3. Gibt es in diesem ________________ einen Aufzug?
4. ________________________________ sind wichtig. Ich spreche Arabisch, Englisch und Deutsch.
5. Wir müssen sehr ________________ arbeiten, denn wir dürfen keine Fehler machen.
6. In der Früh ist immer viel ________________ auf den Straßen, denn alle fahren in die Arbeit.
7. Bei Stress muss man ________________ bleiben. Das ist wichtig.
8. Ich mache jetzt den Führerschein, denn ich möchte ________________ und flexibel sein.

2.2 Richtig oder falsch? Lesen Sie. Kreuzen Sie an.

Hallo, ich heiße Luis und ich möchte eine Ausbildung zur Fachkraft für Bahnreise- und Mobilitätsservice machen. Der Beruf passt gut zu mir, denn ich habe gern Kontakt mit Menschen. In der Ausbildung arbeite ich im Zug: Als Zugbegleiter betreue ich auf der Fahrt die Fahrgäste und kontrolliere die Fahrkarten. Aber ich arbeite auch beim Informationsschalter am Bahnhof. Hier berate ich Fahrgäste und ich verkaufe Fahrkarten. Ich habe in der Schule gern Fremdsprachen gelernt. Das hilft jetzt, denn ich muss mit den Fahrgästen oft Englisch oder Spanisch sprechen. Als Fachkraft für Mobilitätsservice verdiene ich später zwischen 2000 und 2200 Euro.

Ich bin Federica. Ich finde Architektur interessant. Nach der Schule habe ich eine Ausbildung zur Bauzeichnerin gemacht. Aber jetzt studiere ich, denn ich möchte später als Bauingenieurin arbeiten. Brücken und Häuser planen und bauen – das ist toll! Ich kann gut rechnen und sehr genau zeichnen, das ist wichtig für den Beruf. Die Arbeit mit Kolleginnen und Kollegen gefällt mir sehr, denn ich arbeite nicht gern allein. Als Bauingenieurin muss man mobil sein – heute ist man in Wien, morgen in Dubai. Das finde ich toll. Das Gehalt ist auch gut. Ich kann später ungefähr 3500 Euro pro Monat verdienen.

	richtig	falsch
1. Luis arbeitet nur im Zug.	☐	☐
2. Fremdsprachen sind in seinem Beruf wichtig.	☐	☐
3. Er verdient in der Ausbildung 2000 Euro oder mehr.	☐	☐
4. Federica braucht einen Abschluss von der Universität.	☐	☐
5. Als Bauingenieurin arbeitet sie im Team.	☐	☐
6. Sie möchte nicht gern in unterschiedlichen Ländern arbeiten.	☐	☐

2.3 Und Sie? Was machen Sie beruflich oder was möchten Sie machen? Was ist für den Beruf wichtig? Schreiben Sie fünf Sätze.

Ich möchte als ... arbeiten. Man braucht einen Schulabschluss und gute ...kenntnisse.

3 Der Beruf passt zu dir.

1.08

3.1 Diktat. Hören Sie. Schreiben Sie. Sie hören den Text zweimal.

Hallo, Elenis, du ________________ (1), richtig? Denkst du, der Beruf könnte auch ________________ (2)? Ich bin ________________ (3), aber ich finde ________ (4) interessant und ich habe schon viele ________________ (5). Ich kann nicht so gut ________________ (6) und ich möchte nicht ________________ (7) arbeiten. Bist du bei der Arbeit oft ________ (8)? Denn das finde ich toll!

3.2 Passt der Beruf zu Farhia? Schreiben Sie eine Antwort. *Liebe Farhia, ich finde, …*

C Die Fortbildung ist interessant.

peinlich ________________

ärgerlich ________________

angenehm ________________

der Drucker, Drucker ________________

der Wasserkocher, Wasserkocher ________________

____

die Anlage, Anlagen ________________

elektrisch ________________

die Ermäßigung, Ermäßigungen ________________

____

erledigen: Aufgaben erledigen ________________

____

gefährlich ________________

der Inhalt, Inhalte ________________

der Schritt, Schritte ________________

die Sicherheit *(Pl. selten)* ________________

das Werkzeug, Werkzeuge ________________

die Dauer *(Sg.)* ________________

offiziell ________________

das Zertifikat, Zertifikate ________________

die Fortbildung, Fortbildungen ________________

____

der Imbiss, Imbisse ________________

das Gesundheitszeugnis, -zeugnisse ________________

____

die Gesundheit *(Sg.)* ________________

das Zeugnis, Zeugnisse ________________

notwendig ________________

die Bezahlung, Bezahlungen ________________

der Taxilenkerausweis, -ausweise ________________

____

Ist alles in Ordnung?

Ich habe ein Problem. Kannst du mir helfen?

Verstehst du etwas von …?

Ja, ich kann dir helfen. / Nein, leider nicht.

Das macht nichts. Ich kann auch nicht alles.

1 Man kann alles lernen!

Was passt? Ordnen Sie zu.

Ich habe das nicht gelernt • Ich kann das • alles in Ordnung • das macht nichts • Verstehst du etwas von

Hallo, Mati! Ist ______________________________ ? (1)

Ach, ich kann mein Fahrrad nicht reparieren. ______________________________ . (2) Das ist ärgerlich.

______________________________ Fahrrädern? (3)

Kannst du mir helfen?

Ja, klar! ______________________________ , ich kann dir helfen. (4)

Danke, Anna! Das ist ein bisschen peinlich, denn es war nicht so kompliziert.

Ach, ______________________________ , ich kann auch nicht alles. (5)

2 Es gibt 150 Euro Ermäßigung.

2.1 Was passt? Lesen Sie. Ordnen Sie zu.

Dauer • Ermäßigung • Gerät • Schritte • Sicherheit • Wasserkocher • Werkzeuge

Kursangebot

Einfache Reparaturen zu Hause selbst erledigen!

Der ____________________ (1) ist kaputt oder die Heizung funktioniert nicht? Kein Problem! In unserem Kurs bekommen Sie Tipps für Reparaturen zu Hause: Sie sind gar nicht kompliziert und kein bisschen gefährlich!

Unsere Inhalte: Wichtige ____________________ (2) kennenlernen und diese richtig benutzen, ____________________ (3) bei der Arbeit mit Strom oder elektrischen Geräten, erste ____________________ (4) bei Reparaturen. Bringen Sie gern ein kaputtes ____________________ (5) mit.

____________________ : (6) 8 Wochen, immer am Donnerstag von 18 bis 21 Uhr

Ort: Reparatur-Café, Langestr. 6 – 8

Kosten: 20 € (5 € ____________________ (7) für Jugendliche), Bezahlung in bar oder mit Karte

Anmeldung: Online-Reservierung bis zum 26.8.

2.2 Richtig oder falsch? Lesen Sie noch einmal. Kreuzen Sie an.

	richtig	falsch
1. Im Kurs lernt man reparieren.	☐	☐
2. Der Kurs ist nur für Jugendliche.	☐	☐
3. Der Kurs dauert acht Wochen.	☐	☐
4. Jugendliche bezahlen 20 Euro.	☐	☐
5. Man muss sich telefonisch anmelden.	☐	☐

2.3 Welche Wörter auf *-ung* sind hier? Markieren Sie. Ergänzen Sie.

FORTBILDUNGRECHNUNGBESTELLUNGENTSCHULDIGUNGBERATUNG

1. Wir brauchen noch einen Drucker, kannst du die ______________ machen?
2. Ich möchte den Kopfhörer umtauschen, hier ist die ______________.
3. ______________, gibt es hier Toiletten?
4. Warst du schon am Informationsschalter? Die ______________ dort ist sehr gut.
5. Nach meiner ______________ bekomme ich ein offizielles Zertifikat.

3 Möchten Sie als Taxifahrer/-in oder mit Lebensmitteln arbeiten?

3.1 Welches Wort passt nicht? Markieren Sie wie im Beispiel.

1. der Imbiss – ~~die Sicherheit~~ – das Café
2. angenehm – wichtig – notwendig
3. das Zeugnis – die Bezahlung – das Zertifikat
4. der Taxilenkerausweis – der Führerschein – der Bus
5. erste Hilfe – die Reparatur – die Notaufnahme
6. die Anlage – die Maschine – die Gesundheit

1.09 **3.2 Hören Sie. Kreuzen Sie an.**

	richtig	falsch
1. Sven Rot sucht einen/eine Verkäufer/-in in Teilzeit.	☐	☐

2. Was ist für die Stelle wichtig?

a ☐ Anton Pawlovic braucht eine Ausbildung.
b ☐ Er muss den Führerschein machen.
c ☐ Er muss ein Gesundheitszeugnis beantragen.

Richtig schreiben

1 Ein Gebäude planen

1.1 Welche Wörter sind hier? Lesen Sie. Markieren Sie.

sie|wollenbrückenundgebäudebauen?siekönnengutrechnenundgenauzeichnen?sie erledigenihreaufgabenselbstständig?dannmachensieeineausbildungzumbauzeichner.

1.2 Was schreibt man groß? Schreiben Sie. *Sie wollen ...*

2 Was können Sie gut? Was machen Sie gern?

Welcher Beruf passt zu Ihnen? Warum? Schreiben Sie.

Bauzeichner/-in • Lokführer/-in • Lehrer/-in • Krankenpfleger/-in • Gärtner/-in • Tischler/-in • Koch/Köchin • Fotograf/-in • Mechatroniker/-in ...

genau arbeiten • kreativ/mobil sein • im Team / alleine arbeiten • draußen arbeiten • mit Menschen / mit den Händen arbeiten ...

Der Beruf Lehrer passt zu mir, denn ich bin ...

Alles klar?

1 Wortschatz

1.1 Was passt? Ergänzen Sie. (2,5 Punkte)

1. Erwachsene zahlen 10 Euro, Jugendliche bekommen eine Er_______________.
2. Der Wasserkocher ist kaputt. Kannst du das G_______________ reparieren?
3. Ich habe kein Auto. Ich bin nicht so m_______________.
4. Als Taxifahrer braucht man einen Taxilenkerausweis, das ist n_______________.
5. Möchten Sie mehr lernen? Dann können Sie bei uns eine Fo_______________ machen.

1.2 Was passt nicht? Kreuzen Sie an. (2,5 Punkte)

1. Gebäude	☐ planen	☐ bauen	☐ erledigen
2. Kunden	☐ beraten	☐ beantworten	☐ betreuen
3. Maschinen	☐ rechnen	☐ reparieren	☐ bedienen
4. Fragen	☐ beantworten	☐ notieren	☐ transportieren
5. mit Kollegen	☐ sprechen	☐ beantworten	☐ diskutieren

___/5 Punkte

0–3 Punkte? Bitte noch üben!

2 Grammatik

Was passt? Ergänzen Sie im Präteritum. (5 Punkte)

1. ● Wolltest (*wollen/können*) du schon immer in einer WG wohnen?
   ● Zuerst nicht, aber ich _______________ (*können/dürfen*) die Miete nicht allein bezahlen.
2. ● _______________ (*müssen/wollen*) ihr gestern Abend nicht ins Kino?
   ● Doch, aber wir _______________ (*müssen/dürfen*) noch ein paar Dinge erledigen.
3. ● _______________ (*müssen/dürfen*) du mit 16 Jahren Bier trinken?
   ● Ja, aber ich _______________ (*wollen/müssen*) das nie. Ich mag kein Bier.

___/5 Punkte

0–3 Punkte? Bitte noch üben!

3 Kommunikation

1.10

Welche Reaktion passt? Hören Sie. Ordnen Sie zu. (10 Punkte)

1. ______ a Kein Problem. Ich kann das. Ich kann Ihnen helfen.
2. ______ b Ja klar, ich repariere oft elektrische Geräte. Zeig mir das einmal.
3. ______ c Ach, das macht nichts. Ich kann auch nicht alles.
4. ______ d Nein, tut mir leid, ich konnte schon als Kind nicht so gut rechnen.
5. ______ e Nein, mein Handy ist kaputt und ich kann es nicht reparieren.

___/10 Punkte

0–6 Punkte? Bitte noch üben!

Wichtige Wörter

1

eine Person

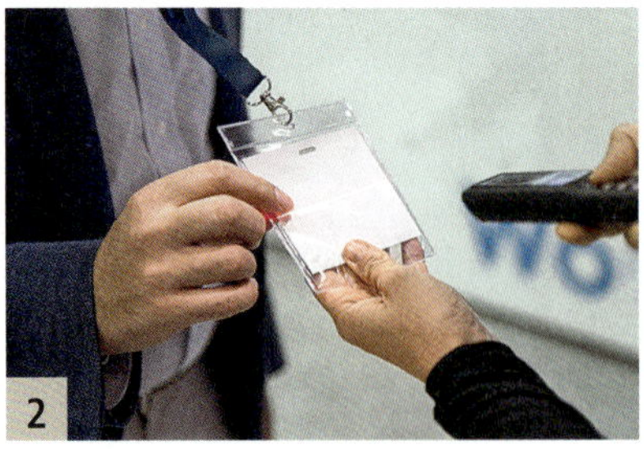
2

eine Veranstaltung

3

die Grammatik

4

ein Problem

5

ein Haus

6

Maschinen

7

Fragen

8

ein Bild

9

das Radio

1 Eine Maschine bedienen

1.1 Welches Verb passt? Sehen Sie die Fotos 1 bis 18 an. Ordnen Sie zu.

anbieten • bauen • beantworten • bedienen • begrüßen •bekommen •
benutzen • besuchen • diskutieren • einschalten • erklären • erledigen •
lösen • machen • notieren • sauber machen • vorbereiten • zeichnen

1.11 **1.2 Hören Sie. Kontrollieren Sie.**

1.3 Spielen Sie zu dritt. Würfeln Sie. Stellen Sie Ihre Figur auf das Foto. Bilden Sie einen Satz. Die anderen kontrollieren.

Richtig? Sie dürfen stehenbleiben.
Falsch? Gehen Sie zurück.

Unser Lehrer hat die Grammatik erklärt.

Richtig! Jetzt ich.

10

Termine

11

ein Zertifikat

12

Hausübungen

13

Hilfe

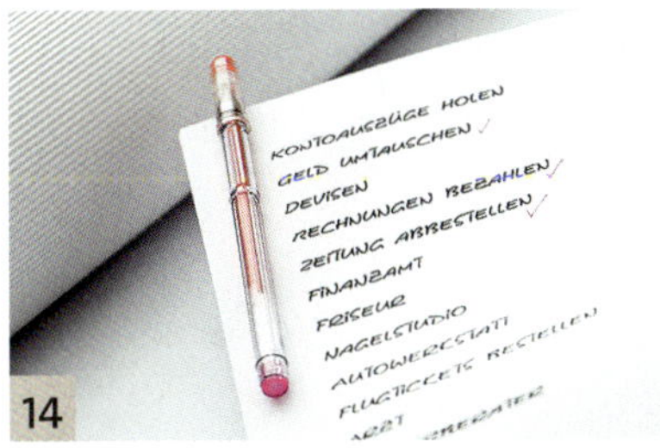

14

Dinge

15

laut

16

eine Party

17

einen Hammer

18

das Büro

2 Bei der Arbeit mit Kollegen diskutieren

Wählen Sie ein Verb: *diskutieren, vorbereiten, benutzen* oder *zeichnen*. Sprechen Sie in Gruppen. Schreiben Sie wie im Beispiel.

Man kann mit Kollegen diskutieren.

Ja, und man kann laut diskutieren oder freundlich diskutieren.

freundlich, laut, ...

mit Kollegen, mit der Familie, ...

diskutieren

im Sprachkurs, zu Hause, ...

Training: Sprechen und Lesen

1 Mein Name ist ...

1.1 Wer sind Sie? Antworten Sie. Schreiben Sie ganze Sätze.

Name: ______________________________

Geburtsort: ______________________________

Wohnort: ______________________________

Arbeit/Beruf: ______________________________

Familie: ______________________________

Sprachen: ______________________________

1.2 Stellen Sie sich vor. Ihre Sätze aus 1.1 helfen.

1.3 Was können Sie noch sagen? Lesen Sie die Fragen. Machen Sie Notizen.

Name: Woher? Bedeutung?
Geburtsort: Wo genau? Wie viele Einwohner?
Wohnort: Wie lange? Haus/Wohnung?
Arbeit/Beruf: Wo gelernt? Seit wann? Aufgaben?
Familie: Wie groß? Wohnort Eltern/...?
Sprachen: Wo gelernt? Seit wann?

1.12 **1.4 Was können Sie noch sagen? Hören Sie jetzt die Fragen. Antworten Sie.**

**1.5 Alles klar? Lesen Sie die Tipps.
Machen Sie die Aufgabe 1.6.**

Was können Sie zu den Punkten sagen?
Machen Sie Notizen oder schreiben Sie ganze Sätze.
Lernen Sie wichtige Satzanfänge auswendig.
Sagen Sie etwas zu jedem Punkt.
Was möchte man noch von Ihnen wissen? Reagieren Sie.

Und jetzt Sie!

1.13 **1.6 Stellen Sie sich vor. Hören Sie dann die Fragen. Antworten Sie.**

Name? *Arbeit/Beruf?*
Geburtsort? *Familie?*
Wohnort? *Sprachen?*

2 Frau Wu möchte Leute kennenlernen.

2.1 Welche Informationen sind wichtig? Lesen Sie die Situationen. Markieren Sie.

1. ☐ Frau Wu ist neu in Salzburg. Sie möchte Leute kennenlernen.
2. ☐ Herr Borgmann möchte einen Italienischkurs machen.
3. ☐ Familie Meier braucht Unterstützung. Ihre Kinder haben Probleme in der Schule.

2.2 Welche Anzeige passt? Lesen Sie. Ordnen Sie in 2.1 zu. Für eine Situation gibt es keine Anzeige. Schreiben Sie dann den Buchstaben *x*.

a **Sie brauchen Rat?** Niemand kann allein alle Probleme lösen. Aber zusammen sind wir stark! Wir beraten Sie gern. Kommen Sie vorbei oder rufen Sie uns an. Familienberatung Salzburg 0662325199...

b **VHS Neustadt: Veranstaltungsprogramm**
In der nächsten Woche beginnen die Sprachkurse: Mo. und Do. Deutsch, Di. und Fr. Englisch, Mi. Französisch. Buchen Sie online einen Kurs unter: sprachkurse.vhs@beispiel.at

c In unserem **Nachbarschaftszentrum** können Sie viele verschiedene Menschen aus Salzburg und aus der ganzen Welt treffen. Kommen Sie zu uns in die Bergstraße 10, Salzburg-Parsch!

d **Kennenlernabend im Nachbarschaftszentrum**
Wir suchen noch eine Musikerin / einen Musiker oder eine Musikanlage für unseren Abend am 15. Mai. Wer kann helfen? 066520814...

2.3 Alles klar? Lesen Sie die Tipps. Lösen Sie die Aufgabe 2.4.

Lesen Sie zuerst die Situationen: Was ist wichtig? Markieren Sie.
Lesen Sie dann die Anzeigen. Welche Situation passt? Ordnen Sie zu. Für eine Situation gibt es keine Anzeige.

Und jetzt Sie!

2.4 Welche Anzeige passt? Lesen Sie die Situationen. Ordnen Sie zu. Für eine Situation gibt es keine Anzeige. Schreiben Sie dann den Buchstaben *x*.

1. ☐ Franco Malwone sucht eine Arbeit als Dachdecker.
2. ☐ Thea Bogenhausen möchte als Elementarpädagogin in einem Kindergarten arbeiten.
3. ☐ Ben Blascovic ist Schaffner und sucht eine Vollzeitstelle bei den ÖBB.
4. ☐ Adaja Levi möchte als Köchin in Vollzeit arbeiten.
5. ☐ Karina Sander möchte Bauzeichnerin werden und sucht einen Ausbildungsplatz.

a **Ausbildung zum Lokführer (m/w/d)**
Sie mögen Technik und Züge? Dann sind Sie bei den ÖBB richtig! Wenn Sie selbstständig arbeiten können, gerne Probleme lösen und kein Problem mit Stress haben, dann kommen Sie zum Tag der offenen Tür! Am 15. Juli, ab 11 Uhr.

b **Feste Stellen bei den ÖBB!**
Sie haben eine abgeschlossene Berufsausbildung als Fachkraft für Bahnreise- und Mobilitätsservice? Sie sind freundlich und betreuen gern Fahrgäste? Wir suchen Mitarbeiter/-innen in Voll- und Teilzeit.
Bewerbung unter: öbb-stellen@beispiel.at

c **Kindergarten *Farbenfroh* sucht Sie!**
Sie können gesund und gut kochen?
Sie können mit Stress umgehen?
Sie lieben Kinder und arbeiten gerne im Team?
Wir suchen ab sofort eine Köchin oder einen Koch für unseren Kindergarten (20 Stunden pro Woche).

d **Kindergarten *Sonnenblume* bietet Vollzeitstellen**
Wir sind ein kleiner Kindergarten im Zentrum von Graz. Die Gruppen sind klein: zwischen 8 und 10 Kindern. Wenn Ihnen die Betreuung von Kindern Spaß macht, dann schicken Sie Ihre Bewerbung an Frau Schubert.
E-Mail: Kiga_Sonnenblume@beispiel.at

e ***Bobb Dachbau KG* sucht Sie!**
Haben Sie eine Ausbildung zum/zur Dachdecker/-in gemacht? Dann suchen wir Sie!
Wir bieten: gutes Gehalt und feste Arbeitszeiten.
Interessiert?
Dann schicken Sie uns Ihre Bewerbung.

f Machen Sie eine Ausbildung bei den ÖBB zum/zur **Bauzeichner/-in**! (m/w/d)
Sie haben gute Mathematikkenntnisse, können genau zeichnen und suchen einen Ausbildungsplatz? Dann schicken Sie Ihre Bewerbung an: öbb-stellen@beispiel.at

Prüfungstraining

1 Sprechen

1.1 Wer sind Sie? Wie sagen Sie es? Schreiben Sie zu jedem Punkt einen Satz.

Name?	Ich heiße ... / Mein Name ist ...
Alter?	Ich bin ... Jahre alt. / Ich bin ... geboren.
Land?	Ich komme aus ... / Ich bin in ... geboren.
Wohnort?	Ich wohne in ... / Ich lebe seit ... Jahren in ...
Sprachen?	Ich spreche ... / Meine Erstsprache ist ..., aber ich spreche auch ...
Beruf?	Ich bin ... von Beruf. / Ich arbeite als ... / Ich arbeite jetzt nicht, aber ...
Hobbys?	Meine Hobbys sind ... / In meiner Freizeit ... ich gern. / Ich liebe ...

1.2 Nehmen Sie Ihre Sätze aus 1.1 auf. Hören Sie. Was war gut? Was war noch nicht so gut?

1.3 Arbeiten Sie zu zweit. Wer sind Sie? Stellen Sie sich vor.

1.4 Was möchten Sie noch von Ihrer Partnerin / Ihrem Partner wissen? Lesen Sie. Stellen Sie vier Fragen. Ihre Partnerin / Ihr Partner antwortet. Tauschen Sie dann die Rollen.

1	2	3	4
Freizeit?	Familie?	Wohnung?	Ausbildung?

1.5 Bereit? Lesen Sie die Tipps. Machen Sie die Prüfungsaufgaben.

Was können Sie zu den Punkten sagen? Machen Sie Notizen oder schreiben Sie ganze Sätze.
Lernen Sie wichtige Satzanfänge auswendig.
Sagen Sie etwas zu jedem Punkt.
Was möchte man noch von Ihnen wissen?
Reagieren Sie passend.

Und jetzt wie in der Prüfung!

1.14

1.6 Wer sind Sie? Stellen Sie sich vor. Hören Sie dann die Fragen. Antworten Sie.

Name?	*Sprachen?*
Alter?	*Beruf?*
Land?	*Hobbys?*
Wohnort?	

1.7 Arbeiten Sie zu zweit. Stellen Sie zu jedem Punkt eine Frage. Ihre Partnerin / Ihr Partner antwortet. Tauschen Sie dann die Rollen.

1	2	3	4
Eltern?	Deutschkurs?	Musik?	Geburtstag?

2 Lesen

2.1 Welche Informationen sind wichtig? Lesen Sie die Situationen. Markieren Sie.

1. ☐ Tomasz Kargol ist nach Innsbruck gezogen. Er möchte Leute kennenlernen.
2. ☐ Luisa Sandhaus sucht in Innsbruck einen Job als Deutschlehrerin.
3. ☐ Familie Meier sucht eine Kinderbetreuung in Innsbruck.

2.2 Welche Anzeige passt? Lesen Sie. Ordnen Sie in 2.1 zu. Für eine Situation gibt es keine Anzeige. Schreiben Sie dann den Buchstaben *x*.

a **Sie suchen eine Kinderbetreuung?** Wir können Ihnen Kontakte zu Tagesmüttern und -vätern geben. Auch bei Fragen zur Erziehung bieten wir Hilfe an. In unserem Nachbarschaftszentrum in Innsbruck-Wilten beraten wir Sie gerne.

b **Neu in der Nachbarschaft?** Wir sind ein internationales Team und organisieren regelmäßig Veranstaltungen und Feste. Schauen Sie in unser Veranstaltungsprogramm! Ihr Nachbarschaftszentrum Innsbruck-Wilten

c **VHS Innsbruck: neue Kurse!** Bei uns lernen Sie schnell und leicht die deutsche Sprache!
Intensivkurs A1: 9 bis 12 Uhr
Intensivkurs A2: 12 bis 15 Uhr
Abendkurse: 18 bis 19:30 Uhr

2.3 Bereit? Lesen Sie die Tipps. Lösen Sie die Prüfungsaufgabe.

Lesen Sie die Situationen genau: Was ist wichtig? Markieren Sie.
Lesen Sie dann die Anzeigen. Welche Situation passt? Ordnen Sie zu. Für eine Situation gibt es keine Anzeige.

Und jetzt wie in der Prüfung!

2.4 Welche Anzeige passt? Lesen Sie. Ordnen Sie zu. Für eine Situation gibt es keine Anzeige. Schreiben Sie dann den Buchstaben *x*.

1. ☐ Rozmir Ilic möchte Koch werden und sucht einen Ausbildungsplatz.
2. ☐ Anita Bauer möchte ihren Geburtstag in einem Restaurant feiern.
3. ☐ Tom Shepard möchte an seinem Geburtstag ein Büfett anbieten.
4. ☐ Rian Thung sucht einen Teilzeitjob als Köchin.
5. ☐ Zane Botha ist Student und sucht einen Nebenjob am Wochenende.

a Wir suchen **Köche (m/w/d)** für unser Restaurant in der Grazer Altstadt. Die Arbeitszeiten sind von Dienstag bis Sonntag, 18 bis 23 Uhr, 20 Std./Woche. Interesse? Melden Sie sich: 0316 846 595... (Herr Müller).

b **Das Team von *Rawa* braucht Unterstützung!** Du liebst Essen und kochst gern? Arbeitest du gern im Team? Stress ist kein Problem? Dann mach eine Ausbildung zum Koch (m/w/d) bei uns! Bewerbung an: rawa@beispiel.at

c **Restaurant *Aleppo* sucht Kellner/-innen** Sie arbeiten jeden Samstag von 17 bis 23 Uhr. Sie verdienen circa 500 Euro pro Monat. Rufen Sie uns an unter: 0316 215 868...

d Ein Freund oder eine Freundin hat Geburtstag und Sie haben noch kein Geschenk? Schenken Sie **einen Kochkurs**! Die nächsten Kurstermine sind am 24. und 25. September von 16 bis 22 Uhr.

e **Hochzeit oder private Feier?** Unsere Köchinnen und Köche kochen gerne für Sie! Wir bieten internationale Gerichte und gute Weine. Preis: € 35 pro Person (max. 150 Personen). Rufen Sie uns an! *Partyservice Fix*

f ***Café Engels* sucht nette Kolleginnen und Kollegen** für vier Tage pro Woche (Di.–Fr. von 10–14 Uhr). Interessiert? Dann vereinbaren Sie einen Termin bei Frau Schenk: 0361 20 90....

3 In der Freizeit

A Ich mache Sport im Verein.

bloggen ______	aktiv ______
basteln ______	(sich) melden: Melden Sie sich! ______
shoppen ______	ganz: aus der ganzen Welt ______
aus|gehen ______	die Welt, Welten ______
stressig ______	der Mitgliedsbeitrag, Mitgliedsbeiträge ______
sammeln ______	______
entspannen ______	das Mitglied, Mitglieder ______
chatten ______	der Beitrag, Beiträge ______
das Konzert, Konzerte ______	die Spende, Spenden ______
statt|finden ______	waschen ______

1 Das ist für mich keine Freizeit.

Was passt? Bilden Sie Verben. Ordnen Sie zu.

bas • ge • chat • blog • pen • Shop • ten • teln

1. Ich brauche eine Hose und war schon in drei Geschäften: ______ ist stressig!
2. Ich koche sehr gerne und ______ meine Rezepte auch online.
3. Meine Kinder sind kreativ. Sie ______ gern.
4. Mein Freund wohnt weit weg, aber wir telefonieren oder ______ oft.

2 Was machen Sie in Ihrer Freizeit?

1.15

2.1 Diktat. Hören Sie. Schreiben Sie. Sie hören den Text zweimal.

Hallo, mein Name ist Kristina. Ich bin ______ (1) von Beruf und habe oft ______ (2). Ich habe ______ (3) also Zeit für mich. ______ (4) mache ich gerne Sport. ______ (5) gibt es ein Schwimmbad. Da schwimme ich ______ (6). So bleibe ich ______ (7). Meine Arbeit ist manchmal sehr ______ (8), aber nach dem Sport kann ich ______ (9)!

2.2 Was machen Sie (nicht) gern in Ihrer Freizeit? Warum? Schreiben Sie fünf Sätze.

basteln • chatten • lesen • einkaufen • fernsehen • Freunde treffen • kochen • ausgehen • die Küche putzen • Musik hören • shoppen • Sport machen • die Wohnung aufräumen • Kleidung waschen

In meiner Freizeit sehe ich nicht so gern fern. Das finde ich langweilig.

3 Was kostet der Mitgliedsbeitrag im Verein?

1.16 **3.1 In welchem Verein möchte Kamilla Mitglied werden? Hören Sie. Kreuzen Sie an.**

a ☐ Im Gartenverein.
b ☐ Im Sportverein.
c ☐ Im Musikverein.

1.17 **3.2 Was ist richtig? Hören Sie weiter. Kreuzen Sie an.**

	richtig	falsch
1. Leute aus der ganzen Welt sind Mitglied im Verein.	☐	☐
2. Das Training findet einmal pro Woche statt.	☐	☐
3. Erwachsene zahlen 16 Euro Mitgliedsbeitrag.	☐	☐
4. Kamilla muss sich online für den Verein anmelden.	☐	☐
5. Am Samstag findet eine Veranstaltung statt.	☐	☐
6. Der Eintritt ist frei, aber Spenden sind willkommen.	☐	☐

3.3 Sind Sie Mitglied in einem Verein? In welchem? Warum (nicht)? Schreiben Sie.

Ja, ich bin Mitglied in einem ...verein, denn ...

B Warum gehen Sie ins Nachbarschaftszentrum?

malen ______
der/die Anfänger/-in, Anfänger/-innen ______
______
der Brief, Briefe ______
die Kultur, Kulturen ______
die Spezialität, Spezialitäten ______
der Flohmarkt, Flohmärkte ______
vor|schlagen ______
der Vorschlag, Vorschläge ______

Ich habe einen Vorschlag / eine Idee.
Vielleicht ist das interessant für Sie/dich?
Darf ich etwas vorschlagen?
Wollen wir das machen? Was denkt ihr?
Ja, das klingt gut. / Das ist eine gute Idee!
Das mache ich bestimmt.
Vielleicht ein anderes Mal?
Ach nein, ich habe keine Lust.
Ich möchte lieber ...

1 Der Österreichisch-Pakistanische Verein hat viele Angebote.

1.1 Was passt? Ordnen Sie zu.

Anfänger/-innen • Flohmarkt • Informationsabend • Kultur • Konzert • Spezialitäten

ÖSTERREICHISCH-PAKISTANISCHER VEREIN

Samstag, 18. Juni

- Finden Sie die Sprache Urdu interessant und möchten Sie erste Wörter lernen? Besuchen Sie unser Sprachencafé für ______________ (1) – jeden Samstag von 13 bis 14 Uhr.
- Möchten Sie die pakistanische Küche kennenlernen? Wir kochen gemeinsam pakistanische ______________ (2). Beginn: 16 Uhr.
- Möchten Sie die traditionelle pakistanische ______________ (3) kennenlernen? Kommen Sie dann zum ______________ über Pakistan (4).
  Beginn: 19 Uhr. Anmeldung bis zum 15.6.!

Sonntag, 19. Juni

- Jeden zweiten Sonntag gibt es einen ______________ (5).
  Beginn: 10 Uhr. Gebühr für Verkäufer/-innen: 10 €
- Lust auf pakistanische Musik? Gehen Sie ins ______________ (6) vom österreichisch-pakistanischen Sänger Bashir Nawaz! Beginn: 20 Uhr, Tickets: 20 €

1.2 Was ist richtig? Lesen Sie noch einmal in 1.1. Kreuzen Sie an.

1. ☐ Der Verein bietet einen Deutschkurs an.
2. ☐ Am Samstagnachmittag kann man pakistanische Gerichte kennenlernen.
3. ☐ Der Informationsabend findet am 15. Juni statt.
4. ☐ Man zahlt für den Flohmarkt 10 Euro Eintritt.
5. ☐ Am Sonntagabend kann man pakistanische Lieder hören.

2 Warum? Weil ...

Wiederholung: *denn*. Warum? Schreiben Sie.

1. Ich laufe zweimal pro Woche, denn ______________ (*fit sein wollen*)
2. Ich backe heute einen Kuchen, denn ______________ (*Geburtstag haben*)
3. Ich habe heute keine Zeit, denn ______________ (*lernen müssen*)
4. Ich besuche einen Malkurs, denn ______________ (*gern malen*)
5. Ich gehe gern zum Flohmarkt, denn ______________ (*alte Bücher sammeln*)

2.1 Warum? Lesen Sie die Fragen. Markieren Sie die Antworten im Text.

Ich bin Lina und ich bin Mitglied im Österreichisch-Pakistanischen Verein, weil ich die pakistanische Kultur kennenlernen möchte. Ich besuche dort regelmäßig das Sprachencafé. Ich lerne Urdu, weil mein Freund aus Pakistan kommt. Die Sprache ist schön, aber wirklich schwer! Am Sonntag gehen wir zusammen ins Konzert von Bashir Nawaz. Ich liebe seine Musik, weil die Texte so schön sind!

1. Warum ist Lina Mitglied im Österreichisch-Pakistanischen Verein?
2. Warum lernt Lina Urdu?
3. Warum mag Lina die Musik von Bashir Nawaz?

2.2 Warum? Ergänzen Sie.

	weil		Satzende
1. *Lina ist Mitglied,*	*weil*		
2. *Lina lernt Urdu,*			
3. *Lina mag die Musik,*			

2.3 Warum? Verbinden Sie mit *weil*. Schreiben Sie wie im Beispiel.

1. Massud fährt zu seiner Schwester. Sie hat heute Geburtstag.
   Massud fährt zu seiner Schwester, weil sie heute Geburtstag hat.
2. Saira bleibt im Bett. Sie hat Fieber und Kopfschmerzen.
3. Amir räumt auf. Seine Freunde besuchen ihn heute.
4. Ayla geht heute nicht aus. Sie will lieber zu Hause malen.
5. Milad geht zur Apotheke. Er möchte seine Medikamente abholen.

2.4 Warum? Schreiben Sie Sätze mit *weil*.

1. Ich shoppe (nicht) oft,
2. Ich sehe (nicht) gern fern,
3. Ich schreibe (nicht) oft Briefe,
4. Ich fahre (nicht) gern Auto,
5. Ich mache (nicht) oft Sport,

2.5 Warum? Schreiben Sie Sätze mit *weil*.

1. Warum lernen Sie Deutsch? ______________________________
2. Gehen Sie oft aus? Warum (nicht)? ______________________________

____

3. Was möchten Sie heute noch machen? Warum? ______________________________

____

3 Ja, das klingt gut.

3.1 Was passt? Ordnen Sie zu.

das ist auch eine gute Idee • das klingt gut • Ich habe einen anderen Vorschlag • Ich habe eine Idee • ich habe keine Lust • was denkst du

Maya 10:51 Hallo, Luna, hallo, Libor! ______________________: (1)
Wollen wir an der VHS einen Yogakurs machen? Wir drei zusammen?

Libor 11:09 Ja, ______________________! (2) Sehr gern!

Luna 11:15 Yoga?! Ach nein, ______________________ (3). Ich mag Yoga wirklich nicht! ______________________ (4): Wir könnten zusammen einen Tanzkurs machen. Zum Beispiel *Salsa für Anfänger/-innen* ?

Maya 11:18 Ja, ______________________! (5) Ich liebe Tanzen!
Libor, ______________________? (6)

Libor 11:20 Ja, super! Das machen wir!

3.2 Schreiben Sie Antworten. Sprechen Sie zu zweit. Tauschen Sie dann die Rollen.

- Adil hat Geburtstag. Wollen wir zusammen ein Geschenk für ihn kaufen?
- Ja, ______________________________
- Er liest gerne. Wir könnten ein Buch für ihn kaufen. Was denkst du?
- Ach nein, ______________________________
- Was schlägst du vor?
- ______________________________
- Das ist eine gute Idee! Das machen wir!

3.3 Prüfung: Sprechen. **Adil hat Geburtstag. Sie sollen die Party organisieren. Was machen Sie? Sprechen Sie zu zweit. Die Notizen helfen.**

Wo?
Essen / Getränke?
Programm?
Was brauchen Sie?
Wer macht was?
Wer bringt was mit?
Wer zahlt?

Wo wollen wir feiern?

Das Wetter ist schön. Wir können im Park feiern. Was denkst du?

C Ich hätte gern das Hendl.

die Gabel, Gabeln ______

der Löffel, Löffel ______

das Messer, Messer ______

der Teller, Teller ______

die Serviette, Servietten ______

die Speisekarte, Speisekarten ______

______

das Trinkgeld (*Pl. selten*) ______

die Vorspeise, Vorspeisen ______

das Hauptgericht, Hauptgerichte ______

______

der Nachtisch, Nachtische ______

gemütlich ______

ausgebucht (sein) ______

reservieren ______

die Reservierung, Reservierungen ______

______

die Spaghetti (*Pl.*) ______

Ich möchte gern einen Tisch reservieren.

Für wie viele Personen?

Für zwei Personen.

Wann möchten Sie kommen?

Haben Sie morgen einen Tisch frei?

Ja, das geht. / Tut mir leid. Wir sind ausgebucht.

Auf welchen Namen möchten Sie reservieren?

1 Ich würde gern einen Tisch reservieren.

1.1 Was passt? Ordnen Sie zu.

ausgebucht • freundlich • gemütlich • günstig • gut • sauber • vegetarisch

★★★★☆ Ich war gestern zum ersten Mal im Restaurant *Solomia*. Das Essen hat sehr ______ (1) geschmeckt. Ich hatte *Wareniki* mit Fleisch, aber es gibt das Gericht auch ______ (2). Das Restaurant war ______ (3), weil eine Familie dort Geburtstag gefeiert hat. Der Kellner war aber schnell und sehr ______ (4), die Toiletten waren ______ (5) und 10 € für ein Hauptgericht und ein Getränk finde ich wirklich ______ (6)! Das Restaurant ist nicht groß, aber sehr ______ (7).

1.2 Was passt? Ordnen Sie zu.

Auf welchen Namen möchten Sie reservieren? • Für wie viele Personen? • Haben Sie dann einen Tisch frei? • Wann möchten Sie kommen? • Was kann ich für Sie tun? • Ich möchte bitte einen Tisch reservieren.

- Guten Abend, Restaurant *Stiftskeller.* __________ (1)
- Grüß Gott! __________ (2)
- Sehr gerne. __________ (3)
- Für vier Personen.
- __________ (4)
- Geht es morgen um 19 Uhr? __________ (5)
- Ja, das geht. __________ (6)
- Kluge: K-L-U-G-E. Vielen Dank!

1.18
1.3 Hören Sie. Schreiben Sie.

Reservierungen

Wie viele Personen? __________

Wann? __________

Name? __________

1.19
1.4 Phonetik: kurz oder lang? Hören Sie. Ordnen Sie.

zehn • essen • vier • Uhr • die • reservieren • notieren • Mittwoch • wann • sehr

kurz: Vokal + zwei Konsonanten	lang: Vokal + *h*	lang: *ie*
essen		

1.20
1.5 Kurz oder lang? Hören Sie. Sprechen Sie nach.

- Wir möchten bitte einen Tisch reservieren.
- Für wie viele Personen? Und wann möchten Sie kommen?
- Für zehn Personen, am Mittwoch um 16 Uhr.
- Das geht. Dann notiere ich: zehn Personen am Mittwochnachmittag um vier Uhr.

2 Haben Sie reserviert?

2.1 Was ist auf dem Tisch? Schreiben Sie.

1. die Speisekarte
2. ______
3. ______
4. ______
5. ______
6. ______

2.2 Was passt? Ordnen Sie zu.

Hauptgerichte • Löffel • Nachtisch • Reservierung • Speisekarte • Trinkgeld • Vorspeise

1. Entschuldigung, ich habe eine Suppe bestellt, aber ich habe noch keinen ______ !
2. Ich hätte gern einen Nachtisch. Könnte ich die ______ bitte noch einmal sehen?
3. Das Restaurant *Solomia* ist immer ausgebucht. Wir brauchen eine ______ .
4. Ich hätte gern eine kleine Suppe als ______ und danach bitte den Gemüsereis.
5. Entschuldigung, haben Sie auch vegetarische ______ ?
6. Möchten Sie noch einen Kaffee oder einen ______ ?
7. Ich habe ______ gegeben, denn ich war mit dem Service sehr zufrieden.

1.21 **2.3 Welche Antwort passt? Hören Sie. Kreuzen Sie an.**

1. a ☐ Ja, wir haben einen Tisch frei. b ☐ Ja, auf den Namen Wagner.
2. a ☐ Ja, ich hätte gern einen Kaffee. b ☐ Ja, für vier Personen.
3. a ☐ Ja, natürlich. Entschuldigung! b ☐ Nein, wir sind heute leider ausgebucht.
4. a ☐ Die Rechnung, bitte. b ☐ Ja, danke. Sehr gut.

1.22 **2.4 Prüfung: Hören. Was ist richtig? Hören Sie. Kreuzen Sie an.**

1. Was hat die Frau gegessen?

a ☐ 

b ☐ 

c ☐ 

2. Warum kommt der Mann zu spät?

a ☐ 

b ☐ 

c ☐ 

2.5 Was passt? Ordnen Sie zu.

als Vorspeise • Das macht • Einen schönen Abend • Hat es Ihnen geschmeckt • Auf • Möchten Sie einen Nachtisch • Wir hätten gern • Was darf es sein • als Hauptgericht • Wir haben reserviert • Wir möchten gern zahlen

- Grüß Gott. ______________________ (1): für zwei Personen, auf den Namen Pichler.
- Willkommen. Hier, bitte, die Speisekarte ... ______________________ ? (2)
- ______________________ (3) zwei Bier. Und wir nehmen beide die Suppe ______________________ (4) und einmal das Gemüse mit Tofu und die Spaghetti ______________________ . (5)

(eine Stunde später)

- ______________________ ? (6)
- Ja, danke. Es war sehr gut.
- Haben Sie noch einen Wunsch? ______________________ (7) oder einen Kaffee?
- Nein, danke. ______________________ . (8)
- Gern. ______________________ (9) 61 Euro.
- ______________________ (10) 65.
- Vielen Dank. ______________________ (11) noch!

Richtig schreiben

1 Wie schreibt man das?

1.23

Wie schreibt man die Wörter? Hören Sie. Schreiben Sie.

1. ______________________
2. ______________________
3. ______________________
4. ______________________
5. ______________________
6. ______________________
7. ______________________
8. ______________________

2 Hat es Ihnen geschmeckt?

In welchem Restaurant waren Sie schon mal? Wie war es? Schreiben Sie einen kurzen Text.

Letzte Woche war ich im Restaurant ...

Alles klar?

1 Wortschatz

1.1 Welches Verb passt nicht? Kreuzen Sie an. (2,5 Punkte)

1. ein Flugzeug	☐ malen	☐ basteln	☐ entspannen
2. eine Spezialität	☐ kochen	☐ reservieren	☐ probieren
3. eine Lösung	☐ vorschlagen	☐ haben	☐ stattfinden
4. einen Brief	☐ chatten	☐ schreiben	☐ bekommen
5. eine Spende	☐ bekommen	☐ helfen	☐ überweisen

1.2 Was passt? Ergänzen Sie. (2,5 Punkte)

1. Entschuldigung, ich habe eine Suppe bestellt, aber keinen L__________ bekommen.
2. Ich hätte gern einen Nachtisch. Könnte ich noch einmal die S__________ sehen?
3. Ich bin zufrieden mit dem Service, ich gebe T__________.
4. Sorry, wir haben keinen Tisch frei. Wir sind a__________.
5. Ich möchte einen Tisch für fünf Personen r__________.

___ /5 Punkte

0–3 Punkte? Bitte noch üben! ◉

2 Grammatik

Warum? Verbinden Sie mit *weil*. Schreiben Sie. (5 Punkte)

1. Ich bin glücklich. Ich habe einen Job gefunden. __________
2. Tim macht oft Sport. Er möchte fit sein. __________
3. Li fährt mit dem Fahrrad. Der Bus fährt nicht. __________
4. Wir kaufen ein Geschenk für Amir. Er hat Geburtstag. __________
5. Ich habe heute keine Zeit. Ich muss arbeiten. __________

___ /5 Punkte

0–3 Punkte? Bitte noch üben! ◉

3 Kommunikation

Was passt? Schreiben Sie. (10 Punkte)

- Guten Abend, Restaurant *Zum Erdapfel.* __________? (1)
- Grüß Gott! Ich möchte gerne __________. (2)
- Sehr gerne. __________? (3)
- Für zwei Personen. Haben Sie ab 19 Uhr __________? (4)
- Ja, das geht. __________? (5)
- Auf den Namen: Gruber. Vielen Dank!

___ /10 Punkte

0–6 Punkte? Bitte noch üben! ◉

4 Wohnen und Nachbarn

A Wie möchten Sie wohnen?

das Einfamilienhaus (EFH) ____________

die 3-Zimmer-Wohnung (3-Zi-Whg.) ____________

____

die Monatsmiete (MM) ____________

die Betriebskosten (BK) ____________

die Einbauküche (EBK) ____________

das Paar, Paare ____________

kontaktieren ____________

die Qualität, Qualitäten ____________

das Zentrum, Zentren ____________

die Fläche, Flächen ____________

außerhalb (von) ____________

der Altbau, Altbauten ____________

der Neubau, Neubauten ____________

mit|schicken ____________

das Stockwerk, Stockwerke ____________

die Besichtigung, Besichtigungen ____________

____

1 Die Wohnung ist schön, aber teuer.

1.1 Was passt? Ordnen Sie zu.

Bad • Balkon • Dusche • Küche • Schlafzimmer • Wohnzimmer

Schau einmal, das ist meine neue Wohnung: Hier ist das ____________ (1). Hier steht das Sofa und dort der Fernseher. Und hier rechts ist das ____________ (2). Dort stehen mein Bett und ein Kleiderkasten. Hinten ist das ____________ (3) mit Toilette und ____________ (4). Und hier vorne ist die ____________ (5). Sie ist klein, aber gemütlich. Man kann hier gut zusammen kochen und essen. Und im Sommer kann man draußen auf dem ____________ (6) sitzen. Schön, oder?

1.24

1.2 Wie finden Paolo und Cristina die Wohnung? Hören Sie. Kreuzen Sie an.

1. Die Wohnung ist ☐ klein. ☐ groß.
2. Die Monatsmiete ist ☐ teuer. ☐ billig.
3. Die Einbauküche ist ☐ alt. ☐ modern.
4. Das Bad ist ☐ groß und hell. ☐ klein und dunkel.
5. Auf dem Balkon ist es ☐ laut. ☐ ruhig.

1.3 Was bedeuten die Abkürzungen? Schreiben Sie.

1. 3-Zi-Whg.: ______________
2. MM: ______________
3. BK: ______________
4. qm: ______________
5. EBK: ______________

1.24

1.4 Welche Informationen fehlen? Hören Sie noch einmal. Ergänzen Sie.

Schöne Altbau-Whg. im Zentrum mit Bad und EBK

______ €	___ Zi.	______ qm	______ €
MM		Fläche	BK

1.25

1.5 Phonetik: *qu* [*kw*]. Sprechen Sie zu zweit. Hören Sie. Kontrollieren Sie.

1. Wie viele Quadratmeter hat deine Wohnung?
   Ich glaube, es sind 50 Quadratmeter.
2. Dein Sofa ist wirklich bequem!
   Findest du? Ich finde es unbequem.

2 Wir suchen dringend eine Wohnung.

2.1 Was passt? Lesen Sie. Ordnen Sie zu.

Zentrum • Neubau • außerhalb • dringend • Stock • Monatsmiete

Wohnung gesucht!

Markus 92: Hallo! Wir suchen ______________ (1) eine Wohnung im ______________ (2) von Innsbruck! Habt ihr Tipps? Dann kontaktiert uns bitte!

Bushra: Was sucht ihr genau? Vielleicht könnt ihr ______________ (3) von Innsbruck suchen, weil es im Zentrum oft sehr teuer ist.

Markus 92: Wir suchen eine große 4-Zimmer-Wohnung, denn wir sind ein Paar mit zwei Kindern. Alt- oder ______________ (4) – das ist egal, aber bitte nicht im Erdgeschoss oder im ersten ______________ (5), denn da ist es oft sehr laut. Ein Einfamilienhaus ist auch in Ordnung, aber wir können nur eine ______________ (6) von 1.700 Euro zahlen.

2.2 Welche Anzeige passt? Lesen Sie 2.1 noch einmal. Kreuzen Sie an.

1 ☐ **Schöne Neubauwohnung im Zentrum, helle EBK**

1.690 € MM · 4 Zi. · 100 qm Fläche · Ihre Nachricht an: Frau Berger

2 ☐ **Schöne 4-Zi-Whg. (Altbau) im EG, moderne EBK**

1.540 € MM · 4 Zi. · 120 qm Fläche · Ihre Nachricht an: Herrn Fritz

2.3 Was passt? Ordnen Sie zu.

die Wohnung ... besichtigen • einen Termin ... vereinbaren • Gibt es einen Aufzug • schicken wir mit • Ihre Anzeige gelesen • In welchem Stockwerk • andere Informationen • einen Job gefunden hat

Kontakt zu Vermieter/-in

Ihre Nachricht:

Sehr geehrte Frau Berger,

ich suche eine Wohnung in Innsbruck, weil meine Frau hier ____________________. (1)

Ich habe ____________________ (2) und möchte gern ____________________ für die Besichtigung ____________________. (3)

Können wir ____________________ nächste Woche ____________________? (4) Unsere Bewerbung ____________________. (5) Brauchen Sie noch ____________________? (6)

Zwei Fragen haben wir noch: ____________________ (7) ist die Wohnung?

Und: ____________________ (8) im Haus?

Vielen Dank und mit freundlichen Grüßen
Irakli Davitaschwili

Senden

3 Ich finde die Wohnung interessant, weil ...

3.1 Schreiben Sie Antworten. Sprechen Sie zu zweit. Tauschen Sie dann die Rollen.

- Wo wohnen Sie?
- ____________________
- Wie ist die Wohnung?
- ____________________
- Gefällt Ihnen die Wohnung? Warum (nicht)?
- ____________________

3.2 Prüfung: Schreiben. Sie sind umgezogen. Schreiben Sie einer Freundin / einem Freund eine Nachricht.

Schreiben Sie:

- Wo wohnen Sie jetzt?
- Was gefällt Ihnen dort?
- Laden Sie Ihre Freundin / Ihren Freund in die neue Wohnung ein.

B Wohin kommt der Tisch?

der Fußboden, Fußböden ______

der Boden, Böden ______

die Ecke, Ecken ______

die Decke, Decken ______

der Teppich, Teppiche ______

der Fauteuil, Fauteuils ______

die Pflanze, Pflanzen ______

der Vorhang, Vorhänge ______

der Spiegel, Spiegel ______

unbedingt ______

der Schreibtisch, Schreibtische ______

Wohin kommt der Schreibtisch / die Lampe / ...?

Der Tisch kommt in die Ecke / an die Wand / ...

1 Wo stehen die Sessel?

Wiederholung: lokale Präpositionen. Was passt? Ergänzen Sie.

~~an~~ • auf • hinter • neben • in • über • unter • vor • zwischen

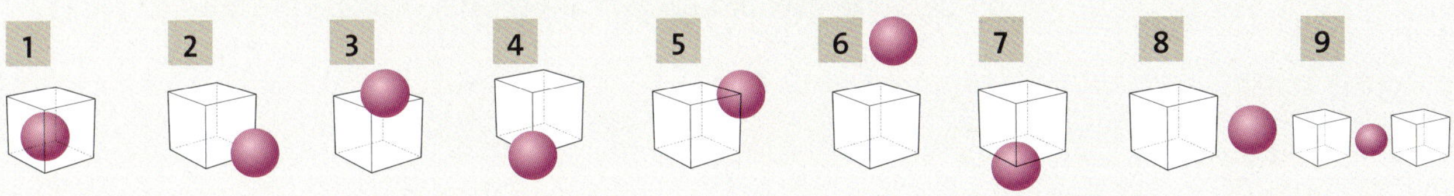

1 ______ 2 an 3 ______ 4 ______ 5 ______ 6 ______ 7 ______ 8 ______ 9 ______

Wo steht, liegt, hängt ...? Schreiben Sie Sätze.

1. Das Sofa steht an der Wand.

1. Das Sofa	stehen	an der Decke.
2. Die Lampe	liegen	in der Ecke.
3. Der Spiegel	hängen	auf dem Fußboden.
4. Der Teppich		an den Fenstern.
5. Der Fauteuil		zwischen den Fenstern.
6. Die Pflanze		auf dem Tisch.
7. Die Vorhänge		an der Wand.
8. Die Blumen		über dem Sofa.

2 Wohin kommen die Sessel?

2.1 Wo stehen, liegen oder hängen die Dinge? Sprechen Sie zu zweit wie im Beispiel.

Wo steht das Regal?

Das Regal steht links neben dem Tisch. Wo steht der Papierkorb?

2.2 Was kommt wohin? Schreiben Sie acht Sätze wie im Beispiel.

an die Wand • in die Ecke • auf den Tisch • neben das Sofa •
an die Decke • auf den Boden • ans Fenster • vor das Fenster

Das Sofa kommt links an die Wand.

2.3 ***Wo*** **oder** ***wohin*****? Kreuzen Sie an.**

	Wo?	Wohin?
1. Der Papierkorb steht unter dem Tisch.	☐	☐
2. Der Herd kommt in die Küche.	☐	☐
3. Der Teppich liegt auf dem Fußboden.	☐	☐
4. Das Bild hängt an der Wand.	☐	☐
5. Die Bücher kommen in den Kasten.	☐	☐

2.4 ***Wo*** **oder** ***wohin*****? Was ist richtig? Markieren Sie.**

1. Der Fauteuil steht vor *dem/den* Fernseher.
2. Die Lampe kommt an *der/die* Decke.
3. Die Bücher liegen *im/ins* Regal.
4. Der Vorhang kommt *am/ans* Fenster.
5. Der Kasten steht *im/ins* Wohnzimmer.
6. Der Teppich kommt auf *dem/den* Fußboden.

2.5 Was passt? Ergänzen Sie.

1. Die Lampe hängt über ________ Tisch.
2. Die Pflanze kommt in ________ Ecke.
3. Der Schreibtisch steht direkt a______ Fenster.
4. Das Sofa kommt zwischen ________ Kasten und ________ Regal.
5. Der Teppich liegt i______ Wohnzimmer.
6. Der Papierkorb kommt unter ________ Tisch.

1.26 **2.6 Diktat. Hören Sie. Schreiben Sie. Sie hören den Dialog zweimal.**

Hallo, Ahmad, die Umzugskisten stehen jetzt ______ ______ (1) Haus. Wohin kommt der Spiegel?
Kommt er ________ (2) Wohnzimmer?

Nein, ______ (3) Wohnzimmer hängt schon ein Spiegel. Dieser kommt ________ (4) Bad.
__________ ______ (5) Tür ist noch Platz.

Nein, da hängt schon ein Bild.

Ah, okay. Dann kommt er ______ ______ (6) Kasten ______ ______ (7) Wand.

3 Das Bild kommt an die Wand.

Wohin kommen die Dinge? Schreiben Sie Sätze wie im Beispiel.

~~das Fahrrad~~ • die Bücher • die Sessel • das Foto • der Teppich • der Vorhang • die Teller • die Blumen	~~der Fahrradkeller~~ • der Tisch • die Wand • der Fußboden • das Bücherregal • der Garten • die Küche • das Fenster

Das Fahrrad kommt in den Fahrradkeller.

4 Welche Möbel brauchen wir für unser Zimmer?

Was brauchen Sie? Wohin kommt es? Zeichnen Sie fünf Dinge. Schreiben Sie Sätze.

Die Pflanze kommt ...

C Es gibt ein Problem.

stellen ______

legen ______

hängen ______

stecken ______

der/die Mieter/-in, Mieter/-innen ______

______

das Papier (*Pl. selten*) ______

der/das Prospekt, Prospekte ______

der/das Werbeprospekt, Werbeprospekte ______

______

der Hof, Höfe ______

der Briefkasten, Briefkästen ______

der Postkasten, Postkästen ______

Bescheid sagen/geben ______

die Lösung, Lösungen ______

einverstanden (sein) ______

Könnten Sie vielleicht/bitte/lieber ...?

Vielleicht können wir das so machen: ...?

Ich habe eine Idee: ... / einen Vorschlag: ...

Ich schlage vor, dass wir ...

Warum haben Sie nichts gesagt? Wir können ...

Das finde ich (nicht) gut.

Das gefällt mir (gar) nicht.

Damit bin ich (nicht) einverstanden.

Also, ich weiß nicht.

In Ordnung. / Gut, so können wir es machen.

1 Bitte legen Sie die Dokumente auf meinen Tisch.

1.27

1.1 Ein Kollege ruft an. Wo sind die Dinge? Hören Sie. Verbinden Sie.

1. Das Dokument	hängt	im Vorraum.
2. Der Drucker	liegt	an der Wand.
3. Das Plakat	steht	in der Tasche.
4. Das Werbeprospekt	steckt	auf dem Tisch.

1.2 Was soll Marianne tun? Hören Sie noch einmal. Ergänzen Sie.

1.27

Marianne soll ...

1. das Dokument neben den Computer ________________.
2. den Drucker ins Büro ________________.
3. das Plakat in den Vorraum ________________.
4. das Werbeprospekt in den Briefkasten ________________.

1.3 *Wo* oder *wohin?* Welches Verb passt? Markieren Sie.

1. Die Dokumente *stehen/stellen* im Kasten. Sehen Sie sie?
2. Können Sie die Dokumente bitte ins Regal *stehen/stellen*?
3. Wir *liegen/legen* das Papier auf Ihren Tisch, in Ordnung?
4. Das Papier *liegt/legt* jetzt noch neben dem Drucker.

1.4 Was passt? Ergänzen Sie.

1. Das Werbeprospekt steckt in ________ Tasche.
2. Ich hänge den Flyer an ________ Wand.
3. Steht der Computer auf ________ Tisch?
4. Bitte stecken Sie den Schlüssel in ________ Tasche.
5. Hast du das Fahrrad in ________ Hof gestellt?
6. Legen Sie die Bücher bitte in ________ Regal.
7. An ________ Decke hängt eine neue Lampe.
8. Liegt das Papier neben ________ Drucker?

1.5 Wo sind die Dinge? Wohin kommen sie? Schreiben Sie wie im Beispiel.

1. die Bücher: im Kasten → ins Regal
2. die Pflanze: auf dem Tisch → ans Fenster
3. das Papier: neben dem Drucker → in den Kasten
4. der Brief: in der Tasche → in den Briefkasten
5. das Foto: am Kasten → an die Wand

1. Die Bücher stehen im Kasten.
Stellen Sie die Bücher bitte ins Regal.

2 Ich finde das nicht gut.

2.1 Was soll Herr Schultz machen? Lesen Sie. Kreuzen Sie an.

Lieber Herr Schultz,

Sie telefonieren leider oft sehr laut. Die anderen Mieter können Sie im ganzen Haus hören! Bitte sprechen Sie leise, weil ich so nicht arbeiten kann. Danke.

Stefan Müller aus Zimmer 12

a ☐ weniger telefonieren b ☐ nicht so laut sprechen c ☐ die Tür schließen

2.2 Was passt? Ordnen Sie zu.

Könnten Sie vielleicht • Also, ich weiß nicht. • In Ordnung. • Warum haben Sie nicht Bescheid gegeben? • Ich habe einen Vorschlag:

Hallo, Herr Müller, Sie haben den Zettel geschrieben, oder?

______________________ (1)

Ach, ich weiß auch nicht. Ich war einfach sauer. Sie telefonieren immer so laut.

______________________ (2) leise telefonieren?

______________________ (3) Meine Kunden sind alt. Ich muss unbedingt laut sprechen.

______________________ (4) Sie machen beim Telefonieren einfach die Tür zu.

______________ (5) Das kann ich machen.

Vielen Dank! Das ist sehr nett von Ihnen!

3 Ich habe einen Vorschlag.

Können Sie das Problem lösen? Machen Sie einen Vorschlag. Schreiben Sie.

Liebe Nachbarin, lieber Nachbar,
ich habe eine kleine Tochter. Sie geht früh am Abend ins Bett. Leider waschen Sie oft um 19 Uhr und Ihre Waschmaschine ist sehr laut. Mein Kind kann dann nicht schlafen. Wie können wir eine Lösung finden? Ihre Nachbarin M. Schröder

Liebe Frau Schröder, ich habe Ihren Zettel gelesen. ...

Richtig schreiben

1 Was bedeutet das?

Wie ist die Abkürzung? Schreiben Sie.

1. Einfamilienhaus ______ **3.** Postleitzahl ______ **5.** Erdgeschoss ______

2. Quadratmeter ______ **4.** Straße ______

2 Wohnung gesucht!

Sie möchten gern die Wohnung besichtigen. Schreiben Sie eine Nachricht an die Vermieterin.

Ruhige 2-Zi-Whg. im Zentrum mit Bad und EBK

650 €	2 Zi.	52 qm	125 €
MM		Fläche	BK

Ihre Nachricht an: Frau Bach

- Warum schreiben Sie?
- Wer sind Sie?
- Termin für die Besichtigung
- andere Fragen (Was möchten Sie noch wissen?)

Alles klar?

1 Wortschatz

Was passt? Ergänzen Sie. (5 Punkte)

1. Der Teppich liegt auf dem ________________ .
2. Das Bild hängt an der ________________ .
3. Der ________________ hängt am Fenster.
4. Ich stecke den Brief in den ________________ .
5. Ich sehe in den ________________ und finde mich schön.

___ /5 Punkte

0–3 Punkte? Bitte noch üben!

2 Grammatik

2.1 Welches Verb passt? Ergänzen Sie. (2,5 Punkte)

1. Ich ________________ den Tisch in die Ecke.
2. Kannst du bitte das Bild an die Wand ________________ ?
3. Ich ________________ die Zeitung auf den Tisch.
4. Der Schlüssel ________________ noch in der Tür.
5. Warum ________________ dein Fahrrad nicht im Hof?

2.2 Was passt? Ergänzen Sie. (2,5 Punkte)

1. An _____ Wand hängt nur ein Foto. Ich hänge noch ein Bild an _____ Wand.
2. Das Fahrrad steht nicht mehr i___ Stiegenhaus. Ich habe es in _____ Hof gestellt.
3. Ich lege die Prospekte i_____ Regal, okay? Sie liegen noch neben _____ Drucker.
4. Liegt der Brief noch auf _____ Tisch oder hast du ihn schon in _____ Briefkasten gesteckt?
5. I___ Regal stehen zu viele Bücher. Stell sie bitte in _____ Kasten.

___ /5 Punkte

0–3 Punkte? Bitte noch üben!

3 Kommunikation

1.28

Welche Reaktion passt? Hören Sie. Kreuzen Sie an. (10 Punkte)

1. a ☐ Das finde ich nicht gut. b ☐ Tut mir leid. Bin ich zu laut?
2. a ☐ Sorry, tut mir leid! b ☐ Gut, so können wir es machen.
3. a ☐ Das gefällt mir gar nicht. b ☐ Warum haben Sie nicht früher etwas gesagt?
4. a ☐ Ja, klar. Das kann ich machen. b ☐ Damit bin ich nicht einverstanden.
5. a ☐ In Ordnung. b ☐ Ich habe eine Idee.

___ /10 Punkte

0–6 Punkte? Bitte noch üben!

Wichtige Wörter

Restaurant Pinocchio

Spezialitäten aus Italien seit 1983

1 die Vorspeise

Salat mit Gurken und Tomaten	4,70 €
Italienische Tomatensuppe	5,40 €
Gegrilltes Gemüse mit Brot	6,20 €

2 ______________

Pizza mit Schinken	11,99 €
Spaghetti mit Gemüse (vegan)	8,70 €
Brathendl mit Reis	12,30 €

3 ______________

Tiramisu	3,80 €
Apfelkuchen	2,90 €
Käseteller	6,50 €

4 ______________

Wein	Glas	5,30 €
	Flasche	21,20 €
Bier	Glas	4,50 €
Wasser	Glas	2,10 €
	Flasche	6,20 €

5 die Speisekarte

6 ______________

7 ______________

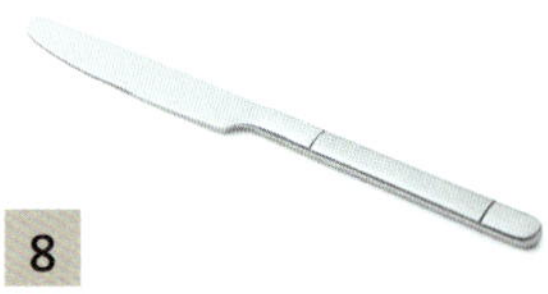

8 ______________

9 ______________

10 ______________

11 ______________

12 ______________

1 Im Restaurant

1.29 **1.1 Welche Wörter passen? Schreiben Sie. Hören Sie dann. Kontrollieren Sie.**

1.2 Arbeiten Sie zu zweit. Wählen Sie eine Situation (A, B oder C). Sie sind die Kellnerin / der Kellner. Ihre Partnerin / Ihr Partner ist Gast. Spielen Sie einen Dialog.

A Sie sind im Restaurant und möchten etwas bestellen.

B Sie bekommen Ihre Bestellung. Es gibt ein Problem.

C Sie möchten bezahlen. Sie waren sehr zufrieden.

- Grüß Gott, was darf es sein?
- Ich hätte gern ... als Vorspeise und ...

13

Ich wohne ____________

14

Ich wohne ____________

15

das Einfamilienhaus

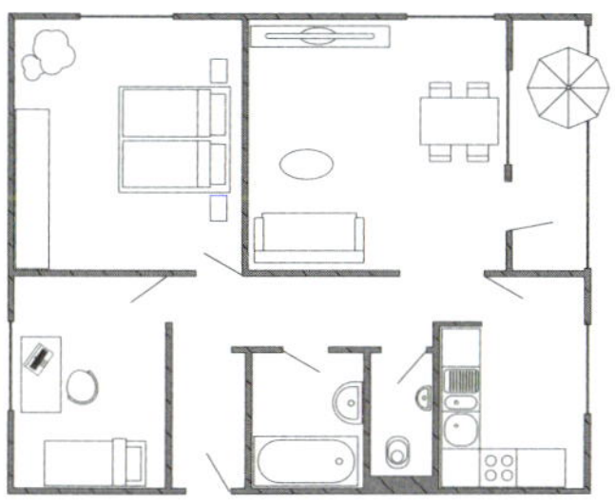

16

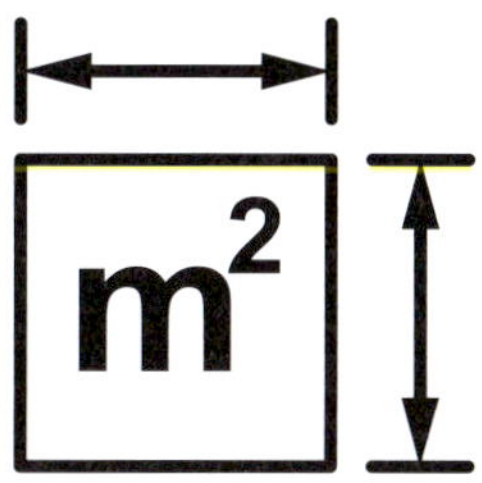

17

18

19

20

21

22

23

24

2 Ich suche eine Wohnung.

1.30 **2.1 Was ist auf den Fotos 13 bis 24? Schreiben Sie. Hören Sie dann. Kontrollieren Sie.**

1.31 **2.2 Schöne Altbauwohnung in Graz. Welche Informationen fehlen? Hören Sie. Ergänzen Sie.**

MM ______ € BK ______ € ______ qm ______ Zi. ☐ EBK ☐ Garten ☐ Balkon

2.3 Arbeiten Sie mit den Informationen aus 2.2. Fragen Sie und antworten Sie.

Wie teuer ist die Miete pro Monat? Die Monatsmiete kostet ... Wie hoch sind die Betriebskosten?

Training: Sprechen und Schreiben

1 Das klingt gut!

1.1 Was passt? Ordnen Sie zu.

Ich habe eine Idee: Wir könnten ... • Ja, das ist eine sehr gute Idee. • Das klingt gut! • Ich kann ... Würdest du bitte ...? • Wollen wir ...? Was denkst du? • Hm, ich möchte lieber ... • Also, wo/wann wollen wir ...? • Das finde ich (nicht) gut, weil ...

Vorschläge machen	reagieren

1.2 Sie wollen eine WG-Party organisieren. Welche Vorschläge haben Sie? Machen Sie zu jedem Punkt Notizen.

Wann? ____________________

Essen? ____________________

Getränke? ____________________

Was brauchen Sie noch? ____________________

Wer macht was? ____________________

1.3 Sprechen Sie zu zweit. Welche Vorschläge haben Sie? Benutzen Sie Ihre Notizen aus 1.2. Was schlägt Ihre Partnerin / Ihr Partner vor? Reagieren Sie. Übung 1.1 hilft.

Also, wann wollen wir die WG-Party machen? Wollen wir ...? Was denkst du?

1.4 Alles klar? Lesen Sie die Tipps. Machen Sie die Aufgabe 1.5.

Lesen Sie zuerst die Aufgabe. Was sollen Sie planen?
Lesen Sie dann die Notizen. Notieren Sie Ihre Ideen.
Schlagen Sie etwas vor. Was sagt Ihre Partnerin / Ihr Partner? Wie finden Sie das? Reagieren Sie.

Und jetzt Sie!

1.5 Lesen Sie. Sprechen Sie zu zweit.

Sie möchten ein Nachbarschaftsfest feiern.
Sie sollen das Fest organisieren.
Planen Sie: Was möchten Sie machen?
Die Notizen helfen.

Wo?
Wann?
Essen/Getränke?
Musik?
Einladung schreiben?
Wer macht was?

2 Die Anzeige ist interessant.

2.1 Lesen Sie. Schreiben Sie zu jedem Punkt einen Satz.

Sie haben eine Anzeige für ein Praktikum in einem Restaurant gelesen und finden sie interessant. Sie möchten einen Termin für ein Gespräch vereinbaren und Ihre Bewerbung mitschicken. Schreiben Sie Frau Schröder ein E-Mail.

- Warum schreiben Sie?
- Termin?
- Dokumente?
- Fragen?

Schreiben Sie zu jedem Punkt ein bis zwei Sätze.
Schreiben Sie auch eine Anrede und einen Gruß.

1. Warum schreiben Sie? ______
2. Fragen Sie: Termin möglich? Wann? ______
3. Was schicken Sie mit? ______
4. Was möchten Sie noch wissen? ______
5. Wie ist die Anrede / der Gruß? ______

2.2 Schreiben Sie jetzt das E-Mail. Benutzen Sie Ihre Sätze aus 2.1.

2.3 Nichts vergessen? Kontrollieren Sie Ihr E-Mail. Korrigieren Sie.

	Ja, gemacht!
Haben Sie eine Anrede und einen Gruß geschrieben?	☐
Haben Sie ein bis zwei Sätze zu allen Punkten geschrieben?	☐
Haben Sie den Satzanfang immer groß geschrieben?	☐
Haben Sie die Nomen groß geschrieben?	☐
Haben Sie die Verbformen richtig geschrieben?	☐

2.4 Alles klar? Lesen Sie die Tipps. Machen Sie die Aufgabe 2.5.

Lesen Sie zuerst die Aufgabe. Was sollen Sie schreiben?
Schreiben Sie ein bis zwei Sätze zu allen Punkten.
Schreiben Sie eine Anrede und einen Gruß.
Fertig? Lesen Sie Ihr E-Mail noch einmal. Kontrollieren Sie.

Und jetzt Sie!

2.5 Lesen Sie. Schreiben Sie.

Sie haben eine Anzeige für eine 2-Zimmer-Wohnung gelesen und möchten die Wohnung besichtigen. Sie haben das Kontaktformular ausgefüllt und eine Bewerbung geschrieben. Schreiben Sie ein E-Mail an den Vermieter (Herr König).

- Warum schreiben Sie?
- Termin für eine Besichtigung vereinbaren
- Welche Dokumente schicken Sie mit?
- Stellen Sie noch eine Frage zur Wohnung.

Schreiben Sie ein bis zwei Sätze zu jedem Punkt.
Schreiben Sie auch eine Anrede und einen Gruß.

Prüfungstraining

1 Sprechen

1.1 Einen Termin finden. Was passt? Ordnen Sie zu.

Das geht leider nicht, weil • Da kann ich nicht, denn • Geht es um 11 Uhr • ~~Hast du um 9 Uhr Zeit~~ • Ja, das geht • Nein, tut mir leid • Passt das

- Wollen wir am Samstag ins Museum gehen? *Hast du um 9 Uhr Zeit* ? (1)
- ______ (2) ich meine Mutter zum Bahnhof bringen muss.
- Ah, okay! ______ ? (3)
- ______ . (4) Aber um 12 Uhr habe ich Zeit. Geht das?
- ______ (5) von 12 bis 14 Uhr bin ich beim Sport.
- Wir können auch um 15 Uhr gehen. ______ ? (6)
- ______ ! (7) Super! Bis dann!

1.2 Wie können Sie höflich absagen? Markieren Sie in 1.1.

1.3 Sie wollen am Freitag shoppen gehen. Wählen Sie eine Rolle (A oder B). Ihre Partnerin / Ihr Partner wählt die andere Rolle. Lesen Sie Ihren Plan. Decken Sie den anderen Plan ab. Variieren Sie den Dialog in 1.1 zu zweit.

Freitag, 08.03.	A
9.00	
10.00	*Sport mit Claudio*
11.00	*Sport mit Claudio*
12.00	
13.00	*Amira beim Umzug helfen*
14.00	*Amira beim Umzug helfen*
15.00	
16.00	
17.00	*Abendessen mit Ellen*

Freitag, 08.03.	B
9.00	*Deutschkurs*
10.00	*Deutschkurs*
11.00	
12.00	*putzen*
13.00	*putzen*
14.00	
15.00	*Werkstatt (Auto abholen)*
16.00	
17.00	

- Hast du am Freitag um 9 Uhr Zeit?
- Das geht nicht, weil um 9 Uhr mein Deutschkurs beginnt. Hast du ...?

1.4 Bereit? Lesen Sie die Tipps. Machen Sie die Prüfungsaufgabe.

Lesen Sie die Aufgabe. Sehen Sie Ihren Kalender an. Wann haben Sie Zeit?
Fragen Sie und antworten Sie. Antworten Sie nicht nur mit *Nein*. Begründen Sie und machen Sie einen neuen Vorschlag.

Und jetzt wie in der Prüfung!

1.5 Lesen Sie die Aufgabe. Wählen Sie eine Rolle in der App (A oder B). Ihre Partnerin / Ihr Partner wählt die andere Rolle. Sprechen Sie zu zweit.

Sie möchten am Samstag zusammen auf den Flohmarkt gehen. Finden Sie einen Termin.

2 Schreiben

2.1 Lesen Sie. Schreiben Sie Sätze zu den Punkten.

Sie sind neu in Salzburg und möchten Ihr Kind beim Fußballverein Kicker United anmelden.
Ihr Kind hat schon zwei Jahre Fußball im Verein in St. Pölten gespielt.
Schreiben Sie ein E-Mail an den Verein (Kontakt: Frau Hahn).

- Warum schreiben Sie?
- Geben Sie Informationen zu Ihrem Kind.
- Fragen Sie: Kosten für Mitgliedsbeitrag?

Schreiben Sie zu jedem Punkt ein bis zwei Sätze (ca. 40 Wörter).
Schreiben Sie eine Anrede und einen Gruß.

1. Warum schreiben Sie? ____________________
2. Ihr Kind (Wie alt? Schon Fußball gespielt)? ____________________
3. Kosten für Mitgliedsbeitrag (Wie viel?)? ____________________
4. Wie ist die Anrede? ____________________
5. Wie ist der Gruß? ____________________

2.2 Schreiben Sie jetzt das E-Mail. Benutzen Sie Ihre Sätze aus 2.1.

2.3 Nichts vergessen? Kontrollieren Sie Ihr E-Mail. Korrigieren Sie.

	Ja, gemacht!
Haben Sie eine Anrede und einen Gruß geschrieben?	☐
Haben Sie ein bis zwei Sätze zu allen Punkten geschrieben?	☐
Haben Sie den Satzanfang und die Nomen immer groß geschrieben?	☐
Haben Sie die Verbformen richtig geschrieben?	☐

2.4 Bereit? Lesen Sie die Tipps.
Machen Sie die Prüfungsaufgabe.

Lesen Sie zuerst die Aufgabe. Was sollen Sie schreiben?
Schreiben Sie ein bis zwei Sätze zu den Punkten.
Schreiben Sie eine Anrede und einen Gruß.
Fertig? Lesen Sie Ihr E-Mail noch einmal und kontrollieren Sie.

Und jetzt wie in der Prüfung!

2.5 Lesen Sie. Schreiben Sie.

Sie planen eine Betriebsfeier für 15 Personen und möchten im Restaurant *Poseidon* einen Tisch reservieren. Schreiben Sie ein E-Mail an Frau Esposito.

- Warum schreiben Sie?
- Wann findet die Feier statt?
- Für wie viele Personen reservieren Sie?

Schreiben Sie ein bis zwei Sätze zu jedem Punkt (ca. 40 Wörter).
Schreiben Sie auch eine Anrede und einen Gruß.

5 Mein neuer Job

A Sie sind pünktlich, das ist gut.

der/die Arbeitnehmer/-in, Arbeitnehmer/-innen ______

______

die Bahn, Bahnen ______

das Lager, Lager ______

hoffen ______

das Vorstellungsgespräch, -gespräche ______

______

die Vorbereitung, Vorbereitungen ______

______

überlegen ______

die Pünktlichkeit *(Sg.)* ______

rechtzeitig ______

die Höflichkeit *(Pl. selten)* ______

______

die Begrüßung, Begrüßungen ______

ein-/aus|schalten ______

die Geschichte, Geschichten ______

die Jogginghose, Jogginghosen ______

______

schmutzig ______

1 Für mich ist das Gehalt wichtig.

1.32

1.1 Was findet die Person wichtig? Hören Sie. Ordnen Sie zu.

1. ein gutes Gehalt
2. gute Arbeitszeiten
3. eine interessante Arbeit
4. Arbeit im Team
5. nette Kolleginnen und Kollegen
6. einen unbefristeten Job

nicht wichtig	wichtig	sehr wichtig
☐ ☐	☐ ☐	☐ ☐

1.33

1.2 Welche Antwort passt? Hören Sie die Fragen. Ordnen Sie zu.

1. ______
2. ______
3. ______
4. ______
5. ______
6. ______
7. ______

a Ja, das ist ein gutes Gehalt.
b Ich habe als Lagerhelfer gearbeitet.
c Ja, das kann ich.
d Ja, ich habe eine Ausbildung zum Friseur gemacht.
e Das geht leider nicht, weil ich Kinder habe.
f Ich finde die Arbeit interessant.
g Ja, ich arbeite gern mit Menschen zusammen.

2 Ich hoffe, dass ...

Wiederholung: *weil*. Schreiben Sie.

1. Ich komme zu spät. Die Bahn hat Verspätung.

   Ich komme zu spät, weil die Bahn Verspätung hat.

2. Ich bin nervös. Ich habe morgen ein Vorstellungsgespräch.

   ____

3. Ich möchte Teilzeit arbeiten. Ich habe Kinder.

   ____

4. Ich muss noch Waren bestellen. Das Lager ist fast leer.

   ____

2.1 Was passt? Ergänzen Sie.

Sie arbeiten Vollzeit. • Ich lerne es schnell. • Sie können Auto fahren. • Sie kommen pünktlich. • ~~Sie zahlen gut~~.

1. Ich habe gehört, dass Sie gut zahlen. – Ja, 18 Euro pro Stunde.
2. Ich hoffe, dass ______________________. – Ja, ich komme immer pünktlich.
3. Es ist wichtig, dass ______________________. – Ja, ich habe einen Führerschein.
4. Ich denke, dass ______________________. – Ja, und wir zeigen Ihnen alles.
5. Sie haben gesagt, dass ______________________. – Ja, das stimmt, 40 Stunden.

2.2 Pawel ist heute nicht zum Deutschkurs gekommen. Was denken Sie: Was ist passiert? Schreiben Sie Sätze.

Er hatte einen wichtigen Termin. • Seine Tochter ist krank. • Der Bus ist nicht gekommen. • Er wollte in der Früh nicht aufstehen. • Er hatte keine Lust. • Seine Uhr war kaputt.

Ich denke, dass ... Ich habe gehört, dass ...

1.34

2.3 Phonetik: Satzmelodie. Welche Wörter sind betont? Hören Sie. Markieren Sie wie im Beispiel.

1. Ich habe gehört, dass die Firma Leute sucht.
2. Ich denke, dass das Gehalt gut ist.
3. Es ist wichtig, dass ich Vollzeit arbeiten kann.
4. Ich hoffe, dass auch die Arbeitszeiten gut sind.

2.4 Was passt: *weil* oder *dass*? Ergänzen Sie.

Paul war zu spät beim Vorstellungsgespräch, ________ (1) der Bus nicht gekommen ist. Er hat bei der Firma angerufen und gesagt, ________ (2) er später kommt. Das war kein Problem. Beim Vorstellungsgespräch hat der Chef gesagt, ________ (3) das oft passiert.

2.5 Was passt? Lesen Sie. Ordnen Sie zu.

Begrüßung • Geschichte • Jogginghose • rechtzeitig • passend • überlegen • Vorbereitung • Vorstellungsgespräch

Tipps für Vorstellungsgespräche

Hallo! Ich habe morgen ein ____________________. (1) Wie kann ich mich vorbereiten?

Ich finde, es geht auch ohne ____________________. (2)

Nein! Du musst ____________________ (3): Was fragt der Arbeitgeber? Was antwortest du? Und Pünktlichkeit ist wichtig. Sei ____________________ (4) da, am besten eine Stunde früher.

Das ist viel zu früh! Sei zehn Minuten vor dem Termin da, das ist genug.

Und was ist bei der ____________________ (5) wichtig? Wie fange ich das Gespräch an?

Höflichkeit ist wichtig. Am besten sagst du „Sie". Erzähl am Anfang einfach ganz viel.

Nein, erzähl keine lange ____________________. (6) Wichtig ist auch: Deine Kleidung muss ____________________ (7) sein und du solltest keine ____________________ (8) tragen.

2.6 Welche Tipps sind gut? Markieren Sie in 2.5.

3 Haben Sie noch Fragen?

Was sagen Sie im Vorstellungsgespräch? Schreiben Sie Antworten. Sprechen Sie zu zweit. Tauschen Sie dann die Rollen.

Grüß Gott, Herr/Frau (...). Wie war die Fahrt? Haben Sie den Weg gut gefunden?

____

Sehr gut. Also: Warum möchten Sie bei uns arbeiten?

____

Schön! Und sagen Sie: Was können Sie gut? Was machen Sie gern?

____

Super, das brauchen wir. Haben Sie noch Fragen?

____

Wir zahlen 16,50 € pro Stunde. Ist das in Ordnung für Sie?

____

B Ich habe einen Vertrag.

der Beginn *(Sg.)* ______________

die Probezeit *(Sg.)* ______________

wöchentlich ______________

brutto ______________

netto ______________

der Teil, Teile: ein Teil von ______________

die Steuer, Steuern ______________

die Versicherung, Versicherungen ______________

____

die Pensionsversicherung, -versicherungen ______________

____

die Pension *(Pl. selten)* ______________

die Arbeitslosenversicherung, -versicherungen ______________

____

die Krankenversicherung, -versicherungen ______________

____

meinen ______________

der Mindestlohn *(Pl. selten)* ______________

Habe ich Sie/dich richtig verstanden?

Was meinen Sie / meinst du damit?

Sie meinen / du meinst also, dass …?

Ist das richtig?

Darf ich Sie/dich noch etwas fragen?

1 Das Arbeitsverhältnis ist unbefristet.

Was passt? Ordnen Sie zu.

Arbeitgeber/-in • Arbeitnehmer/-in • Beginn • Bruttogehalt • Probezeit • unbefristet • Vollzeit • wöchentlich

Arbeitsvertrag

zwischen Möbel-Schulze (______________) (1)

und Ahmed Al Sahin (______________) (2)

§1 Gegenstand des Vertrags

Der/Die Arbeitnehmer/-in wird als Fahrer/-in in ______________ (3) eingestellt.

§2 ______________ (4)

Das Arbeitsverhältnis beginnt am 15.12.2024 und ist ______________ (5).

Die ______________ (6) sind 6 Monate.

§3 Arbeitszeit

Die Arbeitszeit beträgt 38 Stunden ______________ (7).

§4 Gehalt

Der/Die Arbeitnehmer/-in erhält ein ______________ (8) von 3150 Euro.

2 Wie viel verdienen Sie denn?

2.1 Welche Wörter passen? Ordnen Sie zu.

das Nettogehalt • die Pension • das Bruttogehalt • die Lohn- und Einkommenssteuer

1. Die Zeit ab 65 Jahren. Man arbeitet nicht mehr. ______________________
2. Diesen Teil vom Gehalt zahlt man dem Staat. ______________________
3. Gehalt plus Steuern und Versicherungen ______________________
4. Das bekommt man auf das Konto. ______________________

2.2 Welche Versicherung braucht man wann? Verbinden Sie.

1. Man hat keinen Job.
2. Man ist krank und geht zum Arzt.
3. Man ist über 60 und in Pension.

a Pensionsversicherung
b Arbeitslosenversicherung
c Krankenversicherung

2.3 Wie kann man fragen? Ergänzen Sie. Die Wortliste hilft.

Von meinem Gehalt zahle ich ________________ (1) und Versicherungen.

Habe ich ________________ (2)? Sie zahlen auch Versicherungen?

Ja, Sie haben mich richtig verstanden.

Darf ________________ (3)? Welche Versicherungen muss man in Österreich zahlen?

Die Krankenversicherung, die Arbeitslosenversicherung und die ________________ (4).

So viele Versicherungen!

3 Das kann man verdienen.

Welches Land passt? Lesen Sie. Ergänzen Sie.

Mindestlöhne weltweit

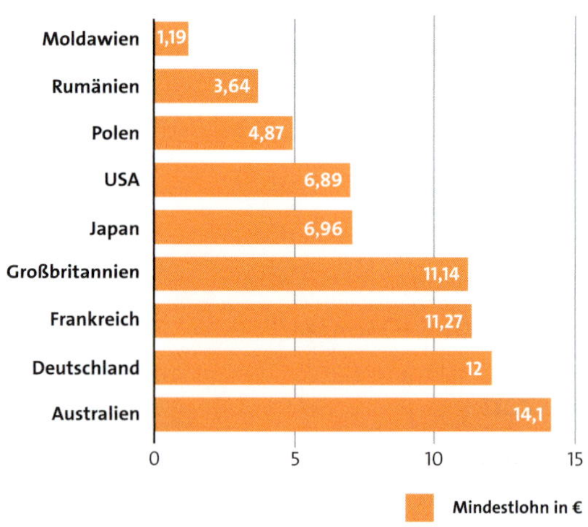

(Stand 2023; Datenquelle: statista.de)

Der Mindestlohn ist in vielen Ländern unterschiedlich. In ________________ (1) verdient man am meisten. Dort bekommen Arbeitnehmer/-innen circa 14 Euro pro Stunde. Auch in ________________, (2) ________________ (3) und Großbritannien liegt der Mindestlohn über zehn Euro. Fast sieben Euro verdient man in ________________ (4) und den USA. Sehr wenig zahlen Arbeitgeber/-innen in ________________ (5), Rumänien und Moldawien. In Österreich gibt es keinen einheitlichen Mindestlohn.

C Wie macht man das?

die Tastatur, Tastaturen ______

die Taste, Tasten ______

der Bildschirm, Bildschirme ______

die Maus, Mäuse ______

die Datei, Dateien ______

der USB-Stick, USB-Sticks ______

(aus-)drucken ______

kopieren ______

an|klicken ______

löschen ______

herunter|laden ______

schließen: eine Datei schließen ______

______

downloaden ______

mailen ______

der Link, Links ______

die Website, Websites ______

die App, Apps ______

der Screenshot, Screenshots ______

der Knopf, Knöpfe ______

das Passwort, Passwörter ______

starten ______

drücken ______

das Smartphone, Smartphones ______

______

Gern, ich zeige es Ihnen/dir.

Ich erkläre es Ihnen/dir.

Haben Sie / Hast du das verstanden?

Haben Sie / Hast du noch eine Frage?

1 Klicken Sie die Datei an.

1.1 Was ist auf den Fotos? Schreiben Sie.

______

______

______

______

______

______

1.2 Was passt? Ergänzen Sie.

Eine Datei bearbeiten und ausdrucken – so geht's:

Zuerst müssen Sie den Computer ______ (1) und die Datei öffnen. Jetzt können Sie in der Datei arbeiten. Sie haben ein Wort falsch geschrieben? Dann können Sie es ______ (2). Sind Sie fertig? Dann ______ (3) Sie die Datei. Möchten Sie die Datei ______ (4)? Dann schalten Sie zuerst den Drucker ein und ______ „Drucken" ______ (5). Fertig? Jetzt können Sie die Datei wieder ______ (6) und den Computer ______ (7).

2 Ich maile dir den Screenshot von der Website.

2.1 Was bedeuten die Wörter? Verbinden Sie.

1. downloaden
2. mailen
3. der Link
4. die Website
5. der Screenshot

a ein Foto vom Bildschirm
b die Adresse von einer Internetseite
c ein E-Mail schicken
d eine Internetseite
e herunterladen

1.35 **2.2 Diktat. Hören Sie. Schreiben Sie. Sie hören den Dialog zweimal.**

Servus, kannst du mir einen ______ (1) zu den Stellenanzeigen vom AMS schicken? Ich finde ihn auf der ______ (2) nicht mehr.

Hast du nicht die ______? (3) Die ist gut, du kannst sie ganz einfach ______. (4) Ich schicke dir einen ______! (5)

1.36 **2.3 Phonetik: Wörter aus dem Englischen. Hören Sie. Sprechen Sie nach.**

1. Ich möchte die App downloaden.
2. Mailst du mir den Link?
3. Ich mache einen Screenshot von der Website.
4. Chattest du auf dem Laptop oder auf dem Handy?

3 Öffnen Sie diese Datei.

3.1 Wie ist die Endung? Ergänzen Sie.

1. Kennst du d___ Mann? — Welch___ Mann?
2. Gefällt dir d___ Mantel? — Welch___ Mantel?
3. Schau einmal, d___ Uhr ist schön. — Welch___ Uhr?
4. Wie findest du d___ Buch? — Welch___ Buch?
5. Sind d___ Pakete angekommen? — Welch___ Pakete?

3.2 Was passt? Verbinden Sie.

1. Welcher Mann?
2. Welches Buch?
3. Welche Tür?
4. Welche Hefte?

a Diese.
b Dieser.
c Diese.
d Dieses.

3.3 Welcher Computer? Ergänzen Sie *dies-*.

1. Welcher Computer gefällt dir? — ______ Computer gefällt mir.
2. Welche App kann übersetzen? — ______ App kann das.
3. Welches Symbol bedeutet „einschalten“? — Das ist ______ Symbol.
4. Welche Apps gefallen dir? — ______ Apps gefallen mir.

3.4 Was fragen und antworten die Personen? Ergänzen Sie *welch-* und *dies-*.

1. ______ Hose finden Sie schön?
   Ich finde ______ Hose schön.
2. ______ Kurs können Sie empfehlen?
   ______ Kurs. Es gibt auch noch freie Plätze.
3. ______ Schuhe haben Sie bestellt?
   Ich habe ______ Schuhe bestellt. Die blauen.

3.5 Welche Jacke? Ergänzen Sie *welch-* und *dies-*.

- ______ (1) Jacke wollen Sie kaufen?
- Ich möchte ______ (2) Jacke. Gibt es ______ (3) Jacke auch in Grün?
- Leider nicht. Aber ______ (4) hier ist auch schön. Und günstig.
- Okay, gut! Und ich brauche noch einen Hut. ______ (5) Hut können Sie mir empfehlen?
- ______ (6) hier ist sehr schön. Probieren Sie ihn doch an! Ich glaube, er steht Ihnen gut!
- Ja, ______ (7) Hut mag ich! Danke, den kaufe ich!

3.6 Welches Wort passt? Kreuzen Sie an.

Frau Regina Romano
Wielandstr. 3
1020 Wien

– Ihre Rechnung –

Sehr geehrte Frau Romano,

__(1)__ 24.11.2024 haben Sie in unserem Online-Shop einen Computer __(2)__. Wir haben Ihnen den Computer am 27.11.2024 geschickt. Leider haben Sie die __(3)__ von 890 € bis heute nicht bezahlt. __(4)__ haben Sie es vergessen? Ist die Ware nicht angekommen? Oder __(5)__ Sie gerade nicht zahlen? Dann können Sie __(6)__ monatlich einen Teil zahlen. Bitte melden Sie sich bei uns.

Mit freundlichen Grüßen
M. Klaasen

1.	2.	3.	4.	5.	6.
a ☐ zum	a ☐ verkauft	a ☐ E-Mail	a ☐ Vielleicht	a ☐ müssen	a ☐ oder
b ☐ vom	b ☐ bestellt	b ☐ Rechnung	b ☐ Gern	b ☐ können	b ☐ und
c ☐ am	c ☐ gesehen	c ☐ Information	c ☐ Auch	c ☐ dürfen	c ☐ auch

4 Wie funktioniert das?

Was passt? Ordnen Sie zu.

das verstanden • erkläre es Ihnen • ich zeige es Ihnen • noch eine Frage

Entschuldigung, ich möchte eine Fahrkarte nach St. Pölten kaufen. Können Sie mir zeigen, wie der Automat funktioniert?

Gern, ______ (1). Hier klicken Sie das Ziel an, also St. Pölten. Dann klicken Sie „Bezahlen" an. Haben Sie ______ (2)?

Ja, danke, das habe ich verstanden. Aber wie zahle ich mit Bankomatkarte? Können Sie es mir erklären?

Das ist einfach, ich ______ (3). Sie drücken diesen Knopf und dann stecken Sie Ihre Karte in den Automaten. Haben Sie ______ (4)?

Nein, ich habe keine Frage mehr. Vielen Dank!

Richtig schreiben

1 Im Computerkurs

Ergänzen Sie. Die Wortlisten helfen.

1. Sie müssen das Wort nicht noch einmal schreiben, Sie können es einfach k__ __i__ __ __n.
2. Das Gegenteil von e__n__ __ __a__ __ __n ist a__ssch__ __t__ __.
3. Sie müssen die Datei zweimal a__k__ __ __ __ __n.
4. Mit dieser Taste können Sie das Wort l__ __ __ __en.
5. Sie können die App einfach h__ __ __ __t__ __l__ __ __n.

2 Ich suche einen Job.

Wie möchten Sie arbeiten? Was ist wichtig für Sie? Schreiben Sie fünf Sätze.

Beruf? • Gehalt? • Arbeitszeiten? • im Team / allein arbeiten? • ...

Ich suche einen Job als ...
Für mich ist wichtig, dass ...
Ich denke, dass ...
Ich hoffe, dass ...

Alles klar?

1 Wortschatz

Welches Wort passt nicht? Markieren Sie. (5 Punkte)

1. Ich schließe *eine Datei / eine Tür / eine Taste.*
2. Ich *meine/denke/drücke,* dass das Gehalt gut ist.
3. Der Arbeitgeber zahlt *das Vorstellungsgespräch / die Versicherungen / das Gehalt.*
4. Sie können den Computer jetzt *einschalten/ausschalten/kopieren.*
5. Jetzt müssen Sie die App *anklicken/ausdrucken/schließen.* ___ /5 Punkte

0–3 Punkte? Bitte noch üben!

2 Grammatik

2.1 Was passt: *welch-* oder *dies-*? Ergänzen Sie. (2 Punkte)

1. Welcher ______ Tisch gefällt dir? – Mir gefällt ______ Tisch.
   – Gut, dann nehmen wir ______ Tisch.
2. ______ Bluse findest du gut? – ______ in Blau.

2.2 Wie ist es richtig? Schreiben Sie. (3 Punkte)

1. (*du: den Job bekommen*) Ich hoffe, dass ______.
2. (*die Arbeit: Spaß machen*) Ich finde es wichtig, dass ______.
3. (*das Gehalt: gut sein*) Ich denke, dass ______.

___ /5 Punkte

0–3 Punkte? Bitte noch üben!

3 Kommunikation

Welche Frage oder Antwort passt? Ergänzen Sie. (10 Punkte)

– Ich kann das Ticket in der App kaufen? Habe ______? (1)
– Ja, das haben Sie richtig verstanden. Aber Sie müssen die App zuerst downloaden.
– Wie bitte? Downloaden? Was ______? (2)
– Sorry, ich meine: Sie müssen die App herunterladen. Das ist kostenlos.
– Sie ______ (3) also, dass ich nichts für die App bezahlen muss?
– Genau. Haben ______? (4)
– Ja, wie lade ich die App herunter? Können Sie es mir zeigen?
– Ja, sicher, ______. (5)
– Vielen Dank!

___ /10 Punkte

0–6 Punkte? Bitte noch üben!

6 Auf dem Weg in die Arbeit

A Wie lang ist der Weg in die Arbeit?

normalerweise ______________________

das Prozent (%), Prozente ______________________

das Verkehrsmittel, Verkehrsmittel ______________________

____

öffentlich: die öffentlichen Verkehrsmittel ______________________

____

der Stau, Staus ______________________

das Drittel, Drittel ______________________

die Hälfte *(Pl. selten)* ______________________

circa (ca.) ______________________

eilig: Ich habe es eilig. ______________________

____

1 Wie kommen Sie in die Arbeit?

1.1 Wie sind die Personen unterwegs? Schreiben Sie.

1. Sara fährt mit der S-Bahn.

1.2 Wie kommen die Personen in die Arbeit? Hören Sie. Schreiben Sie. 1.37

Max Schreyer

Lilya Dowbyk

Nuh Al-Hamdi

mit dem Bus

1.3 Was ist richtig? Hören Sie noch einmal. Kreuzen Sie an. 1.37

1. ☐ Max Schreyer braucht 10 Minuten in die Arbeit.
2. ☐ Er fährt 3 Stationen mit der Straßenbahn.
3. ☐ Lilya Dowbyk nimmt oft den Bus.
4. ☐ Sie braucht mit dem Fahrrad 20 Minuten.
5. ☐ Nuh Al-Hamdi wohnt in Wien.
6. ☐ Er fährt eine halbe Stunde mit dem Auto.

1.4 Was passt? Sehen Sie die Grafik an. Ordnen Sie zu.

Hälfte • Prozent • Drittel • Einige • viele

Wie sind die Menschen in Wien unterwegs?

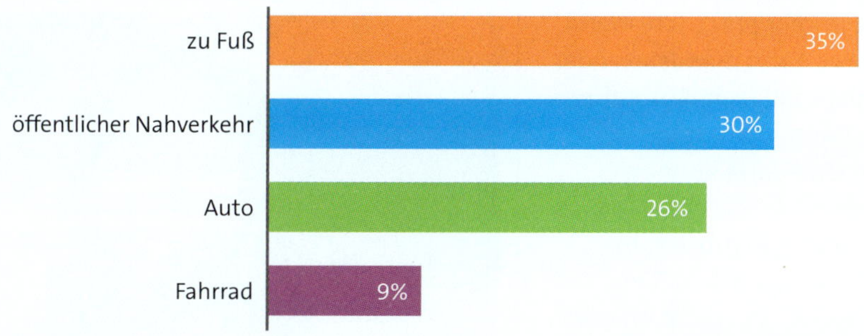

(Datenquelle: Wiener Linien)

Im Alltag sind die Menschen in Wien viel unterwegs. Täglich fahren ______________ (1) Menschen in die Arbeit, gehen einkaufen oder treffen sich mit Freunden. Aber mit welchen Verkehrsmitteln fahren sie? Mehr als ein ______________ (2) geht zu Fuß. Das ist gut für die Gesundheit und für die Umwelt. Mehr als die ______________ (3) sind mit dem Auto oder öffentlichen Verkehrsmitteln unterwegs, davon benutzen 26 ______________ (4) den eigenen Pkw. ______________ (5) Wienerinnen und Wiener fahren auch mit dem Fahrrad, laut Umfrage sind es 9 Prozent.

2 Wenn man in Sulz kein Auto hat, ...

Wiederholung: *dass* und *weil*. Schreiben Sie Sätze mit *dass*.

1. Viele müssen weit in die Arbeit fahren.

   Ich habe nicht gewusst, ______________________________

2. Fahrradfahren ist gefährlich.

   Einige sagen, ______________________________

3. Die öffentlichen Verkehrsmittel sind praktisch.

   Ich finde, ______________________________

Verbinden Sie die Sätze mit *weil*.

1. Ich fahre nicht mit dem Fahrrad. Es dauert zu lange.

   Ich fahre nicht mit dem Fahrrad, weil ______________________________

2. Ich nehme nicht gerne den Bus. Er ist immer sehr voll.

   ____

3. Ich fahre normalerweise mit dem Auto. Ich möchte flexibel sein.

   ____

2.1 Magesh oder Mirembe? Wer sagt was? Lesen Sie. Ergänzen Sie.

Lieber mit dem Auto? Oder doch lieber mit den öffentlichen Verkehrsmitteln?

Magesh Kumar und Mirembe Boateng erzählen.

Ich finde, ein Auto ist nicht immer praktisch. Wenn man lange mit dem Zug fährt, kann man lesen oder schlafen. Das ist im Auto nicht möglich. Autofahren kann auch gefährlich sein: Wenn man müde ist, macht man schnell Fehler. Und dann können Unfälle passieren.
Ein Auto kostet auch viel Geld: Man muss zum Beispiel Steuern und Versicherungen bezahlen. Wenn das Auto kaputt ist, muss es in die Werkstatt. Die Reparaturen sind immer sehr teuer. Und: Mit dem Auto steht man oft im Stau. Das ist stressig. Ich fahre also lieber mit den öffentlichen Verkehrsmitteln, den Öffis. Das ist günstig und bequem.

Magesh

Mirembe

Ich finde, öffentliche Verkehrsmittel sind besser für die Umwelt und sie sind nicht so teuer. Es gibt zum Beispiel das Klimaticket als Jobticket. Das ist günstig, weil die Firmen einen Teil von den Kosten zahlen. Wenn man ein Klimaticket hat, fährt man umsonst. Aber die Busse und Bahnen sind oft nicht pünktlich und man ist nicht so flexibel.
Wenn ich pünktlich sein muss, fahre ich lieber mit dem Auto. Ein Auto ist auch praktisch für mich, weil ich für die ganze Familie einkaufen muss. Wenn ich das Auto nehme, kann ich alles leicht transportieren. Also ja, für mich ist das Auto besser.

1. ____________ findet, dass man im Zug entspannen kann.
2. ____________ sagt, dass man mit öffentlichen Verkehrsmitteln oft zu spät kommt.
3. ____________ sagt, dass man für ein Auto viel zahlen muss.
4. ____________ findet, dass Autofahren auch lange dauert und stressig ist.
5. ____________ findet öffentliche Verkehrsmittel nicht praktisch.

2.2 Lesen Sie in 2.1 noch einmal. Markieren Sie die Sätze mit *wenn*. Ergänzen Sie.

	Nebensatz	Hauptsatz			
1.	Wenn man lange mit dem Zug	fährt,	kann	man	lesen oder schlafen.
2.					
3.					
4.					
5.					
6.					

2.3 Was passt? Schreiben Sie.

Man darf nicht Auto fahren. • Ein Auto ist praktisch. • ~~Es gibt oft einen Stau.~~ • Man muss langsam fahren.

1. Wenn im Sommer viele auf Urlaub fahren, *gibt es oft einen Stau.*
2. Wenn man einen Ausflug machen möchte, ______
3. Wenn man Alkohol getrunken hat, ______
4. Wenn es stark schneit, ______

2.4 Schreiben Sie Antworten mit einem *wenn*-Satz.

Was machen Sie, wenn das Wetter gut ist?

Wenn das Wetter gut ist, ______

Was machen Sie, wenn Ihr Fahrrad kaputt ist?

Wenn mein Fahrrad kaputt ist, ______

Was machen Sie, wenn der Bus nicht kommt?

______

Was machen Sie, wenn es regnet?

______

1.38 **2.5 Phonetik: Satzmelodie. Hören Sie. Sprechen Sie nach.**

Wenn das Wetter gut ist →, gehe ich zu Fuß ↘.

Wenn das Wetter schlecht ist →, fahre ich mit dem Bus ↘.

2.6 Fragen Sie und antworten Sie. Arbeiten Sie mit den Fragen in 2.4.

2.7 Antworten Sie mit einem *wenn*-Satz.

Ich brauche Hilfe. • ~~Ich habe Hunger.~~ • Der Kühlschrank ist leer. • Das Wetter ist schön.

1. Wann essen Sie? Ich esse, wenn *ich Hunger habe.*
2. Wann fahren Sie Fahrrad? Ich fahre Fahrrad, wenn ______
3. Wann rufen Sie an? Ich rufe an, wenn ______
4. Wann kaufen Sie ein? Ich kaufe ein, wenn ______

3 Wenn ich es eilig habe, nehme ich den Hubschrauber.

Und Sie? Schreiben Sie.

1. Wenn ich frei habe, ...
2. Wenn die Sonne scheint, ...
3. Wenn ich es eilig habe, ...
4. Ich bin glücklich, wenn ...
5. Ich habe Angst, wenn ...
6. Ich bin müde, wenn ...

1. Wenn ich frei habe, treffe ich gern Freunde.

B Achtung Stau!

die Autobahn, Autobahnen ______	die Richtung, Richtungen ______
die Kurve, Kurven ______	häufig ______
der Knoten, Knoten ______	
die Ausfahrt, Ausfahrten ______	Wirklich?
die Umleitung, Umleitungen ______	Natürlich./Klar.
die Baustelle, Baustellen ______	Genau. / Ja, das stimmt.
gesperrt (sein) ______	Wie bitte? / Das kann doch nicht wahr sein!

1 Auf der Westautobahn ist eine Baustelle.

1.39 **1.1 Was ist auf den Fotos? Schreiben Sie. Hören Sie dann. Kontrollieren Sie.**

1 
______

2 
______

3 
______

4 
______

5 
______

6 

______

7 

______

8 
______

1.40 **1.2 Phonetik: *ei/ai, au, eu/äu*. Hören Sie. Ergänzen Sie.**

1. H____te br____chen wir ____re Hilfe.
2. ____f____tobahnen gibt es h____fig B____stellen und St____s.
3. Nach dem Knoten H____d nehmen Sie die zw____te ____sfahrt.

1.40 **1.3 Hören Sie noch einmal. Sprechen Sie nach.**

1.41 **1.4 Prüfung: Hören. Was ist richtig? Hören Sie. Kreuzen Sie an.**

1. Wo ist ein Unfall passiert?
   - a ☐ Auf der A3.
   - b ☐ Auf der B1.
   - c ☐ Auf der A1.

2. Wie lang ist der Stau?
   - a ☐ 3 Kilometer.
   - b ☐ 10 Kilometer.
   - c ☐ 30 Kilometer.

3. Was ist das Problem?
   - a ☐ Ein Autounfall ist passiert.
   - b ☐ Es gibt einen Stau.
   - c ☐ Die Straße ist gesperrt.

2 Wo sind Sie denn?

1.42

Welche Antwort passt? Hören Sie. Kreuzen Sie an.

1. a ☐ Genau. b ☐ Wirklich?
2. a ☐ Ja, das stimmt. b ☐ Klar.
3. a ☐ Das kann doch nicht wahr sein! b ☐ Natürlich.
4. a ☐ Ja, genau. b ☐ Wirklich?

3 Das kann doch nicht wahr sein!

Was passt? Ordnen Sie zu.

Das kann doch nicht wahr sein! • Ja, das stimmt. • Klar, kein Problem. • Wirklich?

● Hallo, Olena, tut mir leid, ich bin auf dem Weg zum Geschäft, aber ich stehe im Stau.

● ______________ (1) Hm, was denkst du, wie lange brauchst du noch?

● Ich brauche bestimmt noch 30 Minuten. Hier in der Hauptstraße ist eine Baustelle.

● Schon wieder eine Baustelle!? ______________________________ (2)

Aber was machen wir jetzt? Das Geschäft schließt schon um 19 Uhr, oder?

● ______________ (3) Kannst du das Geschenk allein kaufen? Dann komme ich direkt zu Tim.

● ______________ (4) Das mache ich. Dann bis später bei Tim!

C Wir kommen am 11.6. an.

die Reise, Reisen ______________	ab|reisen ______________
die Anreise *(Sg.)* ______________	die Buchung, Buchungen ______________
die Abreise *(Sg.)* ______________	bestätigen ______________
das Einzelzimmer, -zimmer ______________	die Stornierung, Stornierungen ______________
das Doppelzimmer, -zimmer ______________	kostenlos ______________
die Unterkunft, Unterkünfte ______________	stornieren ______________
die Pension, Pensionen ______________	der Gesamtpreis *(Pl. selten)* ______________
über: über 200 € ______________	Gesamt- ______________
die Halbpension *(Sg.)* ______________	die Übernachtung, Übernachtungen ______________
die Vollpension *(Sg.)* ______________	______________
die Ausstattung *(Pl. selten)* ______________	der Besuch, Besuche ______________
buchen ______________	inklusive (inkl.) ______________

1 Wo übernachten wir?

1.43

1.1 Wann? Hören Sie. Ergänzen Sie.

1. Wann ist der österreichische Nationalfeiertag? Am ____________.
2. Wann ist der Tag der Arbeit? Am ____________.
3. Wann ist Silvester? Am ____________.

1.2 Schreiben Sie Fragen wie in 1.1. Fragen Sie und antworten Sie zu zweit.

1.3 Was passt? Bilden Sie Wörter. Ordnen Sie zu. Die Wortliste hilft.

ab • bu • chen • Dop • Halb • kunft • mer • pel • pen • rei • Rei • se • sen • sion • ter • Un • ziel • zim

1. Ein Hotel, eine Pension oder eine Ferienwohnung ist eine ________________.
2. Wenn man ein Zimmer im Hotel reserviert, sagt man auch: ein Zimmer ________________.
3. Ein Zimmer für zwei Personen ist ein ________________.
4. Wenn Sie im Hotel ________________ buchen, bekommen Sie Frühstück und Abendessen.
5. Wenn Gäste ____________, bedeutet das: Sie fahren von der Unterkunft nach Hause.
6. Sie möchten an einen bestimmten Ort fahren. Das ist Ihr ____________.

1.44

1.4 Was bucht Frau Bonnari? Hören Sie. Ergänzen Sie.

Anreise: ________________

Abreise: ________________

Gäste: ____

Zimmer: ____

☐ Einzelzimmer ☐ Doppelzimmer

Ausstattung: ☐ mit Bad ☐ ohne Bad

Preis (pro Zimmer/Übernachtung):

☐ 69 € ☐ 89 €

Parkplatz: ☐ ja ☐ nein

Halbpension: ☐ ja ☐ nein

Vollpension: ☐ ja ☐ nein

nur Frühstück: ☐ ja ☐ nein

1.44

1.5 Richtig oder falsch? Hören Sie noch einmal. Kreuzen Sie an.

	richtig	falsch
1. Frau Bonnari reist am Mittwoch an.	☐	☐
2. Sie kommt mit ihrem Partner.	☐	☐
3. Sie kann das Zimmer bei der Abreise bezahlen.	☐	☐
4. Der Parkplatz ist kostenlos.	☐	☐
5. Das Frühstück für drei Tage kostet über 40 Euro.	☐	☐
6. Das Hotel bestätigt die Buchung per E-Mail.	☐	☐

2 Wir bestätigen Ihre Buchung.

2.1 Was passt? Lesen Sie. Ordnen Sie zu.

Abreise • Anreise • bestätigen • Besuch • Buchung • Gesamtpreis • kostenlos • stornieren

Senden | An: andreas_teker@beispiel.at
Betreff: Ihre Reservierung

Sehr geehrter Herr Teker,

wir ________________ (1) Ihre Buchung in der Pension *Sonnenschein*.

Ihre Reservierung:

________________ (2): 31.08. ________________ (3): 03.09.

________________ (4): 3 Übernachtungen, 1 Einzelzimmer

Stornierungsbedingungen:

Die Stornierung ist bis zum 30.08. (23:59 Uhr) ________________. (5)

Wenn Sie weniger als 24 Stunden vor der Anreise ________________ (6), zahlen Sie den Gesamtpreis.

Preis: € 89 (pro Zimmer x 3 Übernachtungen)

________________ (7): € 267

Wir freuen uns auf Ihren ________________! (8)

1.45 **2.2 Was ist falsch? Hören Sie. Korrigieren Sie in 2.1.**

1.46 **2.3 Hören Sie weiter. Notieren Sie die Informationen zu den Fragen.**

1. Ist das Frühstück inklusive? ________________
2. Wo kann man parken? ________________

3 Das Frühstück ist inklusive.

1.47 **3.1 Diktat. Was sehen Sie auf dem Foto? Hören Sie. Schreiben Sie. Sie hören den Text zweimal.**

________________ (1) sehe ich ________________ (2) von einem Hotel. Ich sehe fünf Personen. ________________ (3) arbeitet im Hotel. Die Personen links sind ________________ (4). Die Familie macht vielleicht Urlaub und möchte ________________ (5). Ich denke, sie müssen ________________ (6) und der Mann an der Rezeption ________________ (7).

3.2 Wählen Sie A oder B. Sprechen Sie zu zweit. Beantworten Sie die Fragen.

1. Was sehen Sie auf dem Foto?
2. Welche Situation zeigt dieses Foto?
   Was machen die Personen?
3. Welche Erfahrungen haben Sie mit dieser Situation?

Auf dem Foto sehe ich einen Mann. Er steht an der Rezeption in einem Hotel.

Richtig schreiben

1 Ich stehe heute leider wieder im Stau!

Was passt: *ei, au* oder *eu?* Ergänzen Sie.

1. Der Gesamtpr_____s ist 867 Euro. Das ist t_____er.
2. ____f der ____tobahn gibt es oft Uml____tungen und St____s.
3. Für die R____se br____che ich Z____t.
4. ____ch auf der A9 ist h____te ein Unfall passiert.

2 Ich habe noch ein paar Fragen ...

2.1 Was passt? Ordnen Sie zu.

Ab wann • Bis wann • ein paar Fragen • Ist es möglich, • vielen Dank für • Wenn das geht,

Sehr geehrte Damen und Herren,

________________ (1) die Reservierungsbestätigung. Ich habe noch

________________ (2): Ich komme am 31.8. erst spät am Abend an.

________________ (3) ist die Rezeption geöffnet? Und: ________________ (4) gibt es Frühstück?

Ich habe am nächsten Tag schon um acht Uhr einen Termin. ________________ (5)

dass ich schon um halb sieben ein Frühstück bekomme? ________________ (6)

buche ich zweimal Frühstück.

Mit freundlichen Grüßen
Andreas Teker

2.2 Lesen Sie. Schreiben Sie zu jedem Punkt ein bis zwei Sätze.

Sie haben im Hotel *Zur Post* in Hallstatt vom 2.4. bis zum 3.4. ein Zimmer gebucht.
Sie haben noch Fragen. Schreiben Sie ein E-Mail an das Hotel:

- Anreise: wann? Rezeption geöffnet?
- Zimmer: mit Balkon und Bad?
- Frühstück: ab wie viel Uhr?

Alles klar?

1 Wortschatz

Was passt? Ergänzen Sie. (5 Punkte)

1. Sie haben ein Hotelzimmer gebucht. Das Hotel hat die B__________ bestätigt.

2. Sie bleiben nur eine Nacht. Am nächsten Tag möchten Sie wieder a__________.

3. Sie können leider nicht auf Urlaub fahren. Sie müssen die Reise st__________.

4. Auf der Autobahn ist ein Unfall passiert. Die Autos stehen im S__________.

5. Die Autobahn ist gesperrt. Sie müssen eine U__________ fahren.

___ /5 Punkte

0–3 Punkte? Bitte noch üben!

2 Grammatik

Was passt? Schreiben Sie. (5 Punkte)

Die Autobahn ist oft gesperrt. • Die Stornierung ist kostenlos. • Ich gebe Ihnen Bescheid. • Ich reserviere einen Parkplatz für Sie. • Sie müssen den Gesamtpreis bezahlen.

1. Wenn Sie mit dem Auto kommen, __________

2. Wenn Sie nach dem 8.3. stornieren, __________

3. Wenn es einen Unfall gibt, __________

4. Wenn Sie das Zimmer bis zum 8.3. stornieren, __________

5. Wenn ich Verspätung habe, __________

___ /5 Punkte

0–3 Punkte? Bitte noch üben!

3 Kommunikation

Was passt? Ergänzen Sie. (10 Punkte)

Die Stornierung ist kostenlos • Bis wann kann ich stornieren • Und ab wann gibt es Frühstück • zahlen Sie den Gesamtpreis • wie viel kostet das Frühstück

● Grüß Gott, Frau Baumann hier. Ich habe ein Zimmer reserviert und ich habe noch ein paar Fragen:

__________? (1)

● __________ (2), wenn Sie bis einen Tag vor der Anreise stornieren. Wenn Sie weniger als 24 Stunden vor der Anreise stornieren,

__________. (3)

● Alles klar. Und __________? (4)

__________? (5)

● Immer ab 7 Uhr. Das Frühstück kostet 13 Euro.

___ /10 Punkte

0–6 Punkte? Bitte noch üben!

Wichtige Wörter

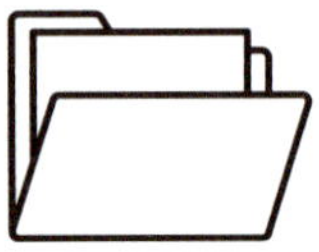
1
die Datei

2

3

4

5

6

7

8

9

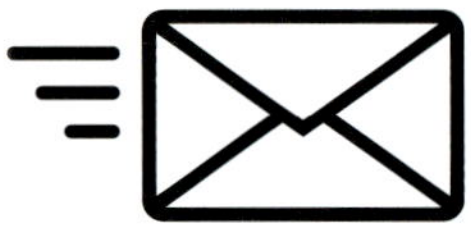
10

11

12

13

14

15

16

1 Mit dem Computer arbeiten

1.1 Was ist auf den Fotos 1 bis 8? Schreiben Sie.

1.2 Welche Aktivitäten sind auf den Fotos 9 bis 16? Ordnen Sie zu.

anklicken • einschalten/ausschalten • drucken • herunterladen • kopieren • löschen • mailen • speichern

1.48 **1.3 Hören Sie. Kontrollieren Sie.**

1.4 Sagen Sie ein Wort. Ihre Partnerin / Ihr Partner sagt einen Satz. Tauschen Sie dann die Rollen.

löschen — Oh nein, ich habe die Datei gelöscht.

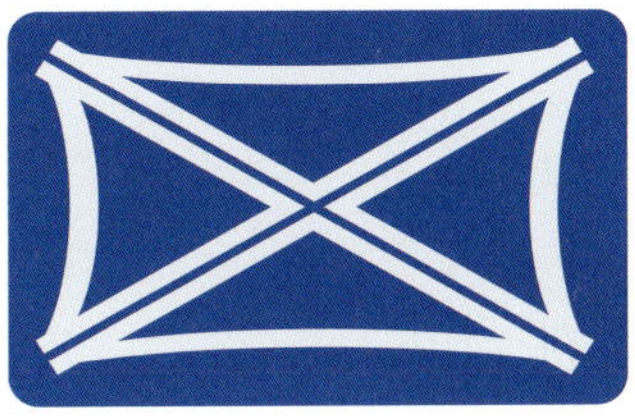

17 ☐

der Knoten

18 ☐

19 ☐

20 ☐

21 ☐

22 ☐

23

24

25

26 ☐

27 ☐

28 ☐

2 Auf der Autobahn

2.1 Was bedeuten die Schilder 17 bis 28? Ordnen Sie zu.

die Ampel • die Ausfahrt • die Autobahn • die Baustelle • ~~der Knoten~~ • das Autobahnende • der Parkplatz • die Richtung • der Stau • die Tankstelle • die Umleitung • der Unfall

1.49 **2.2 Hören Sie. Kontrollieren Sie.**

1.50 **2.3 Welche Wörter hören Sie? Hören Sie. Kreuzen Sie oben an.**

2.4 Arbeiten Sie in Gruppen. Erklären Sie ein Wort. Die anderen raten.

Wenn man nicht mehr auf der Autobahn fahren möchte, nimmt man ... — ... die Ausfahrt!

Training: Lesen und Sprechen

1 Wir haben die Zahlung storniert.

1.1 Lesen Sie den Text einmal schnell. Schreiben Sie Antworten.

1. Wer schreibt an wen? ______________________________

2. Was ist das Thema? ______________________________

Sehr geehrter Herr Bumbaru,

wir bestätigen die Stornierung von Ihrer Buchung in der Unterkunft *Haus Gruber* in Salzburg.
Ihre Buchung: 1 Erwachsener
Anreise am 24.6. – Abreise am 26.6.
Preis: 126 €
Reservierungsnummer 23539509
Ihre Zahlung haben wir storniert. Sie müssen nichts mehr tun. Wenn Sie Fragen haben, rufen Sie uns an: 0662 24445... oder schreiben Sie uns: haus-gruber@beispiel.at

Mit freundlichen Grüßen
Ihr Team von *Haus Gruber*

1.2 Richtig oder falsch? Lesen Sie. Kreuzen Sie an.

	richtig	falsch
1. Herr Bumbaru übernachtet am 26.6. in Salzburg.	☐	☐

1.3 Wo finden Sie die Information? Lesen Sie noch einmal. Markieren Sie in 1.1. Kreuzen Sie an.

2. Herr Bumbaru muss

a ☐ die Buchung bestätigen. b ☐ die Unterkunft anrufen. c ☐ nichts machen.

1.4 Alles klar? Lesen Sie die Tipps. Machen Sie die Aufgabe 1.5.

In der Prüfung gibt es drei Texte (einen Zeitungsartikel, ein E-Mail, eine Mitteilung). Zu jedem Text gibt es zwei Aufgaben.
Lesen Sie den Text einmal schnell. Was ist das Thema?
Lesen Sie dann die Aufgaben. Suchen Sie im Text die Informationen.
Was ist richtig? Lesen Sie genau. Kreuzen Sie an.

Und jetzt Sie!

1.5 Was ist richtig? Lesen Sie. Kreuzen Sie an.

Liebe Eltern,
in den Sommerferien möchten wir wieder einen Kurs für Computersicherheit anbieten. Kinder surfen viel im Internet, chatten mit ihren Freunden und Freundinnen, posten Videos und Fotos. Aber ist das immer sicher? Welche Probleme kann es geben und wie gefährlich ist es? Wir wollen mit Ihren Kindern sprechen und ihnen Tipps geben, wie sie sicher im Internet aktiv sein können.
Der Kurs findet in der Woche vom 2.7. bis 6.7. statt. Er ist für Kinder ab 12 Jahren.
Ist das interessant für Sie und Ihr Kind? Dann melden Sie bitte Ihr Kind bis zum 5.6. an.
Das Team vom Nachbarschaftszentrum

	richtig	falsch
1. Der Computerkurs ist für Erwachsene.	☐	☐

2. Die Anmeldung ist bis zum ... möglich.

a ☐ 5. Juni   b ☐ 2. Juli   c ☐ 6. Juli

2 Auf dem Foto sieht man ...

2.1 Sehen Sie die Fotos an. Lesen Sie die Aufgabe.

☐ 
A

☐ 
B

Sie haben in einer Zeitschrift ein Foto gefunden. Erzählen Sie.
- Was sehen Sie auf dem Foto?
- Welche Situation zeigt dieses Foto?
- Welche Erfahrungen haben Sie damit? Wie kennen Sie es?

1.51 **2.2 Über welches Foto spricht die Person? Hören Sie. Kreuzen Sie in 2.1 an.**

1.51 **2.3 Hören Sie noch einmal. Was sagt die Person? Markieren Sie.**

ein Bild / eine Situation beschreiben	über Erfahrungen sprechen
Auf dem Bild sieht man ...	Ich kenne diese Situation gut/nicht.
Auf der linken/rechten Seite ...	Ich habe selbst auch schon ... / noch nie ...
In der Mitte ist/sind ...	Hier in Österreich ...
Vielleicht zeigt das Bild ...	Ich komme aus ... In ... ist es auch so / ähnlich /
Ich denke, das Bild zeigt / das Thema ist ...	ein bisschen anders / ganz anders.
Ich glaube, dass die Personen ...	

2.4 Sehen Sie Foto A an. Schreiben Sie Antworten zu den Fragen in 2.1. Die Sätze in 2.3 helfen.

2.5 Sprechen Sie Ihre Sätze aus 2.4. Sprechen Sie flüssig.

2.6 Alles klar? Lesen Sie die Tipps. Machen Sie die Aufgabe 2.7.

Sehen Sie das Foto an. Beschreiben Sie: Was sehen Sie? Welche Situation zeigt das Foto?
Überlegen Sie dann: Kennen Sie die Situation? Welche Erfahrung haben Sie in Österreich / in Ihrem Land / in anderen Ländern gemacht?
Erzählen Sie. Lernen Sie wichtige Satzanfänge auswendig.

Und jetzt Sie!

2.7 Wählen Sie ein Foto (A oder B). Ihre Partnerin / Ihr Partner wählt das andere Foto. Lesen Sie die Fragen. Erzählen Sie. Tauschen Sie dann die Rollen.

A

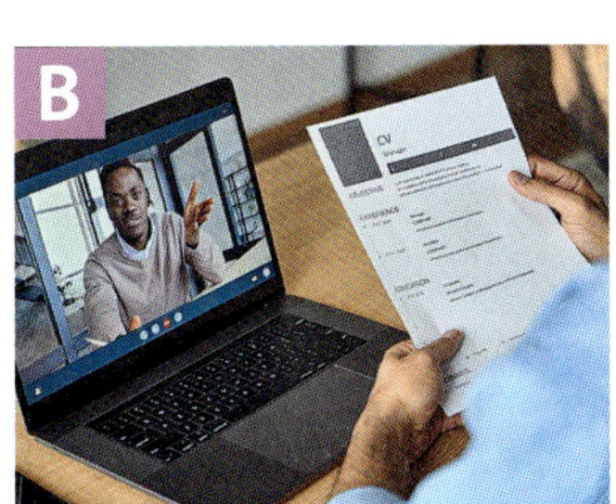
B

Sie haben in einer Zeitschrift ein Foto gefunden. Erzählen Sie.
- Was sehen Sie auf dem Foto?
- Welche Situation zeigt dieses Foto?
- Welche Erfahrungen haben Sie damit? Wie kennen Sie es?

Prüfungstraining

1 Lesen

1.1 Lesen Sie einmal schnell. Was ist das Thema?

Mit dem Smartphone Sprachen lernen

Eine Sprache nur mit einer App lernen – geht das? „Nein“, sagt Elena Gambas, Deutschlehrerin an der VHS Innsbruck. „Sprachlernapps sind toll, wenn man allein zu Hause Wörter oder Grammatik wiederholen oder üben möchte. Aber wenn man etwas neu lernt, braucht man eine Lehrerin oder einen Lehrer.“ Sprachlernapps können leider keinen Kontakt mit anderen bieten. „Es ist wichtig, dass man Dinge erklärt und dass die Leute Fragen stellen können. Mit Apps kann man wichtige Sätze für Dialoge üben, aber wenn man richtige Gespräche üben will, muss man zu zweit arbeiten. Und dann ist es wichtig, dass ich als Lehrerin helfen oder korrigieren kann.“ Man kann also sagen: Wenn man eine Sprache neu lernt, können Apps helfen, aber am besten lernt man im Kurs – zusammen mit anderen.

1.2 Lesen Sie. Wo steht die Information im Text? Markieren Sie. Kreuzen Sie dann an.

1. Der Text informiert über
   a ☐ Online-Unterricht. b ☐ neue Sprachkurse. c ☐ Lernen mit Apps.
2. Mit der App kann man am besten
   a ☐ Vokabel üben. b ☐ neue Grammatik lernen. c ☐ zu zweit Dialoge sprechen.
3. Die Lehrerin / Der Lehrer kann
   a ☐ in der App korrigieren. b ☐ Fragen beantworten. c ☐ im Kurs oft nicht helfen.

1.3 Bereit? Lesen Sie die Tipps. Lösen Sie die Prüfungsaufgabe.

> Was ist das Thema? Lesen Sie den Text einmal schnell.
> Lesen Sie dann die Aufgaben. Wo finden Sie die Informationen im Text? Lesen Sie genau.
> Was ist richtig? Kreuzen Sie an.

Und jetzt wie in der Prüfung!

1.4 Was ist richtig? Lesen Sie. Kreuzen Sie an.

Mit dem Kimaticket in die Arbeit

In vielen Städten gibt es das Problem, dass zu viele Menschen mit dem Auto unterwegs sind, und das ist nicht gut für die Umwelt. Weil Fahrten mit Bus und Bahn oft länger dauern und die Tickets teuer sind, fahren viele nicht mit öffentlichen Verkehrsmitteln. So auch Kemal Abdi. Er sagt: „Ich fahre selbst lieber mit dem Auto. Es ist bequem, aber leider auch stressig. Am Abend sind die Straßen voll und man kann schlecht parken. Mit dem Fahrrad fahre ich nur, wenn es nicht zu heiß ist, regnet oder schneit.“
Kemals Arbeitgeber, die Firma Apesar, bietet jetzt für alle das Klimaticket Salzburg als Jobticket an. Mit dem Ticket können Arbeitnehmer/-innen mit allen öffentlichen Verkehrsmitteln im Bundesland Salzburg fahren. Die Firma Apesar übernimmt die Kosten für das Ticket. Man kann das Ticket die ganze Woche und auch in der Freizeit benutzen. „Das ist eine tolle Idee und ich denke, dass ich jetzt regelmäßig mit Bus und Bahn fahre“, sagt Kemal Abdi.

1. In der Stadt gibt es

a ☐ mittags oft Stau. b ☐ genug Parkplätze. c ☐ zu viel Autoverkehr.

2. Kemal nimmt das Fahrrad

a ☐ nur im Sommer. b ☐ nur, wenn das Wetter gut ist. c ☐ nur, wenn es Stau gibt.

3. In der Firma Apesar gibt es für alle

a ☐ mehr Gehalt. b ☐ neue Jobs. c ☐ ein Klimaticket.

4. Arbeitnehmer zahlen für das Ticket

a ☐ nichts. b ☐ pro Monat 15 Euro. c ☐ nur die Hälfte.

5. Das Ticket gilt im Bundesland Salzburg

a ☐ nur für den Arbeitsweg. b ☐ nur für die Bahn. c ☐ für alle Fahrten.

2 Sprechen

2.1 Was können Sie über sich erzählen? Lesen Sie. Machen Sie Notizen zu den Punkten.

Was machen Sie mit Ihrem Smartphone?

1. Nachrichten?
2. telefonieren?
3. wie lange?
4. surfen?

1. oft Nachrichten schreiben (an Freunde), ...
2. mit der Familie, ...

2.2 Schreiben Sie zu jedem Punkt ein bis zwei Sätze. Die Notizen aus 2.1 helfen.

2.3 Nehmen Sie Ihre Sätze aus 2.2 auf. Hören Sie. Was war gut? Was noch nicht so gut?

2.4 Bereit? Lesen Sie die Tipps. Machen Sie die Prüfungsaufgabe.

Lesen Sie die Aufgabe. Was können Sie über sich erzählen?
Machen Sie zu jedem Punkt Notizen.
Sagen Sie etwas zu jedem Punkt.

Und jetzt wie in der Prüfung!

2.5 Wählen Sie eine Rolle (A oder B). Ihre Partnerin / Ihr Partner wählt die andere Rolle. Erzählen Sie etwas über Ihr Leben. Tauschen Sie dann die Rollen.

A

Wie möchten Sie gern arbeiten?

wo?
Gehalt?
Schichtdienst?
Teilzeit/Vollzeit?

B

Mit welchen Verkehrsmitteln fahren Sie?

in die Arbeit?
oft/nie?
Freizeit?
Reisen?

7 Gesund bleiben

A Vergessen Sie Ihre e-card nicht!

der/die Arzthelfer/-in, Arzthelfer/-innen ____________

der Patientenbogen, Patientenbögen ____________

schwanger ____________

die Allergie, Allergien ____________

die Füllung, Füllungen ____________

die Operation, Operationen ____________

die Untersuchung, Untersuchungen ____________

die Behandlung, Behandlungen ____________

(sich) interessieren (für) ____________

die Gesundheitskasse, -kassen ____________

die Krankheit, Krankheiten ____________

die Möglichkeit, Möglichkeiten ____________

Können Sie / Kannst du mir sagen, ...?

Wissen Sie, / Weißt du, ...?

Ich möchte gern wissen, ... / Mich interessiert, ...

Ich weiß nicht, ...

1 Hier ist meine e-card.

1.1 Was passt? Ordnen Sie zu.

die Allergie • der/die Arzthelfer/-in • der Beitrag • die Füllung • ~~die e-card~~ • die Grippe • die Krankschreibung • die Operation • das Rezept • die Schmerzen • die Salbe • die Ordination • die Tabletten • die Versicherung • die Vorsorgeuntersuchung

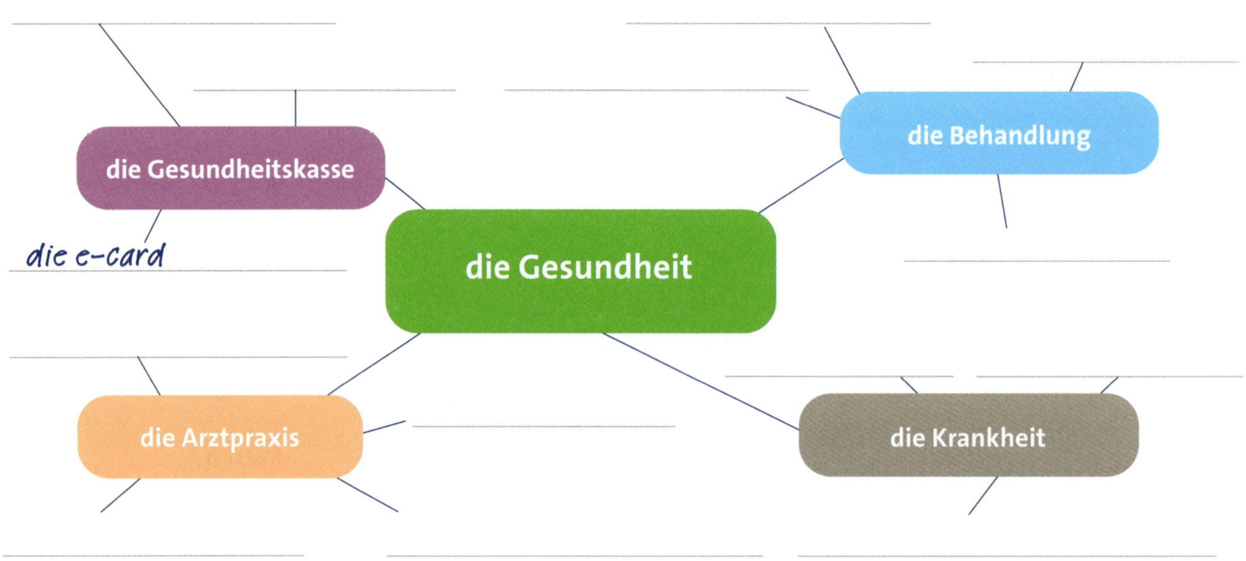

1.2 Was passt? Ordnen Sie zu.

Krankenversicherung • Gesundheitskasse • Patientenbogen • schwanger • Untersuchung

1. Meine Schwester arbeitet als Kauffrau für Versicherungen bei einer ______________________.
2. Bitten füllen Sie noch den ______________________ aus.
3. Ich zahle jeden Monat 160 € für meine ______________________.
4. Meine Cousine ist ______________________. Im Mai bekommt sie ihr zweites Kind.
5. Die ______________________ beim Augenarzt hat gezeigt, dass ich eine Brille brauche.

1.52

1.3 Phonetik: *ng* und *nk*. Hören Sie. Sprechen Sie nach.

1. denken – krank – Ich denke, du bist krank.
2. dringend – Untersuchung – Du musst dringend zur Untersuchung.

2 Wann waren Sie das letzte Mal beim Arzt?

2.1 Was ist richtig? Lesen Sie. Kreuzen Sie an.

Online-Ordination mit Dr. Manushkina × +

Alina_dC: Grüß Gott, Frau Dr. Manushkina. Ich habe seit drei Wochen Schnupfen und Probleme beim Atmen. Ich nehme Medikamente, aber es geht mir nicht besser. Ich weiß nicht, was ich noch machen kann.

Dr. Manushkina: Grüß Gott! Können Sie mir sagen, welche Medikamente Sie nehmen?

Alina_dC: Ich habe in der Apotheke einen Nasenspray und Tabletten (Gelotab 200) gekauft. Wissen Sie, warum die Erkältung nicht weggeht?

Dr. Manushkina: Es gibt viele Möglichkeiten. Vielleicht ist das keine Erkältung. Jetzt im Frühling haben viele Schnupfen und können schlecht atmen. Ich denke, das kann auch eine Allergie sein.

Alina_dC: Ah, ich verstehe. Die Medikamente helfen wahrscheinlich nicht, weil es keine Erkältung ist.

Dr. Manushkina: Am besten gehen Sie zum HNO-Arzt und machen dort einen Allergietest.

Alina_dC: Okay, dann mache ich dort einen Termin. Mich interessiert noch, wie teuer der Test ist.

Dr. Manushkina: Das ist unterschiedlich, aber die Gesundheitskassen zahlen die Kosten.

Alina_dC: Ah, das ist super, vielen Dank!

1. ☐ Alina geht es seit drei Wochen nicht gut.
2. ☐ Der Nasenspray und die Tabletten helfen.
3. ☐ Die Ärztin glaubt, dass Alina keine Erkältung hat.
4. ☐ Dr. Manushkina empfiehlt einen Allergietest beim Hausarzt.

2.2 Prüfung: Schreiben. Welche Informationen fehlen? Lesen Sie. Ergänzen Sie.

Patientenbogen

Name: ______________________ (1) Gesundheitskasse: ÖGK

Geburtsdatum: 26.02.92 Hausarzt: ______________________ (4)

Straße: ______________________ (2)

PLZ, Wohnort: ______________________ (3)

Gesundheitscheck

Allergien? ☐ Nein ☐ Ja ______________________ (5)

Rauchen Sie? ☒ Nein ☐ Ja

Trinken Sie Alkohol? ☐ Nein ☐ Ja

Sind Sie schwanger? ☐ Nein ☐ Ja

Alina hat eine Lebensmittelallergie. Schon als Kind konnte sie keine Äpfel essen. Sie trinkt keinen Alkohol mehr, denn in fünf Monaten bekommen Alina und ihr Mann ihr erstes Kind.

Name
Da Costa, Alina
Geburtstag
26.02.1992
Adresse
Kurstraße 1
6330 Kufstein

Dr. med. Sarah Khalil
Seumstr. 12
6330 Kufstein
praxis.khalil@example.at

Wiederholung: W-Fragen. Wie fragen Sie? Ergänzen Sie.

1. Wie oft gehen Sie zum Zahnarzt? – Einmal im Jahr.
2. ______ hatten Sie die Operation? – Vor sechs Monaten.
3. ______ tut es weh? – Hier, am Rücken.
4. ______ muss ich die Tabletten nehmen? – Fünf Tage.
5. ______ Füllung möchten Sie? – Die Keramikfüllung, bitte.

2.3 Was möchten Alina und die Ärztin wissen? Lesen Sie noch einmal in 2.1. Ergänzen Sie.

1. Ich weiß nicht, ______ was ______ ich noch ______ machen kann.
2. Können Sie mir sagen, ______ ______ ______ ?
3. ______ ______ ______ ______ ?
4. ______ ______ ______ ______ .

2.4 Wissen Sie, welche Möglichkeiten es gibt? Schreiben Sie wie im Beispiel.

1. Welche Möglichkeiten zur Behandlung gibt es?

Ich möchte wissen, *welche Möglichkeiten es zur Behandlung gibt* .

2. Wann muss ich wieder zur Untersuchung kommen?

Mich interessiert, ______ .

3. Welche Medikamente zahlt die Gesundheitskasse?

Wissen Sie, ______ ?

4. Welche Krankheiten hatten Sie als Kind oft?

Können Sie mir noch sagen, ______ ?

2.5 Probleme am Computer. Schreiben Sie indirekte Fragen.

Ich muss wissen, • Ich weiß nicht, • Kannst du mir sagen, • Könntest du mir erklären, • Kannst du mir zeigen, • Weißt du,

1. Wie kann ich die Datei speichern?
2. Welche Dateien soll ich drucken?
3. Was bedeutet „downloaden"?

4. Wo finde ich den Link zur Website?
5. Welchen Knopf muss ich drücken?
6. Warum funktioniert der Drucker nicht?

1. Ich weiß nicht, wie ...

3 Ich möchte wissen, wie teuer das ist.

3.1 Was möchten Sie wissen? Lesen Sie. Schreiben Sie vier indirekte Fragen.

www.kaufen-verkaufen@example.at

Schuhkasten und Spiegel suchen neues Zuhause!

Ich verkaufe meinen Schuhkasten (8 Jahre alt):
1,10 m breit, 1,30 m hoch
35 €
Der Spiegel (95 cm x 60 cm) ist fast neu. Ich habe ihn vor einem Jahr gekauft, aber unten links an der Ecke ist er ein bisschen kaputt.
15 €

Preis für beide Möbelstücke zusammen: 45 €
Sie können die Möbel am Abend ab 17 Uhr bei mir abholen.
Bezahlung bitte nur bar.

Kontakt: Hannah Meiser (4052 Linz)

Kannst du mir sagen, wie teuer ...

3.2 Fragen Sie und antworten Sie. Benutzen Sie Ihre Fragen und die Informationen in 3.1.

Kannst du mir sagen, wie teuer der Spiegel ist? Der kostet ...

B Das ist unser Angebot.

das Training, Trainings ______________

der Fitnesskurs, -kurse ______________

die Fitness *(Sg.)* ______________

das Yoga *(Sg.)* ______________

das Mittel, Mittel ______________

die Internetseite, -seiten ______________

teil|nehmen (an) ______________

endlich ______________

die Langeweile *(Sg.)* ______________

sparen ______________

versichert (sein) ______________

reinigen ______________

die Mundhygiene *(Sg.)* ______________

____

(sich) ändern ______________

der/die Raucher/-in, Raucher/-innen ______________

____

vor Ort ______________

die Bestätigung, Bestätigungen ______________

____

1 Tipps für Ihre Gesundheit

1.1 Das Verb *wissen*. Was ist richtig? Markieren Sie.

1. Fragen Sie bitte die Apothekerin. Sie *weißt*/*weiß*, wie die Tabletten wirken.
2. Entschuldigen Sie, *weiß*/*wissen* Sie, wo die nächste Apotheke ist?
3. Viele Raucher/-innen *wissen*/*weiß* nicht, wie schlecht Zigaretten für den Körper sind.
4. Ich bin oft sehr müde. Ich *wisst*/*weiß* nicht, was ich machen soll.

1.2 Was passt? Ordnen Sie zu.

endlich • Fitness • Internetseite • Mittel • sparen • Trainings • anmelden • Yoga • Bestätigung

Gesund und fit

Wollen Sie ______________ (1) mit dem Rauchen aufhören, suchen Sie ein ______________ (2) gegen Stress oder möchten Sie aktiv etwas für Ihre ______________ (3) tun? Wir haben spezielle Kurse und ______________ (4) für Sie, zum Beispiel *Rückentraining für Jung und Alt* und *Entspannen mit* ______________. (5) Wenn Sie sich bis Ende des Monats bei uns ______________ (6), können Sie viel Geld ______________, (7) denn für den ersten Kurs zahlen Sie nur die Hälfte. Haben Sie Fragen oder möchten Sie zum Probetraining kommen? Dann benutzen Sie unser Kontaktformular auf unserer ______________ (8). Sie können sich auch telefonisch oder per Mail anmelden. Wir schicken Ihnen eine ______________ (9) zu.

1.53 **1.3 Was ist richtig? Hören Sie. Kreuzen Sie an.**

1. a ☐ Herr Walter kann am Rückentraining teilnehmen. ______
   b ☐ Er kann den Kurs nur vor Ort machen. ______
2. a ☐ Man braucht ein Zeugnis vom Yogalehrer. ______
   b ☐ Man darf nur drei Termine verpassen. ______
3. a ☐ Die Arzthelferin hat Fabios Zähne kontrolliert. ______
   b ☐ Die Mundhygiene ist für Fabios Sohn kostenlos. ______

1.53 **1.4 Hören Sie noch einmal. Korrigieren Sie in 1.3.**

2 Ich habe noch eine Frage.

2.1 Richtig oder falsch? Lesen Sie. Kreuzen Sie an.

Gesundheitszentrum – Kursangebot

Selbst kochen – gesund essen

Wenn das Mittagessen schnell gehen muss, sind Gerichte vom Schnell-Imbiss praktisch – aber nicht gesund. Es ist besser für Ihre Gesundheit, wenn Sie selbst kochen! Wir bieten einen Kochkurs mit vielen Tipps und guten Rezepten. Alle Rezepte sind gesund, günstig und dauern nur 30 Minuten. Zusammen kochen und essen wir zehn verschiedene Gerichte mit und ohne Fleisch.

Zeit	dienstags und donnerstags 17–18:30 Uhr	**Ort** **Preis**	Gesundheitszentrum 80 €

	richtig	falsch
1. Der Kurs dauert eine halbe Stunde.	☐	☐
2. Im Kurs kocht man zehn vegetarische Gerichte.	☐	☐
3. Der Kurs findet zweimal pro Woche statt.	☐	☐
4. Der Kurs findet im Gesundheitszentrum statt.	☐	☐

2.2 Schreiben Sie Fragen. Sprechen Sie zu zweit. Tauschen Sie dann die Rollen.

- Gesundheitszentrum, Möller, guten Tag, was kann ich für Sie tun?
- Grüß Gott, ich interessiere mich für den Kurs „Gesund essen" und habe noch Fragen:
  Mich interessiert, ______
- Der nächste Kurs beginnt in zwei Wochen.
- ______
- Der Kurs dauert 90 Minuten pro Termin.
- ______
- 80 Euro.
- Vielen Dank für Ihre Hilfe. Dann melde ich mich jetzt für den Kurs an.

3 Melden Sie sich bei der Gesundheitskasse.

Was passt? Lesen Sie. Kreuzen Sie an.

Sehr geehrte Damen und Herren,

ich möchte ___(1)___ mitteilen, dass sich mein Arbeitsverhältnis ___(2)___: Ab Mai arbeite ich selbstständig als Koch, ___(3)___ ich dann mein eigenes Restaurant habe. Können Sie mir sagen, wie ___(4)___ die Krankenversicherung dann ist? ___(5)___ Sie weitere Dokumente oder Informationen?

Mit ___(6)___ Grüßen

Feliz Kahraman

1.	2.	3.	4.	5.	6.
a ☐ ihnen	a ☐ ändert	a ☐ denn	a ☐ teuer	a ☐ Brauchst	a ☐ liebe
b ☐ Ihnen	b ☐ anmeldet	b ☐ weil	b ☐ groß	b ☐ Braucht	b ☐ freundlichen
c ☐ Sie	c ☐ beginnt	c ☐ dass	c ☐ gut	c ☐ Brauchen	c ☐ netten

C Geht es Ihnen nicht gut?

die Selbsthilfegruppe, Selbsthilfegruppen ______

______

ab|sagen ______

traurig ______

der Service, Services ______

das Programm, Programme ______

Was ist los? / Ist etwas nicht in Ordnung?

Darf/Kann ich Sie/dich etwas fragen?

Darf/Kann/Soll ich Ihnen/dir helfen? Das mache ich gern.

Brauchen Sie / Brauchst du Hilfe?

Kann ich etwas für Sie/dich tun?

Danke, das geht schon. / das ist nicht nötig.

Das ist (sehr) nett, danke, aber ...

Gerne. Vielen Dank. / Gut, einverstanden.

1 Kann ich Ihnen helfen?

1.54

1.1 Diktat. Hören Sie. Schreiben Sie. Sie hören den Text zweimal.

Ich heiße Hans und ich bin ______. (1) Am Anfang konnte ich mir ______ (2), was los ist. Beim Arzt habe ich ______. (3) Seit acht Monaten bin ich in ______. (4) Es geht mir jetzt ______ (5), denn ich gehe regelmäßig in eine ______. (6) Dort sehe ich, dass ich mit meinem Problem ______. (7)

1.55 **1.2 Prüfung: Hören. Was ist richtig? Hören Sie. Kreuzen Sie an.**

1. Wie hilft Omar seinem Mitbewohner?

a 
b 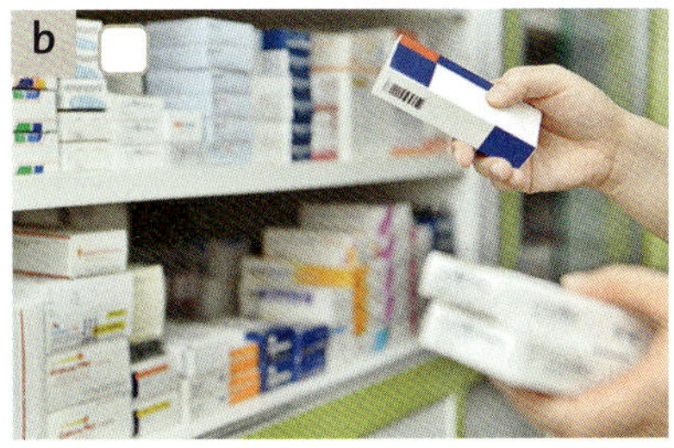
c 

2. Was hat Lisa am besten geholfen?

a 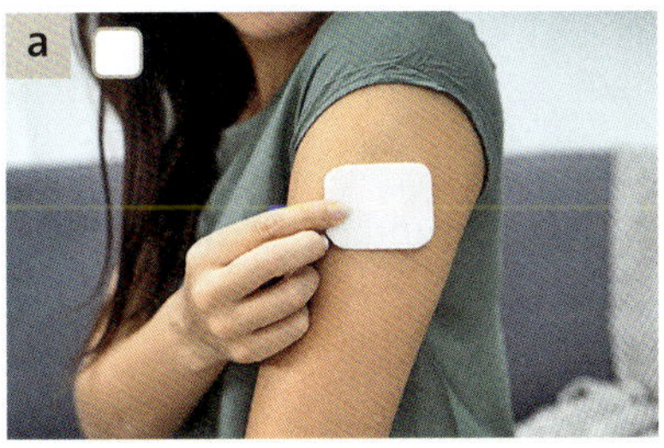
b 
c 

3. Welches Angebot ist für Helena interessant?

a 
b 
c 

1.3 Was passt? Ordnen Sie zu.

aber du hast auch wenig Zeit • Das mache ich gern • Gut, einverstanden • das ist nicht nötig, denn • Soll ich dir helfen • Was ist los

- Hallo, Marga! Du siehst traurig aus. ______ ? (1) Kann ich etwas für dich tun?
- Ach, ich habe die Prüfung nicht bestanden und muss jetzt viel lernen.
- Oh, das tut mir leid. ______ ? (2)
  Wenn du möchtest, kann ich eine App empfehlen. Die hat mir sehr geholfen.
- Nein, danke, ______ ich habe schon eine Lern-App. (3)
- Verstehe. Wir können auch zusammen lernen. Ich kann deine Texte korrigieren.
- Das ist nett, danke, ______ . (4)
- Ach, für dich habe ich immer Zeit. ______ . (5)
- ______ (6)! Und nach der Prüfung koche ich für dich!
- Gerne. So machen wir es! Vielen Dank!

1.4 Wie sagt Marga nein? Wie sagt sie ja? Markieren Sie in 1.3.

2 Brauchst du Hilfe?

Reagieren Sie mit *nein* 👎 oder mit *ja* 👍. Schreiben Sie.

1. Hallo, Herr Nachbar! Darf ich Ihnen helfen? Ich kann Ihre Taschen tragen.

   👎 ____________________

   Ich kann Sie auch mit dem Auto mitnehmen, dann müssen Sie nicht Bus fahren.

   👍 ____________________

2. Soll ich dir das neue Programm erklären? Der IT-Service hat mir ein paar Tipps gegeben.

   👎 ____________________

   Mein Kunde hat unseren Termin für heute abgesagt, ich habe also Zeit und helfe dir gern.

   👍 ____________________

Richtig schreiben

1 Shirin ist schwanger.

1.1 Lesen Sie. Markieren Sie *ng* und *nk*.

Hast du es schon gehört? Shirin ist schwanger! Das Baby ist bald da!

Ja, das ist schön. Hast du schon eine Idee für ein Geschenk?

Ich denke, sie braucht dringend Babykleidung, denn am Anfang passt nichts lange.

Gute Idee! Ich bringe ihr Blumen und Tee. Shirin trinkt gerne Tee.

1.2 Was passt: *ng* oder *nk*? Ergänzen Sie.

1. si___en: Ella si___t gern unter der Dusche.
2. tri___en: Sabine tri___t gern Kaffee.
3. anfa___en: Der Film fä___t um sieben an.
4. sche___en: Asef sche___t Elia Blumen.
5. hä___en: Das Foto hä___t in der Küche.
6. bri___en: Tim bri___t seine Kinder in die Schule.

2 Ich möchte mein Kind anmelden.

Sie haben ein Kind bekommen. Informieren Sie Ihre Gesundheitskasse. Schreiben Sie.

Sehr geehrte Damen und Herren,

ich möchte ____________________

____

____

____

____

- *Kind bei der Gesundheitskasse anmelden*
- *geboren am …*
- *Geburtsurkunde mitschicken*
- *weitere Informationen?*

Alles klar?

1 Wortschatz

Welches Wort passt? Ergänzen Sie. (5 Punkte)

1. Ihr Zahn ist kaputt, Sie brauchen eine F ________ .
2. Sie sind zum ersten Mal in der Praxis? Dann füllen Sie den P ________ aus.
3. Die G ________ zahlt die Kosten für die Mundhygiene nicht.
4. Paolo war sechs Wochen im Krankenhaus. Er hatte eine O ________ am Rücken.
5. Wenn Sie bei uns v ________ sind, haben Sie viele Vorteile.

___ /5 Punkte

0–3 Punkte? Bitte noch üben!

2 Grammatik

Schreiben Sie Fragen. (5 Punkte)

1. Welche Fitnesskurse gibt es? — Können Sie mir sagen, *welche Fitnesskurse es gibt?*
2. Wo finden die Kurse statt? — Ich möchte gern wissen, ________
3. Wie teuer ist die Behandlung? — Wissen Sie, ________
4. Was zahlt die Gesundheitskasse? — Können Sie mir sagen, ________
5. Wie viel muss ich selbst zahlen? — Mich interessiert, ________
6. Wo kann ich mich anmelden? — Sagen Sie mir bitte noch, ________

___ /5 Punkte

0–3 Punkte? Bitte noch üben!

3 Kommunikation

Sie möchten sich für einen Kurs anmelden. Was sagen Sie? Schreiben Sie. (10 Punkte)

- Grüß Gott, ich möchte ________ (1)
- Gern, möchten Sie im Sportzentrum vor Ort trainieren oder lieber online?
- ________ (2)
- Okay, der nächste Kurs vor Ort beginnt in zwei Wochen.
- ________ (3)
- Alle Fitnesskurse dauern 10 Wochen.
- ________ (4)
- Die Trainings vor Ort kosten 80 Euro.
- ________ (5)
- Ja, Jugendliche und Senioren zahlen 20 Euro weniger.

- *Kurs: Rückentraining*
- *vor Ort*
- *wie lange?*
- *wie teuer?*
- *Ermäßigung?*

___ /10 Punkte

0–6 Punkte? Bitte noch üben!

8

Sicher am Arbeitsplatz

A So entspanne ich mich.

sich entspannen ____________________

sich beeilen ____________________

sich freuen ____________________

sich (gut/schlecht) fühlen ____________________

sich bewegen ____________________

sich verabreden ____________________

sich langweilen ____________________

sich ärgern ____________________

sich wundern ____________________

reduzieren: Stress reduzieren ____________________

____

gemeinsam ____________________

verlassen ____________________

der Arbeitsplatz, Arbeitsplätze ____________________

faulenzen ____________________

der Körper, Körper ____________________

1 Ich mache Pause.

1.1 Was machen die Personen in der Pause? Schreiben Sie.

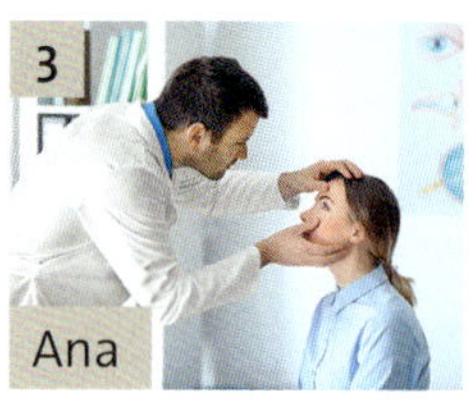

1. In der Pause geht José ...

1.2 Und Sie? Was machen Sie oft/gern in der Pause? Schreiben Sie. *In der Pause ...*

2 Pausen sind gesund.

2.1 Welche Verben sind hier? Markieren Sie. Ordnen Sie zu.

ENTSPANNENFREUENÄRGERNVERABREDENBEWEGENLANGWEILEN

1. Wir ____________________ uns sehr, denn wir werden Großeltern!
2. Der Arzt sagt, ich soll mich mehr ____________________, zum Beispiel laufen oder schwimmen.
3. Nach der Arbeit tut mein Körper weh, dann möchte ich auf dem Sofa liegen und mich ____________________.
4. Samiras Freunde ____________________ sich, denn sie kommt immer zu spät.
5. Im Kurs ____________________ wir uns nie. Der Unterricht ist immer interessant.
6. Lea und Cem ____________________ sich einmal pro Woche und lernen gemeinsam.

2.2 Was passt? Verbinden Sie.

1. Elia schläft in der Früh zu lange. Sie muss
2. Ich lese gern. So entspanne ich
3. Geht es dir besser? Wie fühlst du
4. Glückwunsch zur Geburt eurer Tochter! Wir freuen
5. Max und Mia haben heute frei. Sie verabreden
6. Er hat die Prüfung nicht bestanden. Und jetzt ärgert er
7. Ihr liegt nur auf dem Sofa und seht fern! Ihr müsst

a uns für euch!
b euch mehr bewegen!
c sich immer beeilen.
d sich sehr.
e dich heute?
f mich am besten.
g sich mit Freunden.

2.3 Markieren Sie die Reflexivpronomen in 2.2. Ergänzen Sie.

ich	du	er	es	sie	wir	ihr	sie *(Pl.)*	Sie
___	___	___	sich	___	___	___	___	sich

2.4 Was passt? Ergänzen Sie. Übung 2.3 hilft.

1. Ich wundere ______, dass Juan die Firma verlässt. Ich habe gedacht, es gefällt ihm hier.
2. Am Abend machen wir gern einen Spaziergang. So entspannen wir ______ am besten.
3. Morgen ist dein erster Arbeitstag! Freust du ______ oder bist du nervös?
4. Kamaru fühlt ______ nicht gut. Er hat Kopfschmerzen und Fieber.
5. Wenn ihr den Zug nicht verpassen wollt, müsst ihr ______ beeilen!
6. Die Party gestern war nicht so gut. Die Gäste haben ______ gelangweilt und sind früh gegangen.

2.5 Was passt? Schreiben Sie Sätze wie im Beispiel.

~~(wir) sich freuen~~ • (er) sich schlecht fühlen • (ihr) sich langweilen • (ich) sich ärgern • (sie *Pl.*) sich entspannen • (ihr) sich beeilen

krank sein • der Film: nicht interessant sein • zu spät sein • heute frei haben • ~~eine neue Wohnung haben~~ • die Arbeit: stressig sein

1. Wir freuen uns, denn wir haben eine neue Wohnung.

1.56 **2.6 Phonetik: Ich- oder Ach-Laut? Hören Sie. Kreuzen Sie an.**

	der Koch	die Köchin	die Nacht	die Nächte	das Buch	die Bücher	der Bauch	die Bäuche
Ich-Laut	☐	☐	☐	☐	☐	☐	☐	☐
Ach-Laut	☐	☐	☐	☐	☐	☐	☐	☐

1.57 **2.7 Wo sprechen Sie den Ach-Laut? Markieren Sie. Hören Sie dann. Sprechen Sie nach.**

Wir suchen einen Sportkurs. Wir möchten uns ein bisschen mehr bewegen.

Ich mache jeden Mittwoch Yoga. So entspanne ich mich und danach fühle ich mich gut.

3 Wie entspannen Sie sich?

1.58 **3.1 Diktat. Hören Sie. Schreiben Sie. Sie hören den Text zweimal.**

Hallo, ich bin Josefa. Für ______________ (1) muss ich die Wohnung nicht ______________. (2) Mein Wohnzimmer ist ______________. (3) Ich bin ______________ (4) und ich gebe Online-Kurse. ______________ (5) tanze ich. Das ist super, denn das ______________! (6) Feierabend bedeutet für mich: den ______________ (7) und kochen. Ich ______________ (8) aus verschiedenen Ländern. Das finde ich toll! Am Abend ______________ (9) ich gern auf dem Sofa!

3.2 Prüfung: Lesen. Entspannung am Arbeitsplatz. Welches Angebot passt? Lesen Sie die Situationen. Ordnen Sie zu. Für eine Situation gibt es kein Angebot. Schreiben Sie dort *x*.

a
Kommen Sie zu unserer **Tanzpause** (11–12 Uhr) und tanzen Sie mit uns! Vergessen Sie den Arbeitsstress, bewegen Sie sich und haben Sie Spaß! Und – bringen Sie Ihre Lieblingslieder mit!

b
Sitzen Sie den ganzen Tag vor dem Computer? Haben Sie Schmerzen, weil Sie sich zu wenig bewegen?

Unser **Schreibtisch-Yoga** ist die Lösung! Es dauert nur 10 Minuten und mit ein paar kurzen Übungen sind die Schmerzen weg und Sie sind wieder fit!

c
Verlassen Sie in der Pause das Büro und machen Sie bei unserem **Team-Spaziergang** im Waldpark mit. Sie bewegen sich, können mit Kolleginnen und Kollegen sprechen und sich in der Natur entspannen. Keine Angst, wir gehen nicht schnell. Alle spazieren ganz gemütlich. Jeden Mittwoch von 12–13 Uhr.

1. ☐ Ihr Rücken tut weh, aber Sie haben wenig Zeit für Sport.
2. ☐ Sie gehen am liebsten allein spazieren.
3. ☐ Sie entspannen sich am besten mit Musik.
4. ☐ Sie möchten in der Pause gern draußen sein.

B Ich gehe morgen zum Betriebsarzt.

der/die Betriebsarzt/-ärztin, Betriebsärzte/Betriebsärztinnen ______________

der Betrieb, Betriebe ______________

sich kümmern (um) ______________

wahrscheinlich ______________

treiben: Sport treiben ______________

sich aus|ruhen ______________

die Verordnung, Verordnungen ______________

Du solltest unbedingt ... / Ich schlage vor, dass ...

Vielleicht solltest du ... / Du kannst auch ...

1 Kannst du mehr Pausen machen?

1.59 **1.1 Warum geht es Damjan nicht gut? Hören Sie. Kreuzen Sie an.**

1. ☐ zu viel Stress **2.** ☐ Langeweile im Job **3.** ☐ Schmerzen

1.59 **1.2 Richtig oder falsch? Hören Sie noch einmal. Kreuzen Sie an.**

	richtig	falsch
1. Damjan muss sich nach der Arbeit um die Kinder kümmern.	☐	☐
2. Er langweilt sich nach der Arbeit.	☐	☐
3. Viele Kolleginnen und Kollegen von Damjan sind auf Urlaub.	☐	☐
4. Farid hat Probleme mit Stress.	☐	☐
5. Damjan fährt jeden Tag Fahrrad.	☐	☐
6. Er war schon beim Betriebsarzt.	☐	☐

2 Sie sollten zur Physiotherapie gehen.

Wiederholung: *sollen*. Welche Tipps hat die Betriebsärztin? Schreiben Sie.

~~(du) weniger Fleisch essen~~ • (ich) sich ausruhen • (man) viel trinken • (wir) sich mehr bewegen • (ihr) regelmäßig Sport treiben

Die Betriebsärztin hat gesagt, du sollst weniger Fleisch essen.

2.1 Was ist richtig? Lesen Sie. Kreuzen Sie an.

Fragen an den Betriebsarzt

E. Kamm: Grüß Gott, Herr Doktor, meine Kollegen und ich arbeiten den ganzen Tag am Computer, acht Stunden täglich. Ich weiß, wir sollten regelmäßig Pausen machen. Aber es gibt zu viel Arbeit und nicht genug Leute. Seit Tagen tun meine Augen weh und ich habe starke Rückenschmerzen. Was kann ich tun? Ich sollte wahrscheinlich zum Augenarzt gehen, oder? LG Erika Kamm

Dr. Krämer: Liebe Frau Kamm, wichtig ist: Ihr Bildschirm sollte nicht zu hell sein. Auch eine Computerbrille kann helfen. Wenn das nicht hilft, sollten Sie beim Augenarzt einen Sehtest machen. Bei Rückenschmerzen empfehle ich Physiotherapie. Die Verordnung für die Physiotherapie bekommen Sie vom Hausarzt. Noch ein Tipp: Sprechen Sie mit Ihrem Chef über Ihre Arbeitssituation!

1. ☐ Frau Kamm hat Stress, weil es zu viele Kollegen im Team gibt.
2. ☐ Dr. Krämer empfiehlt bei Augenschmerzen eine Computerbrille.
3. ☐ Frau Kamm soll beim Betriebsarzt einen Sehtest machen.
4. ☐ Dr. Krämer gibt Frau Kamm die Verordnung für die Physiotherapie.

2.2 Ergänzen Sie. Übung 2.1 hilft.

	sollte-		
ich	______	wir	______
du	______	ihr	______
er/es/sie	______	sie/Sie	______

2.3 Ergänzen Sie.

1. Tim *sollte* morgen nicht zu spät kommen, denn er hat einen Termin auf dem Amt.
2. Ich habe dich lange nicht gesehen! Wir ______ mehr Zeit zusammen verbringen!
3. Wenn du Angst hast oder nervös bist, ______ du tief ein- und ausatmen.
4. Ihr ______ mit der Lehrerin sprechen, wenn euer Sohn Probleme in der Schule hat.
5. Ich ______ mich beeilen, denn ich muss mich noch um viele Dinge kümmern.
6. Wenn Sie etwas falsch gemacht haben, ______ Sie sich nicht ärgern. Fehler passieren.

2.4 Wie sagt man es freundlicher? Schreiben Sie wie im Beispiel.

1. Nehmen Sie die Tabletten!
2. Lernt gemeinsam für den Test.
3. Ruh dich aus!
4. Gehen Sie zum Betriebsarzt!
5. Geh regelmäßig zur Mundhygiene!

1. Sie sollten die Tabletten nehmen.

2.5 Welche freundlichen Ratschläge können Sie geben? Schreiben Sie wie im Beispiel.

1 
2 
3 
4 
5 

1. Du bist am Kopf verletzt? Du solltest ...

3 Du solltest dich nicht ärgern.

Welche Ratschläge haben Sie? Schreiben Sie. Die Wortliste hilft. Sprechen Sie zu zweit. Tauschen Sie dann die Rollen.

- Ich mache in zwei Monaten die A2-Prüfung und möchte jetzt mehr üben. Ich kann leider zu Hause nicht so gut lernen, weil es in meiner WG oft sehr laut ist. Das ärgert mich sehr. Was soll ich machen? Hast du Lerntipps?
- ______
- Das ist eine gute Idee.
- Ja, oder du ______
- Stimmt, das kann ich auch probieren.
- Und: ______
- Super, danke! Das mache ich!

C Vorsicht am Arbeitsplatz!

mindestens (mind.) ______

teilen ______

verbringen ______

der Flughafen, Flughäfen ______

(die) Erste Hilfe ______

weiter|gehen ______

der Feuerlöscher, -löscher ______

das Feuer, Feuer ______

der Notausgang, Notausgänge ______

______

die Warnweste, Warnwesten ______

warnen ______

der Ohrenschutz *(Sg.)* ______

der Schutz *(Sg.)* ______

auf|passen ______

Hier müssen Sie unbedingt ... tragen/machen/ ...

Stopp! Halt! Das dürfen Sie nicht.

Das ist gefährlich/verboten!

Vorsicht! Achtung! Hier müssen Sie aufpassen!

Hier finden Sie Hilfe/Information.

1 Regeln am Arbeitsplatz. Was darf man? Was muss man?

1.1 Was ist richtig? Lesen Sie. Kreuzen Sie an.

Was darf man am Arbeitsplatz? × +

Honza: Hallo, Leute! Ich habe jetzt einen Hund. Ich möchte ihn gern ins Büro mitnehmen, weil er noch klein ist und nicht allein zu Hause bleiben kann. Geht das? Wisst ihr das?

Mel: Servus, Honza! Kleine Hunde sind in meiner Firma kein Problem. Ich denke, du solltest mit deinen Kollegen und Kolleginnen sprechen, denn vielleicht hat eine Person Angst vor Hunden oder sie hat eine Allergie. Aber wichtig ist: Du musst immer deinen Chef fragen. Er muss das erlauben. Ich habe auch eine Frage: Gibt es bei euch Raucherpausen?

Esra: Raucherpausen? Nein, das gibt es nicht. Ich rauche nicht, warum solltest du dann mehr Pausen haben? Du musst in der Pause rauchen. Du kannst deine Pausenzeit ja teilen, aber wenn du nach der Pause z. B. noch einmal 10 Minuten rauchen möchtest, musst du auch 10 Minuten mehr arbeiten. In der Küche einen Kaffee machen und zur Toilette gehen – das darf man auch in der Arbeitszeit. Auch kurze, private Gespräche sind okay. Aber auch hier ist wichtig: Man sollte es nicht zu oft machen.

1. Hunde sind am Arbeitsplatz erlaubt, wenn ...
   - a ☐ der Chef keine Allergie hat.
   - b ☐ der Hund nicht zu groß ist.
   - c ☐ der Chef einverstanden ist.

2. Man darf in der Arbeitszeit ...
   - a ☐ nur 10 Minuten rauchen.
   - b ☐ rauchen, aber man muss die Zeit dann länger arbeiten.
   - c ☐ nie rauchen. Das ist verboten.

3. In der Arbeitszeit darf man nicht ...
   - a ☐ Kaffee kochen.
   - b ☐ zu lange oder zu oft privat telefonieren.
   - c ☐ die Toilette benutzen.

1.60

1.2 Welche Sätze (a–f) passen zu den Meinungen (1–3)? Hören Sie. Ordnen Sie zu. Drei Sätze passen nicht.

1. ☐ 2. ☐ 3. ☐

a Man sollte mehr kurze Pausen machen.

b Eine Fünf-Minuten-Pause am Tag ist genug.

c Lieber ohne Pause arbeiten und mehr Freizeit haben.

d Arbeitnehmer/-innen in Vollzeit sollten zwei Stunden Pause machen.

e In der Pause sollte man genug Zeit für Sport und zum Essen haben.

f Eine halbe Stunde Pause pro Arbeitstag ist in Ordnung.

2 Stopp! Das ist gefährlich!

2.1 Was bedeuten die Schilder? Lesen Sie. Ergänzen Sie. Die Wortliste hilft.

1. Das ist nicht erlaubt. Das ist ... 

5. Hier finden Sie Erste ... 

2. Hier ist der ... 

6. Das Schild bedeutet: Hier ist der ... 

3. Achtung! Hier darf man kein ... machen! 

7. Hier müssen Sie Ihren ... tragen! 

4. Tragen Sie unbedingt eine ...! 

8. Halt! Stopp! Hier dürfen Sie nicht ...! 

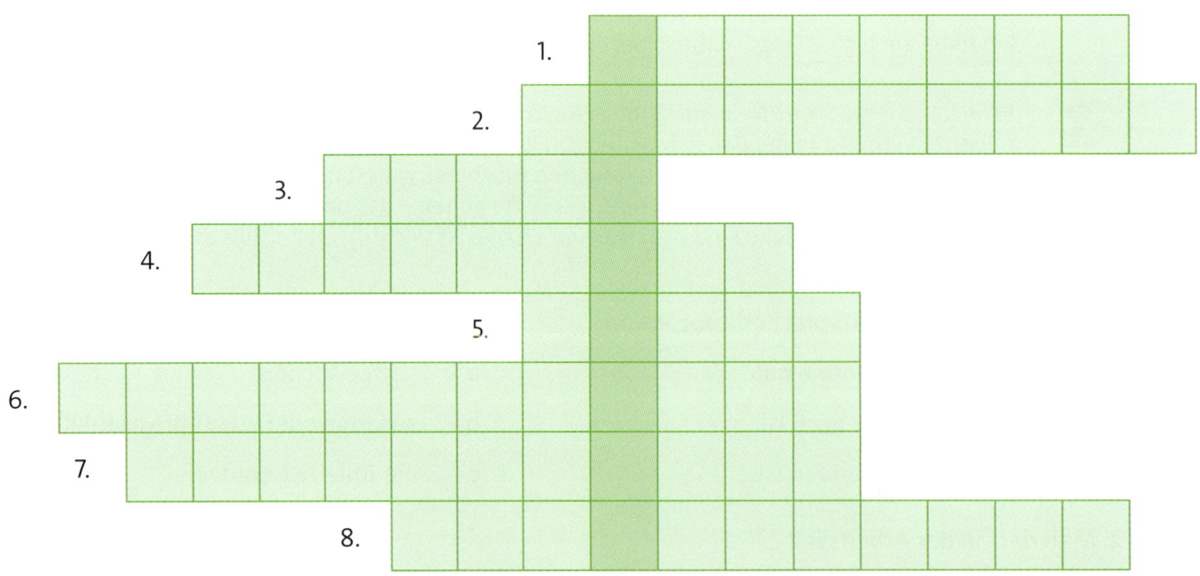

Lösungswort: ____________________

2.2 Was passt? Ordnen Sie zu.

Achtung • aufpassen • Flughafen • gefährlich • Hilfe • Schilder • verboten

Ich bin Flugzeugmechatroniker und arbeite am _______________ (1) in Wien. Sicherheit am Arbeitsplatz ist hier sehr wichtig, denn die Arbeit kann _______________ (2) sein. Es gibt hier viele Regeln und _______________. (3) Man muss sie gut kennen. Die Farbe Grün bedeutet: Hier gibt es _______________ (4) oder Information. Gelb bedeutet: _______________! (5) Hier muss man immer gut _______________. (6) Die Farbe Rot bedeutet, dass man etwas nicht darf – es ist _______________! (7)

2.3 Was passt? Ordnen Sie zu.

Das ist verboten • Hier finden Sie Hilfe • Hier müssen Sie aufpassen • Stopp! Halt! • Sie müssen unbedingt einen Ohrenschutz tragen

- _______________ (1) Der Eingang ist gesperrt. Hier dürfen Sie nicht weitergehen. _______________! (2)
- Oh, das habe ich nicht gewusst. Ich bin die neue Praktikantin hier und kenne die Schilder noch nicht.
- Ich verstehe, sehen Sie das gelbe Schild? Das Schild warnt vor Strom. _______________! (3)
- Ach so, vielen Dank.
- Und ganz wichtig: _______________ (4), wenn Sie in der Werkstatt sind. Dort ist es sehr laut.
- Oh ja, das mache ich. Und was bedeutet das Schild hier?
- Das Schild ist grün. Grün bedeutet: _______________! (5)

2.4 Welche Situation passt? Hören Sie. Ordnen Sie.

1.61

2.5 Phonetik: mit Emotionen sprechen. Hören Sie noch einmal. Sprechen Sie nach.

1.61

1. Achtung! Passen Sie auf! Hier ist ein Fahrradweg.
2. Stopp! Nicht weitergehen! Das ist verboten!
3. Entschuldigung! Hier darf man nicht rauchen.
4. Vorsicht! Die Autos fahren hier schnell.

3 Was bedeutet dieses Schild?

1.62

Welches Schild passt? Hören Sie. Ordnen Sie.

Richtig schreiben

1 Ich mache jetzt Pause.

1.1 Was passt: *ch* oder *sch?* Ergänzen Sie.

1. Was nimmst du? I____ nehme etwas mit Flei____. Das Gula____ ____meckt hier gut.
   Hm, das Geri____t mit Fi____ klingt gut, aber heute mö____te ich vegetari____ essen.
   Bestellen wir auch einen Na____tisch?
2. Wel____e Spra____en spri____st du?
   Ich spre____e Deut____ und Grie____isch. Jetzt lerne ich au____ Ukraini____.
   Das ist wi____tig für meine Arbeit.
   Wow! Ich kann ein biss____en Finni____.

1.63

1.2 Hören Sie. Kontrollieren Sie.

2 Was soll ich tun?

Was sollte Assane (nicht) tun? Lesen Sie. Geben Sie vier Ratschläge.

Tipps für Vorstellungsgespräche ×

Assane_2505
Hallo, Leute! Ich habe in einer Woche ein Vorstellungsgespräch für einen Job als Kaufmann für Versicherungen. Ich bin ein bisschen nervös und unsicher. Was ist wichtig? Was zieht man an? Wie kann ich mich vorbereiten? Was sagt man am besten zum Arbeitgeber? Habt ihr Tipps? Danke!

Ich

Hallo, Assane, du solltest unbedingt ...

____

____

____

Alles klar?

1 Wortschatz

Welche Verben sind hier? Markieren Sie. Ordnen Sie zu. (5 Punkte)

ÄRGERNENTSPANNENBEEILENFREUENVERABREDEN

1. Auf Urlaub möchte ich nur am See liegen und mich ______________.
2. Ali und Mara haben Stress mit dem Vermieter. Sie ______________ sich sehr.
3. Am Wochenende ______________ wir uns gern mit Freunden in der Stadt.
4. Su und May fliegen morgen nach Spanien. Sie ______________ sich schon sehr!
5. Ana, die Straßenbahn kommt! Du musst dich ______________.

___ /5 Punkte

2 Grammatik

0–3 Punkte? Bitte noch üben!

2.1 Ergänzen Sie. (2 Punkte)

1. Die Arbeit macht Paul keinen Spaß. Er langweilt *sich*.
2. Warum lauft ihr so schnell? Entspannt ______________! Wir haben genug Zeit!
3. Servus, Ale! Schön, dass du zur Party kommst! Wir freuen ______________.
4. Paul kommt immer zu spät! Ich ärgere ______________ dann, weil ich warten muss.
5. Wie fühlst du ______________ heute? Ist das Fieber weg?

2.2 Was sollten die Personen tun? Schreiben Sie. (3 Punkte)

1. Sie: mit dem Betriebsarzt sprechen

Sie sollten ______________

2. Julia: sich regelmäßig bewegen

____

3. du: mehr Zeit mit Freunden verbringen

____

___ /5 Punkte

3 Kommunikation

0–3 Punkte? Bitte noch üben!

Was bedeuten die Schilder? Schreiben Sie. (10 Punkte)

1 
2 
3 
4 
5 
6 

1. Achtung! Man darf das Wasser nicht trinken! Das ist verboten.

___ /10 Punkte

0–6 Punkte? Bitte noch üben!

Wichtige Wörter

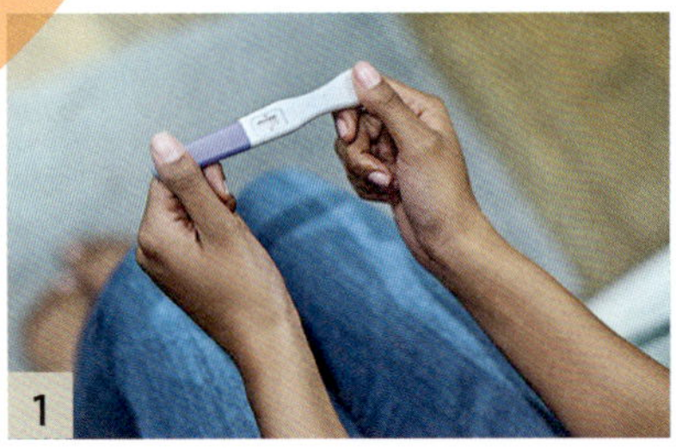
1

_______ sein

2

_______ sein

3

_______ sein

4

_______ haben

5

eine _______ haben

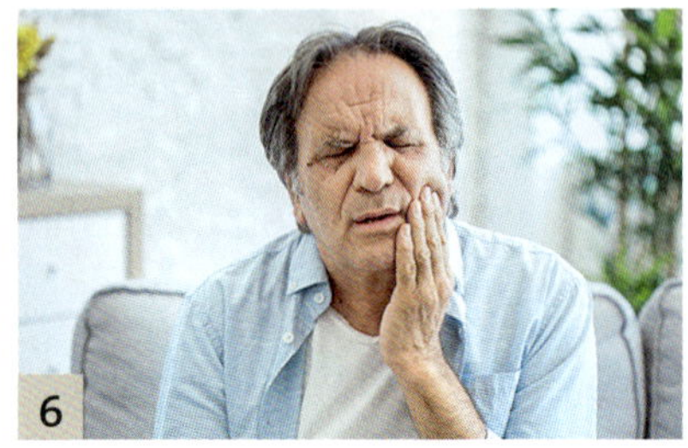
6

_______ haben

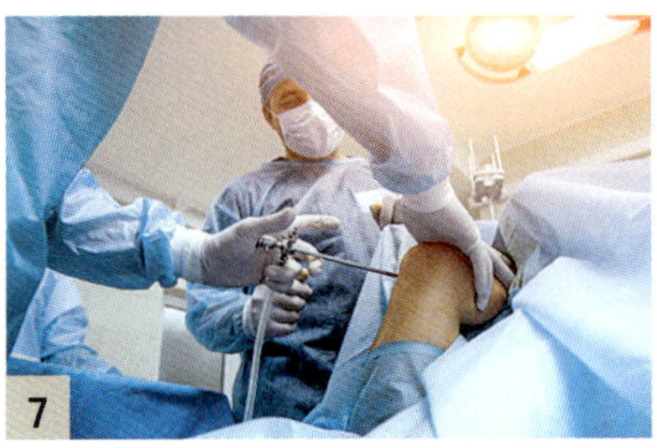
7

eine _______ brauchen

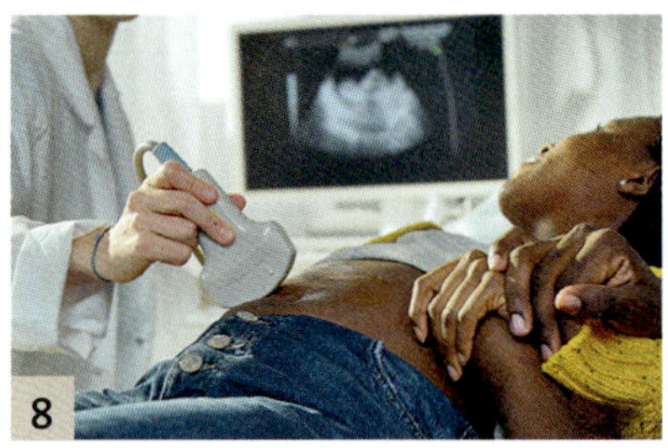
8

zur _______ gehen

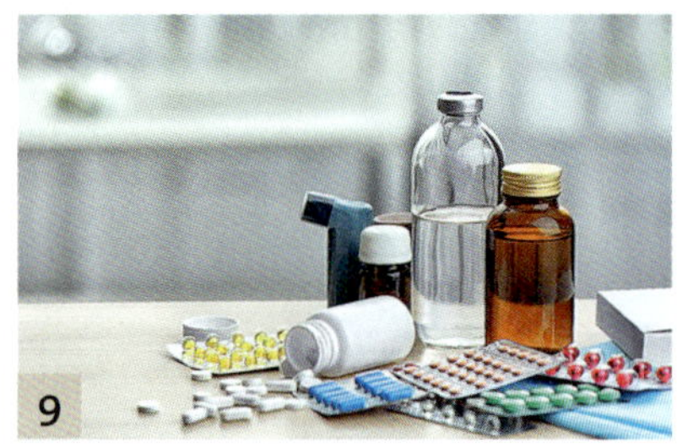
9

_______ nehmen

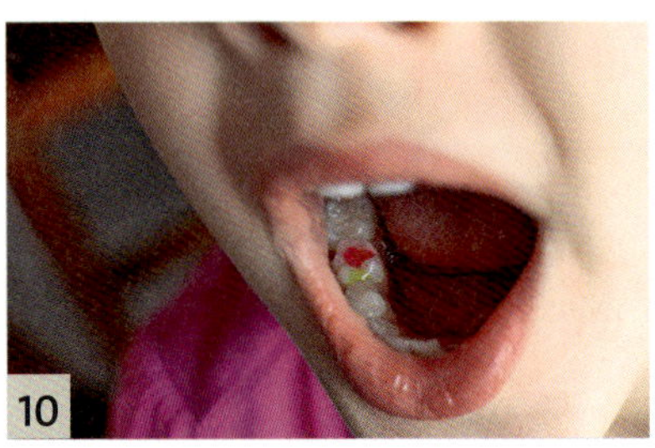
10

eine _______ brauchen

11

_______ machen

12

zur _______ gehen

1 Wie geht es Ihnen?

1.64 **1.1 Sehen Sie die Fotos 1 bis 12 an. Was passt? Ordnen Sie zu. Hören Sie dann. Kontrollieren Sie.**

Allergie • Füllung • Medikamente • Operation • Rückenschmerzen • Rückentraining • schwanger • Selbsthilfegruppe • traurig • Untersuchung • verletzt • Zahnschmerzen

1.2 Was haben die Personen? Was sollten sie tun? Sprechen Sie zu zweit wie im Beispiel.

Ich denke, die Frau auf Foto 1 ist schwanger. — Ja, sie sollte zur Untersuchung gehen.

13

14

15

16

17

18

19

20

21

2 Ich freue mich!

2.1 Was machen die Personen auf den Fotos 13 bis 21? Ordnen Sie zu.

sich ärgern • sich beeilen • sich bewegen • sich entspannen • sich freuen • sich gut fühlen • sich schlecht fühlen • sich langweilen • sich verabreden

1.65 **2.2 Hören Sie. Kontrollieren Sie.**

2.3 Warum? Arbeiten Sie zu dritt. Fragen Sie und antworten Sie wie im Beispiel.

Warum verabreden sich die Personen?

Ich glaube, sie wollen zusammen lernen.

Ich denke, sie verabreden sich, weil sie eine Feier planen.

2.4 Und Sie? Sprechen Sie zu zweit wie im Beispiel.

Wann freust du dich?

Ich freue mich, wenn ich meine Familie sehe. Wann ärgerst du dich?

Training: Lesen und Hören

1 Ich finde meine e-card nicht.

1.1 Lesen Sie den Text einmal schnell.

Wo ist meine e-card?

Sie finden Ihre e-card nicht mehr? Das müssen Sie tun:

- Informieren Sie unbedingt Ihre Gesundheitskasse und beantragen Sie dort eine neue Karte.
- Die neue e-card bekommen Sie in wenigen Tagen zugeschickt.
- Die e-card ist ein wichtiges Dokument. Man braucht sie für jeden Besuch beim Arzt und im Krankenhaus. Jede Person muss ihre eigene e-card verwenden.

1.2 Lesen Sie. Wo finden Sie die Informationen im Text? Markieren Sie in 1.1.

	richtig	falsch
1. Sie müssen Ihre neue e-card in der Arztpraxis beantragen.	☐	☐
2. Die neue e-card bekommen Sie mit der Post.	☐	☐
3. Sie dürfen nicht die e-card von einer anderen Person verwenden.	☐	☐

1.3 Richtig oder falsch? Lesen Sie noch einmal. Kreuzen Sie in 1.2 an.

1.4 Alles klar? Lesen Sie die Tipps. Lösen Sie die die Aufgabe 1.5.

Lesen Sie zuerst die Überschrift und den Text einmal schnell.
Lesen Sie dann die Aufgaben. Suchen Sie die Informationen im Text.
Kreuzen Sie dann an: richtig oder falsch.

Und jetzt Sie!

1.5 Richtig oder falsch? Lesen Sie. Kreuzen Sie an.

Hohe Kosten für Zahnbehandlung

Sie brauchen eine Zahnbehandlung, aber Sie haben nicht genug Geld? Wir haben Tipps für Sie! Wenn Sie nach der Behandlung eine hohe Rechnung bekommen und Sie diese nicht sofort bezahlen können, können Sie die Kosten teilen. Dann zahlen Sie jeden Monat einen Teil von dem Gesamtpreis. Sie haben zwei Möglichkeiten:

Möglichkeit A
Sie bezahlen die Rechnung in den nächsten sechs Monaten. Dann ändert sich der Gesamtpreis nicht. Fragen Sie in der Zahnarztpraxis und vereinbaren Sie gemeinsam: Ab wann und wie viel im Monat zahlen Sie?

Möglichkeit B
Wenn Sie die Rechnung nicht in den nächsten sechs Monaten bezahlen können, gibt es noch eine zweite Möglichkeit: Sie haben ein Jahr Zeit für die Zahlung. Auch bei dieser Möglichkeit zahlen Sie jeden Monat einen Teil. Aber Vorsicht! Bei dieser Möglichkeit gibt es eine Gebühr. Sie zahlen dann 5 % von den Gesamtkosten mehr.

	richtig	falsch
1. Rechnungen vom Zahnarzt müssen Sie immer sofort bezahlen.	☐	☐
2. Wenn Sie sechs Monate lang zahlen, gibt es keine Gebühr.	☐	☐
3. Bei der Möglichkeit B ändert sich der Gesamtpreis.	☐	☐

2 Ich arbeite von zu Hause.

2.1 Lesen Sie die Sätze (a–f). Was ist das Thema? Kreuzen Sie an.

1. ☐ Home-Office: Was ist (nicht) gut? 2. ☐ Tipps für das Home-Office

a Im Home-Office hat man weniger Platz und die Ausstattung ist nicht so gut wie im Büro.

b Im Home-Office arbeitet man manchmal mehr und manchmal weniger als 8 Stunden pro Tag.

c Auch im Home-Office hat man viel Kontakt zu Kolleginnen und Kollegen.

d Im Home-Office kann man auch private Dinge erledigen.

~~e Arbeiten von zu Hause ist praktisch, wenn es dort leise ist und man so mehr erledigen kann.~~

f Für die Arbeit zu Hause braucht man gutes Internet.

2.2 Lesen Sie die Sätze genau. Welche Wörter sind wichtig? Markieren Sie in 2.1.

1.66 **2.3 Welche Sätze (a–f) passen zu den Meinungen (1–3)? Hören Sie. Ordnen Sie zu.**

Beispiel: e

1. ☐
2. ☐
3. ☐

2.4 Alles klar? Lesen Sie die Tipps. Lösen Sie die Aufgabe 2.5.

> Lesen Sie einmal alle Sätze schnell. Was ist das Thema?
> Ein Satz ist als Beispiel markiert. Streichen Sie diesen Satz durch.
> Lesen Sie alle Sätze genau. Markieren Sie wichtige Wörter.
> Hören Sie. Wie wird es gesagt? Achten Sie auf Ihre Markierungen und auf ähnliche Wörter.
> Ordnen Sie zu. Zwei Sätze passen nicht.

Und jetzt Sie!

1.67 **2.5 Welche Sätze (a–f) passen zu den Meinungen (1–3)? Hören Sie. Ordnen Sie zu.**

Beispiel: c

1. ☐
2. ☐
3. ☐

a Für Eltern ist eine Vier-Tage-Woche sehr praktisch.

b Die Arbeitnehmer/-innen schaffen mehr, wenn sie nicht jeden Tag arbeiten.

c Man muss die Aufgaben reduzieren.

d Weniger Arbeitszeit ist besser für die Gesundheit.

e Arbeitnehmer/-innen haben mehr Zeit für Freizeitaktivitäten.

f Bei einer Vier-Tage-Woche ändert sich das Gehalt nicht.

Prüfungstraining

1 Lesen

1.1 Was ist das Thema? Lesen Sie. Kreuzen Sie an.

1. ☐ Kleidung verkaufen
2. ☐ Endlich schwanger
3. ☐ Umzug nach Innsbruck

Liebe Maria,

sorry, dass ich lange nicht geschrieben habe. Wir sind umgezogen und es war sehr stressig. Ich muss dir etwas erzählen: Arno und ich bekommen endlich ein Baby! Ich hatte letzte Woche eine Untersuchung und alles sieht gut aus. Wir freuen uns sehr! Ich gehe nächste Woche mit meiner Mama Kleidung für das Baby kaufen. Darauf freue ich mich schon! Und wie geht es dir in Innsbruck? Besuchst du uns, wenn du einmal wieder in Graz bist?

Liebe Grüße
Esma

1.2 Lesen Sie die Aufgabe. Was ist wichtig? Markieren Sie.

1. Esma und ihre Mutter ...

a ☐ gehen zum Arzt. b ☐ sind gerade umgezogen. c ☐ kaufen Babykleidung.

1.3 Was ist richtig? Lesen Sie noch einmal in 1.1. Kreuzen Sie in 1.2 an.

1.4 Bereit? Lesen Sie die Tipps. Lösen Sie die Prüfungsaufgabe.

Lesen Sie den Text einmal schnell. Was ist das Thema?
Lesen Sie die Aufgaben genau. Markieren Sie wichtige Wörter.
Wo finden Sie die Informationen im Text?
Was ist richtig? Lesen Sie genau. Kreuzen Sie an.

Und jetzt wie in der Prüfung!

1.5 Was ist richtig? Lesen Sie. Kreuzen Sie an.

Liebe Darina,

wie war die Operation? Ich hoffe, du hast keine Probleme mehr mit deinem Bein. Meine Kopfschmerzen sind endlich weg, denn ich trage seit einer Woche eine Bildschirmbrille. Meine Firma hat sie bezahlt. Aber weil mein Rücken immer noch weh tut, benutze ich jetzt eine App für Rückentraining. Das ist praktisch, denn so kann ich in der Pause schnell ein paar Übungen machen. Seit drei Wochen gehe ich auch regelmäßig ins Schwimmbad. Du schwimmst auch schon seit zwei Jahren im Verein, oder? Wollen wir nächste Woche zusammen schwimmen gehen?

Eva

1. Eva hat immer noch ...
a ☐ Kopfschmerzen.
b ☐ Beinschmerzen.
c ☐ Rückenschmerzen.

2. Die Firma zahlt ...
a ☐ die Brille.
b ☐ die App.
c ☐ das Schwimmtraining.

3. Eva schwimmt seit ...
a ☐ einer Woche.
b ☐ zwei Jahren.
c ☐ drei Wochen.

2 Schreiben

2.1 Welche Informationen fehlen im Formular? Markieren Sie.

Patientenbogen — **Hausärzte Müller & Lehman**

Name, Vorname: ______________________ (1)

Geburtsdatum; -ort: 23.12.1981; ______________ (2)

Straße, Hausnr.: ______________________ (3)

PLZ, Ort: ______________________ (4)

Nehmen Sie Medikamente?

[X] ja [ ] nein

Wenn ja, welche?

______________________ (5)

2.2 Wo stehen die Informationen? Lesen Sie. Markieren Sie. Ergänzen Sie in 2.1.

Elen Perovic
Donauweg 17, 8043 Graz
Österreich

Elen kommt aus Slowenien. Sie ist im Dezember 1981 in Bled geboren. Sie hat oft starke Kopfschmerzen. Die Parimoll-Tabletten darf sie nicht nehmen, denn sie hat eine Allergie. Seit einem Jahr nimmt sie regelmäßig Ibotan-Tabletten.

2.3 Bereit? Lesen Sie die Tipps. Lösen Sie die Prüfungsaufgabe.

Welche Informationen fehlen im Formular? Markieren Sie.
Lesen Sie die Texte genau. Wo finden Sie die Informationen?
Markieren Sie. Ergänzen Sie dann das Formular.

Und jetzt wie in der Prüfung!

2.4 Welche Informationen fehlen? Lesen Sie. Ergänzen Sie.

Ihr Freund möchte sich für ein Fitnessstudio anmelden. Er hat den Kursplan gelesen und findet „Rücken fit" interessant. Weil er Vollzeit arbeitet und Kinder hat, hat er nur zweimal pro Woche Zeit.

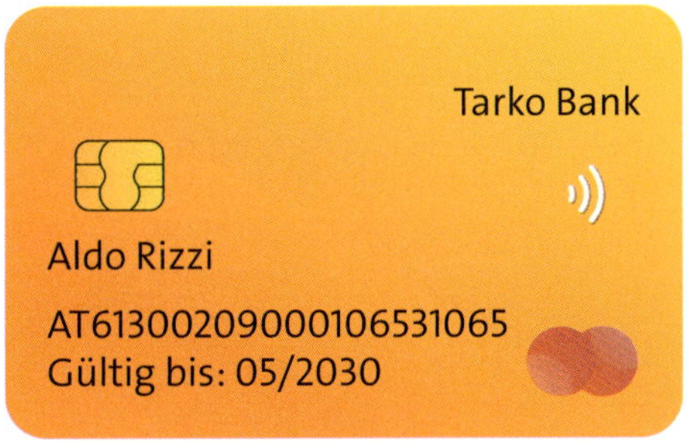

Herr Aldo Rizzi
Kochstr. 11, 5081 Salzburg
Österreich

Fitness für alle!

Anmeldeformular

Name, Vorname: Rizzi, Aldo

Straße, Hausnr.: ______________________ (1)

PLZ, Ort: ______________________ (2)

Bank: ______________________ (3)

Kontonummer: AT613002090001065310 65

Möchten Sie einen Kurs machen?

[ ] nein [X] ja

Wenn ja, welchen? ______________________ (4)

Wie oft möchten Sie pro Woche trainieren?

______________________ (5)

9 Große und kleine Dinge

A Die bunte Vase ist toll.

der Topf, Töpfe ______

die Pfanne, Pfannen ______

das Brett, Bretter ______

die Schüssel, Schüsseln ______

die Kanne, Kannen ______

die Tischdecke, Tischdecken ______

die Vase, Vasen ______

das Besteck *(Sg.)* ______

die Dose, Dosen ______

die Kerze, Kerzen ______

das Geschirr *(Sg.)* ______

die Sache, Sachen ______

1 Auf dem Flohmarkt

1.1 Was kann man hier kaufen? Schreiben Sie.

1. Es gibt Besteck. Man kann auch drei ... kaufen.

1.68 **1.2 Was ist richtig? Hören Sie. Kreuzen Sie an.**

Samira und Elsa besuchen den Flohmarkt als **a** ☐ Käuferinnen **b** ☐ Verkäuferinnen

1.68 **1.3 Hören Sie noch einmal. Korrigieren Sie.**

1. Elsa möchte die Kinderkleidung verkaufen, weil sie alt ist. ______

2. Samira hat Töpfe und Pfannen für den Flohmarkt. ______

3. Samira möchte Geschirr verkaufen, weil sie es nicht schön findet. ______

4. Elsa und Samira müssen Frau Arabuli bis Montag informieren. ______

5. Sie müssen zehn Euro bezahlen und zwei Kuchen mitbringen. ______

2 Wie viel kostet der große Topf?

2.1 Was passt? Ordnen Sie zu.

1 ☐ 2 ☐ 3 ☐ 4 ☐ 5 ☐ 6 ☐ 7 ☐ 8 ☐

a Die kleine Kanne kostet 15 Euro.

b Die roten Kerzen gefallen mir.

c Das alte Besteck ist sehr schön.

d Der große Topf ist praktisch.

2.2 Wie ist die Endung? Ergänzen Sie. Übung 2.1 hilft.

1. Der Topf ist groß. — der große Topf
2. Das Besteck ist alt. — das alt___ Besteck
3. Die Kanne ist klein. — die klein___ Kanne
4. Die Kerzen sind rot. — die rot___ Kerzen

2.3 Wo brauchen Sie eine Endung? Wo nicht? Ergänzen Sie: *e*, *en* oder *x*.

1. Die blaue Vase ist schönx.
2. Wie viel kosten die bunt___ Sachen?
3. Wie gefällt dir der weiß___ Kasten?
4. Das alt___ Fahrrad ist billig___.
5. Wie gefallen dir die groß___ Gläser?
6. Der klein___ Tisch ist günstig___.
7. Die bunt___ Tischdecke ist lustig___.
8. Wie viel kostet die groß___ Pfanne?

2.4 Was gefällt Ihnen am besten? Wie viel kostet es? Sprechen Sie wie im Beispiel.

Mir gefällt die bunte Tischdecke am besten. Wie viel kostet die bunte Tischdecke?

Die bunte Tischdecke kostet zwölf Euro.

2.5 Phonetik: Endung: *-e*. Hören Sie. Ergänzen Sie.

2.02

Wie finden Sie dies___ klein___ weiß___ Vas___?

O ja, das ist ein___ schön___ Vas___, die kauf___ ich!

2.6 Hören Sie noch einmal. Sprechen Sie nach.

2.02

3 Wir organisieren einen Flohmarkt.

Was passt? Ordnen Sie zu.

Schau einmal hier • In Ordnung. • Ich kann aber fragen. • Das ist zu wenig. • Ja, die ist praktisch. • Oh, das ist sehr teuer.

- ______________, (1) die große Pfanne.
- ______________ (2) Wie viel kostet sie?
- Ich weiß es nicht. ______________ (3) Entschuldigung, wie viel kostet die Pfanne?
- Die Pfanne kostet 15 Euro.
- ______________ (4) Sagen wir: zehn Euro?
- ______________ (5) Zwölf Euro.
- ______________ (6) Hier haben Sie zwölf Euro, bitte schön.

B Das ist mir unangenehm.

fallen ______________	Oje, tut mir sehr leid!
altmodisch ______________	Das ist mir wirklich peinlich.
rund ______________	Kein Problem, das kann passieren.
eckig ______________	Das macht nichts. / Das ist nicht schlimm.
der Lautsprecher, Lautsprecher ______________	Alles gut.
______________	Passen Sie / Pass doch auf!
der Staubsauger, Staubsauger ______________	Na toll! Was machen Sie / machst du da?
______________	Oh nein, das kann nicht wahr sein!
aus|wählen ______________	Man muss doch aufpassen!

1 Das kann passieren.

1.1 Was passt? Lesen Sie. Ordnen Sie zu.

~~Entschuldigung~~ • gut • leid • nichts • peinlich • Problem • schlimm • sorry • toll • wahr

1. ☐ Oh, nein! *Entschuldigung* !
- Oh nein, das kann doch nicht ______________ sein!
- Tut mir sehr ______________! Ich habe nicht aufgepasst.
- Na ______________! Jetzt ist der Teller kaputt!

2. ☐ Oh, ____________!

Kein ______________. Das macht ____________.

Das ist mir wirklich _________________!

Alles ____________. Das ist nicht ______________.

1.2 **In welchem Dialog reagiert eine Person unfreundlich? Kreuzen Sie in 1.1 an.**

2 Oje, tut mir sehr leid.

2.03

Diktat. Hören Sie. Schreiben Sie. Sie hören den Text zweimal.

Jana, ______________________________ (1), dass ich deine ______________ ________________ (2) kaputt gemacht habe! ______________________________ ______________ (3) und dann ist sie auf den Boden gefallen. Du hast gesagt, dass das nicht schlimm ist, aber ____. (4) Ich weiß, ________ ____________________________________, (5) aber ich habe eine neue Tasse für dich gekauft. Trinken wir einen Kaffee? Dann kannst du ______________________________ (6) benutzen!

3 Nehmen wir den roten Staubsauger?

Wiederholung: Nominativ oder Akkusativ? Was ist richtig? Markieren Sie.

1. Wie teuer ist *der/den* Drucker?
2. Kaufst du *der/den* Lautsprecher?
3. Wie findest du *der/den* Fernseher?
4. Wie gefällt dir *der/den* Computer?
5. Wir nehmen *der/den* Wasserkocher.

Welche Verben sind mit Nominativ, welche mit Akkusativ? Markieren Sie.

3.1 **Welchen Staubsauger bestellen Maryam und Samuel? Lesen Sie. Kreuzen Sie auf S. 112 an.**

Samuel 10:13
Maryam, beim *Technik Markt* sind Staubsauger im Angebot. Ich schicke dir den Link: www.technik-markt.example.at Schau doch einmal auf die Seite. Welchen wollen wir nehmen? Mir gefällt der rote, runde Staubsauger sehr gut.

Maryam 10:20
Ja, der sieht gut aus, aber ich finde den gelben Staubsauger besser: Der ist nicht so groß und er ist leicht.

Samuel 10:24
Hm, der gelbe Staubsauger gefällt mir gar nicht und er ist sehr teuer. Wollen wir dann vielleicht den weißen, eckigen Staubsauger nehmen? Der ist auch klein und günstig.

Maryam 10:25
Einverstanden. Wenn du ihn dann auch benutzt? ;-)

Maryam und Samuel bestellen ...

a ☐ den gelben Staubsauger. b ☐ den weißen Staubsauger. c ☐ den roten Staubsauger.

3.2 Was ist richtig? Kreuzen Sie an.

1. Ich nehme	☐ der moderne Staubsauger.	☐ den modernen Staubsauger.
2. Wie gefällt dir	☐ der graue Fernseher?	☐ den grauen Fernseher?
3. Kaufst du	☐ der kleine Computer?	☐ den kleinen Computer?
4. Wie viel kostet	☐ der große Drucker?	☐ den großen Drucker?

3.3 Ergänzen Sie.

1. Der kleine, runde Tisch gefällt Lia, der große Tisch gefällt Silvan. Lia und Silvan wählen den

______________, ______________ (*groß, rund*) Tisch.

2. Das graue Radio kostet 59 Euro? Dann nehme ich das ______________ (*weiß*) Radio für 49 Euro.

3. Die runde Uhr ist schön, aber die eckige Uhr auch. Ich kaufe die ______________ (*eckig*) Uhr.

4. Gefallen dir die kleinen Kopfhörer? Oder möchtest du die ______________ (*groß*) Kopfhörer haben?

3.4 Was gefällt Ihnen besser? Was kaufen Sie? Schreiben Sie wie im Beispiel.

1 

2 

3 

4 

1. Das weiße Handy gefällt mir besser. Ich kaufe das weiße Handy.

3.5 Wie finden Sie die Kleidung? Fragen Sie und antworten Sie wie im Beispiel.

1 

2 

3 

4 

5 

6 

7 

8 

9 

10 

- Wie gefällt/gefallen dir der/die/das ...?
- Mir gefällt ... sehr gut/nicht so gut/...
- Wie findest du den/die/das ...?
- Ich finde ... praktisch/altmodisch/schön/ ...

C Was schenken wir?

der Stoff: aus Stoff

das Plastik: aus Plastik

das Holz: aus Holz

das Leder: aus Leder

das Metall: aus Metall

das Glas: aus Glas

der Gummi: aus Gummi

die Wolle: aus Wolle

das Spielzeug *(Pl. selten)*

das Skateboard, Skateboards

das Brettspiel, Brettspiele

die Puppe, Puppen

der Teddy, Teddys

der Baustein, Bausteine

die Gitarre, Gitarren

der Ball, Bälle

das Bilderbuch, Bilderbücher

der Buntstift, -stifte

die Eisenbahn, Eisenbahnen

aus|geben

aus|packen

die Klasse, Klassen

sich unterhalten (über)

der Namenstag, -tage

1 Ich schenke meinem Kind immer viel.

1.1 Was sehen Sie auf den Fotos? Schreiben Sie.

1 
2 
3 
4 
5 
6 
7 
8 
9 
10 

1. B a u s t e i n e
2.
3.
4.
5.
6.
7.
8.
9.
10.

Lösungswort: ____________

1.2 Welche Materialien sind das? Ergänzen Sie. Die Wortliste hilft.

1  Leder

2 

3 

4 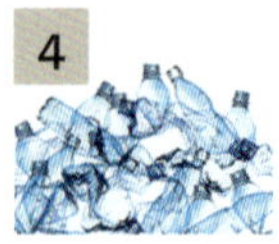

5 

6 

7 

8 

1.3 Aus welchem Material sind die Dinge? Schreiben Sie. Übung 1.2 hilft.

1 
8,99 €
BILDERBUCH
Stoff

2 
9,99 €
FLUGZEUG

3 
9,95 €
FINGERPUPPEN

4 
19,95 €
BASKETBALL

5 
12,99 €
KINDER-WERKZEUG

6 
4,50 €
MURMELN

7 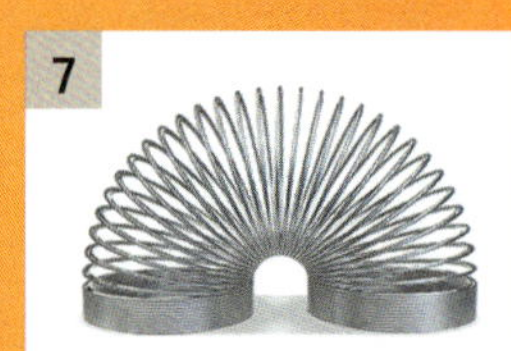
7,50 €
STIEGENLÄUFER

8 
35,99 €
BOXHANDSCHUHE

1.4 Was sehen Sie in Ihrem Zimmer? Aus welchem Material sind die Dinge? Schreiben Sie fünf Sätze.

Meine Schuhe sind aus Leder. Mein Tisch ist aus ...

2.04

1.5 Welche Sätze (a–f) passen zu den Meinungen (1–3)? Hören Sie. Ordnen Sie zu. Drei Sätze passen nicht.

1. ☐ 2. ☐ 3. ☐

a Ein Geschenk zeigt, dass man den Geburtstag nicht vergessen hat.

b Erwachsene sollten immer teure Geschenke zum Geburtstag bekommen.

c Es ist wichtig, dass man Kindern etwas zum Geburtstag schenkt.

d Eine Geburtstagsparty mit Familie und Freunden ist wichtig.

e Alle sollten ein Geschenk bekommen, auch wenn sie schon alles haben.

f Kolleginnen und Kollegen sollte man nur etwas schenken, wenn man sie gut kennt.

1.6 **Was denken Sie über Feste und Geschenke? Schreiben Sie.**

1. Ich finde bei einem Fest (nicht) wichtig, dass ______________________________________ .
2. Geschenke finde ich (nicht) wichtig, weil ______________________________________ .
3. Wenn ich Geburtstag habe, ______________________________________ .

1.7 Prüfung: Sprechen. **Arbeiten Sie zu zweit. Fragen Sie und antworten Sie zum Thema „Geschenke“.**

Geschenke **Was?**	*Geschenke* **Warum?**	*Geschenke* **Für wen?**
Geschenke **Wie teuer?**	*Geschenke* **Wann?**	*Geschenke* **Wo?**
Geschenke **... ?**	*Geschenke* **... ?**	*Geschenke* **... ?**

Wann hast du das letzte Mal ein Geschenk gekauft?

2 Was feiern Laura, Hua und Anton?

2.05

Was ist richtig? Hören Sie. Kreuzen Sie an.

1. ☐ In Spanien feiert man am 19.10. den Namenstag von Laura.
2. ☐ Laura feiert ihren Geburtstag nicht.
3. ☐ Anton und Hua haben kein Geschenk für Laura.
4. ☐ Früher hat man in Österreich den Geburtstag und den Namenstag gefeiert.
5. ☐ In China feiert man auch den Namenstag.
6. ☐ Der Name „Hua“ bedeutet „Blume“.

3 Wie haben Sie als Kind gefeiert?

3.1 **Was feiern die Personen? Schreiben Sie.**

1 
die Geburt

2 
____

3 
____

4 
____

5 
____

3.2 Schreiben Sie Antworten. Sprechen Sie zu zweit. Tauschen Sie dann die Rollen.

Welches Fest haben Sie als Kind gerne gefeiert?

____.

Mit wem haben Sie gefeiert?

____.

Wo war die Feier?

____.

Was haben Sie gemacht?

____.

Was war besonders schön?

____.

Richtig schreiben

1 Der große Teller ist praktisch.

Was ist richtig: *-e* oder *-er*? Ergänzen Sie.

1. Bäll____ aus Led____ sind teu____.
2. Meine Tocht____ malt gerne bunt__ Bild____.
3. Ich geb____ pro Monat 30 Euro für Büch____ aus.
4. Ich pack____ meine Geschenk____ lieb____ alleine aus.
5. Ich lad____ alle aus mein____ Klass____ ein.
6. Ich kauf____ gern Spielzeug für meine Kind____.

2 Das war eine schöne Feier.

2.1 Eine Hochzeit, Silvester, ein Geburtstag, ...? Welche Feier war für Sie besonders schön? Machen Sie Notizen.

1. Welche Feier? ____
2. Wann und wo? ____
3. Wie lange? ____
4. Mit wem? ____
5. Was gemacht? ____

2.2 Welche Feier war für Sie besonders schön? Schreiben Sie.

Meine Hochzeit war sehr schön. Ich habe vor fünf Jahren in Sofia geheiratet.

Alles klar?

1 Wortschatz

1.1 Wie heißt das Gegenteil? Schreiben Sie. (1 Punkt)

1. teuer ≠ billig 2. rund ≠ ___ 3. modern ≠ ___

1.2 Was ist das? Schreiben Sie. (4 Punkte)

1 
2 
3 
4 
5 

Das ist ...
1. eine Vase aus Glas.
2. ___.
3. ___.
4. ___.
5. ___.

___/5 Punkte

0–3 Punkte? Bitte noch üben!

2 Grammatik

Wie ist die Endung? Ergänzen Sie. (5 Punkte)

1. Wie gefällt dir das blau___ Geschirr? Ich finde das blau___ Geschirr schön.
2. Benutzt du den rot___ Topf oft? Ja, der rot___ Topf ist mein Lieblingstopf.
3. Wie gefällt dir der rund___ Staubsauger? Der rund___ Staubsauger ist praktisch.
4. Der klein___ Lautsprecher ist toll! Ich finde den klein___ Lautsprecher nicht so toll.
5. Kaufst du die groß___ Teller? Ja, die groß___ Teller nehme ich.

___/5 Punkte

0–3 Punkte? Bitte noch üben!

3 Kommunikation

Was passt? Ordnen Sie zu. (10 Punkte)

aufgepasst • Entschuldigung • Fehler • leid • nichts • passieren • peinlich • Problem • schlimm • wahr

1. Oje, das tut mir ___! Kein ___!
2. Oh nein, das kann nicht ___ sein! Sorry, ich habe nicht ___.
3. Das ist mir wirklich ___! Alles gut. Das kann ___.
4. Oh, ___! Alles gut. Das ist nicht ___.
5. Sorry, das war mein ___! Ach, das macht ___.

___/10 Punkte

0–6 Punkte? Bitte noch üben!

10 Durch die Stadt

A Die Drogerie ist gegenüber vom Optiker.

die Drogerie, Drogerien ______

die Boutique, Boutiquen ______

der Optiker, Optiker ______

der Juwelier, Juweliere ______

das Schreibwarengeschäft, -geschäfte ______

______

die Buchhandlung, Buchhandlungen ______

______

das Elektrogeschäft, -geschäfte ______

die Zahnpasta, Zahnpasten ______

das Ladekabel, Ladekabel ______

der Spitzer, Spitzer ______

der Ring, Ringe ______

das Shampoo, Shampoos ______

das Parfüm, Parfüms ______

die Creme, Cremes ______

der Stift, Stifte ______

an ... vorbei ______

gegenüber von ______

Weißt du, wo ich ... kaufen kann?

Entschuldigung, können Sie mir sagen, wo ...?

Gehen Sie hier am/an der ... vorbei.

Der/Das/Die ... ist gegenüber vom / von der ...

1 Weißt du, wo ich ein Ladekabel kaufen kann?

1.1 Wie heißen die Gegenstände? Schreiben Sie.

1

______

2

______

3

______

4

______

5

______

6

______

7

______

8

______

1.2 **Welche Gegenstände sind hier? Markieren Sie. Schreiben Sie mit Artikel.**

HANDYTASCHEKLEIDHEFTLAPTOPTASTATURSCHUHBLUSEFERNSEHEROBST

das Handy, ... ______________________________

____

1.3 **Wie heißen die Geschäfte? Ergänzen Sie.**

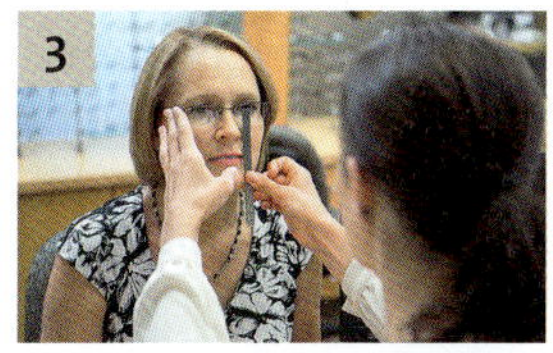

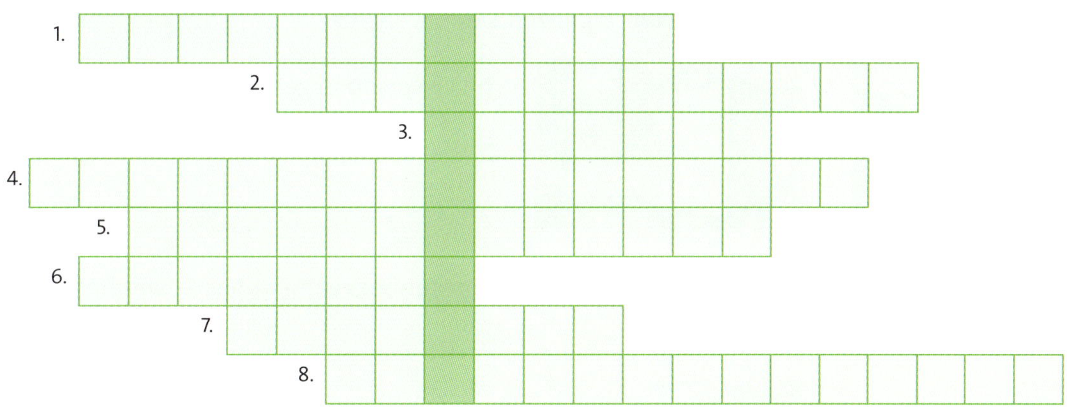

Lösung: Zahnpasta und Shampoo kaufe ich immer in einer __ __ __ __ __ __ __ __ .

2 Gehen Sie am Sportgeschäft vorbei.

2.1 **Wo kann man das kaufen? Schreiben Sie.**

1. Das neue Buch von Edi Neumann kaufe ich morgen in der ______________ *Wagner.*
2. Meine Brille ist kaputt. Ich gehe zum ______________ .
3. Bertram geht ins ______________, weil er neue Fußballschuhe braucht.
4. Meine Tochter braucht Hefte für die Schule. Ich muss in das ______________ gehen.
5. Creme und Parfüm kann man in der ______________ kaufen.

2.06 **2.2** **Phonetik: *sp, st*. Hören Sie. Markieren Sie *sp* und *st*.**

die Spezialität – sich entspannen – Geld sparen – eine Fremdsprache sprechen

der Stift – der Stoff – einverstanden – stattfinden – eine Veranstaltung

2.06 **2.3** **Hören Sie noch einmal. Sprechen Sie nach.**

2.4 Prüfung: Lesen. **Im Einkaufszentrum: In welches Stockwerk gehen Sie? Lesen Sie. Kreuzen Sie an.**

	Einkaufszentrum *Alles da!*
4. Stock	Sportgeschäft – Elektrogeschäft – Toiletten – Schuhgeschäft
3. Stock	Buchhandlung – Juwelier – Drogerie – Reparaturen von Uhren und Elektrogeräten
2. Stock	Spielecke – Kleidung für Kinder – Spielzeuggeschäft – Schuhgeschäft *Kinderschuh*
1. Stock	Optiker – Schreibwarengeschäft – Boutique – Kochbücher – Geschenke
Erdgeschoss	Apotheke – Supermarkt – Blumengeschäft – Getränkemarkt – Obst und Gemüse

1. Sie möchten Tomaten kaufen.
a ☐ 1. Stock **b** ☐ EG **c** ☐ anderes Stockwerk

2. Sie möchten einen Mantel für Ihre Frau kaufen.
a ☐ 3. Stock **b** ☐ EG **c** ☐ anderes Stockwerk

3. Ihr Handy ist kaputt.
a ☐ 4. St. **b** ☐ 1. St. **c** ☐ anderes Stockwerk

4. Ihr Sohn braucht neue Schuhe.
a ☐ 1. St. **b** ☐ 2. St. **c** ☐ anderes Stockwerk

2.5 Was passt? *An ... vorbei* oder *gegenüber von*? Ergänzen Sie.

1. Die Personen gehen ______ den Autos ________ .

2. Die Haltestelle ist ______________ dem Gebäude.

2.6 Was passt? Lesen Sie. Ordnen Sie zu.

gegenüber von • neben • zwischen • an ... vorbei

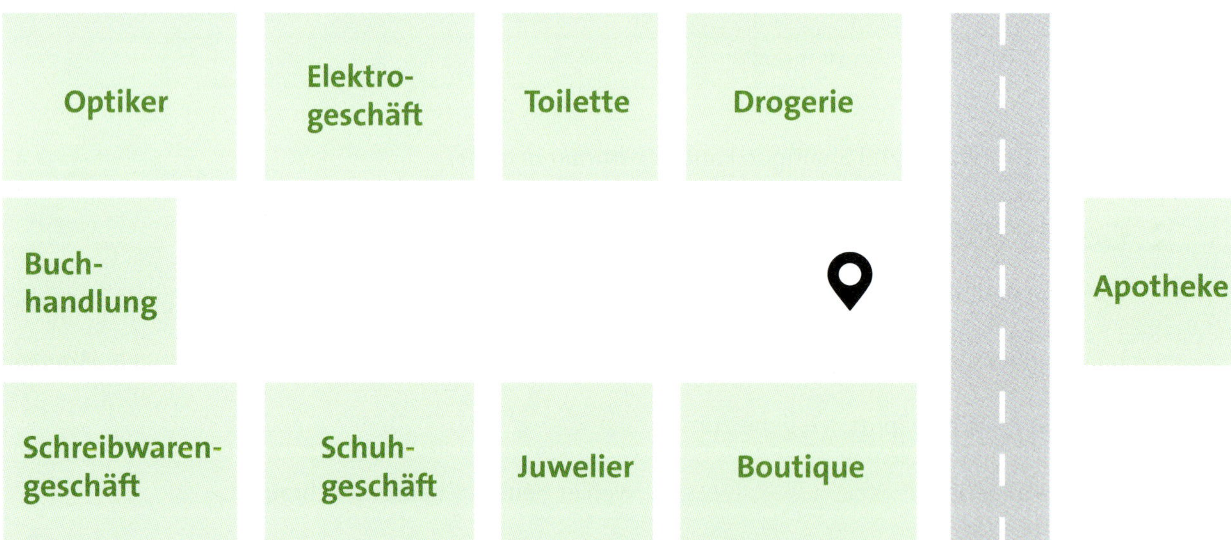

1. Der Juwelier ist ______________ der Boutique.

2. Das Schuhgeschäft ist ______________ dem Schreibwarengeschäft und dem Juwelier.

3. Die Apotheke ist ______________________ dem Einkaufszentrum.

4. Zum Elektrogeschäft? Gehen Sie ______________ der Drogerie und den Toiletten ______________ .

3 Können Sie mir sagen, wo es hier ... gibt?

3.1 Wie kommt man zum/zur ...? Schreiben Sie Antworten. Sprechen Sie zu zweit. Tauschen Sie dann die Rollen. Der Plan in 2.6 hilft.

- Entschuldigen Sie, wissen Sie, wo ich hier eine Brille kaufen kann?
- ____
  ____.
- Alles klar, danke! Und könnten Sie mir bitte auch sagen, wo hier in der Nähe eine Toilette ist?
- ____
  ____.
- Super, vielen Dank und einen schönen Tag!

3.2 Wo kaufen Sie (nicht) gern ein? Was kaufen Sie? Warum? Schreiben Sie.

Ich kaufe gern auf dem Markt ein, weil das Obst da immer frisch ist.

B Wissen Sie, ob ...?

die Führung, Führungen ____________	damals ____________
die Stadtführung, -führungen ____________	wählen ____________
das Leben *(Sg.)* ____________	existieren ____________
führen ____________	
spannend ____________	Wissen Sie / Weißt du, ob ...?
die Sehenswürdigkeit, Sehenswürdigkeiten ____________	Können Sie / Kannst du mir sagen, ob ...?
____________	Ich möchte wissen, ob ...

1 Möchten Sie die Stadt mit anderen Augen sehen?

1.1 Was passt? Verbinden Sie.

1. eine Stadt	a fahren
2. im Hotel	b arbeiten
3. eine Stadtführung	c besichtigen
4. von Sehenswürdigkeiten	d machen
5. nach Wien	e erzählen
6. als Stadtführerin	f übernachten
7. Eintritt	g bezahlen

1.2 Was passt? Ergänzen Sie.

Museen • Leben • Park • Stadtführung • Sehenswürdigkeiten • Bodensee

Noras Blog

Hallo, Leute! Ich bin Nora und komme aus Polen. Seit zwei Monaten lebe ich in Bregenz, das liegt am ____________ (1). Bregenz ist eine schöne Stadt und hat ein paar interessante ____________ (2). Letzte Woche habe ich an einer ____________ (3) teilgenommen. Wir haben den Martinsturm und die Herz-Jesu-Kirche besucht. Es gibt auch ein paar ____________ (4) hier – zum Beispiel das Kunsthaus. Aber jetzt im Sommer bin ich lieber draußen, ich liege am See oder gehe in einen ____________ (5) und lese ein Buch. Das ____________ (6) hier gefällt mir sehr gut!

2 Wissen Sie, ob man im Stadtpark grillen darf?

2.07 **2.1 Über welche Themen und Orte spricht Nora? Hören Sie. Kreuzen Sie an.**

- ☐ Bregenzer Festspiele
- ☐ Parks und Gärten
- ☐ das Zentrum von Bregenz
- ☐ Einkaufszentrum
- ☐ Wochenmarkt
- ☐ Orte für Kinder

2.07 **2.2 Was ist richtig? Hören Sie noch einmal. Kreuzen Sie an.**

1. ☐ Jedes Jahr im Sommer gibt es Konzerte und Veranstaltungen.
2. ☐ Nora findet den Wochenmarkt zu groß.
3. ☐ Nora empfiehlt eine Fahrradtour in den Bregenzerwald.
4. ☐ Bei den Stadtführungen kann man Leute kennenlernen.

Wiederholung: indirekte Fragen. Wie fragen Sie? Schreiben Sie.

1. Wann fängt das Konzert an?

   Können Sie mir sagen, *wann* ____________?

2. Wo ist in der Nähe ein Blumengeschäft?

   Wissen Sie, ____________?

3. Wer kommt am Wochenende mit ins Kino?

   Kannst du mir sagen, ____________?

4. Wie lange ist das Museum geöffnet?

   Weißt du, ____________?

2.3 **Lesen Sie. Was ist richtig? Kreuzen Sie an.**

Servus! Alfie hat heute Geburtstag und ich möchte ein Geschenk für ihn kaufen. Weißt du, ob er gerne liest? Ich habe im Radio von einem interessanten Buch gehört. Kannst du mir sagen, ob es im Zentrum eine Buchhandlung gibt? Kommst du auch zu der Feier? Gib Bescheid, ob du Zeit hast. Er freut sich bestimmt!
Liebe Grüße
Gabriel

1. ☐ Gabriel hat heute Geburtstag.
2. ☐ Alfie sucht eine Buchhandlung.
3. ☐ Gabriel möchte ein Geschenk für Alfie kaufen.

2.4 **Lesen Sie den Text noch einmal. Markieren Sie die Sätze mit *ob*. Ergänzen Sie.**

Hauptsatz	Nebensatz	
1. Weißt du,	ob ______	liest?
2. Kannst du mir sagen,	ob ______	______?
3. Gib Bescheid,	ob ______	______.

2.5 **Wie kann man noch fragen? Schreiben Sie.**

1. Fährt die U3 zum Hauptbahnhof? – Wissen Sie, ______?
2. Darf ich hier rauchen? – Könnten Sie mir sagen, ______?
3. Gibt es in der Nähe einen Parkplatz? – Wissen Sie, ______?

3 Hier hat uns die Nähe zur Natur gefallen.

2.08

3.1 **Diktat. Hören Sie. Schreiben Sie. Sie hören den Text zweimal.**

Wir sind Maren und Luis Steiner und wir kommen aus Linz, das ist ______. (1) Vor zwanzig Jahren sind wir nach Salzburg gezogen. Wir haben ______ (2) gearbeitet und hier hat uns die Nähe zur Natur gefallen. Jetzt arbeiten wir nicht mehr, aber ______ (3). Hier sind die besten ______ (4): Man kann im Salzburger Land ______ (5) oder am Fluss Salzach spazieren gehen. In Salzburg gibt es viel Wasser ______. (6) Das finden Besucher ______. (7) Wir sind auch in einem Verein: Wir ______ (8) durch Salzburg und zeigen ihnen unsere Lieblingsorte. Das macht Spaß!

3.2 **Was möchten Sie über Salzburg wissen? Schreiben Sie vier indirekte Fragen.**

Kino • übernachten • Café • baden

Mich interessiert, ob ...

C Nala hat Heimweh.

das Heimweh *(Sg.)* ______	schrecklich ______
sich erinnern (an) ______	die Katze, Katzen ______
weinen ______	der Fall, Fälle ______
durch: durch die Stadt ______	auf jeden Fall ______
über: über die Straße ______	vermissen ______
spazieren gehen ______	eigentlich ______

1 Als Kind hatte ich oft Heimweh.

1.1 Welches Wort passt? Ordnen Sie zu.

erinnere • traurig • Heimweh • Verein • vermisst • erzähle • Spezialitäten

Vor zwei Jahren bin ich aus Hongkong nach Graz gekommen, weil ich hier einen Job bekommen habe. Ich ______ (1) mich noch gut: Am Anfang war ich sehr oft ______ (2), weil ich meine Freunde und Kollegen ______ (3) habe. Jetzt bin ich aber zufrieden. Ich habe viele Freunde hier und bin auch in einem ______ (4). Wenn ich manchmal ______ (5) habe, kaufe ich asiatische ______ (6) und koche. Das hilft! Oder ich spreche mit meiner guten Freundin Salma. Ich ______ (7) ihr von meinen Freunden.

1.2 Was tun Sie, wenn Sie Heimweh haben? Schreiben Sie.

1. Wenn ich Heimweh habe, dann ______.
2. Wenn ich traurig bin, dann ______.
3. Wenn ich meine Freunde vermisse, dann ______.

1.3 Wie heißen die Präpositionen? Ordnen Sie zu.

an ... vorbei • über • durch • gegenüber von ...

1 
______

2 
______

3 
______

4 
______

1.4 Wegbeschreibung: über oder durch? Schreiben Sie.

das Tor • ~~der Park~~ • die Brücke • die Straße

1. Gehen Sie *durch den Park* ____________.
2. Der Mann geht ____________.
3. Gehen Sie ____________.
4. Die Frau läuft ____________.

1.5 Wohin geht Natalie? Lesen Sie. Kreuzen Sie an.

Gehen Sie nach links und dann durch den Park. Gehen Sie dann über die große Straße, immer geradeaus und am Schnitzelhaus vorbei. Sie finden das Restaurant auf der linken Seite.

1. ☐ BurgerBüro
2. ☐ Sushi Sasha
3. ☐ Pizzeria Deliziosa

1.6 Natalie möchte lieber zum Restaurant *Suppenkönig* gehen. Wie muss sie gehen? Schreiben Sie.

Gehen Sie …

2 Ich wollte viel lieber zu Hause sein.

2.1 Was passt? Ordnen Sie zu.

machen • gehen • ansehen • schicken • erzählen • vermissen

1. einen Fahrradausflug ____________
2. sich eine Sehenswürdigkeit ____________
3. die Freunde ____________
4. einen Brief ____________
5. spazieren ____________
6. eine Geschichte ____________

2.2 Tipps gegen Heimweh. Wer sagt was? Lesen Sie. Kreuzen Sie an.

Hilfe! Ich habe Heimweh!

Miri: Hallo, Leute! Wie geht's euch? Mir geht es eigentlich gut, aber ich vermisse meine Freunde und meine zwei Katzen! Am Abend muss ich oft weinen. Was soll ich tun? Was hilft euch gegen Heimweh?

Francesco: Servus, Miri! Das kenne ich. Wenn ich traurig bin, rufe ich meine Freunde an. Wir telefonieren mit Video. Das ist toll, denn wir sehen uns und können auch gemeinsam etwas machen, z. B. Musik hören oder zu Abend essen. Ich sehe auch gern Storys von meiner Familie in den sozialen Netzwerken. Dann weiß ich, was sie so machen. Das hilft mir immer!

Laura: Hallo, Miri! Ja, Heimweh ist schrecklich. Wenn ich Heimweh habe, dann höre ich meine Lieblingsmusik oder ich backe! Ich habe ein Kuchenrezept von meiner Oma. Und was immer gut ist: Ich treffe Leute! Bleib nicht alleine zu Hause. Gehen wir gemeinsam spazieren? Wir können reden. Dann geht es dir bestimmt besser!

	Miri	Francesco	Laura
1. Es hilft mir, wenn ich mit meinen Freunden telefoniere.	☐	☐	☐
2. Wenn ich Heimweh habe, backe ich einen Kuchen.	☐	☐	☐
3. Ich muss weinen, wenn ich Heimweh habe.	☐	☐	☐
4. Es ist nicht gut, wenn man allein zu Hause ist.	☐	☐	☐
5. Meine Lieblingsmusik hilft bei Heimweh.	☐	☐	☐
6. Ich brauche Tipps gegen Heimweh.	☐	☐	☐

Richtig schreiben

1 Wir fahren später in die Stadt.

Was passt: *sp* oder *st*? Ergänzen Sie.

Wollen wir in die ___adt fahren? Ich brauche einen ___ift, einen ___itzer und Papier.

Ach nein, es ist schon ___ät. Ich möchte lieber ein bisschen ___ort machen und dann auf dem Sofa ent___annen. Das macht mehr ___aß!

2 Pawel hat Heimweh.

Antworten Sie Pawel. Schreiben Sie eine Nachricht. Geben Sie Tipps.

Pawel 21.12.
Hallo, ich bin seit einem Jahr hier, aber manchmal bin ich noch traurig. Ich vermisse meine Familie und mein Heimatdorf. Was hilft dir? Hast du vielleicht einen Tipp für mich? Und hast du heute Abend Zeit?

Servus, Pawel! Klar ...

Alles klar?

1 Wortschatz

Wie heißen die Wörter und die Geschäfte? Ergänzen Sie. (5 Punkte)

1. ____________ (huSche) können Sie in einem ____________ kaufen.
2. Mein Sohn braucht eine neue ____________ (leBril). Wir gehen zum ____________.
3. Oh, ich habe keine ____________ (pasZahtan) mehr. Ich gehe in eine ____________.
4. Liam braucht ein ____________ (efHt). Geh bitte noch in das ____________.
5. Mein ____________ (kaLadebel) ist kaputt. Ich gehe in ein ____________.

___ /5 Punkte

0–3 Punkte? Bitte noch üben!

2 Grammatik

Wie kann man höflich fragen? Schreiben Sie. (5 Punkte)

1. Sind Hunde in diesem Restaurant erlaubt? – Wissen Sie, ob ____________?
2. Ist der Eintritt kostenlos? – Entschuldigung, weißt du, ob ____________?
3. Gibt es hier eine Tankstelle? – Ich möchte wissen, ob ____________.
4. Sind noch Plätze in dem A2-Kurs frei? – Wissen Sie, ob ____________?
5. Ist das Geschäft heute geöffnet? – Weißt du, ob ____________?

___ /5 Punkte

0–3 Punkte? Bitte noch üben!

3 Kommunikation

Was passt? Ordnen Sie zu. (10 Punkte)

wissen Sie • Gehen Sie • gegenüber vom • Können Sie mir sagen • gehen über • gehen durch

- Entschuldigung, ich bin neu hier und das Zentrum ist sehr groß. ____________, wo die Volkshochschule ist?
- Ja, sie ist nicht weit. ____________ an der Kirche vorbei und dann geradeaus. Die VHS ist ____________ *Hotel Schlosspark*.
- Vielen Dank. Und ____________, wie ich dann zum Bahnhof komme?
- Das ist einfach: Bei der VHS ist ein Park. Sie ____________ den Park und nach rechts. Sie ____________ die Kreuzung. Dann stehen Sie vor dem Bahnhof.

___ /10 Punkte

0–6 Punkte? Bitte noch üben!

Wichtige Wörter

Gummi

1 Die Schüssel aus Glas ist schön.

1.1 Welche Materialien sehen Sie auf den Fotos 1 bis 8? Schreiben Sie.

2.09 **1.2 Hören Sie. Kontrollieren Sie.**

1.3 Wie gefallen Ihnen die Dinge? Sehen Sie das Foto oben an. Sprechen Sie zu zweit.

- Welche Tischdecken findest du besser – die aus Plastik oder die aus Stoff?
- Die aus Plastik sind sehr praktisch, aber mir gefallen die roten Tischdecken aus Stoff besser.

1.4 Welche Dinge gibt es im Kursraum? Arbeiten Sie zu viert. Sprechen Sie wie im Beispiel.

- Das Ding ist grün und aus Holz.
- Der grüne Tisch?
- Ja!

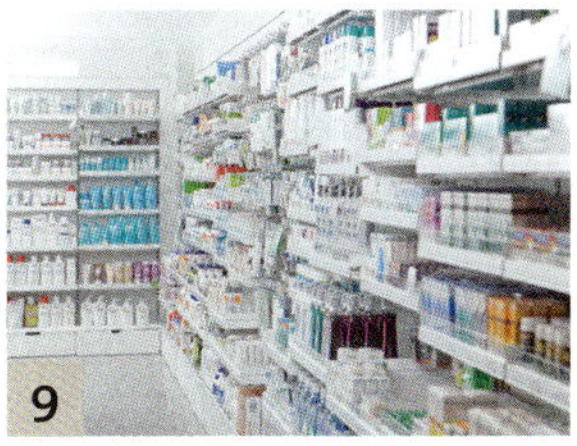
9

10

11

12

13

14

15

16

17

18

19

20

21

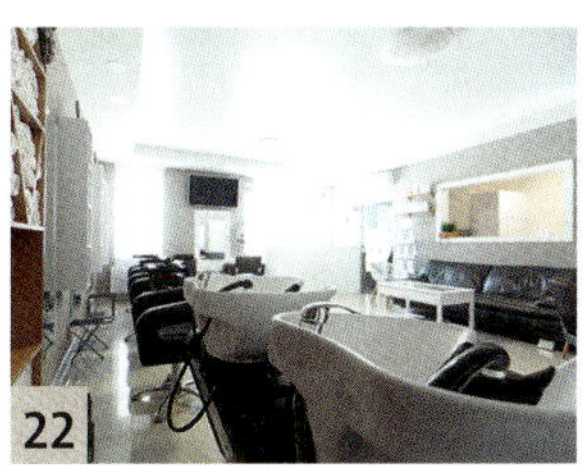
22

23

24

2 Ladekabel gibt es im Elektrogeschäft.

2.1 Welche Geschäfte und Orte sehen Sie auf den Fotos 9 bis 24? Schreiben Sie.

2.10 **2.2 Hören Sie. Kontrollieren Sie.**

2.3 Was kaufen Sie wo? Sprechen Sie zu zweit wie im Beispiel.

einen Spitzer • Bausteine • Blusen • eine Brille • Brot • Bücher • Gemüse • Geschirr • Hosen • ein Ladekabel • Reis • einen Ring • Shampoo • Sportschuhe • einen Staubsauger • Stifte • Töpfe • Zahnpasta • ...

Wenn ich ein Ladekabel kaufen möchte, dann bestelle ich es im Internet.

Ich nicht. Ich gehe lieber ins Elektrogeschäft. Wo kaufst du ...?

Training: Hören und Lesen

1 Was brauchst du noch?

1.1 Wie ist die Situation? Was ist wichtig? Lesen Sie. Markieren Sie.

	richtig	falsch
Tarek ist mit seinem Sohn im Supermarkt.	☐	☐

2.11 **1.2 Richtig oder falsch? Hören Sie. Kreuzen Sie in 1.1 an.**

1.3 Welche Informationen sind wichtig? Lesen Sie. Markieren Sie.

Was braucht Anna?

a ☐ Druckerpapier. b ☐ Fußballschuhe. c ☐ Schreibwaren für die Uni.

2.11 **1.4 Was ist richtig? Hören Sie noch einmal. Kreuzen Sie in 1.3 an.**

1.5 Alles klar? Lesen Sie die Tipps. Lösen Sie die Aufgabe 1.6.

Lesen Sie zuerst die Aufgaben. Was ist wichtig? Markieren Sie.
Hören Sie dann genau. Achten Sie auf Ihre Markierungen.
Was ist richtig? Kreuzen Sie an.
Sie hören die Texte nur *einmal*. Kreuzen Sie immer etwas an.

Und jetzt Sie!

2.12 **1.6 Was ist richtig? Hören Sie. Kreuzen Sie an.**

	richtig	falsch
1. Abed und Daya heiraten.	☐	☐

2. Was wollen ihre Freunde schenken?

a ☐ Geld.
b ☐ Einen Tisch.
c ☐ Ein Sofa.

	richtig	falsch
3. Ein Mann fragt nach dem Weg zum Einkaufszentrum.	☐	☐

4. Wo ist das Schuhgeschäft?

a ☐ Im 2. Stock.
b ☐ Neben der Boutique.
c ☐ Gegenüber vom Optiker.

	richtig	falsch
5. Die Frauen sind auf einem Flohmarkt.	☐	☐

6. Was wollen Ava und Feliz machen?

a ☐ Einen Flohmarkt organisieren.
b ☐ Dinge verkaufen.
c ☐ Kaffee trinken.

	richtig	falsch
7. Frau Weber und Herr Santos verkaufen Kaffeemaschinen.	☐	☐

8. Was soll Frau Weber machen?

a ☐ Die Kaffeemaschine zur Reparatur bringen.
b ☐ Die alte Kaffeemaschine im Geschäft umtauschen.
c ☐ Eine neue Kaffeemaschine kaufen.

2 Wo gibt es hier ...?

2.1 Was ist richtig? Lesen Sie. Kreuzen Sie an.

1. ☐ T-Shirts gibt es im 1. Stock.
2. ☐ Zahnpasta kann man im 1. Stock kaufen.
3. ☐ Kleidung finden Sie im 3. Stock.

Einkaufszentrum am Markt	
3. Stock	Schreibwaren – Café – Geschenke
2. Stock	Drogerie – Spielzeug – Bücher
1. Stock	Boutique – Blumen – Schuhe
EG	Lebensmittel – Toiletten

2.2 Was brauchen Sie? Wo können Sie es kaufen? Lesen Sie den Plan in 2.1. Kreuzen Sie an.

1. Sie möchten Stifte kaufen.

a ☐ Erdgeschoss
b ☐ 3. Stock
c ☐ anderer Stock

2. Sie möchten Milch kaufen.

a ☐ 2. Stock
b ☐ 3. Stock
c ☐ anderer Stock

2.3 Alles klar? Lesen Sie die Tipps. Lösen Sie die Aufgabe 2.4.

Lesen Sie die Situation genau. Was suchen Sie?
Lesen Sie die Aufgaben und Antwortmöglichkeiten.
Prüfen Sie, ob Sie die Dinge in diesen Stockwerken finden.
Wenn *a* oder *b* nicht passen, kreuzen Sie *c* „anderer Stock“ an.

Und jetzt Sie!

2.4 Sie sind im Einkaufszentrum. Wohin müssen Sie gehen? Lesen Sie. Kreuzen Sie an.

1. Sie möchten einen Ring kaufen.

a ☐ 1. Stock
b ☐ 3. Stock
c ☐ anderer Stock

2. Sie sind krank und brauchen Tabletten.

a ☐ 2. Stock
b ☐ 3. Stock
c ☐ anderer Stock

3. Sie möchten Tee trinken.

a ☐ Erdgeschoss
b ☐ 4. Stock
c ☐ anderer Stock

4. Sie möchten einen Teddy kaufen.

a ☐ 2. Stock
b ☐ 3. Stock
c ☐ anderer Stock

5. Ihre Brille ist kaputt.

a ☐ Erdgeschoss
b ☐ 4. Stock
c ☐ anderer Stock

Prüfungstraining

1 Hören

1.1 Welche Informationen sind wichtig? Lesen Sie. Markieren Sie.

	ja	nein
1. Herr Sander organisiert einmal pro Jahr einen Flohmarkt.	☐	☐
2. Man kann auch Spielzeug kaufen.	☐	☐
3. Frau Adamek braucht Möbel.	☐	☐

1.2 Wie kann man es noch sagen? Was passt? Kreuzen Sie an.

1. einmal pro Woche	a ☐ jeden Tag	b ☐ jeden Sonntag
2. Spielzeug	a ☐ Brettspiele und Bausteine	b ☐ Handys und Stifte
3. Möbel	a ☐ Geschirr und Besteck	b ☐ Tische und Sessel

2.13 **1.3 Stimmt das? Ja oder nein? Hören Sie. Kreuzen Sie in 1.1 an.**

2.13 **1.4 Hören Sie noch einmal. Kontrollieren Sie.**

1.5 Bereit? Lesen Sie die Tipps. Lösen Sie die Prüfungsaufgabe.

Lesen Sie zuerst die Aufgaben. Was ist wichtig? Markieren Sie.
Hören Sie dann. Achten Sie auf Ihre Markierungen. Was hören Sie?
Ist die Aussage richtig oder falsch? Kreuzen Sie an.
Hören Sie noch einmal. Kontrollieren Sie.

Und jetzt wie in der Prüfung!

2.14 **1.6 Sie hören ein Interview. Hören Sie. Kreuzen Sie an. Sie hören den Text zweimal.**

	ja	nein
Beispiel: Ellaha Nazari wohnt seit 2018 in Enns.	☒	☐
1. Sie arbeitet gerne mit Kindern.	☐	☐
2. Sie verbringt ihre Freizeit am liebsten zu Hause.	☐	☐
3. Ellaha mag Sport.	☐	☐
4. Sie findet die Cafés am Hauptplatz toll.	☐	☐
5. Der Wochenmarkt findet jeden Tag statt.	☐	☐
6. Das Schloss Ennsegg liegt direkt am Schlosspark.	☐	☐

2 Lesen

2.1 Was brauchen Sie? Lesen Sie. Markieren Sie.

1. Sie möchten Bausteine kaufen.

a ☐ Hobby b ☐ Geschenke c ☐ andere Internetseite

2. Sie möchten Ihrem Freund einen Wasserkocher schenken.

a ☐ Elektro b ☐ Geschenke c ☐ andere Internetseite

2.2 Wo finden Sie es? Lesen Sie. Kreuzen Sie in 2.1 an.

www.gut-gekauft.example.com

Hobby	Schreibwaren • Buchhandlung • Tickets
Küche	Geschirr • Besteck • Küchengeräte
Elektro	Computer • Reparaturen • Kameras
Geschenke	Spielzeug • Juwelier • internationale Spezialitäten

2.3 Bereit? Lesen Sie die Tipps. Lösen Sie die Prüfungsaufgabe.

Lesen Sie die Aufgaben. Was suchen Sie?
Wo finden Sie es? Prüfen Sie zuerst die Antwortmöglichkeiten *a* und *b*.
Wenn *a* und *b* nicht passen, kreuzen Sie *c* „andere Internetseite" an.

Und jetzt wie in der Prüfung!

2.4 Sie wollen online etwas kaufen. Auf welcher Internetseite finden Sie es? Lesen Sie. Kreuzen Sie an.

1. Sie brauchen neue Messer.
a ☐ Haus & Garten
b ☐ Wohnen
c ☐ andere Internetseite

2. Ihr Kühlschrank ist kaputt.
a ☐ Technik
b ☐ Wohnen
c ☐ andere Internetseite

3. Sie brauchen Fußballschuhe.
a ☐ Fit & Gesund
b ☐ Mode
c ☐ andere Internetseite

4. Sie möchten Gitarre spielen.
a ☐ Spiel & Spaß
b ☐ Technik
c ☐ andere Internetseite

5. Ihr Kind möchte ins Theater.
a ☐ Hobby & Freizeit
b ☐ Spiel & Spaß
c ☐ andere Internetseite

www.suche-und-finde.beispiel .at

Fit & Gesund	Drogerie • Apotheke • Fitnessgeräte • Fahrräder • Sportkleidung und Sportschuhe
Büro	Drucker • Computer • Büromöbel • Schreibwaren
Mode	Kleidung für Damen und Herren • Juwelier • Taschen
Spiel & Spaß	Spielzeuge für Kinder • Basteln und Malen • Computerspiele
Wohnen	Geschirr • Besteck • Töpfe • Spiegel • Wohnzimmermöbel
Haus & Garten	Blumen • Werkzeug • Küchengeräte • Garten- und Balkonmöbel
Hobby & Freizeit	Veranstaltungstickets • Zeitungen • Bücher • Musikinstrumente
Technik	Fernseher • Lautsprecher • Handys • Staubsauger • Radios

Grammatik im Überblick

Wörter

Sätze

Unregelmäßige Verben (Liste)

Wörter

1 Verben im Präsens

1.1 Regelmäßige Verben

	kommen	**heißen**	**arbeiten**	**sammeln**
ich	komm**e**	heiße	arbeite	samm**le**
du	komm**st**	heiß**t**	arbeit**e**st	sammelst
er/es/sie	komm**t**	heißt	arbeit**et**	sammelt
wir	komm**en**	heißen	arbeiten	sammeln
ihr	komm**t**	heißt	arbeit**et**	sammelt
sie/Sie	komm**en**	heißen	arbeiten	sammeln

▶ A1; A2: Kapitel 3

1.2 Verben mit Vokalwechsel

	a → ä	*e → ie*	*e → i*	*au → äu*
	fahren	**sehen**	**sprechen**	**laufen**
ich	fahre	sehe	spreche	laufe
du	f**ä**hrst	s**ie**hst	spr**i**chst	l**äu**fst
er/es/sie	f**ä**hrt	s**ie**ht	spr**i**cht	l**äu**ft
wir	fahren	sehen	sprechen	laufen
ihr	fahrt	seht	sprecht	lauft
sie/Sie	fahren	sehen	sprechen	laufen

auch:
a → ä: schlafen (du schläfst), tragen (du trägst), einladen (du lädst ein), gefallen (es gefällt), ...
e → ie: lesen (du liest), empfehlen (du empfiehlst), aussehen (du siehst aus), ...
e → i: treffen (du triffst), essen (du isst), helfen (du hilfst), nehmen (du nimmst), geben (du gibst), gelten (es gilt), ...

▶ A1

1.3 Unregelmäßige Verben

	haben	**sein**	**mögen**	**möchte-**	**wissen**
ich	habe	**bin**	**mag**	möchte	**weiß**
du	**hast**	**bist**	**magst**	möcht**est**	**weißt**
er/es/sie	**hat**	**ist**	**mag**	möcht**e**	**weiß**
wir	haben	**sind**	mögen	möchten	wissen
ihr	habt	**seid**	mögt	möcht**et**	wisst
sie/Sie	haben	**sind**	mögen	möchten	wissen

▶ A1; A2: Kapitel 7

Grammatik im Überblick

1.4 Trennbare Verben

auf|machen — er macht ... auf

		Position 2		Satzende
	Karim	macht	die Tür	auf.
W-Frage:	Wann	kaufst	du	ein?
Ja-/Nein-Frage:		Kaufst	du gern	ein?
Perfekt:	Karim	hat	Martina	angerufen.
Imperativ:		Ruf	bitte Martina	an!

auch: zu|machen, ein|schalten, aus|schalten, an|ziehen, aus|ziehen, auf|räumen, vor|bereiten, ...

► A1

1.5 Modalverben

	können	**müssen**	**dürfen**	**wollen**	**sollen**
ich	**kann**	**muss**	**darf**	**will**	**soll**
du	**kannst**	**musst**	**darfst**	**willst**	**sollst**
er/es/sie	**kann**	**muss**	**darf**	**will**	**soll**
wir	können	müssen	dürfen	wollen	sollen
ihr	könnt	müsst	dürft	wollt	sollt
sie/Sie	können	müssen	dürfen	wollen	sollen

	Position 2 Modalverb		Satzende Infinitiv	
Felix	kann	Musik	organisieren.	*= Das ist möglich.*
Ana	kann	gut Deutsch	sprechen.	*= Sie hat es gelernt.*
Ich	muss	heute	arbeiten.	*= Es ist notwendig.*
Man	darf	im Bahnhof (nicht)	rauchen.	*= Es ist verboten/erlaubt.*
Sie	will	ein Kleid	nähen.	*= Sie möchte etwas sehr.*
Ingo	soll	zu Hause	bleiben.	*= Jemand hat es gesagt.*

► A1

1.6 Imperativ

Imperativ mit *Sie*

Sie schlafen viel. → Schlafen Sie viel!

Schlafen	Sie	viel!	
Atmen	Sie	tief	**ein**!

Imperativ mit *du, ihr*

~~Du~~ geh~~st~~ zum Bäcker. → Geh zum Bäcker!

Geh	bitte zum Bäcker!	
Bring	ein paar Getränke	**mit**!
! **Fahr**	zum Supermarkt!	
Hab	Spaß!	
Sei	so nett!	

~~Ihr~~ geht zum Bäcker. → Geht zum Bäcker!

Geht	bitte zum Bäcker!	
Bringt	ein paar Getränke	**mit**!
Fahrt	zum Supermarkt!	
Habt	Spaß!	
Seid	so nett!	

► A1

2.1 Präteritum

	sein	haben	wollen	können	müssen
ich	**war**	hat**te**	woll**te**	konn**te**	muss**te**
du	**warst**	hat**test**	woll**test**	konn**test**	muss**test**
er/es/sie	**war**	hat**te**	woll**te**	konn**te**	muss**te**
wir	**waren**	hat**ten**	woll**ten**	konn**ten**	muss**ten**
ihr	**wart**	hat**tet**	woll**tet**	konn**tet**	muss**tet**
sie/Sie	**waren**	hat**ten**	woll**ten**	konn**ten**	muss**ten**
			auch: sollen		*auch:* dürfen

▶ A1; A2: Kapitel 2

2.2 Perfekt

Perfekt mit *haben*

	Position 2 ***haben***		Satzende **Partizip II**
Sie	haben	zuerst Freunde	gefragt.
Karim	hat	Anzeigen im Internet	gelesen.
Sie	haben	dann eine Wohnung	gefunden.

Die meisten Verben bilden das Perfekt mit *haben*.

Perfekt mit *sein*

	Position 2 ***sein***		Satzende **Partizip II**
Karim	ist	zehn Jahre in die Schule	gegangen.
Er	ist	nach Österreich	gekommen.
Er	ist	nicht in Pöllau	geblieben.

Verben mit Bewegung (z. B. *gehen, kommen*) und die Verben *bleiben, werden* und *passieren* bilden das Perfekt mit *sein*.

Partizip II

regelmäßig		**unregelmäßig**	
ge...(e)t	*...ge...(e)t*	*ge...en*	*...ge...en*
sie/er hat **ge**mach**t**	sie/er hat auf**ge**hör**t**	sie/er hat **ge**gess**en**	sie/er hat an**ge**ruf**en**
sie/er hat **ge**arbeit**et**	sie/er hat ab**ge**hol**t**	sie/er ist **ge**blieb**en**	sie/er ist mit**ge**gang**en**
Verben auf *-ieren*	**Verben mit *be-*, *er-*, *ver-***		
...t	*...t*	*...en*	
es ist passier**t**	sie/er hat begrüß**t**	sie/er hat bekomm**en**	
sie/er hat organisier**t**	sie/er hat erklär**t**	sie/er hat erhalt**en**	
	sie/er hat verkauf**t**	sie/er hat verstand**en**	

! kennen – gekannt, wissen – gewusst, (mit)bringen – mitgebracht

Alle unregelmäßigen Formen finden Sie in der Liste am Ende vom Grammatikanhang.

▶ A1; A2: Kapitel 1

3 Verben mit Ergänzungen

3.1 Verben mit Akkusativ

Brauchst du einen Tisch?
Nein, ich **habe** einen Tisch. Aber ich **kaufe** ein Bett.

auch: anrufen, besuchen, möchte-, nehmen, es gibt, kennen, ...

▶ A1

3.2 Verben mit Dativ

Das Kleid **passt** dir nicht. Es ist zu groß. Aber die Bluse **steht** dir gut!
Ja, die Bluse **gefällt** mir auch.

auch: antworten, helfen, gehören, schmecken, ...

▶ A1

3.3 Reflexive Verben

ich	freue **mich**
du	freust **dich**
er/es/sie	freut **sich**
wir	freuen **uns**
ihr	freut **euch**
sie/Sie	freuen **sich**

auch: sich beeilen, sich entspannen, sich (gut/schlecht) fühlen, sich verabreden, ...

▶ A2: Kapitel 8

4 Artikel und Nomen

4.1 Artikelwörter

	maskulin	**neutral**	**feminin**	**Plural**
definit	**der** Tisch	**das** Heft	**die** Tasche	**die** Stifte
indefinit	**ein** Tisch	**ein** Heft	**eine** Tasche	– Stifte
kein	**kein** Tisch	**kein** Heft	**keine** Tasche	**keine** Stifte
Possessivartikel	**mein** Tisch	**mein** Heft	**meine** Tasche	**meine** Stifte

▶ A1

4.2 Singular und Plural

Singular *(ein/eine)*	**Plural** *(zwei und mehr)*	**Singular** *(ein/eine)*	**Plural** *(zwei und mehr)*
der Stift	**die** Stift**e**	die Brille	**die** Brille**n**
das Bild	**die** Bild**er**	die Tür	**die** Tür**en**
das Buch	**die** B**ü**ch**er**	das Handy	**die** Handy**s**
der Computer	**die** Computer	die Ärztin	**die** Ärztin**nen**

▶ A1

4.3 Nominativ, Akkusativ, Dativ

Nominativ	maskulin	neutral	feminin	Plural
definit	**der** Tisch	**das** Heft	**die** Tasche	**die** Stifte
indefinit	**ein** Tisch	**ein** Heft	**eine** Tasche	– Stifte
kein	**kein** Tisch	**kein** Heft	**keine** Tasche	**keine** Stifte

Akkusativ	maskulin	neutral	feminin	Plural
definit	**den** Tisch	**das** Heft	**die** Tasche	**die** Stifte
indefinit	**einen** Tisch	**ein** Heft	**eine** Tasche	– Stifte
kein	**keinen** Tisch	**kein** Heft	**keine** Tasche	**keine** Stifte

Dativ	maskulin	neutral	feminin	Plural
definit	**dem** Tisch	**dem** Heft	**der** Tasche	**den** Stifte**n**
indefinit	**einem** Tisch	**einem** Heft	**einer** Tasche	– Stifte**n**
kein	**keinem** Tisch	**keinem** Heft	**keiner** Tasche	**keinen** Stifte**n**

▶ A1

4.4 Possessivartikel

Nominativ	maskulin	neutral	feminin	Plural
ich	**mein** Vater	**mein** Kind	**meine** Mutter	**meine** Eltern
du	**dein** Vater	**dein** Kind	**deine** Mutter	**deine** Eltern
er/es	**sein** Vater	**sein** Kind	**seine** Mutter	**seine** Eltern
sie	**ihr** Vater	**ihr** Kind	**ihre** Mutter	**ihre** Eltern
wir	**unser** Vater	**unser** Kind	**unsere** Mutter	**unsere** Eltern
ihr	**euer** Vater	**euer** Kind	**eure** Mutter	**eure** Eltern
sie/Sie	**ihr/Ihr** Vater	**ihr/Ihr** Kind	**ihre/Ihre** Mutter	**ihre/Ihre** Eltern
Akkusativ	**meinen** Vater	**mein** Kind	**meine** Mutter	**meine** Eltern
Dativ	**meinem** Vater	**meinem** Kind	**meiner** Mutter	**meinen** Eltern

▶ A1

4.5 Null-Artikel

Ich trinke gern – Wasser.

Ich esse gern – Fisch.

▶ A1

5 Adjektive

	maskulin	neutral	feminin	Plural
Nominativ	**der** große Topf	**das** neue Besteck	**die** kleine Vase	**die** weiße**n** Kerzen
Akkusativ	**den** große**n** Topf	**das** neue Besteck	**die** kleine Vase	**die** weiße**n** Kerzen

▶ A2: Kapitel 9

6 Pronomen

6.1 Personalpronomen

Nominativ	ich	du	er	es	sie	wir	ihr	sie	Sie
Akkusativ	mich	dich	ihn	es	sie	uns	euch	sie	Sie
Dativ	mir	dir	ihm	ihm	ihr	uns	euch	ihnen	Ihnen

▶ A1

6.2 Das Pronomen *man*

In Österreich isst **man** sehr gern Obst. = *In Österreich essen viele Personen sehr gern Obst.*

▶ A1

6.3 *Welcher? – Dieser. / Der.*

Nominativ

maskulin	**neutral**	**feminin**	**Plural**	
Welcher Mantel	**Welches** T-Shirt	**Welche** Hose	**Welche** Schuhe	gefällt/gefallen dir?
Dieser Mantel.	**Dieses** T-Shirt.	**Diese** Hose.	**Diese** Schuhe.	
Der in Blau.	**Das** in Grün.	**Die** in Rot.	**Die** in Braun.	

Akkusativ

maskulin	**neutral**	**feminin**	**Plural**	
Welchen Mantel	**Welches** T-Shirt	**Welche** Hose	**Welche** Schuhe	nimmst du?
Diesen Mantel.	**Dieses** T-Shirt.	**Diese** Hose.	**Diese** Schuhe.	
Den in Blau.	**Das** in Grün.	**Die** in Rot.	**Die** in Braun.	

▶ A1; A2: Kapitel 5

7 Präpositionen

7.1 Lokale Präpositionen

Woher?	aus	Ich komme **aus** Wien.	*Stadt, Ort*
		Ich komme **aus** Bulgarien.	*Land*
		! Ich komme **aus** dem Irak / **aus** der Türkei / **aus** den USA.	
Wo?	bei	Ich arbeite **bei** Spardi.	*Firma*
		Ich bin noch **beim** Arzt.	*Person*
	in	Ich wohne **in** Salzburg.	*Stadt, Ort*
		Ich wohne **in** Österreich.	*Land*
		! Ich wohne **im** Irak / **in** der Türkei / **in** den USA.	
		Ich arbeite **in** der Apotheke.	*Gebäude*
		Eisenstadt liegt **im** Osten (von Österreich).	*Himmelsrichtung*
	gegenüber von	Die Post ist **gegenüber von** der Bank.	*Gebäude*
		Ich warte **gegenüber vom** Bahnhof.	*Gebäude, Ort*
Wohin?	nach	Morgen fahre ich **nach** Graz.	*Stadt, Ort*
		Ich bin **nach** Italien geflogen.	*Land*
	zu	Wann gehst du **zum** Arzt?	*Person*
		Ich muss noch **zur** Bank gehen.	*Gebäude*
		Wie komme ich **zum** Bahnhof?	*Gebäude, Ort*

Wie?	an ... vorbei	Ich fahre **an** der Bank **vorbei**.	*Gebäude*
		Ich gehe schnell **an** ihm **vorbei**.	*Person*
	durch	Ich fahre **durch** Wien/Österreich.	*Stadt, Land*
		Ich fahre **durch** das Zentrum.	*Ort*
	über	Ich fahre **über** die Brücke.	*Ort*
		Ich fahre **über** Innsbruck.	*Stadt, Ort*

▶ A1; A2: Kapitel 10

7.2 Temporale Präpositionen

Wann?	an	Ich frühstücke **am** Morgen nicht.	*Tageszeit*
		❗ Ich schlafe **in** der Nacht.	
		Am Montag habe ich frei.	*Wochentage*
		Ich habe **am** 8. Mai Geburtstag.	*Datum*
	um	Meine Arbeit fängt **um** acht Uhr an.	*Uhrzeit*
	in	**Im** Sommer besuche ich meine Familie.	*Jahreszeit*
		Ich habe **im** August Geburtstag.	*Monate*
	von ... bis	Ich habe **von** 9:30 Uhr **bis** 10 Uhr Pause.	
		Von Montag **bis** Mittwoch habe ich frei.	
	zwischen	Ich rufe dich **zwischen** acht und neun Uhr an.	
	ab	Das Geschäft hat **ab** 10 Uhr geöffnet.	
	seit	Ich mache **seit** zwei Monaten den A2-Kurs.	
	vor	Ich habe **vor** einem Jahr den A1-Kurs gemacht.	
		Muss ich die Tabletten **vor** dem Essen nehmen?	
		Es ist zehn **vor** zwölf.	
	nach	Nehmen Sie die Tabletten **nach** dem Essen.	
		Es ist zehn **nach** zwölf.	
	in	Ich mache **in** einem Monat die B1-Prüfung.	

▶ A1

7.3 Wechselpräpositionen

Wo?

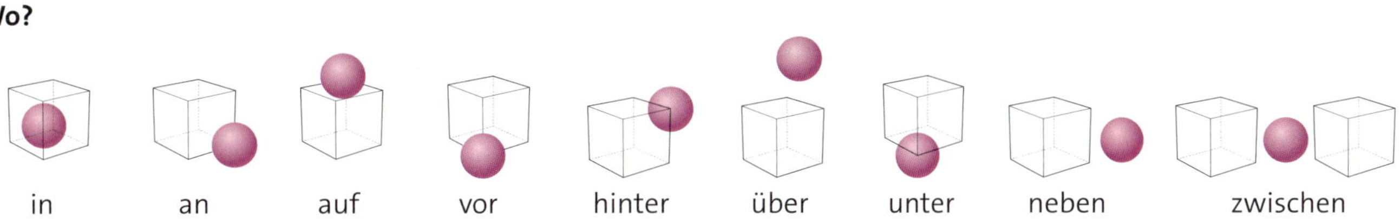

Die Lampe steht neben **dem** Tisch / **dem** Sofa / **der** Tür / **den** Sesseln.

Wohin?

Ich stelle die Lampe neben **den** Tisch / **das** Sofa / **die** Tür / **die** Sessel.

▶ A1; A2: Kapitel 4

7.4 Präpositionen *aus, für, mit, ohne, von*

aus *(Dativ)*	Der Tisch ist **aus** Holz.
für *(Akkusativ)*	Was ist wichtig **für** dich?
mit *(Dativ)*	Fährst du jeden Tag **mit** dem Bus?
	Ich mag Pizza **mit** Käse und Salami.
ohne *(Akkusativ)*	Die Kinder gehen **ohne** ihren Vater in den Park.
von *(Dativ)*	Wie heißt die Mutter **von** dem Kind?

► A1; A2: Kapitel 9

8 Komparation

gern — lieber — am liebsten — gut — besser — am besten — viel — mehr — am meisten

► A1

9 Wortbildung

9.1 Berufe: maskulin und feminin

Mann	Frau
der Lehrer	die Lehrer**in**
der Arzt	die **Ä**rzt**in**
der Hausmann	die Haus**frau**

► A1

9.2 Nomen + Nomen (Komposita)

der Milch**kaffee** — **das** Mittag**essen** — **die** Tomaten**suppe**

► A1

9.3 Nomen auf *-ung*

die Anmeld**ung**
die Ermäßig**ung**
die Prüf**ung**

► A2: Kapitel 2

9.4 Datum (Ordinalzahlen)

Der Termin ist **am**	**ersten**/zwei**ten**/**dritten**/vier**ten**/.../**siebten**/**achten**/...	*(1–19 + **-ten**)*
	zwanzig**sten**/dreißig**sten**/einunddreißig**sten**/... Juni.	*(20–... + **-sten**)*
Der Termin ist **am**	**ersten** Sechs**ten**.	
Heute ist **der**	**erste**/zwei**te**/... Mai.	*(1–19 + **-te**)*
	zwanzig**ste**/dreißig**ste**/... Mai.	*(20–... + **-ste**)*
Heute ist **der**	**erste** Fünfte.	

► A1; A2: Kapitel 6

Sätze

1 Aussagesätze

1.1 Satzklammer

	Position 2		Satzende	
Karim	arbeitet	als Verkäufer.		
Er	ruft	Martina	an.	*trennbare Verben*
Er	kann	nicht	arbeiten.	*Modalverben*
Er	hat	gestern lange	gearbeitet.	*Perfekt*
Heute	hat	er frei.		

► A1

1.2 Höfliche Ratschläge

Sie	sollten	Sport	machen.
Du	solltest	mehr Wasser	trinken.

► A2: Kapitel 8

2 Fragesätze

2.1 W-Fragen

Wie	heißen	Sie?		Ich heiße Martina Schmid.
Woher	kommen	Sie?		Ich komme aus Österreich.
Wo	wohnen	Sie?		Ich wohne in Wien.
Was	essen	Sie gern?		Ich esse gern Fisch und Reis.
Wen	rufen	Sie	an?	Ich rufe meinen Freund Peter an.
Wann	müssen	Sie	arbeiten?	Ich arbeite von 7 bis 18 Uhr.
Wohin	sind	Sie gestern	gefahren?	Ich bin nach Hause gefahren.

► A1

2.2 Ja-/Nein-Fragen

	Arbeitest	du heute?		Nein.
	Hast	du jetzt Zeit?		Ja.
	Kommst	du heute	mit?	Ja.
	Willst	du Tischtennis	spielen?	Nein.
	Hast	du gestern Felix	getroffen?	Ja.

► A1

2.3 Höfliche Fragen und Bitten

	Könnten	Sie mir bitte	helfen?	Ja, gern.
	Könntest	du das Wort	erklären?	Gern. Das bedeutet ...
	Würden	Sie das bitte	wiederholen?	Ja. ...
	Würdest	du mir das Buch	zeigen?	Tut mir leid, ich habe es nicht.

► A1

2.4 Indirekte Fragen

Ich weiß nicht,	**wie**	sie	heißt.	Sie heißt Martina Schmid.
Ich möchte gerne wissen,	**woher**	sie	kommt.	Sie kommt aus Österreich.
Können Sie mir sagen,	**wo**	sie	wohnt?	Sie wohnt in Wien.
Weißt du,	**ob**	sie Zeit	hat?	Nein, leider nicht.
Kannst du mir sagen,	**ob**	du heute	kommst?	Ja, ich komme heute.
Ich möchte wissen,	**ob**	das erlaubt	ist.	Ja, das ist erlaubt.

▶ A2: Kapitel 7, 10

3 *Ja, nein, doch*

Feierst du heute? Bekommst du Geschenke? → Ja./Nein.
Feierst du heute **nicht**? Bekommst du **keine** Geschenke? → **Doch**. / Nein.

▶ A1

4 Verneinung im Satz

4.1 *kein*

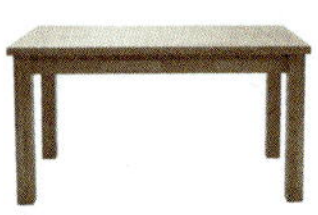

Hier ist ein Tisch.

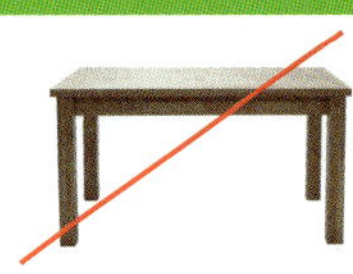

Hier ist **kein** Tisch.

▶ A1

4.2 *nicht*

- Wie geht es dir?
- **Nicht** gut.
- Was machst du beruflich?
- Ich arbeite **nicht**. Ich bin arbeitslos.
- Lernst du im Kurs Englisch?
- Nein, ich lerne **nicht** Englisch. Ich lerne Deutsch.

▶ A1

5 Die Position im Satz

5.1 *zuerst, dann, danach*

Position 1	Position 2	Position 3	
Sie	fahren	zuerst	mit der Straßenbahn.
Zuerst	fahren	Sie	mit der Straßenbahn.
Sie	fahren	dann	mit dem Bus.
Dann	fahren	Sie	mit dem Bus.
Sie	steigen	danach	um.
Danach	steigen	Sie	um.

▶ A1

5.2 *und, oder, aber, denn*

Hauptsatz 1				**Hauptsatz 2**		
	Position 2		**Position 0**		**Position 2**	
Das Wort	ist	sehr lang	**und**	es	ist	kompliziert.
Ich	suche	das Wort im Wörterbuch	**oder**	ich	frage	einen Freund.
Der Freund	erklärt	das Wort**,**	**aber**	ich	verstehe	es leider nicht.
Wir	brauchen	eine Kinderbetreuung**,**	**denn**	wir	müssen	arbeiten.

► A1

5.3 Nebensätze

Hauptsatz	**Nebensatz**		**Satzende**
Ich lerne Georgisch,	**weil**	ich nach Georgien	fahre.
Ich hoffe,	**dass**	ich es schnell	lerne.
Ich komme,	**wenn**	ich Zeit	habe.

auch: **Wenn** ich Zeit habe, (dann) komme ich.

► A2: Kapitel 3, 5, 6

Unregelmäßige Verben

Infinitiv	3. Person Sg. Präsens	3. Person Sg. Perfekt
ab|fahren	sie/er fährt ab	sie/er **ist** abgefahren
ab|geben	sie/er gibt ab	sie/er hat abgegeben
ab|lesen	sie/er liest ab	sie/er hat abgelesen
an|bieten	sie/er bietet an	sie/er hat angeboten
an|fangen	sie/er fängt an	sie/er hat angefangen
an|kommen	sie/er kommt an	sie/er **ist** angekommen
an|nehmen	sie/er nimmt an	sie/er hat angenommen
an|rufen	sie/er ruft an	sie/er hat angerufen
an|sehen	sie/er sieht an	sie/er hat angesehen
an|ziehen	sie/er zieht an	sie/er hat angezogen
auf|stehen	sie/er steht auf	sie/er **ist** aufgestanden
aus|geben	sie/er gibt aus	sie/er hat ausgegeben
aus|gehen	sie/er geht aus	sie/er **ist** ausgegangen
aus|schlafen	sie/er schläft aus	sie/er hat ausgeschlafen
aus|sehen	sie/er sieht aus	sie/er hat ausgesehen
aus|steigen	sie/er steigt aus	sie/er **ist** ausgestiegen
aus|ziehen	sie/er zieht aus	sie/er **ist** ausgezogen
beginnen	sie/er beginnt	sie/er hat begonnen
bekommen	sie/er bekommt	sie/er hat bekommen
beraten	sie/er berät	sie/er hat beraten
bleiben	sie/er bleibt	sie/er **ist** geblieben
bringen	sie/er bringt	sie/er hat gebracht
denken	sie/er denkt	sie/er hat gedacht
ein|laden	sie/er lädt ein	sie/er hat eingeladen
empfehlen	sie/er empfiehlt	sie/er hat empfohlen
essen	sie/er isst	sie/er hat gegessen
erhalten	sie/er erhält	sie/er hat erhalten
fallen	sie/er fällt	sie/er **ist** gefallen
fahren	sie/er fährt	sie/er **ist** gefahren
finden	sie/er findet	sie/er hat gefunden
fliegen	sie/er fliegt	sie/er **ist** geflogen
geben	sie/er gibt	sie/er hat gegeben
gefallen	es gefällt	es hat gefallen
gehen	sie/er geht	sie/er **ist** gegangen
gelten	sie/er gilt	sie/er hat gegolten
heißen	sie/er heißt	sie/er hat geheißen
herunter|laden	sie/er lädt herunter	sie/er hat heruntergeladen
helfen	sie/er hilft	sie/er hat geholfen
kennen	sie/er kennt	sie/er hat gekannt
klingen	sie/er klingt	sie/er hat geklungen

kommen	sie/er kommt	sie/er **ist** gekommen
laufen	sie/er läuft	sie/er **ist** gelaufen
lesen	sie/er liest	sie/er hat gelesen
lügen	sie/er lügt	sie/er hat gelogen
mit|bringen	sie/er bringt mit	sie/er hat mitgebracht
mit|kommen	sie/er kommt mit	sie/er **ist** mitgekommen
mit|nehmen	sie/er nimmt mit	sie/er hat mitgenommen
nehmen	sie/er nimmt	sie/er hat genommen
riechen	sie/er riecht	sie/er hat gerochen
rufen	sie/er ruft	sie/er hat gerufen
scheinen	sie/er scheint	sie/er hat geschienen
schlafen	sie/er schläft	sie/er hat geschlafen
schließen	sie/er schließt	sie/er hat geschlossen
schreiben	sie/er schreibt	sie/er hat geschrieben
schwimmen	sie/er schwimmt	sie/er **ist** geschwommen
sehen	sie/er sieht	sie/er hat gesehen
singen	sie/er singt	sie/er hat gesungen
sitzen	sie/er sitzt	sie/er **ist** gesessen
sprechen	sie/er spricht	sie/er hat gesprochen
statt|finden	sie/er findet statt	sie/er hat stattgefunden
stehen	sie/er steht	sie/er **ist** gestanden
stoßen	sie/er stößt	sie/er hat gestoßen
tragen	sie/er trägt	sie/er hat getragen
treffen	sie/er trifft	sie/er hat getroffen
trinken	sie/er trinkt	sie/er hat getrunken
tun	sie/er tut	sie/er hat getan
übernehmen	sie/er übernimmt	sie/er hat übernommen
überweisen	sie/er überweist	sie/er hat überwiesen
um|steigen	sie/er steigt um	sie/er **ist** umgestiegen
um|ziehen	sie/er zieht um	sie/er **ist** umgezogen
(sich) unterhalten	sie/er unterhält sich	sie/er hat sich unterhalten
unterschreiben	sie/er unterschreibt	sie/er hat unterschrieben
verbringen	sie/er verbringt	sie/er hat verbracht
vergessen	sie/er vergisst	sie/er hat vergessen
verlassen	sie/er verlässt	sie/er hat verlassen
verstehen	sie/er versteht	sie/er hat verstanden
vor|schlagen	sie/er schlägt vor	sie/er hat vorgeschlagen
waschen	sie/er wäscht	sie/er hat gewaschen
weh|tun	es tut weh	es hat wehgetan
weiter|gehen	sie/er geht weiter	sie/er **ist** weitergegangen
wissen	sie/er weiß	sie/er hat gewusst
ziehen	sie/er zieht	sie/er **ist** gezogen

zurück|geben	sie/er gibt zurück	sie/er hat zurückgegeben
zurück|gehen	sie/er geht zurück	sie/er **ist** zurückgegangen
zurück|fahren	sie/er fährt zurück	sie/er **ist** zurückgefahren
zurück|kommen	sie/er kommt zurück	sie/er **ist** zurückgekommen

Hörtexte Kursbuch

Hier finden Sie alle Hörtexte, die nicht oder nicht vollständig im Buch abgedruckt sind.

1 Unser neuer Kurs

B, 1b

eins

- Wie war Ihr erster Tag in der Sprachschule?
- Mein erster Tag in der Sprachschule war nicht einfach. Ich bin schon um halb sechs aufgestanden. Ich war ein bisschen nervös und aufgeregt. Ich bin mit dem Bus …

zwei

- Wie war Ihr erster Tag in Österreich?
- Mein erster Tag in Österreich? Ich weiß alles noch ganz genau. Ich bin alleine mit dem Flugzeug gekommen und ich war neugierig, aber auch ein bisschen ängstlich. Ich habe nur meinen Mann gekannt …

B, 1c + d

eins

- Wie war Ihr erster Tag in der Sprachschule?
- Mein erster Tag in der Sprachschule war nicht einfach. Ich bin schon um halb sechs aufgestanden. Ich war ein bisschen nervös und aufgeregt. Ich bin mit dem Bus zur Sprachschule gefahren und ich war zu früh da. Ich habe eine halbe Stunde vor der Tür gewartet. Dann sind auch alle anderen gekommen. Sie waren schon lange in der Sprachschule, nur ich war neu. Ich war ein bisschen unsicher: Ist mein Deutsch gut genug? Vielleicht verstehe ich nicht alles und dann sind die Lehrerin und die anderen genervt? Aber es war kein Problem. Wir haben viel gesprochen. Die Lehrerin hat die Grammatik genau erklärt. Ich habe alles verstanden und ich war glücklich.

zwei

- Wie war Ihr erster Tag in Österreich?
- Mein erster Tag in Österreich? Ich weiß alles noch ganz genau. Ich bin alleine mit dem Flugzeug gekommen und ich war neugierig, aber auch ein bisschen ängstlich. Ich habe nur meinen Mann gekannt. Keinen anderen Menschen in Österreich. Mein Mann ist zum Flughafen gekommen und er hat auch seine Eltern mitgebracht. Alle haben mich sehr freundlich begrüßt. Ich war sehr froh. Wir sind dann mit dem Auto nach St. Pölten gefahren. Dort wohnen wir. Mein erster Eindruck von Österreich war: Es ist alles grün, so viele Bäume, so viel Wald! Und mein zweiter Eindruck war: Es ist kalt und nass. Meine Schwiegermutter hat mir einen Regenmantel gegeben und gesagt: Den brauchst du in Österreich!

D, 2b

fahren – gefahren – trinken – getrunken – gehen – gegangen – laufen – gelaufen; aufstehen – aufgestanden – wegfahren – weggefahren – mitbringen – mitgebracht – abholen – abgeholt; verstehen – verstanden – vergessen – vergessen – beginnen – begonnen – erklären – erklärt

2 Arbeiten und lernen

A, 1c + d

- Guten Morgen, Nino! Was machst du da?
- Guten Morgen, Aaron! Ach, das sind Steckbriefe von unserem Team – also von Herrn Klauser und mir. Ich brauche von dir und von Nala auch noch ein Foto.
- Ja, ich gebe es dir später. Oh, das ist interessant! Du hast Landwirtschaft studiert, das habe ich nicht gewusst.
- Ja, meine Eltern haben einen Bauernhof in Georgien. Ich musste als Kind oft helfen, aber das habe ich gerne gemacht. Und dann habe ich Landwirtschaft studiert: erst in Tbilissi, dann in Österreich.
- Hast du schon in Georgien Deutsch gelernt?
- Ja, wir hatten in der Schule Englisch und Deutsch. Und auch im Studium habe ich viel Deutsch gelernt.
- Und dann hast du in Wien eine Stelle gefunden. Was musstest du machen?
- Ich musste Pläne schreiben: Wer macht was und wann? Das habe ich gerne gemacht, aber ich war oft allein im Büro. Das war nicht so schön. Ich wollte mehr Kontakt mit Menschen haben.
- Na, das passt gut. Hier im Nachbarschaftszentrum triffst du jeden Tag viele Menschen.
- Ja, das ist schön. Hier kann ich ein tolles Programm organisieren. Ich durfte schon als Kind mit meiner Mutter immer Feste auf unserem Bauernhof organisieren. Meine Mutter konnte sehr gut organisieren und planen und ich durfte ihr helfen. So habe ich von meiner Mutter viel gelernt. Das hilft mir heute bei der Arbeit sehr! Hier muss man auch viel planen.
- Zum Beispiel das nächste Fest im Nachbarschaftszentrum!
- Genau!

B, 2a

Beruf A

Grüß Gott. Ich sehe: Die ÖBB haben viele Ausbildungsberufe. Das finde ich toll.
Stimmt. Bei uns kann man unterschiedliche Dinge lernen. Haben Sie vielleicht Fragen?
Ja. Was genau macht man als Kauffrau für Mobilitätsservice?
Als Kauffrau für Mobilitätsservice beraten Sie Kunden. Im Reisezentrum verkaufen Sie Fahrkarten, in Zügen kontrollieren Sie die Karten.
Und was ist für den Beruf wichtig?
Man muss flexibel sein und gerne mit Menschen arbeiten.
Aha, und wie viel Geld verdient man in der Ausbildung?
Zwischen 800 und 1200 Euro.
Das klingt gut, ich bin aber noch nicht ganz sicher ...
Sie können ein Praktikum bei uns machen. Das Praktikum dauert eine Woche. Und Sie müssen bei uns zuerst einen Test machen. Am Ende wissen wir: Passt die Ausbildung zu Ihnen oder nicht?
Danke schön. Ich glaube, ich bewerbe mich zuerst um ein Praktikum.
Schön, dann viel Glück. Auf Wiederschauen.
Auf Wiederschauen.

Beruf B

Grüß Gott. Ich sehe: Die ÖBB haben viele Ausbildungsberufe. Das finde ich toll.
Stimmt. Bei uns kann man unterschiedliche Dinge lernen. Haben Sie vielleicht Fragen?
Ja. Was genau macht man als Lokführer?
Als Lokführer transportieren Sie Menschen oder Waren in Österreich und im Ausland.
Und was ist für den Beruf wichtig?
Man muss sehr pünktlich sein. Wichtig ist auch, dass Sie kleine Sachen selbst reparieren können. Finden Sie Technik interessant? Das ist auch wichtig.
Ja, ich interessiere mich für Technik. Wie viel Geld verdient man in der Ausbildung?
Zwischen 1000 und 1200 Euro.
Das klingt gut, ich bin aber noch nicht ganz sicher ...
Sie können ein Praktikum bei uns machen. Das Praktikum dauert eine Woche. Und Sie müssen zuerst einen Test machen. Am Ende wissen wir: Passt die Ausbildung zu Ihnen oder nicht?
Danke schön. Ich glaube, ich bewerbe mich zuerst um ein Praktikum.
Schön, dann viel Glück. Auf Wiederschauen.
Auf Wiederschauen.

Beruf C

Grüß Gott. Ich sehe: Die ÖBB haben viele Ausbildungsberufe. Das finde ich toll.
Stimmt. Bei uns kann man unterschiedliche Dinge lernen. Haben Sie vielleicht Fragen?
Ja. Was genau macht man als Bauzeichnerin?
Als Bauzeichnerin planen und konstruieren Sie Gebäude und Brücken. Das machen Sie am Computer.
Und was ist für den Beruf wichtig?
Man muss gut rechnen können und gerne im Team arbeiten.
Aha, und wie viel Geld verdient man in der Ausbildung?
Zwischen 1000 und 1400 Euro.
Das klingt gut, ich bin aber noch nicht ganz sicher ...
Sie können ein Praktikum bei uns machen. Das Praktikum dauert eine Woche. Und Sie müssen zuerst einen Test machen. Am Ende wissen wir: Passt die Ausbildung zu Ihnen oder nicht?
Danke schön. Ich glaube, ich bewerbe mich zuerst um ein Praktikum.
Schön, dann viel Glück. Auf Wiederschauen.
Auf Wiederschauen.

3 In der Freizeit

C, 1b + c

Ristorante Il Mondo, Paolo Vitale, guten Tag.
Grüß Gott! Hier ist Luisa Pichler. Ich möchte gerne einen Tisch reservieren.
Gern. Für wie viele Personen?
Für zwei Personen.
Wann möchten Sie kommen?
Am Donnerstagabend um 20 Uhr. Geht das?
Moment ... Ja, das geht. Auf welchen Namen möchten Sie reservieren?
Pichler.
Gut, Frau Pichler. Am Donnerstag, 20 Uhr, zwei Personen.
Ja, vielen Dank. Bis dann.
Gern. Bis dann ... Ristorante Il Mondo, Paolo Vitale, guten Tag.
Hallo. Luisa Pichler hier noch einmal. Ich habe gerade angerufen. Ich habe einen Tisch für Donnerstag reserviert. Haben Sie auch morgen einen Tisch frei? Um 20 Uhr?
Hm, ... nein, tut mir leid. Morgen geht es leider nicht. Wir sind ausgebucht ...
Oh, das ist aber schade. Ich habe das Datum falsch notiert: Mein Mann hat schon morgen Geburtstag.
Oh, Ihr Mann hat Geburtstag? Warten Sie ... Wir haben einen Tisch frei, aber schon um 18 Uhr.
Oh, super! Das geht auch! Danke schön.
Gut, dann morgen um 18 Uhr, zwei Personen.
Ja, bis morgen!

C, 2a
eins

- Grüß Gott. Haben Sie reserviert?
- Ja, für zwei Personen um 18 Uhr, auf den Namen Pichler.
- Hier, bitte, die Speisekarte.
- Danke.
- Was darf es sein?
- Ich hätte gern einen Rotwein. Und ich nehme den Tomatensalat als Vorspeise und die Spaghetti als Hauptgericht.
- Ich möchte ein Wasser, bitte, und als Vorspeise die Gemüsesuppe. Und ich hätte gern das Hendl als Hauptgericht.
- Gern.

zwei

- Entschuldigung! Könnte ich bitte eine andere Gabel haben? Meine Gabel ist nicht sauber.
- Oh, natürlich. Tut mir leid!

drei

- Hat es geschmeckt?
- Ja, danke. Sehr gut.
- Haben Sie noch einen Wunsch? Möchten Sie einen Nachtisch oder einen Kaffee?
- Ich hätte gern ein Tiramisu.
- Ich nehme einen Kaffee, bitte.

vier

- Entschuldigung, die Rechnung bitte.
- Gern. Das macht 55,50 Euro.
- Auf 60, bitte.
- Vielen Dank. Einen schönen Abend noch.
- Danke. Ihnen auch.
- Danke für die Einladung, Luisa!

4 Wohnen und Nachbarn

A, 1d + e

- Oh, schau, die Wohnung ist sehr schön.
- Und groß!
- Ja, 60 Quadratmeter und es gibt einen Balkon!
- Ja, das ist toll. Nur das Bad ist zu klein.
- Hm. Aber die Wohnung kostet nur 800 Euro!
- Das ist nur die Kaltmiete, du hast die Kosten für Warmwasser, Heizung, Strom und die Betriebskosten vergessen – 200 Euro plus laufende Kosten.
- Oh, okay – mehr als 1000 Euro. Das ist teuer. Aber die Wohnung hat zwei Zimmer, genau richtig.
- Und sie liegt sehr schön. Schau einmal aus dem Fenster – ein Park direkt vor der Tür!
- Ja, das stimmt, aber es ist weit zum Zentrum.
- Ach, es sind nur fünf Minuten bis zur S-Bahn. Und in 25 Minuten ist man im Zentrum.
- Stimmt. Ah, ist das hier die Küche?
- Ja, schön hell und groß! Hier werde ich lange frühstücken.
- Du, wir haben die Wohnung noch nicht ...

C, 2a + c
eins

- Hören Sie bitte, Herr Gabor, so geht das nicht – mit der Musik!
- Grüß Gott, Herr Meier.
- Ja ja ... Ihre Musik ist immer zu laut.
- Immer? Also, ich weiß nicht.
- Na ja. Oft. Gestern Abend zum Beispiel.
- Ah, gestern Abend. Ja, tut mir leid. Wissen Sie, wir haben Geburtstag gefeiert und ein bisschen getanzt. Warum haben Sie nichts gesagt?
- Ach ...
- Herr Meier, ich habe eine Idee: Kommen Sie immer gleich zu uns und sagen Sie Bescheid. Dann machen wir die Musik leise und Sie bekommen auch ein Glas Wein.
- Ich trinke keinen Wein, aber gut – so können wir es machen.

zwei

- Ja?
- Grüß Gott, Frau Kaiser. Entschuldigen Sie bitte, ist das Ihr Kinderwagen im Stiegenhaus?
- Ja, und?
- Ja, tut mir leid, der steht immer vor den Briefkästen. Aber da ist wenig Platz. Könnten Sie vielleicht den Wagen unter die Stiege stellen?
- Nein. Das finde ich nicht gut. Unter der Stiege ist auch wenig Platz. Noch was?
- Ähm, nein, das war nur eine Frage ...
- Wiederschauen.
- Auf Wiederschauen ...

C, 3a
Situation A

Guten Tag, hier ist Martin Ott, Ihr Nachbar. Ich weiß, Sie sind Musiker oder Musikerin, aber entschuldigen Sie: Sie machen den ganzen Tag Musik und es ist sehr laut! Ich arbeite zu Hause und ich brauche Ruhe. Wie können wir das Problem lösen?

D, 1b

- Hören Sie bitte, Herr Yilmaz, so geht das mit der Tür nicht.
- Wie bitte? Was meinen Sie? Welche Tür?
- Na, die Haustür!
- Was ist mit der Haustür?
- Man kann die Haustür nicht richtig öffnen.
- Warum können Sie die Haustür nicht öffnen?
- Das wissen Sie genau!
- Entschuldigung, nein, das weiß ich nicht.
- Weil da immer Ihr Fahrrad steht!
- Mein Fahrrad?
- Ja!
- Aber ich habe gar kein Fahrrad!
- Sie haben kein Fahrrad?!

Nein. Ich fahre Auto.
Oh, ähm ... Entschuldigung ...

D, 1d

Hallo, Frau Schulz. Ich möchte mein Paket abholen.
Was für ein Paket?
Haben Sie kein Paket für mich?
Nein, tut mir leid.
Aber in meinem Briefkasten liegt ein Zettel vom Paketzusteller mit Ihrem Namen. Hier, sehen Sie?
Aber hier steht Scholz, nicht Schulz! Frau Scholz wohnt unten im Erdgeschoss.
Ah, okay. Entschuldigung!
Kein Problem.

5 Mein neuer Job

A, 1c, d + e

Grüß Gott, Herr Kemal. Mein Name ist Schuster. Haben Sie den Weg gut gefunden?
Guten Tag. Ja, ich bin sehr früh losgefahren, erst mit dem Bus, dann mit der Bahn, und dann habe ich noch ...
Na, Sie sind pünktlich – das ist gut. Herr Kemal, was haben Sie schon gemacht?
Ich habe schon als Hausmeister in einer Schule gearbeitet.
Aber im Lager – also als Lagerist – haben Sie noch nicht gearbeitet?
Nein, aber ich denke, dass ich es schnell lerne. Was muss ich machen?
Sie müssen Waren sortieren und transportieren. Und es muss immer schnell gehen. Ich hoffe, dass Sie schnell arbeiten.
Natürlich. Muss ich auch Maschinen bedienen?
Nein, aber es ist wichtig, dass Sie Auto fahren können. Haben Sie einen Führerschein?
Ja, ich habe einen Pkw-Führerschein.
Sehr schön. Haben Sie noch Fragen?
Ja. Sie haben am Telefon gesagt, dass ich Vollzeit arbeite. Wie sind die Arbeitszeiten?
Sie arbeiten täglich von 8 bis 17 Uhr. Zu Mittag haben Sie eine Pause.
Das ist gut. Und ... ja, noch eine Frage: Wie ist das Gehalt? Ich habe gehört, dass Sie 14 Euro pro Stunde zahlen. Ist das richtig?
Ja, das stimmt. Ist das in Ordnung für Sie?
Natürlich. Das ist ein gutes Gehalt.
Schön. Können Sie schon am Montag anfangen?
Schon am Montag? Okay ... ja, ich glaube, das geht.
Sehr schön. Ich rufe Sie spätestens am Mittwoch an und ...

A, 2a + b

Es ist wichtig, dass Sie Auto fahren können.
Ich habe gehört, dass Sie 14 Euro pro Stunde zahlen.
Ich denke, dass ich es schnell lerne.
Ich hoffe, dass Sie schnell arbeiten.
Sie haben gesagt, dass ich Vollzeit arbeite.

B, 2b + d

So, Pause.
Oh ja! Frau Weber, kann ich Sie etwas fragen?
Ja?
Also – in meinem Arbeitsvertrag steht: 14 Euro brutto. Aber was bedeutet *brutto*?
Na ja, *brutto* – das ist das ganze Gehalt. Man bekommt aber nicht das ganze Gehalt. Man muss von dem Bruttogehalt noch Steuern bezahlen.
Steuern? Was meinen Sie damit?
Steuern – auf Englisch *tax* – mit dem Geld baut der Staat Straßen, Kindergärten und Schulen und so weiter.
Aha, *tax* – das verstehe ich.
Ja, und dann muss man auch noch Versicherungen bezahlen: die Krankenversicherung und die Pensionsversicherung.
Hm, Sie meinen also, dass ich nicht alles bekomme?
Genau, Sie bekommen nur das Nettogehalt, also das Bruttogehalt minus Steuern und Versicherungen. Zum Beispiel: Ihr Gehalt sind 2.400 Euro brutto – das sind dann ungefähr 1.800 Euro netto.
Und das bekomme ich dann auf mein Konto. Ist das richtig?
Ja, genau.
Ähm ... Darf ich Sie noch etwas fragen? Wie viel verdienen *Sie* denn?
Na ja ... ach, mein Gehalt ist ganz gut.
Oh, ich verstehe, Sie möchten nicht darüber sprechen ...
Ja, das stimmt. In Österreich machen wir das nicht so gern ...

D, 1a

Herr Klauser, haben Sie kurz Zeit?
Ja, warum?
Ich möchte Ihnen unser neues Arbeitszeiterfassungssystem zeigen.
Unser neues ... was?
Ein Programm für unsere Arbeitszeiten.
Die Arbeitszeiten notieren wir in dem Heft dort.
Ja, aber jetzt benutzen wir ein Programm, also eine App. Das ist ganz einfach! Ich zeige es Ihnen ...

D, 1b

Sie brauchen nur ein Handy. Haben Sie ein Handy?
Ja, ja.

- Also: Zuerst laden Sie die App herunter.
- Diese App?
- Ja, genau. So, fertig. Dann starten Sie die App. Sie müssen das Symbol hier anklicken, die Uhr. Sehen Sie?
- Hm ...
- Dann schreiben Sie hier Ihren Namen und Ihr Passwort. Das ist „Klau.1".
- Wie? Klau.1?
- Ja.
- Hm. Klau.1. Toll. Und dann?
- Dann klicken Sie den Knopf „Start" an und die App zählt die Zeit.
- Aber um 12 mache ich Pause. Zählt das Programm dann weiter?
- Sie machen Pause? Dann klicken Sie den Knopf „Pause" an und nach der Pause wieder den Knopf „Start". Bis wann arbeiten Sie?
- Bis 17 Uhr.
- Um 17 Uhr klicken Sie wieder „Stopp" an. Und Sie können das Programm schließen.
- Und wenn ich auf die Toilette gehe? Muss ich dann „Pause" anklicken?
- Nein, Herr Klauser, das müssen Sie nicht machen.
- Gut, dass ich das weiß. Danke für die Hilfe.

6 Auf dem Weg in die Arbeit

A, 2a

- Guten Morgen!
- Guten Morgen, Aaron! Und hallo, Herr Klauser! Sie sind heute früh da. War es voll im Bus?
- Bus? Nein, ich fahre nicht mit dem Bus.
- Nicht? Mit dem Auto steht man doch immer im Stau.
- Ja, aber ich wohne in Sulz.

A, 2b

- Guten Morgen!
- Guten Morgen, Aaron! Und hallo, Herr Klauser! Sie sind heute früh da. War es voll im Bus?
- Bus? Nein, ich fahre nicht mit dem Bus.
- Nicht? Mit dem Auto steht man doch immer im Stau.
- Ja, aber ich wohne in Sulz.
- Sulz? Wo ist das denn?
- Das ist weiter draußen. Und in Sulz gibt es keine S-Bahn. Wenn man in Sulz kein Auto hat, hat man ein Problem.
- Gibt es keinen Bus?
- Doch, es gibt einen Bus, aber der fährt nicht so oft. Und dann muss ich noch umsteigen und mit der S-Bahn fahren. Wenn ich einen Bus verpasse, muss ich lange warten. Wenn ich mit dem Auto fahre, bin ich flexibel. Dann muss ich nicht warten.
- Ja, das stimmt, man muss nicht warten. Aber ich fahre normalerweise gerne mit der S-Bahn. Wenn man mit öffentlichen Verkehrsmitteln fährt, ist es besser für die Umwelt. Die Umwelt ist sehr wichtig für mich. Natürlich haben die S-Bahnen oft Verspätung und sind sehr voll. Aber wenn man mit dem Auto fährt, steht man im Stau. Das macht auch keinen Spaß. Und mit dem Fahrrad kann ich leider nicht fahren – das ist zu weit, fünf Kilometer.
- Fünf Kilometer sind nicht weit. Ich fahre jeden Tag zwölf Kilometer mit dem Fahrrad. Sechs Kilometer hin und sechs Kilometer zurück.
- Oh, Sie sind sportlich!
- Klar, jeden Tag ein bisschen Sport, das ist gut für die Gesundheit.
- Machst du das wirklich jeden Tag?
- Na ja, wenn es im Winter sehr kalt ist, fahre ich mit der U-Bahn. Das ist bequem und praktisch.

B, 1d + e

eins

Und jetzt die Verkehrsnachrichten: Achtung Stau auf der A1! Durch einen Unfall mit zwei Lkws ist die A1 in Fahrtrichtung Wien zwischen Pressbaum und Wien Auhof für zwei Stunden gesperrt. Fahren Sie am Knoten Steinhäusl auf die A21.

zwei

Auf der A1 gibt es heute von 8 bis 16 Uhr eine Baustelle zwischen Ansfelden und dem Knoten Haid. Sie können über die A7 und die B1 bis Traun fahren und kommen dann über die B139 bei Haid wieder auf die A1.

C, 1d + e

- Hallo, Tom, nächste Woche sind wir in Salzburg.
- Ja, der Chef hat es mir gerade gesagt. Wir arbeiten drei Tage dort.
- Und wo wohnen wir?
- Der Chef hat gesagt, ich soll eine Unterkunft suchen, natürlich nicht zu teuer. Ich muss online buchen. Das habe ich noch nie gemacht. Hilfst du mir?
- Klar, ich habe das schon oft gemacht. Komm, wir machen das zusammen.
- Okay, hier ist die Internetseite.
- Ja, und hier gibst du den Ort – also Salzburg – ein.
- S A L Z B U R G. Gut, jetzt das Anreisedatum.
- Wir kommen am Dienstagabend an und bleiben bis Freitag, also vom 11.6. bis zum 14.6.
- 14.6. So, und wir brauchen zwei Einzelzimmer. Wir nehmen eine Pension, oder?
- Ja.
- Und der Preis? Was hat der Chef gesagt?
- Wir dürfen zwischen 50 und 100 Euro pro Nacht ausgeben.

- Gut, was ist noch wichtig? Ein Restaurant ist nicht wichtig.
- Aber ein Parkplatz ist wichtig. Wir kommen mit dem Auto und in Salzburg findet man oft keinen Parkplatz.
- Okay, fertig, jetzt auf „Suche" klicken, mal schauen, was wir finden.

7 Gesund bleiben

A, 2a

- Guten Tag, was kann ich für Sie tun?
- Grüß Gott, mein Name ist Michael Riedle. Ich habe einen Termin zur Kontrolle.
- Gut, Herr Riedle. Geben Sie mir bitte Ihre e-card.
- Hier, bitte.
- Danke schön. Herr Riedle, Sie sind zum ersten Mal bei uns?
- Ja.
- Gut, dann brauchen wir ein paar Informationen: Füllen Sie bitte den Patientenbogen aus.
- Okay, das mache ich.

A, 2d + e

- Grüß Gott. Was kann ich für Sie tun, Herr Riedle?
- Guten Tag, Frau Doktor. Ich komme zur Kontrolle.
- Haben Sie Schmerzen, Herr Riedle?
- Nein.
- Und nehmen Sie Medikamente?
- Nein.
- Gut. Wann waren Sie das letzte Mal beim Zahnarzt?
- Hm, ich weiß nicht, wann ich das letzte Mal beim Zahnarzt war ... Ich glaube, vor einem Jahr.
- Dann schaue ich einmal. Öffnen Sie bitte den Mund.
- Aua!
- Das tut weh? Hm, ja, Sie haben hier ein Loch, der Zahn ist kaputt. Sie brauchen eine Füllung.
- Oh.
- Welche Füllung möchten Sie? Ich empfehle Ihnen eine Keramikfüllung. Die ist sehr gut und sie sieht schön aus.
- Keramikfüllung? Ich weiß nicht. Können Sie mir sagen, wie teuer die ist?
- Sie kostet zwischen 300 und 350 Euro.
- Hm, muss ich die Keramikfüllung selbst bezahlen?
- Ja, die Keramikfüllung müssen Sie bezahlen.
- Welche Möglichkeiten gibt es noch?
- Ich kann auch eine normale Füllung machen, dann bezahlen Sie nichts.
- Oh, das ist gut. Machen Sie bitte eine normale Füllung. Ich möchte nichts bezahlen.

B, 2a + b

- Studio „Fit und gesund", mein Name ist Georgios Wawla. Was kann ich für Sie tun?
- Grüß Gott, Maria Pellegrini hier. Ich habe eine Frage zu den Sportkursen.
- Ja, gern. Was möchten Sie wissen, Frau Pellegrini?
- Sie schreiben, dass Sie Kurse anbieten, die bei Rückenproblemen helfen.
- Ja, das ist richtig. Wir haben spezielle Kurse für Menschen mit Rückenproblemen.
- Das ist toll. Wo kann ich so einen Kurs machen?
- In unserem Studio in der Hauptstraße. Aber wir bieten auch Online-Kurse an.
- Gut. Ich habe noch eine Frage: Was kostet ein Kurs?
- Das ist verschieden: Unsere Kurse kosten zwischen 80 und 150 Euro und dauern zwischen drei und sechs Monaten.
- Super! Ach, können Sie mir sagen, wie ich mich anmelden kann?
- Sie können sich direkt im Fitnessstudio anmelden – aber auch online.
- Vielen Dank für Ihre Informationen!
- Gerne. Einen schönen Tag noch. Auf Wiederhören.
- Auf Wiederhören.

8 Sicher am Arbeitsplatz

B, 2a

- Guten Tag, Frau Otondu, was kann ich für Sie tun?
- Grüß Gott, Herr Doktor. Also, mein Arm tut weh. Seit ungefähr drei Monaten. Am Wochenende ist es nicht so schlimm. Aber wenn ich arbeite, habe ich Schmerzen.
- Hm, ich verstehe. Arbeiten Sie im Lager?
- Ja genau, ich trage sehr viel.
- Gut, ich sehe mir den Arm an. Tut das weh?
- Au ... ja.
- Hm, und das?
- Autsch. Ja.
- Frau Otondu, Sie sollten ein paar Tage nichts tragen. Ich schreibe Sie eine Woche krank.
- Oh, ...
- Und danach sollten Sie eine Bandage bei der Arbeit tragen. Das ist gut für Ihren Arm. Ich gebe Ihnen eine Verordnung für eine Bandage.
- Okay. Vielen Dank.
- Und trainieren Sie Ihren Arm. Sie sollten zur Physiotherapie gehen. Ich gebe Ihnen auch eine Überweisung für die Physiotherapie.
- Danke und ja, das mache ich.
- So, und hier ist Ihre Krankschreibung. Gute Besserung, Frau Otondu!
- Danke schön.

C, 2c + d

- Guten Morgen, Herr Sevinc!
- Grüß Gott, Frau Klein, und herzlich willkommen. Wie geht es Ihnen am ersten Tag?
- Danke, sehr gut. Ich freue mich.
- Super. Ich zeige Ihnen jetzt alles.
- Das ist sehr nett, danke.
- Also, hier müssen Sie unbedingt eine Warnweste tragen. Das ist sehr wichtig.
- Okay.
- Und dann ... Oh, Vorsicht! Hier müssen Sie aufpassen! Hier dürfen keine Fußgänger gehen! Hier dürfen nur Autos oder Busse fahren. Wir müssen hier gehen. Kommen Sie!
- Alles klar. Ich habe eine Frage: Darf man hier draußen rauchen?
- Rauchen? Hier? Oh, nein, das dürfen Sie nicht. Das ist gefährlich.
- Ja, stimmt, kein Problem. Ich kann dann später in der Pause rauchen.
- Ja, im Pausenraum darf man rauchen. So, hier kommen wir zu den Flugzeugen. Hier ist es immer sehr laut. Hier müssen Sie den Ohrenschutz tragen.
- Wie bitte? Es ist so laut!
- Sie müssen unbedingt den Ohrenschutz tragen!
- Wie bitte? Ich verstehe Sie nicht ... Ich brauche einen Ohrenschutz!
- Ja, genau! Hier, bitte!

C, 2e

Feuer? Hier finden Sie Hilfe.
Hier müssen Sie unbedingt eine Warnweste tragen!
Stopp! Halt! Das dürfen Sie nicht. Das ist gefährlich und verboten!
Vorsicht! Achtung! Hier müssen Sie aufpassen!
Hier finden Sie Hilfe und Information.

D, 3b

- Servus, Ahmed!
- Guten Morgen, Ben! Gut geschlafen?
- Na ja. Es geht ... und ich habe meine Warnweste zu Hause vergessen.
- Schau einmal, hier im Kasten haben wir noch ein paar. Hier musst du sie unbedingt tragen.
- Sehr gut. ... So, ich bin fertig. Dann können wir jetzt anfangen.
- Achtung! Es hat geregnet und der Weg ist nass. Hier musst du aufpassen!
- Okay.
- Hey! Stopp! Was machst du? Das ist verboten! Hier dürfen nur Autos fahren.
- Danke, du hast recht. Oh, ich bin noch so müde ...
- Du musst dich konzentrieren. Das Arbeiten hier ist gefährlich.
- Ja, ich passe auf. Vorsicht, da kommt ein Lkw!

9 Große und kleine Dinge

A, 2d

der große Topf – der große Topf – das gelbe Besteck – das gelbe Besteck – die rote Kanne – die rote Kanne – die großen Teller – die großen Teller

B, 3a + b

- Herr Klauser, schauen Sie, hier sind die Radios. Welches bestellen wir?
- Das gelbe Radio gefällt mir gut.
- Hm, das gelbe Radio ist ein bisschen altmodisch, oder? Und es ist teuer: 45 Euro. Wie finden Sie das graue Radio?
- Ja, das graue Radio ist in Ordnung. Es ist modern und es kostet auch nur 25 Euro.
- Alles klar, dann kaufen wir dieses Radio. Oh, sehen Sie einmal. Hier sind auch Lautsprecher. Unser Lautsprecher funktioniert auch nicht mehr.
- Stimmt. Wir brauchen auch einen Lautsprecher.
- Ich finde den runden Lautsprecher sehr schön.
- Aber für unsere Feiern ist der eckige Lautsprecher besser.
- Ja, Sie haben Recht. Wir bestellen den schwarzen, eckigen Lautsprecher.
- Und das graue Radio.

10 Durch die Stadt

A, 2a + b

eins

- Also, Zahnpasta und Shampoo haben wir. Was brauchen wir noch?
- Ich brauche einen Kaffee. Und ich brauche noch eine neue Hose. Weißt du, wo es hier eine Boutique gibt?
- Warte einmal ... hier: Es gibt eine Boutique gegenüber von der Drogerie. Wir müssen am Optiker und an der Buchhandlung vorbei.
- Gut, dann gehen wir zuerst in die Boutique und trinken dann einen Kaffee.

zwei

- Ah, okay, also hier ist die Buchhandlung und da ...
- Ähm. Entschuldigung, können Sie mir sagen, wo es hier ein Spielzeuggeschäft gibt?
- Ja, natürlich. Sie müssen an den Toiletten vorbeigehen. Das Spielzeuggeschäft ist gegenüber vom Café.
- Danke für Ihre Hilfe!
- Gern. Schönen Tag!

drei

- So, und jetzt brauche ich noch ein Geschenk. Ich bin zu einer Geburtstagsfeier eingeladen.
- Von deiner netten Kollegin?
- Ja.

- Und? Was willst du ihr schenken? Einen Ring?
- Einen Ring?!? Oh, nein!! Ich habe gedacht, ich kaufe ein Buch.
- Ein Buch? Na gut. Hier ist eine Buchhandlung. Wir müssen am Schuhgeschäft vorbeigehen. Die Buchhandlung ist direkt neben ... ähm ...
- Dem Juwelier?
- Ja, genau!
- Das ist nicht lustig.
- Na gut, komm, wir finden bestimmt ein Buch!

B, 2a + c

Ort A

- Hallo! Und herzlich willkommen bei meiner Stadtführung durch das Zentrum von Graz. Ich heiße Vijona Gashi. Ich komme aus dem Kosovo und bin 2015 mit meinem Mann nach Österreich gekommen. Heute möchte ich Ihnen „meine" Stadt zeigen. Wir beginnen hier im Stadtpark. Dieser Park ist sehr alt. Es gibt ihn seit 1873. Im Stadtpark gibt es viele sehr alte Bäume und den berühmten Stadtparkbrunnen und natürlich einen schönen Spielplatz. Der ist dort hinten ...
- Entschuldigung, Frau Gashi. Wissen Sie, ob man hier auch grillen darf?
- Nein, man darf im Stadtpark nicht grillen. Ich gehe gern mit Freunden hier spazieren. Aber ich komme auch alleine, weil ... pst ... Hören Sie das? So schön. Also ich kann mich hier immer gut entspannen. Dann muss ich immer an meinen Lieblingspark in meiner Heimatstadt denken: an den Park Dragodan in Pristina. So, jetzt möchte ich Ihnen noch eine Sehenswürdigkeit zeigen. Bitte kommen Sie mit, meine Damen und Herren.

Ort B

- Hier sind wir an unserem zweiten Ort. Sehen Sie das moderne Haus dort? Das ist ein Museum. Hier müssen wir über die Erzherzog-Johann-Brücke gehen. Und dann sind wir am Museum. Das Kunsthaus gibt es seit 2003. Es ist in der ganzen Welt bekannt. Ich mag das Museum, weil man viele interessante Dinge sehen kann: moderne Kunst, Bilder und Fotos ... und noch viel mehr. Ich komme gern hierher, weil ich im Kosovo als Fotografin gearbeitet habe.
- Oh, super. Können Sie mir sagen, ob das Museum auch für Kinder interessant ist?
- Ja sicher! Es ist auch für Kinder interessant. Es gibt ein eigenes Programm für Kinder mit tollen Spielen. ... So, jetzt möchte ich noch mit Ihnen zu einem besonderen Platz gehen.

Ort C

- Jetzt sind wir gleich an unserem dritten Ort. Wir gehen wieder über die Brücke, dann durch die Murgasse und sind gleich am wichtigsten Platz in Graz, dem Hauptplatz. Hier gibt es viele Geschäfte und schöne Cafés. Jeden Dienstag und Samstag findet auf dem Hauptplatz ein Wochenmarkt statt. Auf dem Hauptplatz und in der Herrengasse dürfen keine Autos fahren, aber Radfahren ist in der Innenstadt teilweise erlaubt.
- Toll. Entschuldigung, ich möchte wissen, ob es in Graz auch Fahrradstraßen gibt.
- Ja! Graz ist die Fahrradhauptstadt Österreichs. Im Kosovo bin ich nicht Fahrrad gefahren. Hier habe ich vor fünf Jahren einen Fahrradkurs gemacht. Ich fahre jetzt gern Fahrrad.
  Es gibt schöne Fahrradstraßen, dort müssen die Autos langsam fahren. Jetzt kommen Sie bitte mit, ich möchte Ihnen noch etwas zeigen...

B, 2e

- Wissen Sie, ob man hier auch grillen darf?
- Können Sie mir sagen, ob das Museum auch für Kinder interessant ist?
- Ich möchte wissen, ob es in Graz auch Fahrradstraßen gibt.

Hörtexte Übungsbuch

Hier finden Sie alle Hörtexte, die nicht oder nicht vollständig im Buch abgedruckt sind.

1 Unser neuer Kurs

B, 3

Ich bin mit dem Bus in die Sprachschule gefahren. Ich war sehr nervös, denn ich habe gedacht, ich verpasse den Bus. Zum Glück hatte der Bus aber 15 Minuten Verspätung und ich bin noch pünktlich angekommen. Die Lehrerin hat mich freundlich begrüßt und dann hat der Unterricht angefangen.

C, 1.5

Grüß Gott, ich heiße Hamza und ich komme aus Pakistan. Letzte Woche hatte ich Geburtstag. Ich habe zehn Freundinnen und Freunde eingeladen. Zwei sind aber nicht gekommen. Sie hatten keine Zeit. Ich habe viele Geschenke bekommen, denn fast alle haben ein Geschenk für mich mitgebracht! Das war nett. Ich habe für die Party Wein und Bier gekauft, aber alle haben Bier getrunken! Die Party hat nicht sehr lange gedauert. Um 23 Uhr waren nur noch meine drei besten Freunde da. Sie sind ungefähr bis 24 Uhr geblieben und dann sind auch sie nach Hause gegangen. Das war gut, denn ich war schon sehr müde!

2 Arbeiten und lernen

B, 1.4

- Antonia, Sie haben eine Ausbildung zur Lokführerin gemacht. Arbeiten Sie gern in dem Beruf?
- Ja, das wollte ich schon als Kind machen. Und jetzt kann ich jeden Tag Züge fahren – im Regionalverkehr und am liebsten im Fernverkehr. Ich war schon in vielen Städten in Österreich und in Europa.
- Ach, das ist bestimmt interessant! Und warum passt der Beruf so gut zu Ihnen?
- Ich liebe Technik. Manchmal funktioniert etwas nicht, kleine Dinge müssen wir selbst reparieren. Das kann ich gut, denn das habe ich als Kind von meinen Eltern gelernt.
- Das ist toll! Sagen Sie, Antonia, haben Sie als Lokführerin viel Stress?
- Es geht. Bei Stress muss man entspannt bleiben und das kann ich zum Glück gut. Das ist kein Problem für mich.
- Und was gefällt Ihnen nicht bei der Arbeit?
- Wir arbeiten oft am Wochenendende oder sehr früh am Morgen oder bis spät am Abend. Das mache ich nicht so gerne.
- Antonia, vielen Dank für das Gespräch.
- Gern.

B, 3.1

Hallo, Elenis, du bist Hausmeisterin, richtig? Denkst du, der Beruf könnte auch zu mir passen? Ich bin nicht so kreativ, aber ich finde Technik interessant und ich habe schon viele Geräte repariert. Ich kann nicht so gut Dinge organisieren und ich möchte nicht im Schichtdienst arbeiten. Bist du bei der Arbeit oft draußen? Denn das finde ich toll.

C, 3.2

- Bäckerei Rot, guten Tag. Sie sprechen mit Sven Rot.
- Guten Tag, mein Name ist Anton Pawlovic. Ich habe Ihre Anzeige beim Arbeitsmarktservice gelesen: Sie suchen Verkäufer für Ihre Bäckerei.
- Richtig. Ich brauche noch Verkäufer, am besten 39 Stunden pro Woche.
- Sehr gerne, ich möchte auch nicht Teilzeit arbeiten. Aber ich habe keine Ausbildung zum Verkäufer gemacht.
- Das ist kein Problem. Sie arbeiten immer mit Kolleginnen und Kollegen zusammen – sie zeigen Ihnen dann alles. Haben Sie einen Führerschein? Denn einige Kunden bestellen online Torten und wir bringen sie dann mit dem Auto zu ihnen nach Hause.
- Nein, leider nicht. Ist das schlimm?
- Ein Führerschein ist praktisch, aber nicht notwendig. Aber: Sie brauchen ein Gesundheitszeugnis.
- Ein Gesundheitszeugnis?
- Ja, Sie arbeiten mit Lebensmitteln.
- Ah, okay. Und wo bekomme ich das Gesundheitszeugnis?
- Im Gesundheitsamt.
- Ah, super, vielen Dank für die Information.
- Gerne. Und kommen Sie doch zu uns in die Bäckerei. Ich möchte Sie gerne kennenlernen. Haben Sie am Montagnachmittag Zeit?

Alles klar? 3

eins

Hallo, Peggy! Ist alles in Ordnung?

zwei

Oh nein, schon wieder falsch. Tut mir leid, Maria, ich habe es probiert, aber ich kann das nicht.

drei

Sag einmal, Hanifa, verstehst du etwas von Mathe?

vier

Hallo, Pepe, ich habe ein Problem: Mein Drucker ist kaputt. Kannst du mir helfen?

fünf

Entschuldigung, Frau Herbst, ich soll die Anlage prüfen, aber ich habe das noch nie gemacht und brauche Hilfe.

Training

1.4

Wo haben Sie Deutsch gelernt?
Welche Sprachen sprechen Sie zu Hause?
Wie lange sind Sie schon in Österreich?
Wo haben Sie früher gewohnt?

1.6

Wie viele Menschen leben in Ihrem Geburtsort?
Haben Sie einen Beruf gelernt? Welchen?
Wo wohnt Ihre Familie?
Seit wann lernen Sie Deutsch?

Prüfungstraining

1.6

Wie viele Menschen leben in Ihrem Land?
Wie heißen Ihre Eltern?
Welche Sprache sprechen Sie mit Freunden?
Was brauchen Sie für Ihr Hobby?

3 In der Freizeit

A, 2.1

Hallo, mein Name ist Kristina. Ich bin Altenpflegerin von Beruf und habe oft Spätschicht. Ich habe in der Früh also Zeit für mich. In meiner Freizeit mache ich gerne Sport. In der Nähe gibt es ein Schwimmbad. Da schwimme ich jeden Morgen. So bleibe ich aktiv und fit. Meine Arbeit ist manchmal sehr stressig, aber nach dem Sport kann ich entspannen!

A, 3.1

- Schwimmverein Graz, Sie sprechen mit Karl Müller.
- Guten Tag. Hier ist Kamilla Rataj. Ich bin letzte Woche nach Graz umgezogen und möchte gerne Mitglied im Schwimmverein werden. Ich bin früher immer gerne geschwommen! Nehmen Sie neue Mitglieder auf?
- Ja, Sie können gern Mitglied werden!
- Super! Ich habe noch ein paar Fragen: ...

A, 3.2

- Super! Ich habe noch ein paar Fragen: Wie alt sind die Mitglieder im Verein? Können alle mitmachen?
- Ja, alle können mitmachen. Wir sind ein interkultureller Schwimmverein. Kinder, Jugendliche und auch Erwachsene aus der ganzen Welt sind bei uns Mitglied.
- Ach, das ist schön. Und wie oft trainieren Sie?
- Wir schwimmen zweimal pro Woche, einmal am Montag und einmal am Donnerstag, ab 15 Uhr.
- Das passt. Und wie viel zahlt man als Mitglied?
- Erwachsene zahlen 16 Euro pro Monat, Kinder und Jugendliche 12 Euro.
- Okay, schön. Die Anmeldung kann ich online machen, richtig?
- Ja, auf unserer Internetseite. Oder Sie melden sich einfach im Schwimmbad. Dann bekommen Sie dort von mir das Anmeldeformular. Sie können zum Beispiel nächsten Samstag kommen. Dann organisiert der Verein eine Sommer-Veranstaltung: Ab zehn Uhr gibt es ein großes Schwimmfest. Sie können dann gleich die anderen Mitglieder kennenlernen!
- Oh ja, das ist schön, das mache ich!
- Das freut mich! Das Schwimmfest kostet nichts, aber Sie können gerne ein paar Euro als Spende geben.
- Alles klar! Vielen Dank für die Informationen – und dann bis Samstag!
- Gerne! Bis dann!

C, 1.3

- Restaurant „Stiftskeller“, guten Tag!
- Grüß Gott. Ich möchte bitte einen Tisch reservieren.
- Für wie viele Personen?
- Für drei Personen.
- Wann möchten Sie kommen?
- Gerne am Freitag um 18 Uhr. Haben Sie dann einen Tisch frei?
- Oh nein, tut mir leid. Um 18 Uhr sind wir leider schon ausgebucht. Um 20 Uhr haben wir aber noch einen Tisch frei. Geht das?
- Ja, das geht in Ordnung.
- Auf welchen Namen möchten Sie reservieren?
- Auf den Namen Busch. Ich buchstabiere: B-U-S-C-H.
- Ist notiert!
- Vielen Dank! Auf Wiederhören!
- Auf Wiederhören!

C, 2.3

eins
Haben Sie reserviert?
zwei
Haben Sie noch einen Wunsch?
drei
Könnte ich bitte einen neuen Löffel haben? Mein Löffel ist nicht sauber.
vier
Hat es Ihnen geschmeckt?

C, 2.4

eins

- Ihr wart gestern in dem neuen Fischrestaurant, oder?
- Ja, stimmt! Meinem Mann hat es sehr gut geschmeckt. Er isst sehr gerne Fisch. Ich mag Fisch gar nicht, aber zum Glück hatten sie auch andere Gerichte.

Auch vegetarische Gerichte?

Ja, es gab ein paar vegetarische Salate. Ich hatte aber den Hamburger.

Du hattest einen Hamburger? In einem Fischrestaurant? Das ist ja lustig!

zwei

Servus, Frederike! Tobias hier. Du, sorry, ich komme leider etwas zu spät. Ich sitze im Taxi, aber es dauert noch 15 Minuten. Du kannst ja schon etwas bestellen.

Hallo, Tobias, kein Problem! Ich warte. Was ist passiert?

Ach, mein Fahrrad ist kaputt gegangen. Ich konnte es nicht reparieren und musste es in die Werkstatt bringen.

Verstehe. Aber warum hast du nicht den Bus genommen? Ein Taxi ist doch teuer!

Ja, stimmt. Aber mit dem Bus dauert es zu lang. Ich wollte nicht, dass du warten musst!

Oh, das ist nett von dir!

4 Wohnen und Nachbarn

A, 1.2 + 1.4

Na, Cristina, wie findest du die Wohnung?

Hm, sie ist groß.

Ja, das stimmt. Es ist eine Drei-Zimmer-Wohnung. Die Wohnung hat 75 Quadratmeter.

Das ist gut. ... Aber die Miete ist schon ein bisschen hoch, oder?

Ja, man zahlt im Monat 900 Euro plus 130 Euro Betriebskosten.

900 Euro!? Das ist nicht wenig! Und dann sind da auch noch die Kosten für Strom und Internet ...

Ja, stimmt. Es ist schon teuer. Oh ... schau einmal: die Küche. Es ist eine Einbauküche!

Hm, aber leider nicht sehr modern. Die Küche ist bestimmt schon 15 Jahre alt. Und schau hier, das Bad ... Es ist sehr klein, findest du nicht?

Oh ja! Und sehr dunkel. Es hat kein Fenster!

Ja, das ist schade. Aber der Balkon ist schön – schau einmal!

Aber laut ist es hier! Da ist gleich die Straße.

Ja, stimmt, es gibt hier wirklich viel Verkehr. Wollen wir vielleicht noch ein paar andere Wohnungen besichtigen? Mir gefällt diese Wohnung nicht so.

Ja, gute Idee! Wir finden bestimmt eine bessere Wohnung!

B, 2.6

Hallo, Ahmad, die Umzugskisten stehen jetzt vor dem Haus. Wohin kommt der Spiegel? Kommt er ins Wohnzimmer?

Nein, im Wohnzimmer hängt schon ein Spiegel. Dieser kommt ins Bad. Neben der Tür ist noch Platz.

Nein, da hängt schon ein Bild.

Ah, okay. Dann kommt er neben den Kasten an die Wand.

C, 1.1 + 1.2

Hallo, Marianne, Tobias hier, ich bin leider krank und kann heute nicht ins Büro kommen. Kannst du bitte etwas für mich tun? Auf deinem Tisch liegt ein Dokument. Kannst du es bitte unterschreiben und dann neben meinen Computer legen? Danke! Ach ... noch etwas: Der neue Drucker ist gestern gekommen. Er steht im Vorraum. Kannst du ihn bitte ins Büro stellen? Danke. Ach ja: Sehr wichtig: Du weißt, wir haben am Wochenende Betriebsfest. An der Wand in meinem Büro hängt ein Plakat. Bitte hänge das Plakat in den Vorraum – so können alle Kolleginnen und Kollegen es sehen. Und – eine Bitte noch: Auf dem Sessel in meinem Büro steht eine Tasche. In der Tasche steckt ein Werbeprospekt. Das brauche ich. Kannst du es in meinen Briefkasten stecken? Tausend Dank!

Alles klar? 3

eins

Entschuldigung, könnten Sie bitte leise sein? Mein Sohn kann nicht schlafen.

zwei

Ich habe eine Idee: Ab 22 Uhr hören Sie nur mit Kopfhörern Musik.

drei

Seit drei Wochen machen Sie jedes Wochenende eine Party! Das geht nicht! Sie wohnen hier nicht allein im Haus!

vier

Entschuldigung, gestern Abend hatten Sie eine Party und es war sehr laut. Könnten Sie uns das nächste Mal bitte Bescheid sagen?

fünf

Entschuldigung, könnten Sie Ihren Kinderwagen bitte unter die Stiege stellen? Hier ist zu wenig Platz.

Wichtige Wörter 2

2.2

Schau, Amir, auf dieser Internetseite habe ich meine Wohnung gefunden. Vielleicht finden wir hier auch etwas für euch. Hier zum Beispiel: Schöne Altbauwohnung im Zentrum. Du wohnst jetzt eher außerhalb, oder?

Ja, der Weg in die Arbeit ist weit. Eine Wohnung im Zentrum ist super! 900 Euro pro Monat? Das ist günstig!

Das ist die Monatsmiete. Dann kommen noch die Kosten für Strom und Warmwasser und 200 Euro Betriebskosten dazu. Siehst du?

Ah, ja. Aber das ist okay. Und wie groß ist die Wohnung?

100 Quadratmeter – mit Küche, Bad und vier Zimmern.

- Perfekt ... Die Fotos sehen toll aus. Oh, mit Einbauküche! Gibt es denn auch einen Balkon?
- Leider nicht. Aber die Wohnung ist im Erdgeschoss und es gibt einen Garten. Den dürft ihr benutzen.
- Das gefällt mir! Da können die Kinder dann spielen und wir können grillen!
- Gut, dann schreiben wir dem Vermieter jetzt eine Nachricht ... Hier ist das Kontaktformular ...

5 Mein neuer Job

A, 1.1

- Willkommen beim Arbeitsmarktservice, Herr Görkan, Sie suchen also eine Arbeit? Was ist für Sie wichtig?
- Das Gehalt natürlich. Das ist sehr wichtig!
- Und die Arbeitszeiten?
- Die sind nicht wichtig, ich kann immer arbeiten. Wichtig ist, dass die Arbeit interessant ist.
- Verstehe ... Und – Arbeiten Sie lieber allein oder im Team?
- Ich arbeite lieber allein, Teamarbeit mag ich nicht so gerne. Aber nette Kollegen und Kolleginnen sind natürlich auch wichtig ... Sehr wichtig ist, dass der Job unbefristet ist!
- Gut, ich schaue einmal, was wir für Sie haben.

A, 1.2

eins
Sie müssen diese Maschinen bedienen. Können Sie das?
zwei
Was war Ihr letzter Job?
drei
Sind 15 Euro pro Stunde in Ordnung für Sie?
vier
Können Sie auch am Wochenende arbeiten?
fünf
Haben Sie eine Ausbildung?
sechs
Warum möchten Sie bei uns arbeiten?
sieben
Arbeiten Sie gern im Team?

C, 2.2

- Servus, kannst du mir einen Link zu den Stellenanzeigen vom AMS schicken? Ich finde ihn auf der Website nicht mehr.
- Hast du nicht die App? Die ist gut, du kannst sie ganz einfach downloaden. Ich schicke dir einen Screenshot!

6 Auf dem Weg in die Arbeit

A, 1.2 + 1.3

eins
Mein Weg in die Arbeit ist ungefähr neun Kilometer lang. Das ist nicht sehr weit, aber es dauert leider lange. Ich fahre zuerst zehn Minuten mit dem Bus zur Straßenbahnhaltestelle, dann muss ich drei Stationen mit der Straßenbahn fahren. Das dauert auch ungefähr zehn Minuten. Danach muss ich noch zehn Minuten zu Fuß gehen. Ich brauche also circa eine halbe Stunde.
zwei
Mein Arbeitsweg ist nicht so weit – ungefähr fünf Kilometer. Ich fahre manchmal mit dem Bus und der U-Bahn. Aber das mache ich nicht so oft, denn die öffentlichen Verkehrsmittel sind teuer und ich brauche dann ungefähr 30 Minuten. Ich fahre lieber mit dem Fahrrad, dann brauche ich nur 20 Minuten. Und es ist auch noch gut für die Gesundheit!
drei
Die Stadt Tulln ist sehr schön und ich wohne gerne hier, aber der Weg in die Arbeit ist weit. Es sind 44 Kilometer von Tulln nach Wien. Mit dem Bus zum Bahnhof und dann mit dem Zug braucht man circa 60 Minuten. Und oft fahren die Busse nicht pünktlich! Ich fahre also nie mit dem Bus oder Zug. Ich fahre immer mit dem Auto, denn das dauert nur eine halbe Stunde. Ich fahre immer mit einem Kollegen zusammen. Manchmal fährt er, manchmal ich. Das ist praktisch und so ist es auch nicht so teuer.

B, 1.2 + 1.3

eins
Heute brauchen wir eure Hilfe.
zwei
Auf Autobahnen gibt es häufig Baustellen und Staus.
drei
Nach dem Knoten Haid nehmen Sie die zweite Ausfahrt.

B, 1.4

eins
Und jetzt eine Verkehrsnachricht: Vorsicht auf der A1 Richtung Salzburg. Bei der Ausfahrt Melk ist ein Unfall passiert. Die Ausfahrt ist voraussichtlich 30 Minuten gesperrt. Fahren Sie über die Ausfahrt Loosdorf auf die B1 Richtung Pöchlarn. Beim Anschluss Pöchlarn können Sie wieder auf die A1 Richtung Salzburg auffahren.
zwei
Meldung für die Autofahrer in Oberösterreich: Auf der B145 gibt es zwischen Bad Ischl und Bad Goisern einen Stau von drei Kilometern Länge. Rechnen Sie mit Wartezeiten bis zu 30 Minuten.

drei
Achtung Autofahrer: Auf der Semmeringstraße Richtung Wien liegt nach Mürzzuschlag ein Baum auf der Fahrbahn. Die Straße ist voraussichtlich für eine Stunde gesperrt. Warten Sie die Dauer der Sperre ab oder fahren Sie über die S6.

B, 2
eins
Ich habe heute Geburtstag.
zwei
Ich habe jetzt keine Zeit. Kannst du das machen?
drei
Ich habe heute zwei Stunden an der Bushaltestelle gewartet.
vier
Du fährst immer zusammen mit Kollegen in die Arbeit, oder?

C, 1.1
- Wann ist der österreichische Nationalfeiertag?
- Am sechsundzwanzigsten Zehnten.
- Wann ist der Tag der Arbeit?
- Am ersten Fünften.
- Wann ist Silvester?
- Am einunddreißigsten Zwölften.

C, 1.4 + 1.5
- Hotel „Zur Schönen Aussicht", mein Name ist Katja Wagner, was kann ich für Sie tun?
- Grüß Gott, mein Name ist Alessandra Bonnari. Ich möchte ein Zimmer bei Ihnen buchen.
- Ja, gerne. Wann kommen Sie an?
- Am nächsten Montag.
- Der nächste Montag, das ist der 5.3. Und wie viele Übernachtungen möchten Sie buchen?
- Gerne drei Nächte.
- Gut, also bis zum 8.3.
- Genau.
- Reisen Sie allein?
- Nein, mein Sohn kommt auch mit. Er ist erst acht Jahre alt. Er schläft also bei mir.
- Alles klar. Dann hätten wir ein Doppelzimmer für 69 Euro ohne Bad und für 89 Euro mit Bad.
- Gerne mit Bad.
- Gut. Das macht dann 267 Euro für drei Nächte. Sie müssen nicht jetzt bezahlen. Sie können an der Rezeption bezahlen, wenn Sie abreisen.
- Schön. Ich habe noch zwei Fragen: Wir kommen mit dem Auto. Kann man bei Ihnen parken?
- Ja, das ist kein Problem. Ich kann einen Parkplatz für Sie reservieren. Das kostet nichts.
- Gerne! Vielen Dank. Und: Ist das Frühstück inklusive?
- Nein, es kostet 7 Euro pro Person. Soll ich Ihnen Frühstück dazu buchen?
- Ja bitte, gerne.
- Gut. Dreimal Frühstück à sieben Euro für zwei Personen sind 42 Euro.
- In Ordnung. Können Sie die Buchung bestätigen?
- Ja, natürlich, ich schicke Ihnen ein E-Mail.
- Vielen Dank, auf Wiederhören.
- Auf Wiederhören.

C, 2.2
- Pension „Sonnenschein", Steffi Klein, was kann ich für Sie tun?
- Grüß Gott, mein Name ist Andreas Teker. Ich habe bei Ihnen ein Zimmer gebucht und ich habe per E-Mail eine Bestätigung bekommen, aber sie ist nicht ganz richtig.
- Oh, das tut mir leid! Moment, ich schau einmal nach. Herr Teker, hier steht: Sie kommen am 31.8. und bleiben für drei Nächte.
- Ja, das Anreisedatum stimmt, aber ich habe nur für zwei Nächte gebucht.
- Ah, alles klar, dann korrigiere ich das. Also zwei Nächte, vom 31.8. bis zum 2.9. Der Gesamtpreis ist dann 178 Euro.

C, 2.3
- Ah, alles klar, dann korrigiere ich das. Also zwei Nächte, vom 31.8. bis zum 2.9.
  Der Gesamtpreis ist dann 178 Euro.
- Vielen Dank. Ich habe noch zwei Fragen: Ist das Frühstück inklusive?
- Nein, das Frühstück kostet acht Euro. Wenn Sie hier frühstücken möchten, können Sie uns einfach am 31.8. Bescheid sagen.
- Gut, danke. Und wo kann man bei Ihnen parken?
- Vor dem Hotel haben wir leider keine Parkplätze. Aber auf der Straße vor dem Hotel kann man gut parken.
- Gut, danke für die Informationen. Auf Wiederhören.
- Gerne. Auf Wiederhören.

C, 3.1
Auf dem Foto sehe ich die Rezeption von einem Hotel. Ich sehe fünf Personen. Der Mann rechts arbeitet im Hotel. Die Personen links sind die Hotelgäste. Die Familie macht vielleicht Urlaub und möchte im Hotel übernachten. Ich denke, sie müssen ein Formular ausfüllen und der Mann an der Rezeption erklärt ihnen alles.

Wichtige Wörter 3

2.3

Vorsicht auf der A14 – zwischen Dornbirn und Bregenz ist ein Unfall passiert. Die Autobahn ist gesperrt. Bitte nehmen Sie die Ausfahrt Dornbirn Süd und folgen Sie der Umleitung nach Bregenz.

Training

2.2 + 2.3

Auf dem Bild sieht man eine Autobahn mit vielen Autos. Die Leute fahren vielleicht in die Arbeit oder in den Urlaub. Auf der rechten Seite von der Autobahn sieht man einen langen Stau. Vielleicht ist ein Unfall passiert und die Autobahn ist gesperrt. Vielleicht gibt es auch eine Umleitung. Die Autos müssen warten. Ich denke, das Thema ist Verkehr. Das ist ein wichtiges Thema, denn alle müssen jeden Tag in die Arbeit oder an andere Orte fahren. Ich kenne diese Situation auf der Autobahn in Österreich nicht so gut, weil ich hier kein Auto habe. Ich fahre immer mit der Bahn, die steht nicht im Stau, aber manchmal hat sie Verspätung. In meinem Herkunftsland ist es ein bisschen anders. Es gibt nicht so viele Autobahnen wie in Österreich. Und die Autobahnen sind immer sehr voll. Das ist wirklich ein Problem, weil man viel Zeit verliert.

7 Gesund bleiben

B, 1.3 + 1.4

eins

„Gesund und Fit", hier spricht Kim Phan. Herr Walter, Sie wollten einen Yogakurs machen, aber der ist leider voll. Aber beim Rückentraining am Mittwoch gibt es freie Plätze. Sie können den Kurs im Fitnessstudio in der Hauptstraße machen oder online. Rufen Sie mich doch bitte zurück.

zwei

Hallo, Svenja, hier ist Isabella. Also, ich habe bei „Gesund und Fit" angerufen und es ist so: Wenn wir die Kosten für den Yogakurs zurückbekommen wollen, dann brauchen wir eine Bestätigung von unserem Yogalehrer. Der Kurs hat 15 Termine und man darf maximal dreimal fehlen. Machst du mit? Dann melde ich uns an!

drei

Hallo, Andre, hier ist Fabio. Ich hatte heute meine erste professionelle Mundhygiene. Die Arzthelferin hat das echt gut gemacht, es hat gar nicht wehgetan. Und das Beste ist: Für meinen Sohn ist die Mundhygiene kostenlos. Hast du das gewusst? Also, ich habe gleich einen Termin für ihn gemacht.

C, 1.1

Ich heiße Hans und ich bin oft müde und traurig. Am Anfang konnte ich mir nicht erklären, was los ist. Beim Arzt habe ich Hilfe bekommen. Seit acht Monaten bin ich in Behandlung. Es geht mir jetzt endlich besser, denn ich gehe regelmäßig in eine Selbsthilfegruppe. Dort sehe ich, dass ich mit meinem Problem nicht alleine bin.

C, 1.2

eins

- Ja, bitte?
- Servus, Tim, oje, das klingt nicht gut. Kann ich etwas für dich tun? Ich wollte jetzt zum Supermarkt fahren. Brauchst du etwas?
- Danke, Omar, das ist nett, aber ich habe schon eingekauft.
- Alles klar. Soll ich dir vielleicht etwas aus der Apotheke mitbringen?
- Danke, das ist nicht nötig, ich habe schon Tabletten und Hustensaft.
- Hm ... Ich habe eine Idee! Ich koche dir eine Suppe! Das Rezept von meiner Großmutter hilft super, wenn man krank ist.
- Wirklich? Na gut, einverstanden. Danke, Omar! Das ist echt nett von dir!

zwei

- Hallo, Lisa, darf ich dich etwas fragen? Du hast doch vor einem Jahr mit dem Rauchen aufgehört, oder? Wie hast du das gemacht?
- Oh, das war nicht leicht. Ich habe viele Dinge probiert. Am Anfang hatte ich spezielle Pflaster, aber die haben nur kurz geholfen. Mein Kollege hat auch mit dem Rauchen aufgehört – mit einer App. Aber das war nichts für mich.
- Hm, okay und wie hast du es dann geschafft?
- Meine Tante hat mir eine Selbsthilfegruppe empfohlen. Das war wirklich toll. In der Gruppe konnte ich alles sagen. Und ich habe viele Tipps bekommen. Alleine ist es schwierig, aber zusammen haben wir es geschafft.

drei

- Hallo, Helena, was ist los? Geht es dir gut?
- Servus, Fatima, na ja, ich bin etwas müde. Ich bin allein mit den Kindern und suche dringend eine Kinderbetreuung für den Fritz.
- Oh, das kenne ich. Was ist mit deinen Eltern? Kannst du Fritz nicht für ein paar Stunden zu ihnen bringen?
- Ja, meine Eltern haben mir Hilfe angeboten. Aber sie sind nicht mehr so fit und meine Mutter arbeitet selbst noch 20 Stunden pro Woche. Der Kindergarten ist leider erst ab drei Jahren kostenlos. Der Fritz ist ja erst zwei Jahre alt.

Verstehe. Hm ... Ein Freund von mir arbeitet als Tagesvater. Du kannst ihn fragen. Ich glaube, dass es nicht so teuer ist. Er ist sehr lieb.

Oh, das ist eine tolle Idee. Das mache ich! Danke!

8 Sicher am Arbeitsplatz

A, 3.1

Hallo, ich bin Josefa. Für meine Arbeit muss ich die Wohnung nicht verlassen. Mein Wohnzimmer ist mein Arbeitsplatz. Ich bin Lehrerin und ich gebe Online-Kurse. In der Pause tanze ich. Das ist super, denn das reduziert Stress! Feierabend bedeutet für mich: den Laptop ausschalten und kochen. Ich sammle Rezepte aus verschiedenen Ländern. Das finde ich toll! Am Abend faulenze ich gern auf dem Sofa.

B, 1.1 + 1.2

Servus, Damjan! Wie geht's dir?

Farid, hallo! Ach, na ja, nicht so gut.

Oh, was ist los? Hast du Stress auf der Arbeit oder gibt es zu Hause Probleme?

Ach, da ist alles gut. Susan ist mit den Kindern auf Urlaub. Wenn ich Feierabend habe, langweile ich mich ein bisschen, aber Langeweile kann ja auch gesund sein.

Das stimmt. Also hast du Probleme bei der Arbeit? Ist es stressig?

Es geht. Drei Kolleginnen sind krank. Jetzt müssen wir auch ihre Arbeit machen, aber das ist nicht so schlimm. Die Arbeit macht Spaß. ...

Puh, ich kann bei Stress nicht so ruhig bleiben. Ich mache dann oft Fehler.

Ach, da habe ich kein Problem. Aber ich sitze zu lange am Computer. Alles tut weh. Mein Rücken, meine Beine ...

Hm, du arbeitest auch seit einem Jahr von zu Hause aus, richtig?

Ja, früher bin ich jeden Tag mit dem Fahrrad ins Büro gefahren. Das fehlt jetzt. Und am Abend mache ich auch keinen Sport mehr, weil ich so müde bin.

Oh, Damjan, das klingt nicht gut. Warst du beim Betriebsarzt? Er hat bestimmt Tipps für dich.

Nein, aber gute Idee, ich mache morgen einen Termin. Ich danke dir, Farid ...

C, 1.2

Wir alle wissen: Pausen sind wichtig und gesund. Für die Pausenzeiten gibt es Regeln: einmal am Tag eine halbe Stunde oder zweimal 15 Minuten. Ist das genug? Wir haben mit verschiedenen Menschen gesprochen.

eins

30 Minuten Pause, wenn man Vollzeit arbeitet? Für mich ist das nicht genug. Ich arbeite oft im Home-Office, das heißt, ich muss in der Pause zuerst kochen. Das dauert aber und dann muss ich mich beim Essen beeilen. Das ist ungesund. Ich möchte mich auch in der Pause bewegen können, zum Beispiel laufen oder Gymnastik machen.

zwei

Ich finde es nicht gut, dass ich Pausen machen *muss*. Manchmal arbeite ich schnell und gut und brauche keine Pause. Dann möchte ich nicht mit der Arbeit aufhören, nur weil ich muss. Ich möchte lieber früher Feierabend machen.

drei

Also, ich finde es gut, dass man die Pausenzeit teilen kann. Für mich ist es besser, wenn ich oft Pause mache, aber dann nicht so lange. Am besten ist: Immer nach zwei Stunden arbeiten zehn Minuten Pause machen. Ich kann Kaffee machen, etwas Obst essen, mich kurz bewegen oder die Augen schließen. Dann fühle ich mich fit und kann besser arbeiten.

C, 3

eins

Vorsicht! Das Wasser hier dürfen Sie nicht trinken, das ist gefährlich. Das ist kein Trinkwasser!

zwei

Sehen Sie dieses Schild? Das bedeutet: Wenn es ein Feuer im Gebäude gibt, darf man den Aufzug nicht benutzen! Man muss die Stiege nehmen!

drei

Schauen Sie, das Schild. Wenn Sie zum Beispiel einen Unfall haben, können Sie hier den Notruf wählen.

vier

Sie arbeiten in Halle 5. Nicht vergessen, bei der Arbeit hier müssen Sie immer Ihre Arbeitskleidung tragen!

fünf

Ist ein Unfall passiert? Ist eine Person verletzt? Wenn Sie dieses Schild sehen, bedeutet das: Hier ist ein Arzt!

sechs

Vorsicht! Hier müssen Sie langsam fahren, denn hier ist eine Schule. In der Früh und am Nachmittag sind hier viele Kinder auf der Straße.

Richtig schreiben 1.2

eins

Was nimmst du? Ich nehme etwas mit Fleisch. Das Gulasch schmeckt hier gut.

Hm, das Gericht mit Fisch klingt gut, aber heute möchte ich vegetarisch essen. Bestellen wir auch einen Nachtisch?

zwei

- Welche Sprachen sprichst du?
- Ich spreche Deutsch und Griechisch. Jetzt lerne ich auch Ukrainisch. Das ist wichtig für meine Arbeit.
- Wow! Ich kann ein bisschen Finnisch.

Training

2.3

Arbeiten Sie im Büro oder von zu Hause aus? Viele Jobs kann man von zu Hause aus, im Home-Office machen. Aber welche Vorteile und Nachteile vom Home-Office gibt es? Wir haben unsere Hörerinnen und Hörer gefragt. Sie hören jetzt ihre Meinungen.

Beispiel

Ich finde Arbeiten im Home-Office praktisch, denn bei mir ist es ruhig und ich kann viel erledigen. Aber leider kann ich nur manchmal von zu Hause aus arbeiten. Im Büro sitze ich mit fünf Kollegen zusammen in einem Raum und es ist immer sehr laut.

eins

Ich arbeite in einer großen internationalen Firma. Früher war ich jeden Tag acht Stunden im Büro und habe dort alles erledigt. Seit 2020 arbeite ich im Home-Office. Der Anfang war nicht leicht – im Büro hatte ich alles: einen großen Schreibtisch, einen Arbeitscomputer mit zwei Bildschirmen und auch einen Drucker. Zu Hause habe ich das nicht. Hier arbeite ich in meiner Küche mit einem kleinen Laptop. Ich bin aber zufrieden. Ich arbeite dreimal pro Woche von zu Hause aus und muss also nicht jeden Tag in die Arbeit fahren. Das ist gut!

zwei

Arbeiten im Home-Office? Ja, das ist praktisch. Ich habe keinen Arbeitsweg und dann kann ich bis halb neun schlafen und am Tag auch noch ein paar kleine Dinge erledigen, zum Beispiel Wäsche waschen. Aber: Wenn ich zu Hause arbeite, spreche ich nicht so oft mit Kolleginnen und Kollegen. Das finde ich schade, denn ich arbeite gern im Team und schaffe mehr, wenn ich mit anderen zusammenarbeite. Ich fahre also lieber ins Büro. Für mich funktioniert das besser.

drei

Ach nein, Arbeiten von zu Hause aus mag ich nicht. Für meine Arbeit brauche ich Internet und das ist in meiner Wohnung nicht so schnell. Ich schaffe dann nicht so viel, weil alles lange dauert. Und: Wenn ich zu Hause bin, möchten meine Kinder mit mir spielen. Sie verstehen nicht, dass ich arbeiten muss. Ich kann also besser im Büro arbeiten. Dort ist es ruhig und die Technik ist besser.

2.5

Arbeit ist wichtig, denn so verdient man Geld. Aber immer mehr Menschen haben Probleme mit der Gesundheit, weil sie zu viel und zu lange arbeiten. Muss man wirklich jeden Tag acht Stunden oder mehr arbeiten? Einige Firmen wollen das ändern. Ihre Idee: die Vier-Tage Woche. Funktioniert das? Was denken Sie?

Beispiel

Eine 4-Tage-Woche? Das klingt sehr interessant und ich denke, dass es viele Menschen toll finden. Aber ich glaube nicht, dass es funktioniert. Man arbeitet nur vier Tage, aber die Arbeit und Aufgaben bleiben gleich. Ich schaffe meine Arbeit oft in fünf Tagen nicht. Wie soll das mit vier Tagen gehen? Ich habe ja dann mehr Stress. Für mich ist es keine Lösung, wenn man die Arbeitszeit reduziert. Man sollte nicht mehr so viele Aufgaben erledigen müssen.

eins

Oh ja, das ist eine gute Idee. Ich arbeite viel und lange, aber ich möchte nicht nur für die Arbeit leben. Wenn ich nur vier Tage pro Woche arbeiten muss, habe ich mehr Zeit für mich und meine Hobbys, denn jetzt bin ich nach der Arbeit oft zu müde. Ich kann dann mehr Fahrrad fahren und joggen. Und meine Freunde sehen. Ich denke, so kann ich mich auch besser entspannen!

zwei

Nur vier Tage pro Woche arbeiten? Ich denke, das ist eine tolle Idee! Mein Mann und ich arbeiten viel, haben viel Stress und manchmal wenig Zeit für unsere zwei Kinder. Wenn wir nur vier Tage arbeiten, können wir mit den Kindern gemeinsam die Hausübungen machen und lernen. Wir können dann mit ihnen öfter Ausflüge machen. Und auch für Arzttermine oder andere Termine ist das bestimmt praktisch, weil man flexibel ist.

drei

Ja, eine Vier-Tage-Woche kenne ich, denn ich arbeite schon seit einem Jahr so. Ich finde, es funktioniert sehr gut, denn ich kann mich so besser entspannen, fühle mich gut und habe wieder mehr Spaß an der Arbeit. Ich und auch Leute aus meinem Team sind nicht so häufig krank. Leider hat die Firma das Gehalt reduziert. Für mich ist das okay, aber Menschen mit Familie brauchen das Geld. Ich denke, das kann ein Problem sein.

9 Große und kleine Dinge

A, 1.2 + 1.3

Servus, Elsa, hast du gehört? In zwei Wochen gibt es einen Flohmarkt im Nachbarschaftszentrum. Wollen wir einen Verkaufsstand anmelden?

Ja, das ist eine gute Idee, Samira. Ich kann die Kleidung von meinen Kindern verkaufen: die Hosen, T-Shirts und Pullover sind alle nicht sehr alt und noch sehr schön, aber sie passen nicht mehr.

Ja, gute Idee. Ich habe noch viele Sachen aus der Küche für den Flohmarkt. Meine Eltern haben uns Geschirr und Besteck geschenkt. Wir haben jetzt zu viel! Die Schränke sind voll! Vielleicht möchte jemand unser altes Geschirr kaufen.

Okay, super. Wann und wo müssen wir uns anmelden?

Wir müssen bis Mittwoch Bescheid sagen. Ich habe die E-Mail-Adresse von Frau Arabuli, sie organisiert alles.

Und wie viel kostet der Verkaufsstand?

Man zahlt zehn Euro für den Stand und man soll einen Kuchen mitbringen.

Ah, okay, das ist in Ordnung! Ich freue mich auf den Flohmarkt mit dir!

A, 2.5 + 2.6

Wie finden Sie diese kleine weiße Vase?

O ja, das ist eine schöne Vase, die kaufe ich!

B, 2

Jana, es tut mir sehr leid, dass ich deine Lieblingstasse kaputt gemacht habe! Ich habe nicht aufgepasst und dann ist sie auf den Boden gefallen. Du hast gesagt, dass das nicht schlimm ist, aber es ist mir wirklich peinlich. Ich weiß, dass das passieren kann, aber ich habe eine neue Tasse für dich gekauft. Trinken wir einen Kaffee? Dann kannst du die neue Tasse benutzen!

C, 1.5

Wie wichtig sind Geschenke zum Geburtstag? Das ist unsere Frage an Sie. Wie ist das bei Ihnen, in Ihrer Familie oder bei Freunden? Wir haben verschiedene Menschen nach ihrer Meinung gefragt.

eins

Als Kind waren Geburtstagsgeschenke für mich sehr wichtig. Früher habe ich mir immer etwas gewünscht. Ich glaube, alle Kinder sind traurig, wenn sie zum Geburtstag nichts bekommen. Erwachsene brauchen nicht zu jedem Geburtstag ein Geschenk. In unserer Familie kauft man nur Geschenke, wenn jemand 30, 40 oder 50 Jahre alt wird. Es ist nicht wichtig, dass die Geschenke teuer sind. Aber wenn man nicht jedes Jahr etwas schenkt, dürfen die Geschenke manchmal auch ein bisschen mehr kosten.

zwei

Ich freue mich sehr, wenn mir meine Kolleginnen und Kollegen etwas zum Geburtstag schenken. Es ist nicht wichtig, dass die Geschenke viel Geld kosten. Ich freue mich über Blumen, Karten fürs Kino oder eine Einladung zum Essen. Die kleinen Geschenke zeigen, dass meine Kolleginnen und Kollegen an meinem Geburtstag an mich denken. Das finde ich schön.

drei

Geschenke zum Geburtstag? Für mich ist das gar nicht wichtig. Ich habe schon so viele Sachen, ich brauche nichts mehr. Aber ich feiere meinen Geburtstag schon sehr gerne: mit meiner Familie oder mit meinen Freunden. Zusammen sein, reden und etwas Gutes essen – das finde ich an meinem Geburtstag wichtig.

C, 2

Hallo, Anton, hallo, Hua! Möchtet ihr ein Stück Kuchen?

Hallo, Laura, ja gern! Danke schön! Aber sag mal, warum hast du Kuchen gebacken?

Feierst du etwas?

Ja, heute, am 19. Oktober ist mein Namenstag, der Namenstag von Laura. Das möchte ich mit euch feiern.

Oh, schön! Herzlichen Glückwunsch! Feierst du jedes Jahr deinen Geburtstag und deinen Namenstag?

Genau! In Spanien feiern viele Leute den Namenstag.

Da hast du Glück. Und wie feiert man den Namenstag in Spanien?

Wie bei einer Geburtstagsfeier. Man lädt Familie und Freunde ein, es gibt Kuchen und gutes Essen – und die Gäste bringen oft ein kleines Geschenk mit.

Oh, Laura, das tut mir leid! Jetzt haben wir kein Geschenk für dich. Aber wir laden dich morgen gerne ins Kino ein. Was meinst du?

Kein Problem! Vielen Dank, ins Kino gehe ich mit euch gerne! Ich freue mich!
Aber sagt mal, Hua und Anton, ihr feiert keinen Namenstag, oder?

Nein, ich nicht. Aber meine Oma, sie kommt aus Oberösterreich, hat mir erzählt, dass sie früher den Namenstag und den Geburtstag gefeiert hat. Heute feiert sie nur noch den Geburtstag!

Das ist interessant. In China kennen wir den Namenstag nicht. Aber mein Name bedeutet etwas. Mein Name, Hua, bedeutet „Blume". Meine Mutter und meine Großmutter heißen auch Hua.

- Wie schön! Ich finde, wir sollten alle unsere Namen feiern!
- Und zweimal im Jahr Geschenke bekommen! Gute Idee! Das machen wir!

10 Durch die Stadt

B, 2.1 + 2.2

- Hallo, liebe Hörerinnen und Hörer. Jede Woche spreche ich mit Menschen, die in verschiedenen Städten leben. Heute erzählt uns Nora über ihr Leben in Bregenz. Hallo, Nora!
- Hallo!
- Nora, woher kommst du und wie lange lebst du schon in Bregenz?
- Ich komme aus Polen und ich bin vor einem Jahr zum Studieren hierhergezogen.
- Was gefällt dir besonders gut an der Stadt?
- Ach, alles! Bregenz ist sehr interessant. Jedes Jahr im Sommer gibt es die Bregenzer Festspiele – man kann verschiedene Opern auf einer Bühne im See sehen und es finden auch andere Veranstaltungen und auch Konzerte statt. Bregenz hat auch viele Parks und Gärten und man kann seine Freunde draußen treffen. Das ist schön!
- Was sollte man in Bregenz auf jeden Fall machen?
- Hm ... den Wochenmarkt besuchen! Der ist ziemlich groß und total schön. Und im Sommer sollte man eine Fahrradtour um den See machen.
- Und gibt es in Bregenz auch Veranstaltungen für neue Bewohner, die Leute kennenlernen wollen?
- Ja, auf jeden Fall. Es gibt Stadtführungen und Wanderungen. Das ist sehr nett.
- Das klingt gut! Nora, vielen Dank für das Gespräch und viel Spaß in Bregenz!

B, 3.1

Wir sind Maren und Luis Steiner und wir kommen aus Linz, das ist im Norden von Österreich. Vor zwanzig Jahren sind wir nach Salzburg gezogen. Wir haben damals in der Stadt gearbeitet und hier hat uns die Nähe zur Natur gefallen. Jetzt arbeiten wir nicht mehr, aber wir sind sehr aktiv. Hier sind die besten Aktivitäten kostenlos: Man kann im Salzburger Land sehr gut Fahrrad fahren oder am Fluss Salzach spazieren gehen. In Salzburg gibt es viel Wasser und viele Brücken. Das finden Besucher sehr spannend. Wir sind auch in einem Verein: Wir führen neue Bewohner durch Salzburg und zeigen ihnen unsere Lieblingsorte. Das macht Spaß!

Training

1.2 + 1.4

- Schau einmal, Tarek, hier ist ein Sportgeschäft. Du wolltest doch Fußballschuhe für deinen Sohn kaufen.
- Ah ja, super, dann können wir gleich reingehen und schauen, ob sie die richtige Größe haben. Und was steht auf deiner Einkaufsliste?
- Ich brauche einen neuen Stift und drei Hefte für die Uni. Wollen wir danach ins Schreibwarengeschäft gehen? Ich glaube, es ist im Erdgeschoss.
- Gute Idee, ich wollte auch noch Druckerpapier kaufen.

1.6
Aufgabe 1 und 2

- Jan Pawlowski.
- Hallo, Jan, hier ist Yordanka. Du, ich rufe an, weil wir ein Hochzeitsgeschenk für Abed und Daya brauchen.
- Stimmt. Die Feier ist schon in zwei Wochen.
- Ja, genau. Ich habe Geld von allen Freunden gesammelt, wir haben 400 Euro. Aber was wollen wir kaufen?
- Super. Ich weiß, dass sie ein neues Sofa oder einen großen Tisch brauchen. Wir können ihnen das Geld für die Möbel schenken.
- Hm, ich möchte nicht so gerne Geld schenken. Ich habe in einem Möbelgeschäft einen tollen Tisch aus Holz gesehen. Der gefällt ihnen bestimmt. Wollen wir ihn zusammen kaufen?
- Gerne. Hast du morgen Nachmittag um vier Uhr Zeit?
- Ja, das passt. Ich hole dich ab!

Aufgabe 3 und 4

- Entschuldigung, können Sie mir helfen? Wo finde ich in diesem Einkaufszentrum ein Schuhgeschäft?
- Das ist ganz leicht. Fahren Sie nach oben in den ersten Stock. Gehen Sie nach rechts und dann geradeaus am Optiker und an der Boutique vorbei.
- Erster Stock, rechts und dann geradeaus, okay.
- Genau, gegenüber vom Optiker ist ein Sportgeschäft. Dort gibt es auch Schuhe, aber das Schuhgeschäft ist neben der Boutique.

Aufgabe 5 und 6

- Hallo, Ava, hast du gesehen? Das Nachbarschaftszentrum organisiert einen Flohmarkt.
- Hallo, Feliz. Interessant. Wann denn?
- Nächste Woche, am Samstag. Wir können uns noch anmelden.
- Gute Idee. Vielleicht fragen wir noch andere Nachbarn aus unserem Haus. Ling hat bestimmt auch Lust. Ich frage sie.

Sehr gut. Ich habe viel Kinderkleidung.
Ich auch. Und Spielzeug. Das kann man immer gut verkaufen.
Okay. Ich melde uns an. Wir müssen einen Kuchen und Kaffee mitbringen und zehn Euro Gebühr bezahlen.

Aufgabe 7 und 8

Hallo, Herr Santos. Haben Sie gesehen? Die Kaffeemaschine ist kaputt.
Guten Morgen, Frau Weber. Ja, wir brauchen eine neue Maschine für den Pausenraum. Könnten Sie bitte eine bestellen?
Gerne. Aber vielleicht kann man sie auch reparieren? Dann sparen wir Geld.
Ach, die Kaffeemaschine ist schon so alt. Ich denke, wir brauchen eine neue. Die können wir auch ohne Probleme im Geschäft umtauschen, wenn sie mal kaputt geht.
Okay, soll es wieder eine schwarze sein?
Na ja, die Farbe ist egal. Wichtig ist, dass Sie bitte eine moderne Maschine bestellen – mit verschiedenen Programmen für Kaffeespezialitäten.
Alles klar.

Prüfungstraining

1.3 + 1.4

Herr Sander, Sie organisieren schon seit vielen Jahren den Flohmarkt vom Nachbarschaftszentrum. Wie oft machen Sie das? Und was kann man hier kaufen?
Der Flohmarkt findet jeden Sonntag statt. Es gibt viel Kleidung – für Erwachsene und Kinder. Viele Leute kommen gerne mit ihren Kindern – sie finden die Brettspiele, Bausteine, Puppen oder Bilderbücher toll.
Und was gibt es hier für Erwachsene? Ich suche einen Tisch und Sessel für meinen Balkon.
Schauen Sie da, Frau Adamek, sehen Sie den Stand da hinten? Da finden Sie alles für Ihre Wohnung: Geschirr, Besteck und auch Kästen oder Tische.
Super, ich schaue, ob ich etwas finde. Herr Sander, vielen Dank für das Gespräch!

1.6

Frau Nazari, guten Tag. 2018 sind Sie aus Afghanistan nach Österreich gekommen und wohnen hier in Enns. Was machen Sie beruflich?
Ja, also zuerst habe ich Deutsch gelernt und eine Ausbildung zur Elementarpädagogin gemacht. Seit einem Jahr habe ich eine Stelle in einem kleinen Kindergarten. Die Arbeit finde ich toll.
Das freut mich. Und wie finden Sie die Stadt Enns? Wohin gehen Sie gerne?
Ich liebe alle Parks und die Flüsse: die Donau und den Fluss Enns. Ich bin sehr gerne draußen in der Natur!
Und was machen Sie dort gerne?
Fahrradfahren. Die Wege an den Flüssen sind toll, ich jogge oft. Im Park treffe ich gerne Freunde.
Ich verstehe. Und haben Sie einen Lieblingsort in Enns?
Ja, ich liebe den Wochenmarkt auf dem Hauptplatz. Jeden Mittwoch und Samstag kann man hier Lebensmittel einkaufen: Gemüse, Käse, Obst, Wein und Brot... Sehr gut!
Märkte sind toll, das finde ich auch. Was gibt es noch in Enns?
Das Schloss Ennsegg ist sehr schön.
Ein Schloss?
Ja, es liegt direkt im Zentrum am Schlosspark. Man kann dort sehr gut essen und es ist ein schöner Ort für Hochzeiten.
Das klingt gut, das Schloss Ennsegg muss ich besuchen!
Machen Sie das! Es ist sehr interessant.
Super! Danke für das Gespräch, Frau Nazari! Alles Gute für Sie.

Unser neuer Kurs in Österreich ▶1

1 a Zahlen und Fakten. Ergänzen Sie den Text mit den fehlenden Zahlen.

84.000 9 8 1995 9,2

Österreich ist ein kleines Land in Europa. Es ist ca. __________ km² groß und hat ca. __________ Mio. Einwohner, die in __________ Bundesländern leben: Burgenland, Kärnten, Steiermark, Niederösterreich, Oberösterreich, Salzburg, Tirol, Vorarlberg und Wien. Jedes Bundesland hat eine Hauptstadt. Österreich ist eine parlamentarische Republik. Das Parlament ist in der Hauptstadt Wien. Seit __________ ist Österreich Mitglied der Europäischen Union (EU) und die Währung ist der Euro. Österreich hat __________ Nachbarländer. Wer kann sie nennen?

b Arbeiten Sie zu zweit. Schreiben Sie drei Fragen zum Text. Fragen und antworten Sie.

Wo ist das Parlament?

c Wie heißen die Nachbarländer von Österreich?

2 Bundesländer und Hauptstädte. Ergänzen Sie die Sätze und finden Sie das Lösungswort.

Die Hauptstadt des Burgenlandes ist ☐☐☐☐☐☐☐☐☐☐.
Die Hauptstadt von Österreich ist ☐☐☐☐.
Graz ist die Hauptstadt von der ☐☐☐☐☐☐☐☐☐☐.
Innsbruck ist die Hauptstadt von ☐☐☐☐☐.
Die Hauptstadt von Niederösterreich ist ☐☐☐☐☐☐☐☐☐☐☐.
Bregenz ist die Hauptstadt von ☐☐☐☐☐☐☐☐☐☐.
Die Hauptstadt von Salzburg heißt auch ☐☐☐☐☐☐☐☐.
Klagenfurt ist die Hauptstadt von ☐☐☐☐☐☐☐.
Die Hauptstadt von Oberösterreich heißt ☐☐☐☐.
Wie viele Bundesländer hat Österreich? ☐☐☐☐.

Lösung: Österreich ist eine ______________________________.

Wege und Ziele im Beruf ▸2

1 a Viele Berufe – viele Chancen. Ordnen Sie die Bilder den Berufen zu.

1
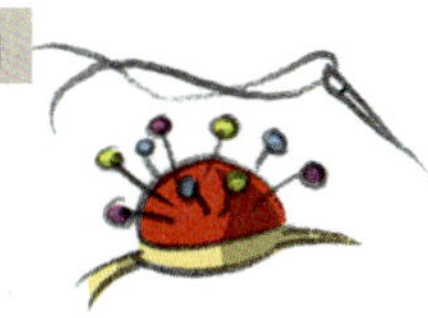
2

3
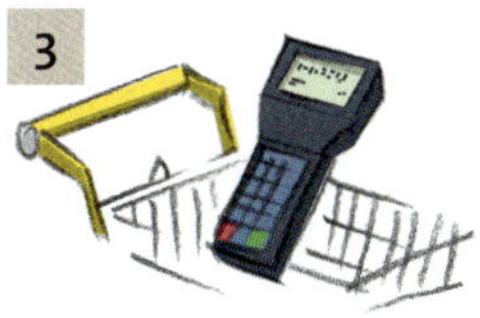
4

5

A ☐ KFZ-Mechaniker / Mechanikerin
B ☐ Einzelhandelskaufmann / Einzelhandelskauffrau
C ☐ Metalltechniker / Metalltechnikerin
D ☐ Koch / Köchin
E ☐ Schneider / Schneiderin

b Welchen Beruf habe ich? Lesen Sie die Texte und ergänzen Sie einen Beruf aus Übung 1a.

A **Francis:** Ich bin 2019 mit 17 Jahren aus Sierra Leone nach Wien gekommen. Ich habe zuerst einen Deutschkurs und den Pflichtschulabschluss gemacht. Ich habe dann eine Lehrstelle als ______________________ bei einer großen Supermarktkette gefunden. Das ist für mich ein guter Start in die Zukunft.

B **Samira:** Ich bin 25 Jahre alt und lebe seit Herbst 2020 in Oberösterreich. Mein Hobby ist das Nähen. Ich wollte mein Hobby zum Beruf machen. In Österreich habe ich sofort einen Deutschkurs gemacht. Mit viel Glück habe ich dann eine Lehrstelle als ______________________ in einer kleinen Schneiderei gefunden. Ich gehe auch in die Berufsschule. Ich träume von einem eigenen Modegeschäft.

C **Bakir:** Ich bin 2001 aus Bosnien in die Steiermark gekommen. Zuerst habe ich Deutschkurse in Graz gemacht. Ich habe mich immer schon für Technik und Autos interessiert. Mit Hilfe einer Sozialarbeiterin habe ich eine Lehrstelle als ______________________ in einer Autowerkstatt gefunden. Die Berufsschule war nicht leicht, aber ich habe meine LAP (Lehrabschlussprüfung) gemacht. Ich bin noch immer in dieser Firma und leite hier jetzt den Kundenservice.

> Jeder Lehrling kann am Ende der Lehrzeit eine Lehrabschlussprüfung (LAP) machen.

c Lesen Sie den Text und beantworten Sie die Fragen.

Eine Lehre ist ein duales Ausbildungssystem: Man bekommt im Betrieb (= die Firma) eine praktische und in der Berufsschule eine theoretische Ausbildung. In Österreich gibt es ungefähr 230 verschiedene Lehrberufe mit guten Chancen für die Zukunft.

1 Wie viele Lehrberufe gibt es in Österreich?
2 Wo bekommt man die praktische Ausbildung?
3 Welche Schule muss man besuchen?

d Sprechen Sie im Kurs über Ihren Wunschberuf.

2 Bauen Sie Ihre persönliche Zukunftspyramide. Die Basis ist immer ein Deutschkurs! Vergleichen Sie die Pyramide im Kurs.

Was möchten Sie erreichen?

Deutschkurs

So ist das in Österreich 3

1 a Richtig oder falsch? Lesen Sie. Kreuzen Sie an.

Es gibt für Arbeitnehmer arbeitsfreie Tage in ganz Österreich. Viele Feiertage sind christlich, einige Feiertage sind gesetzlich. Feiertage sind: 1. Jänner (Neujahr), 6. Jänner (Heilige Drei Könige), Ostermontag, 1. Mai (Staatsfeiertag), Christi Himmelfahrt, Pfingstmontag, Fronleichnam, 15. August (Mariä Himmelfahrt), 26. Oktober (Nationalfeiertag), 1. November (Allerheiligen), 8. Dezember (Mariä Empfängnis), 25. Dezember (Weihnachten), 26. Dezember (Stefanitag).

„gesetztlich" bedeutet eine vom Staat vorgeschriebene Regel (= Gesetz)

	richtig	falsch
1. In Österreich gibt es zehn gesetzliche Feiertage.	☐	☐
2. Viele Feiertage haben eine christliche Tradition.	☐	☐
3. Der österreichische Nationalfeiertag ist am 1. Mai.	☐	☐
4. Der Neujahrstag ist am 6. Jänner.	☐	☐
5. Die gesetzlichen Feiertage gelten in ganz Österreich.	☐	☐

b Sprechen Sie im Kurs über die gesetzlichen Feiertage in Österreich. Welchen Feiertag feiern Sie auch?

2 a Feste feiern: privat und in der Firma. Lesen Sie eine offizielle und eine private Einladung. Was passt zur Einladung der Firma? Was passt zur privaten Einladung? Ordnen Sie zu.

A ☐ Man muss pünktlich sein!
B ☐ Man lädt Frauen und Männer ein.
C ☐ Man bringt kein Geschenk mit.
D ☐ Man kann auch erst um 19:30 Uhr kommen.
E ☐ Das ist eine private Einladung.
F ☐ Man lädt auch Leute ein, die im Haus wohnen.
G ☐ Das ist eine offizielle Einladung.
H ☐ Man muss sagen, dass man kommt.
I ☐ Man kann Blumen oder eine Flasche Wein mitbringen.
J ☐ Man lädt Mitarbeiterinnen und Mitarbeiter ein.

1

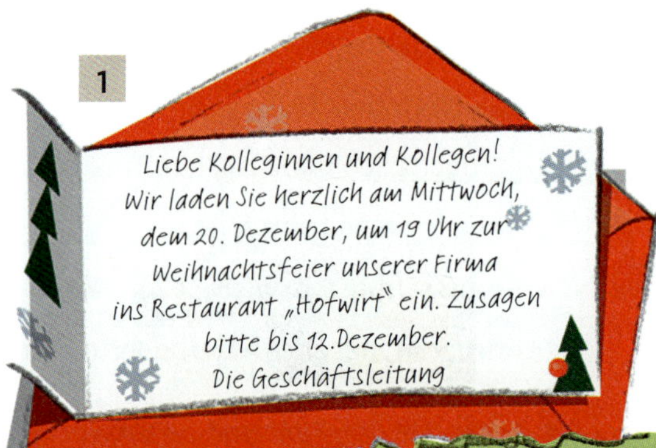

2

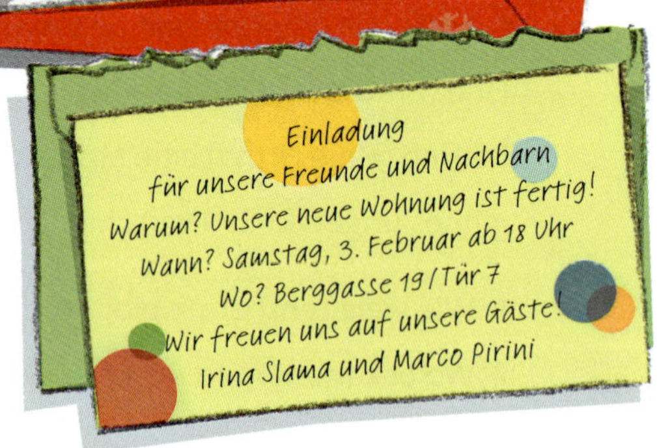

b Bilden Sie im Kurs zwei Gruppen. Schreiben Sie eine offizielle und eine private Einladung mit Datum, Zeit, Ort. Vergleichen Sie Ihre Ergebnisse.

Einladung 1	Einladung 2
40 Jahre Möbelhaus Krien	30. Geburtstag

W Werte und Orientierung

Eine neue Wohnung 4

1 Was ist ein Mietvertrag? Vervollständigen Sie den Text.

Regeln • Vermieter • Müllabfuhr • Betriebskosten • Mieter • Reparaturen

Der ____________________ hat eine Wohnung und vermietet sie.

Der ____________________ zahlt für eine Wohnung Miete. Im Mietvertrag steht, wie viel Miete und ____________________ der Mieter zahlen muss. Betriebskosten zahlt man für Wasser, ____________________, Hausversicherung, Licht im Stiegenhaus, die Hausverwaltung und ____________________ im Haus. Im Mietvertrag stehen außerdem die ____________________ für den Mieter, für den Vermieter und für das Zusammenleben im Haus: die Hausordnung.

2 Die Hausordnung. Sehen Sie sich die Bilder an und ordnen Sie die Regeln zu.

1

2

3

4

5

6

A ☐ Machen Sie keinen Lärm in den Ruhezeiten (22:00–06:00 Uhr)!

B ☐ Verbrauchen Sie wenig Wasser!

C ☐ Werfen Sie den Müll in die Mülltonnen!

D ☐ Rauchen Sie nicht im Stiegenhaus!

E ☐ Halten Sie die Gemeinschaftsanlagen sauber und stellen Sie keine Möbel ab!

F ☐ Stellen Sie Fahrräder nicht im Stiegenhaus ab!

Gemeinschaftsanlagen = Einrichtungen für alle Hausbewohner

Wie ist das mit *brutto* und *netto*? ▶5

1 Lesen Sie den Text. Welches Inserat passt?

Jana Markowska, 20, hat eine Lehrabschlussprüfung gemacht und sucht jetzt einen Arbeitsplatz als Tischlerin. Sie ist kreativ und arbeitet gerne mit Holz. Sie hat einen Führerschein B.

Lesen Sie die Stellenangebote. Welches Inserat passt für Jana?

A Für unsere Filiale in Krems suchen wir eine Küchenverkäuferin / einen Küchenverkäufer mit Verkaufspraxis. 40 Stunden pro Woche, Bruttogehalt: 2.700 €. Firmenwagen für Kundenbesuche.

B Für unser Küchenstudio suchen wir Tischler (m/w/d) in Vollzeit. Voraussetzungen: Lehre als Tischler/in und Führerschein B
Anfangsgehalt: 2.500 € brutto

C Zeichnen Sie gerne und haben Sie gute Computerkenntnisse? Unser Architekturbüro bietet einen kreativen Arbeitsplatz für Küchenplaner (m/w/d), Teilzeit. Einstiegsgehalt brutto: 2.200 €

In Österreich sind pro Jahr 14 Gehälter (12 Monatsgehälter / Weihnachtsgeld / Urlaubsgeld) üblich.

m = männlich / w = weiblich / d = divers
Jede Person hat das Recht, ihren Arbeitsplatz frei zu wählen.

2 a Jana hat über die Anzeige einen Arbeitsplatz gefunden und das erste Gehalt auf ihrem Konto. Ihr Freund Mario hat viele Fragen. Ergänzen Sie.

- Wie viel verdienst du?
- Ich bekomme im Monat ____________ brutto.
- Weißt du schon, wie viel das ____________ im Monat ist?
- Ja, ich bekomme 1.867,74 € im Monat auf mein Konto.
- Und wie viel Lohnsteuer und Sozialversicherung musst du bezahlen?
- Ich bezahle 185,51 € Lohnsteuer und 451,75 € ____________.

brutto = Gesamtgehalt
netto = Gehalt minus Lohnsteuer und Sozialversicherung

b Lesen Sie diese Fragen von Mario und ordnen Sie die passenden Antworten von Jana zu.

1 ☐ Warum zahlt man Steuern?
2 ☐ Was ist die Sozialversicherung?
3 ☐ Wer muss Sozialversicherung zahlen?
4 ☐ Was ist das Solidaritätsprinzip?

A Jeder, der Geld verdient, zahlt Geld in den Steuertopf, auch wenn er nie krank oder arbeitslos ist. Durch Solidarität funktioniert das soziale System.
B Wenn man Arbeit hat, muss man Sozialversicherung zahlen! Das österreichische Sozialsystem funktioniert wie ein sicheres Netz.
C Das sind die Krankenversicherung, die Arbeitslosenversicherung, die Unfallversicherung und die Pensionsversicherung.
D Der Staat braucht Geld für Schulen, Straßen, Universitäten, Spitäler und vieles mehr.

Der Arztbesuch ▶7

1 In der Ordination. Sehen Sie die Bilder an und ordnen Sie die Dialoge zu.

A ☐ Sina erwartet ein Baby. Sie hat einen Eltern-Kind-Pass und geht regelmäßig zu Untersuchungen.

B ☐ Oscar arbeitet in einem Restaurant. Er hat mit vielen Menschen Kontakt. Im Herbst lässt er sich immer gegen Grippe impfen.

C ☐ Michael hat Ohrenschmerzen.

D ☐ Peter raucht viel. Er hat einen starken Husten.

E ☐ Maria geht jedes Jahr zur Vorsorgeuntersuchung und bekommt dann einen ärztlichen Befund.

> Im **Eltern-Kind-Pass** stehen die ärztlichen Untersuchungen während der Schwangerschaft bis zum 5. Geburtstag des Kindes. Vorsorge ist wichtig!

2 a Lesen Sie den Text und ergänzen Sie.

Das Gesundheitssystem in Österreich: Die Krankenversicherung ist in Österreich eine Pflichtversicherung! Man muss Krankenversicherung zahlen, wenn man ein Gehalt bekommt. So wird die medizinische Versorgung finanziert. Man bekommt eine e-card. Diese e-card braucht man für jeden Besuch beim Arzt und im Spital. Jede Person muss ihre eigene e-card verwenden.

1. Die Krankenversicherung ist eine ______________________.
2. Wenn man Arbeit hat und ein Gehalt bekommt, muss man ______________________ zahlen.
3. Man braucht die ______________________, wenn man zum Arzt geht.

b Maria war im Spital und hatte eine Operation. Ihre Freundin Jana hat viele Fragen. Ordnen Sie die Antworten von Maria zu.

1 [C] Hast du eine Krankenversicherung?
2 ☐ Hast du im Krankenhaus etwas bezahlt?
3 ☐ Hast du im Krankenstand Geld bekommen?
4 ☐ Hast du deine e-card gebraucht?
5 ☐ Darf man im Spital Besuch bekommen?
6 ☐ Wer ist im Spital für die Kranken da?

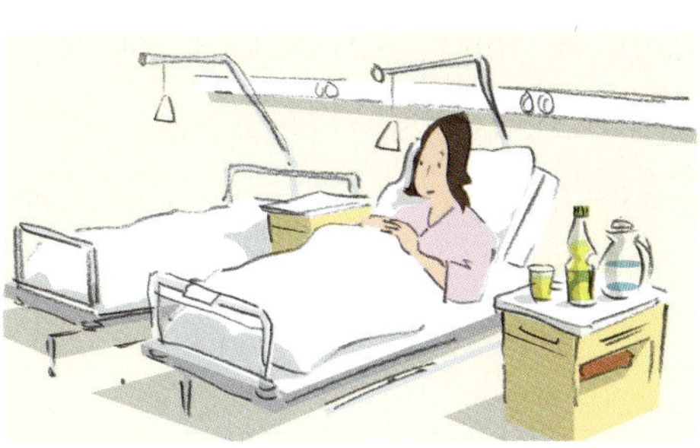

A Ja, ich habe in dieser Zeit Krankengeld bekommen.
B Ja, ich habe die e-card bei jedem Arztbesuch und im Spital gebraucht.
C Ja, ich arbeite in einer Firma und muss Sozialversicherung zahlen, das ist eine Pflichtversicherung.
D Ja, aber nur in den Besuchszeiten. Die Patienten brauchen viel Ruhe!
E Das sind Ärztinnen und Ärzte, Krankenschwestern und Krankenpfleger. Frauen dürfen auch Männer und Männer auch Frauen untersuchen.
F Nein, meine Krankenkasse hat die Operation und das Spitalszimmer bezahlt.

Im Notfall 8

1 a Welches Foto passt zu welchem Text? Ordnen Sie zu.

Notfall-Nummern kann man auch von einer öffentlichen Telefonzelle ohne Geld oder vom Handy ohne SIM-Karte oder ohne Guthaben anrufen!

A ☐ Sie sehen einen Unfall und eine oder mehrere Personen sind schwer verletzt. Jetzt muss es schnell gehen. Rufen Sie die **Rettung** unter der Nummer **144** oder die europäische **Notrufnummer 122**.

B ☐ Es ist Wochenende und die Arztpraxis von Ihrem Hausarzt ist geschlossen. Sie sind krank und es geht Ihnen nicht gut. Wählen Sie die Nummer vom **Ärztenotdienst**, die **141**. Dort bekommen Sie die Adresse vom Bereitschaftsarzt. Wenn es Ihnen sehr schlecht geht oder Sie verletzt sind, dann fahren Sie zu einem Spital in die **Notaufnahme** oder rufen die **Rettung** unter der Nummer **144**.

C ☐ Sie sehen, wie im Nachbarhaus der Rauch aus dem Fenster kommt. Es brennt! Es muss jetzt schnell gehen. Rufen Sie die **Feuerwehr** unter der Nummer **122**.

D ☐ Sie hören, wie sich Ihre Nachbarn laut streiten. Eine Frau ruft um Hilfe. Sie wissen, dass Gewalt in der Familie verboten ist und wählen die **133**, die Nummer der **Polizei**.

Wenn Sie eine Frau kennen, die von Ihrem Partner geschlagen wird, geben Sie ihr die Nummer der Frauenhelpline (+43 800 222 555). Dort bekommt sie Hilfe.

1
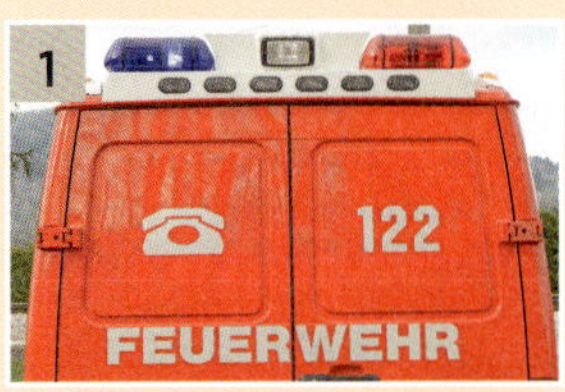

2

3

4

b Was ist richtig? Kreuzen Sie an.

1. Sie sehen einen Unfall. Eine Person ist schwer verletzt.
   Welche Notrufnummer hat die Rettung?
   ☐ 141 ☐ 122 ☐ 144
2. Es brennt. Sie möchten die Feuerwehr rufen.
   Welche Nummer wählen Sie?
   ☐ 133 ☐ 122 ☐ 144
3. Sie sehen, wie jemand eine andere Person schlägt. Sie möchten Hilfe holen.
   Welche Nummer wählen Sie?
   ☐ 122 ☐ 141 ☐ 133
4. Es geht Ihnen nicht gut. Sie benötigen die Adresse von einem Bereitschaftsarzt.
   Welche Nummer wählen Sie?
   ☐ 141 ☐ 122 ☐ 133

Kennen Sie Österreich? ▶10

1 Was ist richtig? Kreuzen Sie an.

1. Österreich hat acht Bundesländer.

a ☐ richtig b ☐ falsch

2. Österreich ist eine parlamentarische Republik.

a ☐ richtig b ☐ falsch

3. Wie viele Einwohnerinnen und Einwohner hat Österreich?

a ☐ ca. 2,9 Millionen
b ☐ ca. 92 Millionen
c ☐ ca. 9,2 Millionen

4. Wer eine Lehre macht, muss keine Berufsschule besuchen.

a ☐ richtig b ☐ falsch

5. Jeder Lehrling kann am Ende der Lehrzeit eine Lehrabschlussprüfung machen.

a ☐ richtig b ☐ falsch

6. Wie lange dauert eine Lehre?

a ☐ 1–2 Jahre
b ☐ 2–4 Jahre
c ☐ 3–5 Jahre

7. Der österreichische Nationalfeiertag ist am 26. Oktober.

a ☐ richtig b ☐ falsch

8. Wenn man arbeitet, zahlt man Sozialversicherung und Steuern.

a ☐ richtig b ☐ falsch

9. Was gehört nicht zur Sozialversicherung?

a ☐ die Krankenversicherung
b ☐ die Steuern
c ☐ die Pensionsversicherung

10. Die Krankenversicherung ist in Österreich eine Pflichtversicherung.

a ☐ richtig b ☐ falsch

11. In der Hausordnung stehen Regeln für ein gutes Zusammenleben im Haus.

a ☐ richtig b ☐ falsch

12. Wer darf meine e-card benutzen?

a ☐ nur ich
b ☐ meine Familie und Freunde
c ☐ meine Kinder und ich

1 Unser neuer Kurs

A, 1.1
1. heißen – 2. ist – 3. kommen – 4. komme – 5. wohne – 6. machen – 7. arbeitet – 8. bin – 9. suche – 10. sprechen – 11. ist – 12. spreche – 13. lerne – 14. Haben – 15. spiele – 16. ist – 17. liebt

A, 1.2
Beispiel:
Ich heiße Azra Bajranović. Ich bin 36 Jahre alt. Ich komme aus Bosnien, aber ich wohne seit drei Jahren in Salzburg. Ich arbeite als Köchin. Meine Erstsprache ist Serbo-Kroatisch, aber ich spreche auch ein bisschen Englisch und gut Deutsch. Ich lese gerne oder gehe mit Freunden essen.

A, 1.4
1. a – 2. c – 3. b – 4. d

A, 2.1
Beispiel:
Wo triffst du deine Freunde? Wann machst du gerne Sport? Wie lange spielst du Fußball? Mit wem gehst du ins Café? Wie oft gehst du ins Kino?

A, 2.2
Beispiel:
Ich treffe auch gern meine Freunde. Was macht ihr oft?
Wir gehen gern in eine Bar und trinken ein Bier oder einen Wein. Manchmal gehen wir auch ins Kino.
Wie schön!
Und du? Wann triffst du deine Freunde?
Ich treffe sie am Wochenende. Montag bis Freitag muss ich viel arbeiten ...

A, 2.3
Beispiel:
... aber wir treffen beide gern unsere Freunde. Anisha mag Kultur. Sie geht oft ins Theater. Ich gehe auch gern ins Theater, aber auch ins Kino. Das ist bei uns gleich.

B, 1.1
überrascht – genervt – nervös – neugierig – aufgeregt – glücklich – froh – ängstlich

B, 1.2
1. überrascht – 2. aufgeregt – 3. neugierig

B, 1.3
1. Max hat Fabian in Innsbruck besucht. – 2. ... nicht so oft. – 3. Die Schwiegermutter von Abron ... – 4. ... morgen nach Paris. – 5. Mino ist mit seiner Frau umgezogen. – 6. ... singt sehr gut.

B, Wiederholung
1. gekommen – 2. gewartet – 3. gesucht – 4. gelesen – 5. angerufen – 6. gefunden – 7. aufgestanden – 8. gefahren – 9. gemacht

B, 2.1
1. Aanjay war am ersten Tag nervös. – 2. Sie hat vor der Tür gewartet. Sie ist zu früh angekommen. – 3. Aanjay hat viele Dinge gleich wieder vergessen und sie hat vieles nicht verstanden. – 4. Die Chefin war ein bisschen genervt. – 5. Sie war müde und unsicher. – 6. Ein Freund hat sie besucht und mit Aanjay gesprochen.

B, 2.2
ge ... t: gefragt – geantwortet – gesagt – *ge ... en*: gekommen – gegangen – gefahren – geholfen – *... ge ... t*: abgeholt – *... ge ... en*: aufgestanden – angekommen – *... t*: begrüßt – besucht – erklärt – erzählt – *... en*: vergessen – verstanden –
!: gekannt – gewusst – mitgebracht

B, 2.3
1. ankommen – angekommen, mitbringen – mitgebracht
2. besuchen – besucht, erzählen – erzählt, verstehen – verstanden, verpassen – verpasst

B, 2.5
1. habe ... besucht – 2. habe ... gewusst – 3. hat ... erklärt – 4. habe ... verstanden – 5. habe ... vergessen – 6. hat ... begrüßt – 7. habe ... mitgebracht

B, 2.6
Beispiel:
Die Lehrerin hat uns alles erklärt. Sie hat die Aufgaben geschrieben und laut gelesen. Sie hat uns viel geholfen. Ich habe sie gut verstanden. Aber jetzt habe ich alles wieder vergessen.

B, 3
1. mit dem Bus – 2. sehr nervös – 3. ich verpasse den Bus – 4. 15 Minuten Verspätung – 5. pünktlich – 6. freundlich begrüßt – 7. der Unterricht

C, 1.1
1. Bezirk – 2. Nachbarschaftszentrum – 3. verschiedene – 4. Veranstaltungen– 5. Unterstützung

C, 1.2
1. sauber machen – 2. Unterstützung – 3. Rat – 4. offen – 5. Strom – 6. verschieden – 7. lösen – 8. beraten

C, 1.3
1. alle – 2. viele – 3. einige – 4. niemand

C, 1.4
1. Alle – 2. viele – 3. einige – 4. Viele – 5. einige – 6. niemand – 7. Alle

C, 1.5
1. Viele – 2. Viele – 3. Niemand hat – 4. Einige

C, 2.1
Bitte raucht nicht. – Bitte grillt nicht auf dem Balkon. – Bitte schließt die Tür. – Bitte hört nicht zu laut Musik. – Bitte esst nicht im Zimmer. – Bitte macht nach dem Kochen die Küche sauber. – Bitte putzt regelmäßig die Toilette und das Bad.

C, 2.2
Beispiel:
Bei uns muss man auch regelmäßig sauber machen. Man muss die Küche putzen. Man muss auch das Geschirr spülen und alles aufräumen.

C, 3
Man darf nicht am Computer essen. – Man muss leise telefonieren. – Man muss am Abend die Tische sauber machen. – Man muss das Licht ausschalten. – Man muss alle Türen schließen.

Richtig schreiben

1.1
ähnlich – glücklich – ruhig – weiblich – ängstlich – neugierig – richtig – langweilig – lustig – wichtig – höflich

1.2
Endung -lich: freundlich, ähnlich, glücklich, weiblich, ängstlich, höflich
Endung -ig: ruhig, neugierig, richtig, langweilig, lustig, wichtig

1.3
1. -ig – 2. -lich – 3. -ig – 4. -ig – 5. -ig – 6. -lich

2
Beispiel:
Meine Tochter ist zwei Jahre alt und sehr neugierig. Mein Vater ist glücklich, er ist gern Großvater. So ist es nie langweilig für ihn. Alle in meiner Familie sind sehr lustig. Aber mein Bruder ist manchmal unhöflich.

Alles klar?

1
1. nervös – 2. neugierig – 3. genervt – 4. glücklich – 5. unsicher

2
1. gewusst – 2. begrüßt – 3. vergessen – 4. verstanden – 5. erklärt

3
1. Alle – willkommen – 2. offen – 3. Bitte – nicht erlaubt – 4. räumen ... auf – sauber – 5. schalten ... – nach dem Kurs – ... aus

2 Arbeiten und lernen

A, 1
1. Krankenpfleger – 2. Krankenhaus – 3. Aufgaben – 4. Kontakt – 5. Medikamente – 6. Material – 7. Pläne – 8. Bauernhof – 9. Praktikant – 10. Ausbildung – 11. Dinge – 12. Ordnung

A, Wiederholung
2. kann – 3. müssen – 4. können – 5. Darf

A, 2.1
1. falsch – 2. richtig – 3. falsch – 4. falsch – 5. richtig

A, 2.2
können: konnte – konnte – konnten – *müssen*: musste – mussten – musstet – *dürfen*: durfte – durftest – durfte – durften – durften – *wollen*: wollte – wollte – wolltet – wollten

A, 2.3
2. Wolltest – 3. durfte – 4. mussten – 5. konnten – 6. Wolltet – 7. konnten

A, 2.4
2. Durftet – musste – 3. Musstest – 4. mussten – 5. durfte

A, 2.5
2. konnte – 3. wollte – 4. konnte – 5. mussten – 6. konntet – 7. konnte – 8. wollte

A, 2.6
1. Gruß – 2. Ohr – 3. kochen – 4. zu

A, 3
Beispiel:
Als Kind wollte ich Regisseurin werden.
Mit 16 durfte ich noch nicht Auto fahren.
Ich konnte gut Fahrrad fahren.
Ich wollte am Abend nie meine Zähne putzen und ins Bett gehen.

B, 1.1
1. h – 3. e – 4. b – 5. d – 6. g – 7. c – 8. f

B, 1.2
Beispiel:
beantwortet Fragen. Eine Bauzeichnerin ...
diskutiert mit Kollegen. Ein Ingenieur ...
baut Brücken. Eine Ärztin ...
notiert Informationen. Ein Kaufmann ...
berät Kundinnen und Kunden. Eine Lageristin ...
transportiert Waren.

B, 1.3
1. Tischler – 2. Kontakt – 3. Schulabschluss – 4. Mathematikkenntnisse – 5. rechnen – 6. bedienen – 7. zeichnen – 8. bauen – 9. beraten

B, 1.4
1. richtig – 2. falsch – 3. richtig – 4. richtig – 5. falsch

B, 2.1
1. Waren – 2. Fahrt – 3. Gebäude – 4. Fremdsprachenkenntnisse – 5. genau – 6. Verkehr – 7. ruhig – 8. mobil

B, 2.2
1. falsch – 2. richtig – 3. falsch – 4. richtig – 5. richtig – 6. falsch

B, 2.3
Beispiel:
Ich möchte als Architektin arbeiten. Man braucht einen Schulabschluss und gute Mathematikkenntnisse. Ich muss auch studieren. Aber ich denke, der Beruf passt gut zu mir, denn ich war in der Schule sehr gut in Mathe und ich plane und zeichne sehr gerne. Ich kann auch gut im Team arbeiten und Dinge organisieren.

B, 3.1
1. bist Hausmeisterin – 2. zu mir passen – 3. nicht so kreativ – 4. Technik – 5. Geräte repariert – 6. Dinge organisieren – 7. im Schichtdienst – 8. draußen

B, 3.2
Beispiel:
Liebe Farhia, ich finde, der Beruf Hausmeisterin passt nicht so gut zu dir. Dinge organisieren ist in meinem Beruf sehr wichtig. Ich bin als Hausmeisterin nicht so oft draußen. Meistens muss ich im Haus arbeiten und die Probleme von den Menschen im Haus lösen – ich denke, das ist für dich schnell langweilig!

C, 1
1. alles in Ordnung – 2. Ich habe das nicht gelernt – 3. Verstehst du etwas von – 4. Ich kann das – 5. das macht nichts

C, 2.1
1. Wasserkocher – 2. Werkzeuge – 3. Sicherheit – 4. Schritte – 5. Gerät – 6. Dauer – 7. Ermäßigung

C, 2.2
1. richtig – 2. falsch – 3. richtig – 4. falsch – 5. falsch

C, 2.3
1. Bestellung – 2. Rechnung – 3. Entschuldigung – 4. Beratung – 5. Fortbildung

C, 3.1
2. angenehm – 3. die Bezahlung – 4. der Bus – 5. die Reparatur – 6. die Gesundheit

C, 3.2
1. falsch – 2. c

Richtig schreiben

1.1 + 1.2
Sie wollen Brücken und Gebäude bauen? Sie können gut rechnen und genau zeichnen? Sie erledigen Ihre Aufgaben selbstständig? Dann machen Sie eine Ausbildung zum Bauzeichner.

2
Beispiel:
Der Beruf Gärtnerin passt gut zu mir, denn ich arbeite gerne allein. Als Gärtnerin kann man draußen sein und mit den Händen arbeiten. Und: Ich liebe Blumen und Bäume. Bei der Arbeit draußen habe ich meine Ruhe und es ist gesund.

Alles klar?

1.1
1. Ermäßigung – 2. Gerät – 3. mobil – 4. notwendig – 5. Fortbildung

1.2
1. erledigen – 2. beantworten – 3. rechnen – 4. transportieren – 5. beantworten

2
1. konnte – 2. Wolltet – mussten – 3. Durftest – wollte

3
1. e – 2. c – 3. d – 4. b – 5. a

1 Wichtige Wörter

1.1
1. begrüßen – 2. besuchen – 3. erklären – 4. lösen – 5. bauen – 6. bedienen – 7. beantworten – 8. zeichnen – 9. einschalten – 10. notieren – 11. bekommen – 12. machen – 13. anbieten – 14. erledigen – 15. diskutieren – 16. vorbereiten – 17. benutzen – 18. sauber machen

2
Beispiel:
Man kann genau zeichnen.
Ja, und man kann auch schön oder hässlich zeichnen.
Man kann in der Werkstatt einen Hammer benutzen.
Ja, und man kann zum Beispiel im Büro einen Computer und einen Desktop benutzen ...

1 Training: Sprechen und Lesen

1.1
Beispiel:
Mein Name ist Vidushi Varma. Ich bin in Delhi, in Indien, geboren. Jetzt wohne ich in Wien. Ich arbeite als Programmiererin. Ich bin geschieden und habe zwei Kinder, eine Tochter und einen Sohn. Ich spreche Hindi, Englisch, Deutsch und ein bisschen Spanisch.

1.3
Beispiel:
Mein Name ist in Indien typisch und beliebt. Mein Nachname „Varma" bedeutet Schutz. Ich komme aus Delhi. Das ist eine sehr große Stadt in Indien. Dort leben 16 Millionen Menschen! In Wien lebe ich schon seit vier Jahren. Ich lebe in einer Wohnung in Leopoldstadt. In Delhi habe ich Informatik studiert und seit vier Jahren arbeite ich als Programmiererin. Ich arbeite viel mit dem Computer. Meine Familie ist sehr groß. Meine Eltern und Großeltern wohnen in Delhi, aber mein Ex-Mann und meine Kinder leben auch in Wien. In der Schule habe ich schon sehr früh Hindi und Englisch gelernt. In Österreich habe ich dann viele Deutschkurse gemacht und jetzt spreche ich schon gut. Letztes Jahr habe ich dann einen Spanischkurs gemacht, denn ich mache gerne in Spanien Urlaub.

1.4
Beispiel:
Ich habe in Wien in einem Sprachkurs Deutsch gelernt.
Mit meinen Kindern spreche ich meistens Hindi, aber auch Deutsch.
Ich bin schon seit vier Jahren in Österreich.
Früher habe ich in Delhi, in Indien, gewohnt.

1.6

Beispiel:

Ich heiße Laurine Lambert. Ich komme aus Avignon, in Frankreich. Jetzt wohne ich in Zug, in der Schweiz. Ich habe eine Ausbildung zur Friseurin gemacht, aber jetzt bin ich zu Hause bei meinem Kind. Ich bin verheiratet und habe einen Sohn. Er ist 8 Monate alt. Meine Erstsprache ist Französisch, aber ich spreche auch Englisch und Deutsch.
Wie groß ist ihr Geburtsort? Avignon ist nicht so groß. Es hat nur 90.000 Einwohner.
Haben Sie einen Beruf gelernt? Welchen? Ja, ich habe eine Ausbildung als Friseurin gemacht.
Wo wohnt ihre Familie? Meine Familie wohnt auch bei mir in Zug, in der Schweiz.
Seit wann lernen Sie Deutsch? Ich habe vor einem Jahr einen Deutschkurs angefangen.

2.2

1. c – 2. x – 3. a

2.4

1. e – 2. d – 3. b – 4. x – 5. f

1 Prüfungstraining

1.1

Beispiel:

Mein Name ist Biljana Kamenčić. Ich bin 73 Jahre alt. Ich komme aus Zavidovići, das ist eine Stadt in Bosnien und Herzegowina. Ich lebe seit 26 Jahren in Österreich, zuerst in Graz und jetzt in Innsbruck. Meine Erstsprache ist Serbo-Kroatisch, aber ich spreche auch Deutsch. Ich arbeite jetzt nicht mehr. Aber früher in Bosnien habe ich als Lehrerin gearbeitet. In meiner Freizeit lese ich gern und mache Spaziergänge mit meinem Mann.

1.4

Beispiel:

1
- Was machst du gern in deiner Freizeit?
- Ich mache gerne Yoga, spiele Fußball und treffe meine Freunde.

2
- Wo wohnt deine Familie?
- Meine Eltern wohnen in Xingtai. Geschwister habe ich keine.

3
- Wohnst du allein?
- Ja, ich lebe in einer Wohnung in Wien. Sie ist sehr klein, aber schön.

4
- Was bist du von Beruf?
- Ich habe Mathematik studiert, aber jetzt arbeite ich als Journalist.

1.6

Beispiel:

Ich heiße Urs Krämer, bin 58 Jahre alt und komme aus der Schweiz. Heute lebe ich aber in Österreich, in Klagenfurt. Ich spreche Deutsch, Englisch und Französisch. Von Beruf bin ich Arzt. In meiner Freizeit höre ich Musik oder mache Spaziergänge in Parks.
Wie viele Menschen leben in Ihrem Land? In der Schweiz leben fast 9 Millionen Menschen.
Wie heißen Ihre Eltern? Meine Eltern heißen Ludmilla und Viktor Krämer.
Welche Sprache sprechen Sie mit Freunden? Mit Freunden aus der Schweiz spreche ich immer Schweizerdeutsch, aber meine Freunde in Klagenfurt verstehen das nicht.
Was brauchen Sie für Ihr Hobby? Ich brauche ein Radio, aber für die Spaziergänge brauche ich nur meine Beine.

1.7

Beispiel:

1
- Wo leben deine Eltern?
- Meine Eltern leben in Accra, in Ghana.

2
- Wann ist dein Deutschkurs?
- Mein Deutschkurs ist immer am Mittwoch und Freitag von 8:30 bis 10:00 Uhr.

3
- Welche Musik hörst du gerne?
- Ich mag sehr gerne Rock und Jazz.

4
- Wann hast du Geburtstag?
- Ich habe am 21. September Geburtstag. Dann mache ich eine große Party und lade dich ein.

2.1

1. Leute kennenlernen – 2. Job als Deutschlehrerin – 3. Kinderbetreuung

2.2

1. b – 2. x – 3. a

2.4

1. b – 2. x – 3. e – 4. a – 5. c

3 In der Freizeit

A, 1

1. Shoppen – 2. blogge – 3. basteln – 4. chatten

A, 2.1

1. Altenpflegerin – 2. Spätschicht – 3. in der Früh – 4. In meiner Freizeit – 5. In der Nähe – 6. jeden Morgen – 7. aktiv und fit – 8. stressig – 9. entspannen

A, 2.2

Beispiel:

In meiner Freizeit chatte ich nicht so gerne. Ich gehe lieber ohne mein Handy nach draußen und treffe meine Freunde. Wir besuchen zusammen Konzerte und kochen am Abend manchmal zusammen. Aber danach mache ich nicht so gern die Küche sauber. Das macht mir keinen Spaß.

A, 3.1
b

A, 3.2
1. richtig – 2. falsch – 3. richtig – 4. falsch – 5. richtig – 6. richtig

A, 3.3
Beispiel:
Ich bin Mitglied in einem Tanzverein, das ist Sport für den ganzen Körper. Im Verein treffe ich Freunde und wir können reden. Ich tanze sehr gerne.
Ich fühle mich frei und gesund. Ich lerne Menschen aus der ganzen Welt kennen. Das ist sehr interessant!

B, 1.1
1. Anfänger/-innen – 2. Spezialitäten – 3. Kultur – 4. Informationsabend – 5. Flohmarkt – 6. Konzert

B, 1.2
richtig: 2 + 5

B, Wiederholung
1. ich will fit sein. – 2. ich habe Geburtstag. – 3. ich muss lernen. – 4. ich male gern. – 5. ich sammle alte Bücher.

B, 2.1
1. ... weil ich die pakistanische Kultur kennenlernen möchte – 2. ... weil mein Freund aus Pakistan kommt – 3. ... weil die Texte so schön sind

B, 2.2
1. ... sie die pakistanische Kultur kennenlernen möchte.
2. ... weil ihr Freund aus Pakistan kommt.
3. ... weil die Texte so schön sind.

B, 2.3
2. Saira bleibt im Bett, weil sie Fieber und Kopfschmerzen hat. – 3. Amir räumt auf, weil seine Freunde ihn heute besuchen. – 4. Ayla geht heute nicht aus, weil sie lieber zu Hause malen will. – 5. Milad geht zur Apotheke, weil er seine Medikamente abholen möchte.

B, 2.4
Beispiel:
1. ... weil neue Kleidung teuer ist. – 2. ... weil ich dann entspannen kann. – 3. ... weil chatten schneller ist. – 4. ... weil ich Angst habe. – 5. ... weil ich fit sein möchte.

B, 2.5
Beispiel:
1. Ich lerne Deutsch, weil ich meine Freunde verstehen möchte. – 2. Ich gehe oft aus, weil ich dann meine Freunde treffe. – 3. Ich möchte heute Abend ins Kino gehen, weil ich Filme liebe.

B, 3.1
1. Ich habe eine Idee – 2. das klingt gut – 3. ich habe keine Lust – 4. Ich habe einen anderen Vorschlag – 5. das ist auch eine gute Idee – 6. was denkst du

B, 3.2
Beispiel:
... das klingt gut. Hast du eine Idee?
... ein Buch ist doch langweilig.
Adil hört gerne Musik. Wir könnten neue Kopfhörer für ihn kaufen. Was meinst du?

B, 3.3
Beispiel:
Ja, das ist eine tolle Idee! Was wollen wir machen?
Ich habe eine Idee. Wir können Musik hören, essen, trinken, tanzen und reden. Ganz entspannt.
Wir können Pizza für alle mitbringen.
Ich habe keine Lust, Pizza esse ich so oft. Ich habe einen anderen Vorschlag: Alle Gäste können etwas zu Essen und zu Trinken mitbringen. Wir fragen sie: Wer bringt was?
Das klingt gut! So müssen wir auch nicht diskutieren: Wer bezahlt die Pizza? ...

C, 1.1
1. gut – 2. vegetarisch – 3. ausgebucht – 4. freundlich – 5. sauber – 6. günstig – 7. gemütlich

C, 1.2
1. Was kann ich für Sie tun? – 2. Ich möchte gern einen Tisch reservieren. – 3. Für wie viele Personen? – 4. Wann möchten Sie kommen? – 5. Haben Sie dann einen Tisch frei? – 6. Auf welchen Namen möchten Sie reservieren?

C, 1.3
1. drei Personen – 2. Am Freitag um 20 Uhr – 3. Busch

C, 1.4
kurz: Mittwoch – wann –
lang: Vokal + h: zehn – Uhr – sehr –
lang: ie: vier – die – reservieren – notieren

C, 2.1
2. der Teller – 3. das Glas – 4. die Serviette – 5. die Gabel – 6. das Messer

C, 2.2
1. Löffel – 2. Speisekarte – 3. Reservierung – 4. Vorspeise – 5. Hauptgerichte – 6. Nachtisch – 7. Trinkgeld

C, 2.3
1. b – 2. a – 3. a – 4. b

C, 2.4
1. b – 2. c

C, 2.5
1. Wir haben reserviert – 2. Was darf es sein – 3. Wir hätten gern – 4. als Vorspeise – 5. als Hauptgericht – 6. Hat es Ihnen geschmeckt? – 7. Möchten Sie einen Nachtisch – 8. Wir möchten gern zahlen – 9. Das macht – 10. Auf – 11. Einen schönen Abend

Richtig schreiben

1
1. Restaurant – 2. Reservierung – 3. Spezialität – 4. Spaghetti – 5. Messer – 6. Serviette – 7. Nachtisch – 8. Trinkgeld

2

Beispiel:

Letzte Woche war ich mit zwei Freunden im Restaurant Balkangrill in Wien. Wir haben Pita mit Erdäpfeln, Käse und Salat gegessen und Bier getrunken. Nach dem Essen haben wir einen Kaffee getrunken. Das war sehr fein!

Alles klar?

1.1

1. entspannen – 2. reservieren – 3. stattfinden – 4. chatten – 5. helfen

1.2

1. Löffel – 2. Speisekarte – 3. Trinkgeld – 4. ausgebucht – 5. reservieren

2

1. Ich bin glücklich, weil ich einen Job gefunden habe. – 2. Tim macht oft Sport, weil er fit sein möchte. – 3. Li fährt mit dem Fahrrad, weil der Bus nicht fährt. – 4. Wir kaufen etwas für Amir, weil er Geburtstag hat. – 5. Ich habe heute keine Zeit, weil ich arbeiten muss.

3

1. Was kann ich für Sie tun – 2. einen Tisch reservieren – 3. Für wie viele Personen – 4. einen Tisch frei – 5. Auf welchen Namen möchten Sie reservieren

4 Wohnen und Nachbarn

A, 1.1

1. Wohnzimmer – 2. Schlafzimmer – 3. Bad – 4. Dusche – 5. Küche – 6. Balkon

A, 1.2

1. groß – 2. teuer – 3. alt – 4. klein und dunkel – 5. laut

A, 1.3

1. Dreizimmerwohnung – 2. Monatsmiete – 3. Betriebskosten – 4. Quadratmeter – 5. Einbauküche

A, 1.4

900 € – 3 Zi. – 75 qm – 130 €

A, 2.1

1. dringend – 2. Zentrum – 3. außerhalb – 4. Neubau – 5. Stock – 6. Monatsmiete

A, 2.2

1

A, 2.3

1. einen Job gefunden hat – 2. Ihre Anzeige gelesen – 3. einen Termin ... vereinbaren – 4. die Wohnung ... besichtigen – 5. schicken wir mit – 6. andere Informationen – 7. In welchem Stockwerk – 8. Gibt es einen Aufzug

A, 3.1

Beispiel:

Ich wohne im Zentrum von Salzburg. Ich habe eine schöne Altbauwohnung.

Die Wohnung ist nicht besonders groß, aber sehr gemütlich. Sie ist im fünften Stock, aber es gibt einen Aufzug und einen Balkon.

Ja, die Wohnung ist wirklich schön. Sie ist hell, zentral und nicht zu teuer.

A, 3.2

Beispiel:

Lieber Ritesh,

letzte Woche bin ich nach Graz gezogen! Die Stadt ist wirklich schön und meine neue Wohnung gefällt mir sehr! Manchmal ist es ein bisschen heiß, weil die Wohnung ganz oben ist. Aber ich habe einen kleinen Balkon. Komm doch nach Graz und besuch mich. Dann trinken wir eine Limonade auf meinem Balkon und ich zeige dir Graz.

Liebe Grüße

Zeyneb

B, Wiederholung

1. in – 3. auf – 4. vor – 5. hinter – 6. über – 7. unter – 8. neben – 9. zwischen

B, 1

2. Die Lampe hängt an der Decke. – 3. Der Spiegel hängt über dem Sofa. – 4. Der Teppich liegt auf dem Fußboden. – 5. Der Fauteuil steht zwischen den Fenstern. – 6. Die Pflanze steht in der Ecke. – 7. Die Vorhänge hängen an den Fenstern. – 8. Die Blumen stehen auf dem Tisch.

B, 2.1

Beispiel:

Der Papierkorb steht zwischen dem Regal und dem Tisch. Wo steht die Pflanze?

Die Pflanze steht neben dem Tisch. Wo hängen die Lampen?

Die Lampen hängen an der Decke. Wo steht der Laptop?

Der Laptop steht auf dem Tisch. ...

B, 2.2

Die Stehlampe kommt links neben das Sofa. – Die Pflanze kommt in die Ecke. – Die Bücher kommen auf den Tisch. – Die Lampe kommt an die Decke. – Der Teppich kommt auf den Boden. – Der Fauteuil kommt vor das Fenster. – Die Vorhänge kommen ans Fenster. – Das Bild kommt über das Sofa.

B, 2.3

1. Wo? – 2. Wohin? – 3. Wo? – 4. Wo? – 5. Wohin?

B, 2.4

1. dem – 2. die – 3. im – 4. ans – 5. im – 6. den

B, 2.5

1. dem – 2. die – 3. am – 4. den – das – 5. im – 6. den

B, 2.6

1. vor dem – 2. ins – 3. im – 4. ins – 5. Neben der – 6. neben den – 7. an die

B, 3

Die Bücher kommen ins/in das Bücherregal. – Die Sessel kommen an den Tisch. – Das Foto kommt an die Wand. – Der Teppich kommt auf den Fußboden. – Der Vorhang kommt ans Fenster. – Die Teller kommen in die Küche. – Die Blumen kommen in den Garten.

B, 4

Beispiel:

Die Pflanze kommt rechts in die Ecke. Das Sofa kommt an die Wand. Der Tisch kommt vor das Sofa. Die Lampe kommt an die Decke. Der Vorhang kommt ans Fenster.

C, 1.1

1. ... liegt auf dem Tisch. – 2. ... steht im Vorraum. – 3. ... hängt an der Wand. – 4. ... steckt in der Tasche.

C, 1.2

1. legen – 2. stellen – 3. hängen – 4. stecken

C, 1.3

1. stehen – 2. stellen – 3. legen – 4. liegt

C, 1.4

1. der – 2. die – 3. dem – 4. die – 5. den – 6. das – 7. der – 8. dem

C, 1.5

2. Die Pflanze steht auf dem Tisch. Stellen Sie die Pflanze bitte ans Fenster. – 3. Das Papier liegt neben dem Drucker. Legen Sie das Papier bitte in den Kasten. – 4. Der Brief steckt in der Tasche. Stecken Sie den Brief bitte in den Briefkasten.
5. Das Foto hängt am Kasten. Hängen Sie das Foto bitte an die Wand.

C, 2.1

b

C, 2.2

1. Warum haben Sie nicht Bescheid gegeben? – 2. Könnten Sie vielleicht – 3. Also, ich weiß nicht. – 4. Ich habe einen Vorschlag: – 5. In Ordnung.

C, 3

Beispiel:

... Bitte entschuldigen Sie! Ich habe das nicht gewusst. Ich habe einen Vorschlag: Ich wasche meine Wäsche am Wochenende. Ich komme leider immer erst spät von der Arbeit nach Hause, aber am Samstag habe ich frei. Sagen Sie mir Bescheid oder kommen Sie vorbei und wir reden.
Ihr Ayuzawa, H.

Richtig schreiben

1

1. EFH – 2. qm– 3. PLZ – 4. Str. – 5. EG

2

Beispiel:

Sehr geehrte Frau Bach,
ich habe Ihre Anzeige gelesen. Ich suche eine Wohnung in Klagenfurt, denn meine Freundin hat hier einen Job gefunden. Können wir einen Termin für eine Besichtigung vereinbaren? Geht nächste Woche für Sie? Unsere Bewerbung und andere Dokumente schicken wir mit. Brauchen Sie noch andere Informationen? Ich habe noch eine Frage: Hat die Wohnung einen Balkon?
Vielen Dank und mit freundlichen Grüßen
Anita Jozelić und Niamh Woodward

Alles klar?

1

1. (Fuß-)Boden – 2. Wand – 3. Vorhang – 4. Briefkasten – 5. Spiegel

2.1

1. stelle – 2. hängen – 3. lege – 4. steckt – 5. steht

2.2

1. der – die – 2. im – den – 3. ins – dem – 4. dem – den – 5. Im – den

3

1. b – 2. b – 3. b – 4. a – 5. a

2 Wichtige Wörter

1.1

2. das Hauptgericht – 3. der Nachtisch – 4. das Getränk – 6. der Löffel – 7. die Gabel – 8. das Messer – 9. der Teller – 10. das Glas – 11. die Serviette – 12. das Trinkgeld

1.2

Beispiel:

A

... Ich hätte gern die Tomatensuppe als Vorspeise und als Hauptgericht nehme ich die Pizza mit Schinken.
Gern. Und was möchten Sie trinken?
Ein Glas Wein, bitte.
Natürlich. Sehr gern.

B

Entschuldigung! Könnte ich bitte ein neues Glas bekommen? Mein Glas ist nicht sauber.
Oh, natürlich. Tut mir leid!

C

Hat es geschmeckt?
Ja, sehr gut. Danke. Könnte ich die Rechnung bekommen? Ich möchte zahlen.
Gern, das macht dann 23,60 Euro, bitte.
Machen Sie 25 Euro.
Vielen Dank. Einen schönen Abend.
Danke, Ihnen auch.

2.1

13. im Zentrum – 14. außerhalb – 16. die 3-Zimmer-Wohnung – 17. der Quadratmeter – 18. die Monatsmiete (MM) – 19. der Briefkasten – 20. der Altbau – 21. der Neubau – 22. die Einbauküche (EBK) – 23. der Balkon – 24. der Garten

2.2

900 € – 200 € – 100 qm – 4 Zi. – EBK – Garten

2 Training: Sprechen und Schreiben

1.1

Vorschläge machen: Ich habe eine Idee:
Wir könnten ... – Ich kann ... Würdest du bitte ...? – Wollen wir ...? Was denkst du? – Also, wo/wann wollen wir ...?
reagieren: Ja, das ist eine sehr gute Idee. – Das klingt gut! – Hm, ich möchte lieber ... – Das finde ich (nicht) gut, weil ...

1.2

Beispiel:

Wann? Wollen wir am Samstagabend eine WG-Party machen? – *Essen?* Ich habe eine Idee: Wir könnten Chili kochen, das geht schnell und alle lieben mein Chili! – *Getränke?* Wir könnten Bier, Wein und Saft kaufen. – *Was brauchen Sie noch?* Ich finde, wir brauchen noch Musik. – *Wer macht was?* Ich kann das Chili kochen. Würdest du bitte Getränke kaufen?

1.3

Beispiel:

- Wollen wir am Samstagabend feiern? Da haben alle Zeit. Was denkst du?
- Ja, das klingt gut! Ich kann mein Chili kochen.
- Das finde ich sehr gut! Und dann kann ich die Getränke kaufen.
- Ja, das ist super! Würdest du bitte auch Musik organisieren?
- Das mache ich gern!

1.5

Beispiel:

- Wann wollen wir unser Nachbarschaftsfest feiern?
- Am Samstag? Was denkst du?
- Ja, das klingt gut! Und wo wollen wir feiern? Ich habe eine Idee: Wir könnten in den Stadtpark gehen. Am Wochenende ist das Wetter schön und sehr warm!
- Das finde ich sehr gut! Und dann können alle Getränke mitbringen.
- Hm, ich möchte lieber die Getränke kaufen, aber alle können etwas zu Essen mitbringen.
- Ja, das ist super! Ich kann Musik organisieren. Würdest du dann die Einladungen schreiben?
- Ja, sicher, das mache ich.

2.1

Beispiel:

1. Ich habe Ihre Anzeige im Internet gelesen und möchte gern ein Praktikum in Ihrem Restaurant machen. – 2. Können wir nächste Woche einen Termin für ein Gespräch vereinbaren? – 3. Ich schicke meine Bewerbung mit. – 4. Wie sind die Arbeitszeiten? – 5. Sehr geehrte Frau Schröder; Mit freundlichen Grüßen

2.2

Beispiel:

Sehr geehrte Frau Schröder,
ich habe Ihre Anzeige im Internet gelesen und möchte gern ein Praktikum in Ihrem Restaurant machen. Können wir einen Termin für ein Gespräch vereinbaren? Ich habe immer am Vormittag Zeit. Geht es nächste Woche? Meine Bewerbung schicke ich mit. Ich habe noch eine Frage: Wie sind die Arbeitszeiten? Ich freue mich auf Ihre Antwort.
Mit freundlichen Grüßen
Laura Gorman

2.5

Beispiel:

Sehr geehrter Herr König,
ich habe Ihre Anzeige gelesen und finde das Angebot für die Wohnung sehr interessant. Ich möchte sie gerne besichtigen. Können wir einen Termin vereinbaren? Ich schicke Ihnen meine Bewerbung und das Formular mit. Ich habe noch eine Frage: Gibt es einen Balkon?
Vielen Dank.
Mit freundlichen Grüßen
Anouk Bonnet

2 Prüfungstraining

1.1 + 1.2

2. Das geht leider nicht, weil – 3. Geht es um 11 Uhr – 4. Nein, tut mir leid – 5. Da kann ich nicht, denn – 6. Passt das – 7. Ja, das geht

1.3

Beispiel:

- ... um 11 Uhr Zeit?
- Leider nicht. Ich bin mit Claudio beim Sport. Hast du um 12 Uhr Zeit?
- Nein, tut mir leid. Aber um 14 Uhr habe ich Zeit.
- Da kann ich nicht, denn von 13 bis 15 Uhr helfe ich Amira beim Umzug.
- Wir können auch um 16 Uhr gehen. Passt das?
- Ja, das geht. Super! Bis dann!

1.5

Beispiel:

- Wollen wir am Samstag zum Flohmarkt gehen? Hast du um 9 Uhr Zeit?
- Das geht leider nicht, weil ich eine Wohnung besichtige. Geht es um 11?
- Nein, tut mir leid, da schwimme ich mit Yusuf. Um 13 Uhr habe ich Zeit.
- Da kann ich nicht, denn ich muss mit meinem Großvater einkaufen. Wir können auch um 15 Uhr gehen.
- Ja, das geht. Super! Bis dann!

2.1

1. Ich möchte meine Tochter beim Fußballverein anmelden. – 2. Meine Tochter ist 12 Jahre alt und hat schon zwei Jahre in einem Verein in St. Pölten gespielt. – 3. Wie viel kostet der Mitgliedsbeitrag? – 3. Sehr geehrte Frau Hahn – 4. Mit freundlichen Grüßen/Viele Grüße

2.2

Beispiel:

Sehr geehrte Frau Hahn,
ich möchte meine Tochter beim Fußballverein anmelden. Meine Tochter ist 12 Jahre alt und hat schon zwei Jahre in einem Verein in St. Pölten gespielt. Ich habe noch eine Frage: Wie viel kostet der Mitgliedsbeitrag?
Mit freundlichen Grüßen
Ezra Ordeñana

2.5
Beispiel:
Sehr geehrte Frau Esposito,
ich plane eine Betriebsfeier und möchte gerne in Ihrem Restaurant einen Tisch reservieren.
Haben Sie am 15.06. um 19 Uhr einen Tisch frei?
Wir sind 15 Personen. Geht das?
Vielen Dank und mit freundlichen Grüßen
Opoku Mensah

5 Mein neuer Job

A, 1.1
nicht wichtig: 2 – 4 – *wichtig:* 3 – 5 – *sehr wichtig:* 1 – 6

A, 1.2
1. c – 2. b – 3. a – 4. e – 5. d – 6. f – 7. g

A, Wiederholung
2. Ich bin nervös, weil ich morgen ein Vorstellungsgespräch habe. – 3. Ich möchte Teilzeit arbeiten, weil ich Kinder habe. – 4. Ich muss noch Waren bestellen, weil das Lager fast leer ist.

A, 2.1
2. Sie pünktlich kommen – 3. Sie Auto fahren können – 4. ich es schnell lerne – 5. Sie Vollzeit arbeiten

A, 2.2
Beispiel:
Ich denke, dass er einen wichtigen Termin hatte. – Ich habe gehört, dass seine Tochter krank ist. – Ich habe gehört, dass der Bus nicht gekommen ist. – Ich denke, dass er in der Früh nicht aufstehen wollte. – Ich denke, dass er keine Lust hatte. – Ich denke, dass seine Uhr kaputt war.

A, 2.3
2. denke, gut – 3. wichtig, Vollzeit – 4. hoffe, Arbeitszeiten

A, 2.4
1. weil – 2. dass – 3. dass

A, 2.5
1. Vorstellungsgespräch – 2. Vorbereitung – 3. überlegen – 4. rechtzeitig – 5. Begrüßung – 6. Geschichte – 7. passend – 8. Jogginghose

A, 2.6
Sei zehn Minuten vor dem Termin da – Am besten sagst du „Sie“. – Erzähl keine lange Geschichte. – Deine Kleidung darf nicht schmutzig sein und du solltest keine Jogginghose tragen.

A, 3
Beispiel:
- Danke, die Fahrt hat nicht lange gedauert und ich habe den Weg schnell gefunden.
- Ich finde Architektur und Technik sehr interessant.
- Ich arbeite sehr genau und kann gut rechnen und zeichnen.
- Ja. Wie hoch ist das Gehalt?
- Das ist ein gutes Gehalt.

B, 1
1. Arbeitgeber/-in – 2. Arbeitnehmer/-in – 3. Vollzeit – 4. Beginn – 5. unbefristet – 6. Probezeit – 7. wöchentlich – 8. Bruttogehalt

B, 2.1
1. die Pension – 2. die Lohn- und Einkommenssteuer – 3. das Bruttogehalt – 4. das Nettogehalt

B, 2.2
1. b – 2. c – 3. a

B, 2.3
1. Steuern – 2. Sie richtig verstanden – 3. ich Sie noch etwas fragen? – 4. Pensionsversicherung

B, 3
1. Australien – 2. Frankreich – 3. Deutschland – 4. Japan – 5. Polen

C, 1.1
1. die Tastatur – 2. die Taste – 3. der Bildschirm – 4. die Maus – 5. der USB-Stick – 6. der Drucker

C, 1.2
1. einschalten – 2. löschen – 3. speichern – 4. (aus-)drucken – 5. klicken ... an – 6. schließen – 7. ausschalten

C, 2.1
1. e – 2. c – 3. b – 4. d – 5. a

C, 2.2
1. Link – 2. Website – 3. App – 4. downloaden – 5. Screenshot

C, 3.1
1. den – Welchen – 2. der – Welcher – 3. die – Welche – 4. das – Welches – 5. die – Welche

C, 3.2
1. b – 2. d – 3. a/c – 4. a/c

C, 3.3
1. Dieser – 2. Diese – 3. dieses – 4. Diese

C, 3.4
1. Welche – diese – 2. Welchen – Diesen – 3. Welche – diese

C, 3.5
1. Welche – 2. diese – 3. diese – 4. diese – 5. Welchen – 6. Dieser – 7. diesen

C, 3.6
1. c – 2. b – 3. b – 4. a – 5. b – 6. c

C, 4
1. ich zeige es Ihnen – 2. das verstanden – 3. erkläre es Ihnen – 4. noch eine Frage

Richtig schreiben

1
1. kopieren – 2. einschalten – ausschalten – 3. anklicken – 4. löschen – 5. herunterladen

2
Beispiel:
Ich suche einen Job als Kellnerin. Das Gehalt ist natürlich wichtig und auch die Arbeitszeiten: Ich kann nur am Abend arbeiten und in Teilzeit, da ich noch an der Uni studiere. Für mich ist es sehr wichtig, dass meine Kollegen nett sind.

Alles klar?

1
1. eine Taste – 2. drücke – 3. das Vorstellungsgespräch – 4. kopieren – 5. ausdrucken

2.1
1. dieser – diesen – 2. Welche – Diese

2.2
1. du den Job bekommst – 2. die Arbeit Spaß macht – 3. das Gehalt gut ist

3
1. ich Sie richtig verstanden – 2. meinen Sie damit – 3. meinen – 4. Sie noch eine Frage – 5. ich zeige es Ihnen. / erkläre es Ihnen.

6 Auf dem Weg in die Arbeit

A, 1.1
2. Lea fährt mit der U-Bahn. – 3. Ana fährt mit dem Taxi. – 4. Dan fährt mit dem Bus. – 5. Leon fährt mit dem Auto. – 6. Max fährt mit dem Fahrrad. – 7. Fatma fährt mit der Straßenbahn. – 8. Andrej geht zu Fuß.

A, 1.2
1. mit der Straßenbahn, zu Fuß – 2. mit dem Bus, mit der U-Bahn, mit dem Fahrrad – 3. mit dem Auto

A, 1.3
richtig: 2. – 4. – 6.

A, 1.4
1. viele – 2. Drittel – 3. Hälfte – 4. Prozent – 5. Einige

A, Wiederholung
dass: 1. dass viele weit in die Arbeit fahren müssen. – 2. dass Fahrradfahren gefährlich ist. – 3. dass die öffentlichen Verkehrsmittel praktisch sind. *weil:* 1. es zu lange dauert. – 2. Ich nehme nicht gerne den Bus, weil er immer sehr voll ist. – 3. Ich fahre normalerweise mit dem Auto, weil ich flexibel sein möchte.

A, 2.1
1. Magesh – 2. Mirembe – 3. Magesh – 4. Magesh – 5. Mirembe

A, 2.2
2. Wenn man müde ist, macht man schnell Fehler. – 3. Wenn das Auto kaputt ist, muss es in die Werkstatt. – 4. Wenn man ein Klimaticket hat, fährt man umsonst. – 5. Wenn ich pünktlich sein muss, fahre ich lieber mit dem Auto. – 6. Wenn ich das Auto nehme, kann ich alles leicht transportieren.

A, 2.3
2. ist ein Auto praktisch. – 3. darf man nicht Auto fahren. – 4. muss man langsam fahren.

A, 2.4
Beispiel:
trinke ich Kaffee auf meinem Balkon.
repariere ich es.
Wenn der Bus nicht kommt, fahre ich mit dem Fahrrad oder gehe zu Fuß.
Wenn es regnet, bleibe ich zu Hause.

A, 2.7
2. das Wetter schön ist. – 3. ich Hilfe brauche. – 4. der Kühlschrank leer ist.

A, 3
Beispiel:
2. ... gehe ich in den Park. – 3. ... nehme ich das Auto. – 4. ... ich meine Familie besuche. – 5. ... es dunkel ist. – 6. ... ich nicht genug schlafe.

B, 1.1
1. die Autobahn – 2. der Stau – 3. die Kurve – 4. der Knoten – 5. der Unfall – 6. die Ausfahrt – 7. die Umleitung – 8. die Baustelle

B, 1.2
1. eu – au – eu – 2. Au – Au – äu – au – au – 3. ai – ei – Au

B, 1.4
1. c – 2. a – 3. c

B, 2
1. b – 2. b – 3. a – 4. a

B, 3
1. Wirklich? – 2. Das kann doch nicht wahr sein! – 3. Ja, das stimmt. – 4. Klar, kein Problem.

C, 1.1
1. 26.10. – 2. 1.5. – 3. 31.12.

C, 1.2
Beispiel:
Wann ist Neujahr?
Am ersten Ersten.
Wann ist Weihnachten?
Vom fünfundzwanzigsten bis zum sechsundzwanzigsten Zwölften.
Wann ist dein Geburtstag?
Am fünfzehnten Siebten.

C, 1.3
1. Unterkunft – 2. buchen – 3. Doppelzimmer – 4. Halbpension – 5. abreisen – 6. Reiseziel

C, 1.4
Anreise: 05.03. – *Abreise*: 08.03. – *Gäste*: 2 – *Zimmer*: 1 – Doppelzimmer – mit Bad – 89 € – *Parkplatz*: ja – *nur Frühstück*: ja

C, 1.5
1. falsch – 2. falsch – 3. richtig – 4. richtig – 5. richtig – 6. richtig

C, 2.1
1. bestätigen – 2. Anreise – 3. Abreise – 4. Buchung – 5. kostenlos – 6. stornieren – 7. Gesamtpreis – 8. Besuch

C, 2.2
Abreise: 02.09. – Buchung: 2 Nächte – Gesamtpreis: 178 €

C, 2.3
1. Nein, das Frühstück kostet acht Euro. – 2. Man kann auf der Straße vor dem Hotel gut parken.

C, 3.1

1. Auf dem Foto – 2. die Rezeption – 3. Der Mann rechts – 4. die Hotelgäste – 5. im Hotel übernachten – 6. ein Formular ausfüllen – 7. erklärt ihnen alles

C, 3.2

Beispiel A:
Auf dem Foto sehe ich drei Personen. Sie stehen an einer Hotelrezeption und reden. Der Mann und die Frau links arbeiten im Hotel. Der Mann rechts möchte vielleicht ein Zimmer im Hotel buchen. Die Frau an der Rezeption erklärt ihm alles. Ich kenne die Situation nicht so gut, weil ich immer ein Zimmer im Internet buche.
Beispiel B:
Auf dem Foto sind zwei Personen, ein Mann und eine Frau. Sie sind an der Rezeption in einer Unterkunft. Die Frau arbeitet dort und der Mann möchte ein Zimmer buchen. Ich denke, das Formular in seiner Hand ist die Buchungsbestätigung. Er zeigt sie der Frau. Die Situation kenne ich gut, aber ich habe meine Bestätigung immer auf dem Handy. Ich zeige dann der Person an der Rezeption mein Handy und kein Formular.

Richtig schreiben

1

1. ei – eu – 2. Au – Au – ei – au – 3. ei – au – ei – 4. Au – eu

2.1

1. vielen Dank für – 2. ein paar Fragen – 3. Bis wann – 4. Ab wann – 5. Ist es möglich, – 6. Wenn das geht,

2.2

Beispiel:
Sehr geehrte Damen und Herren,
vielen Dank für die Reservierung. Ich habe noch ein paar Fragen: Wie lange ist die Rezeption geöffnet? Ich hoffe, dass ich auch am Abend einchecken kann, denn ich komme erst sehr spät in Hallstatt an. Kann ich auch ein eigenes Bad und ein Zimmer mit Balkon bekommen? Oder ist das jetzt nicht mehr möglich? Ab wann gibt es Frühstück? Ist es möglich, dass ich schon um 6 Uhr frühstücke? Wenn ja, buche ich einmal Frühstück, bitte.
Vielen Dank und herzliche Grüße
Selma Bevilacqua

Alles klar?

1

1. Buchung – 2. abreisen – 3. stornieren – 4. Stau – 5. Umleitung

2

1. reserviere ich einen Parkplatz für Sie. – 2. müssen Sie den Gesamtpreis bezahlen. – 3. ist die Autobahn oft gesperrt. – 4. ist die Stornierung kostenlos. – 5. gebe ich Ihnen Bescheid.

3

1. Bis wann kann ich stornieren – 2. Die Stornierung ist kostenlos – 3. zahlen Sie den Gesamtpreis – 4. wie viel kostet das Frühstück – 5. Und ab wann gibt es Frühstück

3 Wichtige Wörter

1.1 + 1.2

2. der Laptop – 3. der Bildschirm – 4. die Maus – 5. die Tastatur – 6. die Taste – 7. der USB-Stick – 8. der Drucker – 9. kopieren – 10. mailen – 11. anklicken – 12 speichern – 13. herunterladen – 14 löschen – 15 einschalten/ausschalten – 16. drucken

2.1

18. die Ausfahrt – 19. die Autobahn – 20. die Richtung – 21. der Stau – 22. die Baustelle – 23. das Autobahnende – 24. die Umleitung – 25. der Unfall – 26. die Tankstelle – 27. die Ampel – 28. der Parkplatz

2.3

25. Unfall – 19. Autobahn – 18. Ausfahrt – 24. Umleitung

3 Training: Lesen und Sprechen

1.1

1. das Team von Haus Gruber an Herrn Bumbaru – 2. Stornierungsbestätigung von der Buchung von Herrn Bumbaru

1.2

falsch

1.3

c – nichts mehr tun

1.5

1. falsch – 2. a

2.2

Foto B

2.3

Auf dem Bild sieht man – Auf der linken/rechten Seite … – Ich denke, das Thema ist … – Ich kenne diese Situation gut/nicht. – In … ist es ähnlich / ganz anders.

2.4

Beispiel:
A
Auf Foto A sieht man viele Menschen mit Kleidung für den Winter. Ich denke, sie warten auf den Bus oder die Bahn. Es regnet sehr stark. Im Regen auf den Bus warten finde ich nicht schön. Dann nehme ich lieber die U-Bahn. Hier in Wien gibt es viele verschiedene öffentliche Verkehrsmittel. Aber ich komme aus Kolumbien. Meine Heimatstadt ist sehr klein und es gibt nur den Bus. Also muss ich dort immer im Regen warten.

2.7
Beispiel:
A:
Auf Foto A sieht man zwei Personen und eine Person hat Papiere oder Dokumente. Ich denke, die Person ist bei einem Vorstellungsgespräch. Ich glaube, sie ist ein bisschen nervös. Ich bin bei einem Vorstellungsgespräch immer nervös. In meiner Heimat, in Japan, muss man sich sehr formell kleiden. Man darf nicht in Jean und T-Shirt zum Vorstellungsgespräch gehen. Man muss als Mann einen Anzug tragen und Frauen sollen Rock und Bluse tragen.
B:
Auf Foto B sieht man eine Person vor dem Laptop. Sie hat ein Dokument in der Hand. Auf dem Laptop sieht man eine andere Person. Ich denke, sie haben ein Bewerbungsgespräch online und sprechen über das Dokument. Ich kenne die Situation gut, denn ich hatte schon viele Bewerbungsgespräche online. Ich habe mich oft in anderen Ländern beworben und da ist die Reise für ein Gespräch in der Firma zu weit. Ich finde es toll, dass ein Bewerbungsgespräch online heute möglich ist.

3 Prüfungstraining

1.2
1. c – 2. a – 3. b

1.4
1. c – 2. b – 3. c – 4. a – 5. c

2.1
Beispiel: 3. zwei bis drei Stunden – 4. Ja. Mindestens eine Stunde am Tag.

2.2
Beispiel:
Ich benutze mein Smartphone sehr viel. Mit meinen Freunden und Kollegen schreibe ich meistens nur Nachrichten. Aber mit meiner Familie telefoniere ich oft und lange, denn sie lebt weit weg. Manchmal telefonieren wir sogar zwei Stunden! Aber am meisten surfe ich im Internet. Insgesamt benutze ich mein Smartphone zwei bis drei Stunden am Tag.

2.5
Beispiel A:
Ich möchte gerne als Lehrer an einer Grundschule arbeiten. Das Gehalt ist nicht so schlecht und dieser Beruf ist sehr sicher. Die Schulen brauchen mehr Lehrer. Zum Glück muss man in der Schule nicht im Schichtdienst arbeiten. Das finde ich stressig! Man kann auch Teilzeit arbeiten. Das finde ich besser, denn man muss auch viel Unterricht zu Hause vorbereiten und planen.
Beispiel B:
Ich fahre meistens mit dem Bus und der Bahn in die Arbeit. Im Sommer nehme ich auch manchmal das Fahrrad. Aber nur, wenn die Sonne scheint und es warm ist. Mit dem Auto fahre ich nie, denn ich habe keinen Führerschein. Und ein Taxi ist zu teuer. In meiner Freizeit gehe ich meistens zu Fuß. Wenn ich eine Reise mache, fahre ich mit dem Zug oder fliege mit dem Flugzeug.

7 Gesund bleiben

A, 1.1
die Gesundheitskasse: der Beitrag – die Versicherung *die Behandlung*: die Füllung – die Operation – die Salbe – die Tabletten – die Vorsorgeuntersuchung
die Arztpraxis: der/die Arzthelfer/-in – die Krankschreibung – das Rezept – die Ordination
die Krankheit: die Allergie – die Grippe – die Schmerzen

A, 1.2
1. Gesundheitskasse – 2. Patientenbogen – 3. Krankenversicherung – 4. schwanger – 5. Untersuchung

A, 2.1
richtig: 1. + 3.

A, 2.2
1. Alina da Costa – 2. Kurstraße 1 – 3. 6330 Kufstein – 4. Dr. med. Sarah Khalil – 5. Lebensmittelallergie (Äpfel) – Trinken Sie Alkohol? Nein. – Sind Sie schwanger? Ja.

A, Wiederholung
2. Wann – 3. Wo – 4. Wie lange – 5. Welche

A, 2.3
2. welche Medikamente Sie nehmen – 3. Wissen Sie, warum die Erkältung nicht weggeht – 4. Mich interessiert noch, wie teuer der Test ist

A, 2.4
2. wann ich wieder zur Untersuchung kommen muss – 3. welche Medikamente die Gesundheitskasse zahlt – 4. welche Krankheiten Sie als Kind oft hatten?

A, 2.5
Beispiel:
1. ... ich die Datei speichern kann. – 2. Kannst du mir sagen, welche Dateien ich drucken soll? – 3. Könntest du mir erklären, was „downloaden“ bedeutet? – 4. Kannst du mir zeigen, wo ich den Link zur Website finde? – 5. Ich muss wissen, welchen Knopf ich drücken muss. – 6. Weißt du, warum der Drucker nicht funktioniert?

A, 3.1
Beispiel:
... der Schuhkasten vor acht Jahren war?
Mich interessiert, warum du die Möbel verkaufst.
Ich muss noch wissen, in welcher Straße du wohnst. Kannst du mir sagen, ob ich den Kasten morgen Abend abholen kann?.

A, 3.2
Beispiel:
- Der kostet 15 Euro.
- Weißt du, wann man die Möbel abholen kann?
- Am Abend ab 17 Uhr.
- Kannst du mir sagen, wie hoch der Schuhkasten ist?
- Er ist 1,30 m hoch.
- Ich weiß nicht, wie alt der Spiegel ist.
- Der Spiegel ist ein Jahr alt.

B, 1.1
2. wissen – 3. wissen – 4. weiß

B, 1.2
1. endlich – 2. Mittel – 3. Fitness – 4. Trainings – 5. Yoga – 6. anmelden – 7. sparen – 8. Internetseite – 9. Bestätigung

B, 1.3
1. a – 2. b – 3. b

B, 1.4
1. Er kann den Kurs vor Ort oder online machen. – 2. Man braucht eine Bestätigung vom Yogalehrer. – 3. Die Arzthelferin hat Fabios Zähne gereinigt.

B, 2.1
1. falsch – 2. falsch – 3. richtig – 4. richtig

B, 2.2
Mich interessiert, wann der nächste Kurs beginnt.
Können Sie mir sagen, wie lange ein Termin dauert?
Ich möchte gerne wissen, wie viel der Kurs kostet.

B, 3
1. b – 2. a – 3. b – 4. a – 5. c – 6. b

C, 1.1
1. oft müde und traurig – 2. nicht erklären – 3. Hilfe bekommen – 4. Behandlung – 5. endlich besser – 6. Selbsthilfegruppe – 7. nicht alleine bin

C, 1.2
1. a – 2. c – 3. b

C, 1.3
1. Was ist los – 2. Soll ich dir helfen – 3. das ist nicht nötig, denn – 4. aber du hast auch wenig Zeit – 5. Das mache ich gern – 6. Gut, einverstanden

C, 1.4
Nein: Nein, danke, das ist nicht nötig – Das ist nett, danke, aber
Ja: Gut, einverstanden.

C, 2
Beispiel:
1.
Nein, danke, das geht schon.
Gern, vielen Dank.
2.
Das ist nett, danke, aber du hast auch wenig Zeit.
Gut, einverstanden.

Richtig schreiben

1.1
Geschenk – denke – dringend – Babykleidung – Anfang – lange – bringe – trinkt

1.2
1. ng, ng – 2. nk, nk – 3. ng, ng – 4. nk, nk – 5. ng, ng – 6. ng, ng

2
Beispiel:
... mein Kind bei der Gesundheitskasse anmelden. Am 05.03. ist meine Tochter geboren. Ich schicke Ihnen auch gleich die Geburtsurkunde mit. Brauchen Sie noch weitere Dokumente oder Informationen?
Mit freundlichen Grüßen
Šemsudin Mačak

Alles klar?

1
1. Füllung – 2. Patientenbogen – 3. Gesundheitskasse – 4. Operation – 5. versichert

2
2. wo die Kurse stattfinden. – 3. wie teuer die Behandlung ist? – 4. was die Gesundheitskasse zahlt? – 5. wie viel ich selbst zahlen muss. – 6. wo ich mich anmelden kann?

3
Beispiel:
mich für den Kurs Rückentraining anmelden.
Ich möchte vor Ort trainieren.
Wissen Sie, wie lange der Kurs dauert?
Können Sie mir sagen, wie viel der Kurs kostet?
Können Sie mir sagen, ob es eine Ermäßigung gibt?

8 Sicher am Arbeitsplatz

A, 1.1
1. ... im Supermarkt einkaufen. – 2. In der Pause laufen Amin und Ute im Park. – 3. In der Pause geht Ana zum Arzt. – 4. In der Pause geht Ivy ins Café, trinkt Kaffee und liest. – 5. In der Pause geht Ali mit seinem Hund spazieren.

A, 1.2
Beispiel:
In der Pause gehe ich mit meinen Kollegen und Kolleginnen essen oder ich trinke einen Kaffee. Manchmal mache ich auch Sport.

A, 2.1
1. freuen – 2. bewegen – 3. entspannen – 4. ärgern – 5. langweilen – 6. verabreden

A, 2.2
2. f – 3. e – 4. a – 5. g – 6. d – 7. b

A, 2.3
ich: mich – *du:* dich – *er:* sich – *sie:* sich – *wir:* uns – *ihr:* euch – *sie (Pl.):* sich

A, 2.4
1. mich – 2. uns – 3. dich – 4. sich – 5. euch – 6. sich

A, 2.5
Beispiel:
2. Er fühlt sich schlecht, denn er ist krank. – 3. Ihr langweilt euch, denn der Film ist nicht interessant. – 4. Ich ärgere mich, denn die Arbeit ist stressig. – 5. Sie entspannen sich, denn sie haben heute frei. – 6. Ihr müsst euch beeilen, denn ihr kommt zu spät!

A, 2.6
der Koch: Ach – *die Köchin:* Ich – *die Nacht:* Ach – *die Nächte:* Ich – *das Buch:* Ach – *die Bücher:* Ich – *der Bauch:* Ach – *die Bäuche:* Ich

A, 2.7
Wir suchen einen Sportkurs. Wir möchten uns ein bisschen mehr bewegen.
Ich mache jeden Mittwoch Yoga. So entspanne ich mich und danach fühle ich mich gut.

A, 3.1
1. meine Arbeit – 2. verlassen – 3. mein Arbeitsplatz – 4. Lehrerin – 5. In der Pause – 6. reduziert Stress – 7. Laptop ausschalten – 8. sammle Rezepte – 9. faulenze

A, 3.2
1. b – 2. x – 3. a – 4. c

B, 1.1
3.

B, 1.2
1. falsch – 2. richtig – 3. falsch – 4. richtig – 5. falsch – 6. falsch

B, Wiederholung
Beispiel:
Die Betriebsärztin hat gesagt, ich soll mich ausruhen. – Sie hat gesagt, man soll viel trinken. Wir sollen uns mehr bewegen. Ihr sollt regelmäßig Sport treiben.

B, 2.1
richtig: 2.

B, 2.2
ich sollte – *du* solltest – *er/es/sie* sollte – *wir* sollten – *ihr* solltet – *sie/Sie* sollten

B, 2.3
2. sollten – 3. solltest – 4. solltet – 5. sollte – 6. sollten

B, 2.4
2. Ihr solltet gemeinsam für den Test lernen – 3. Du solltest dich ausruhen. – 4. Sie sollten zum Betriebsarzt gehen. – 5. Du solltest regelmäßig zur Mundhygiene gehen.

B, 2.5
1. ... zum Arzt gehen. – 2. Du kannst nicht schlafen? Du solltest Stress reduzieren. – 3. Du bist erkältet? Du solltest nach Hause gehen. – 4. Du hast Stress bei der Arbeit? Du solltest dich mehr ausruhen. – 5. Dein Fahrrad ist kaputt? Du solltest es reparieren.

B, 3
Beispiel:
Ich finde, du solltest mit deinen Mitbewohnern sprechen.
Ja, oder du solltest in der Bibliothek lernen. Da ist es immer ruhig.
Und: Du solltest vielleicht Kopfhörer tragen, wenn du lernst.

C, 1.1
1. c – 2. b – 3. b

C, 1.2
1. e – 2. c – 3. a

C, 2.1
1. verboten – 2. Notausgang – 3. Feuer – 4. Warnweste – 5. Hilfe – 6. Feuerlöscher – 7. Ohrenschutz – 8. weitergehen –
Lösungswort: Vorsicht

C, 2.2
1. Flughafen – 2. gefährlich – 3. Schilder – 4. Hilfe – 5. Achtung – 6. aufpassen – 7. verboten

C, 2.3
1. Stopp! Halt! – 2. Das ist verboten – 3. Hier müssen Sie aufpassen – 4. Sie müssen unbedingt einen Ohrenschutz tragen – 5. Hier finden Sie Hilfe

C, 2.4
3 – 1 – 2 – 4

C, 3
3 – 6 – 2 – 4 – 1 – 5

Richtig schreiben

1.1
1. ch – sch – sch – sch – ch – sch – ch – sch – ch
2. ch – ch – ch – ch – sch – ch – ch – sch – ch – ch – sch

2
Beispiel:. ... ein Hemd und kein T-Shirt tragen. Es ist wichtig, dass du pünktlich bist. Du solltest vor dem Gespräch überlegen: Was fragt der Arbeitgeber? Und was willst du antworten? Du kannst auch mit Freunden üben.

Alles klar?

1
1. entspannen – 2. ärgern – 3. verabreden – 4. freuen – 5. beeilen

2.1
2. euch – 3. uns – 4. mich – 5. dich

2.2
1. mit dem Betriebsarzt sprechen. –
2. Julia sollte sich regelmäßig bewegen. –
3. Du solltest mehr Zeit mit Freunden verbringen.

3
Beispiel:
2. Hier ist der Notausgang. – 3. Vorsicht! Hier fahren Fahrradfahrer. – 4. Hier müssen Sie unbedingt Ihren Ohrenschutz tragen, denn es ist sehr laut. – 5. Hier darf man nicht sitzen. Das ist verboten! – 6. Waschen Sie sich bitte die Hände!

4 Wichtige Wörter

1.1
1. schwanger – 2. traurig – 3. verletzt – 4. Rückenschmerzen – 5. Allergie – 6. Zahnschmerzen – 7. Operation – 8. Untersuchung – 9. Medikamente – 10. Füllung – 11. Rückentraining – 12. Selbsthilfegruppe

1.2
Beispiel:
Ich glaube, der Mann auf Foto 2 ist sehr traurig.
Er sollte zur Selbsthilfegruppe gehen.
Vielleicht hat das Mädchen auf Foto 5 eine Allergie.
Dann sollte sie Medikamente nehmen ...

2.1
13. sich verabreden – 14. sich beeilen –
15. sich schlecht fühlen – 16. sich bewegen –
17. sich entspannen – 18. sich gut fühlen –
19. sich langweilen – 20. sich freuen – 21. sich ärgern

2.3
Beispiel:
Warum beeilt sich der Mann?
Ich denke, er muss in die Arbeit.
Ich glaube, er beeilt sich, weil er auf Urlaub fahren will.
Warum entspannt sich der Mann?
Ich glaube, er ist auf Urlaub.
Ich denke, er muss sich entspannen, weil er zu viel Stress hatte.

2.4
Beispiel:
Ich ärgere mich, wenn ich viel Stress habe. Wann fühlst du dich gut?
Ich fühle mich gut, wenn ich lange schlafen kann. Wann fühlst du dich schlecht?
Ich fühle mich schlecht, wenn ich krank bin. ...

4 Training: Lesen und Hören

1.1
finden ... e-card nicht mehr – Informieren ... Gesundheitskasse – beantragen ... neue Karte – in wenigen Tagen zugeschickt – Jede Person muss ihre eigene e-card verwenden.

1.2 + 1.3
1. falsch – *Textstelle*: Informieren Sie unbedingt Ihre Gesundheitskasse und beantragen Sie dort eine neue Karte. – 2. richtig – *Textstelle:* Die neue e-card bekommen Sie in wenigen Tagen zugeschickt. – 3. falsch – *Textstelle:* Jede Person muss ihre eigene e-card verwenden.

1.5
1. falsch – 2. richtig – 3. richtig

2.1
1.

2.2
a. weniger Platz – Ausstattung ... nicht so gut
b. mehr ... weniger als 8 Stunden pro Tag
c. Kontakt mit Kolleginnen und Kollegen
d. private Dinge erledigen
f. gutes Internet

2.3
1. a – 2. d – 3. f

2.5
1. e – 2. a – 3. d

4 Prüfungstraining

1.1
2.

1.2
a Arzt – b gerade umgezogen – c kaufen Babykleidung

1.3
c

1.5
1. c – 2. a – 3. c

2.2
1. Perovic, Elen – 2. Bled – 3. Donauweg 17 – 4. 8043 Graz – 5. Ibotan-Tabletten

2.4
1. Kochstraße 11 – 2. 5081 Salzburg – 3. Tarko Bank – 4. Rücken fit – 5. zweimal pro Woche

9 Große und kleine Dinge

A, 1.1
Beispiel:
2. Man kann zwei Töpfe kaufen. Ein Topf ist rot und groß und ein Topf ist klein und grau. – 3. Es gibt Teller. Man kann fünf Teller kaufen. – 4. Es gibt auch eine Vase und drei Dosen. Man kann sie kaufen – 5. Man kann ein Radio und eine Kanne kaufen. – 6. Man kann auch zwei Tassen kaufen. – 7. Man kann auch zwei Schüsseln kaufen. Eine Schüssel ist klein und eine groß. – 8. Und man kann auch eine Pfanne kaufen.

A, 1.2
b

A, 1.3
1. Elsa möchte die Kleidung verkaufen, weil sie nicht mehr passt. – 2. Samira hat Geschirr und Besteck für den Flohmarkt. – 3. Samira möchte Geschirr verkaufen, weil sie zu viel hat. – 4. Elsa und Samira müssen Frau Arabuli bis Mittwoch informieren. – 5. Sie müssen zehn Euro bezahlen und einen Kuchen mitbringen.

A, 2.1
5. a – 7. b – 4. c – 2. d

A, 2.2
2. alte – 3. kleine – 4. roten

A, 2.3
2. en – 3. e – 4. e – x – 5. en – 6. e – x – 7. e – x – 8. e

A, 2.4
Beispiel:
Mir gefällt das bunte Geschirr. Es ist lustig. Wie viel kostet es?
Das bunte Geschirr kostet acht Euro.
Wie viel kostet der große Tisch? Er ist sehr schön.
Der große Tisch kostet 50 Euro. Aber der kleine Tisch ist nicht so teuer. Er kostet nur 30 Euro.

A, 2.5
diese – kleine – weiße – Vase
eine – schöne – Vase – kaufe

A, 3
1. Schau einmal hier – 2. Ja, die ist praktisch. – 3. Ich kann aber fragen. – 4. Oh, das ist sehr teuer. – 5. Das ist zu wenig. – 6. In Ordnung.

B, 1.1
1. wahr – leid – toll – 2. sorry – Problem – nichts – peinlich – gut – schlimm

B, 1.2
1.

B, 2
1. es tut mir sehr leid – 2. Lieblingstasse – 3. Ich habe nicht aufgepasst – 4. es ist mir wirklich peinlich – 5. dass das passieren kann – 6. die neue Tasse

B, Wiederholung
1. Wie teuer ist der Drucker? – 2. Kaufst du den Lautsprecher? – 3. Wie findest du den Fernseher? – 4. Wie gefällt dir der Computer? – 5. Wir nehmen den Wasserkocher.

B, 3.1
b

B, 3.2
1. den modernen Staubsauger – 2. der graue Fernseher – 3. den kleinen Computer – 4. der große Drucker

B, 3.3
1. großen runden – 2. weiße – 3. eckige – 4. großen

B, 3.4
Beispiel:
2. Die kleinen Lautsprecher sind praktisch, aber die großen Lautsprecher sind besser. Ich kaufe die großen Lautsprecher. – 3. Die eckige Uhr ist schön, aber die runde Uhr gefällt mir besser. Ich kaufe sie. – 4. Ich kaufe die schwarzen Kopfhörer. Die grauen Kopfhörer sind zu teuer.

B, 3.5
Beispiel:
- Wie gefällt dir der rote Rock?
- Mir gefällt der Rock ganz gut. Aber das grüne Kleid gefällt mir besser.
- Und wie gefällt dir das bunte T-Shirt?
- Das gefällt mir sehr gut. Wie findest du die gelben Schuhe?
- Die finde ich sehr praktisch.

C, 1.1
2. Bilderbuch – 3. Eisenbahn – 4. Buntstifte – 5. Auto – 6. Skateboard – 7. Puppe – 8. Gitarre – 9. Teddy – 10. Ball – *Lösungswort:* Brettspiel

C, 1.2
2. Metall – 3. Glas – 4. Plastik – 5. Gummi – 6. Wolle – 7. Holz – 8. Stoff

C, 1.3
2. Holz – 3. Stoff – 4. Gummi – 5. Metall/Plastik – 6. Glas – 7. Metall – 8. Leder

C, 1.4
Beispiel:
... Holz. Mein Buch ist aus Papier. Meine Hose ist aus Stoff. Mein Besteck ist aus Metall. Meine Schuhe sind aus Gummi. Meine Jacke ist aus Leder.

C, 1.5
1. c – 2. a – 3. d

C, 1.6
Beispiel:
1. ... man mit der Familie oder mit Freunden zusammen ist und viel lacht.
2. ... sie oft zeigen, dass man die Person gut kennt.
3. ... lade ich alle meine Freunde ein und feiere eine Party mit Kuchen und Getränken.

C, 1.7
Beispiel:
- Als mein Sohn Geburtstag hatte.
- Und was hast du ihm gekauft?
- Eine Puppe.
- Warum eine Puppe?
- Mein Sohn spielt gerne mit Puppen. Außerdem bekommt er bald eine kleine Schwester. Mit der Puppe kann er auch mal „Papa" sein.
- Eine schöne Idee! ...

C, 2
richtig: 1 + 3 + 6

C, 3.1
2. die Hochzeit – 3. Silvester/Neujahr – 4. der Geburtstag – 5. der (Schul-)Abschluss

C, 3.2
Beispiel:
- Ich habe gerne meinen Geburtstag gefeiert. Meine Mutter hat immer einen tollen Kuchen gebacken!
- Ich habe mit meiner Familie und guten Freunden gefeiert.
- Die Feier war meistens bei mir zu Hause oder draußen im Park.
- Wir haben Kuchen gegessen, gespielt, geredet, gesungen und viel gelacht.
- Am schönsten für mich war, wenn meine ganze Familie da war.

Richtig schreiben

1
1. e – er – er – 2. er – e – er – 3. e – er – 4. e – e – er – 5. e – er – e – 6. e – er

2.1
Beispiel:
1. meine Hochzeit – 2. vor fünf Jahren in Sofia – 3. bis spät in die Nacht – 4. Freunde und Familie vom Paar – 5. tanzen, lachen, feiern

2.2
Beispiel:
Das Fest hat sehr lange gedauert – wir haben bis spät in die Nacht getanzt, gelacht und gefeiert. Die Gäste waren meine Familie und Freunde und natürlich auch die Familie und die Freunde von meiner Frau ...

Alles klar?

1.1
2. eckig – 3. altmodisch

1.2
2. eine Schüssel aus Holz – 3. ein Ball aus Leder – 4. ein Brett aus Plastik – 5. ein Topf aus Metall

2
1. e – e – 2. en – e – 3. e – e – 4. e – en – 5. en – en

3
1. leid – Problem – 2. wahr – aufgepasst – 3. peinlich – passieren – 4. Entschuldigung – schlimm – 5. Fehler – nichts

10 Durch die Stadt

A, 1.1
1. der Spitzer – 2. die Brille – 3. der Stift – 4. das Buch – 5. der Ring – 6. die Zahnpasta – 7. das Ladekabel – 8. das Shampoo

A, 1.2
die Tasche – das Kleid – das Heft – der Laptop – die Tastatur – der Schuh – die Bluse – der Fernseher – das Obst

A, 1.3
1. Buchhandlung – 2. Sportgeschäft – 3. Optiker – 4. Spielzeuggeschäft – 5. Schuhgeschäft – 6. Juwelier – 7. Boutique – 8. Elektrogeschäft
Lösung: Drogerie

A, 2.1
1. Buchhandlung – 2. Optiker – 3. Sportgeschäft – 4. Schreibwarengeschäft – 5. Drogerie

A, 2.2
sich entspannen – Geld sparen – eine Fremdsprache sprechen –
der Stift – der Stoff – einverstanden – stattfinden – eine Veranstaltung

A, 2.4
1. b – 2. c – 3. a – 4. b

A, 2.5
1. an ... vorbei – 2. gegenüber von

A, 2.6
1. neben – 2. zwischen – 3. gegenüber von – 4. an ... vorbei

A, 3.1
Beispiel:
Ja, Sie können beim Optiker eine Brille kaufen. Er ist neben dem Elektrogeschäft.
Natürlich. Die Toilette ist gegenüber vom Juwelier.

A, 3.2
Beispiel:
Dort kaufe ich auch Honig und Blumen, weil die Produkte aus der Region kommen. Ich kaufe nicht so gerne im Einkaufszentrum, weil es so groß ist und ich oft die Geschäfte nicht finde.

B, 1.1
1. c – 2. f – 3. d – 4. e – 5. a – 6. b – 7. g

B, 1.2
1. Bodensee – 2. Sehenswürdigkeiten – 3. Stadtführung – 4. Museen – 5. Park – 6. Leben

B, 2.1
Bregenzer Festspiele – Parks und Gärten – Wochenmarkt

B, 2.2
richtig: 1. + 4.

B, Wiederholung
1. das Konzert anfängt – 2. wo in der Nähe ein Blumengeschäft ist – 3. wer am Wochenende mit ins Kino kommt – 4. wie lange das Museum geöffnet ist

B, 2.3
richtig: 3.

B, 2.4
1. er gerne liest? – 2. es im Zentrum eine Buchhandlung gibt? – 3. du Zeit hast.

B, 2.5
1. ob die U3 zum Hauptbahnhof fährt –
2. ob ich hier rauchen darf –
3. ob es in der Nähe einen Parkplatz gibt

B, 3.1
1. im Norden von Österreich – 2. damals in der Stadt – 3. wir sind sehr aktiv – 4. Aktivitäten kostenlos – 5. sehr gut Fahrrad fahren – 6. und viele Brücken – 7. sehr spannend – 8. führen neue Bewohner

B, 3.2
Beispiel:
...die Kinos hier groß und international sind. Könnten Sie mir sagen, wo man hier am besten übernachten kann? Wissen Sie, ob es schöne Cafés im Zentrum gibt? Mich interessiert, ob man in Salzburg auch im Fluss baden kann.

C, 1.1
1. erinnere – 2. traurig – 3. vermisst – 4. Verein – 5. Heimweh – 6. Spezialitäten – 7. erzähle

C, 1.2
Beispiel:
1. schaue ich alte Fotos an – 2. höre ich laut Musik und singe – 3. telefoniere ich mit ihnen

C, 1.3
über – gegenüber von ... – durch – an ... vorbei

C, 1.4
2. über die Straße – 3. durch das Tor – 4. über die Brücke

C, 1.5
3.

C, 1.6
Beispiel:
... nach rechts über die Brücke. Dann ist der Suppenkönig auf der rechten Seite.

C, 2.1
1. machen – 2. ansehen – 3. vermissen – 4. schicken – 5. gehen – 6. erzählen

C, 2.2

1. Francesco – 2. Laura – 3. Miri – 4. Laura – 5. Laura – 6. Miri

Richtig schreiben

1

St – St – Sp –
sp – Sp – sp – Sp

2

Beispiel:

... habe ich heute Abend Zeit. Freunde treffen hilft mir immer gegen Heimweh! Wir können zusammen kochen, Spiele spielen und einen Film schauen. Du kannst auch bei mir übernachten – dann bist du nicht so alleine und traurig. Hast du Lust? Sag mir Bescheid!

Alles klar?

1

1. Schuhe – Schuhgeschäft – 2. Brille – Optiker – 3. Zahnpasta – Drogerie – 4. Heft – Schreibwarengeschäft – 5. Ladekabel – Elektrogeschäft

2

1. Hunde in diesem Restaurant erlaubt sind – 2. der Eintritt kostenlos ist – 3. es hier eine Tankstelle gibt – 4. noch Plätze in dem A2-Kurs frei sind – 5. das Geschäft heute geöffnet ist

3

Können sie mir sagen – Gehen Sie – gegenüber vom – wissen Sie – gehen durch – gehen über

5 Wichtige Wörter

1.1

2. Plastik – 3. Holz – 4. Leder – 5. Metall – 6. Glas – 7. Stoff – 8. Wolle

1.3

Beispiel:

Welchen Ball findest du besser: Den aus Plastik oder den aus Leder?

Der aus Leder ist sehr schön, aber auch schwer. Der aus Plastik ist praktisch.

Und welche Tasche findest du schön?

Ich mag die Tasche aus Stoff, denn sie ist leicht. Aber die Tasche aus Leder ist auch sehr schön. Wie findest du die Schüsseln aus Metall?

Die finde ich hässlich. Die aus Glas finde ich viel besser ...

2.1

9. die Drogerie – 10. das Schuhgeschäft – 11. die Boutique – 12. das Elektrogeschäft – 13. das Spielzeuggeschäft – 14. der Optiker – 15. der Juwelier – 16. der Supermarkt – 17. das Schreibwarengeschäft – 18. die Buchhandlung – 19. das Sportgeschäft – 20. das Blumengeschäft – 21. die Bäckerei – 22. der Friseur – 23. der Markt – 24. der Flohmarkt

2.3

Beispiel:

... einen Spitzer?

Wenn ich einen Spitzer kaufen möchte, dann gehe ich in ein Schreibwarengeschäft.

Ich auch. Und manchmal gehe ich auch in den Supermarkt. Wenn ich eine Brille kaufen will, gehe ich zum Optiker.

Ja. Und wenn ich Gemüse kaufen will, gehe ich zum Markt oder in das Gemüsegeschäft.

Genau. Oder in den Supermarkt ...

5 Training: Hören und Lesen

1.1

Tarek – Sohn – Supermarkt

1.2

falsch

1.3

braucht Anna – Druckerpapier – Fußballschuhe – Schreibwaren

1.4

c

1.6

1. richtig – 2. b – 3. falsch – 4. b – 5. falsch – 6. b – 7. falsch – 8. c

2.1

1.

2.2

1. b – 2. c

2.4

1. a – 2. c – 3. b – 4. a – 5. c

5 Prüfungstraining

1.1

1. Herr Sander – einmal pro Jahr – Flohmarkt – 2. Spielzeug kaufen – 3. Frau Adamek – Möbel

1.2

1. b – 2. a – 3. b

1.3

1. nein – 2. ja – 3. ja

1.6

1. ja – 2. nein – 3. ja – 4. nein – 5. nein – 6. ja

2.1

1. Bausteine – 2. Wasserkocher

2.2

1. b – 2. c

2.4

1. b – 2. c – 3. a – 4. c – 5. a

Quellen

Cover: stock.adobe.com/Raul Dederichs; **U2:** (Badge Apple-Store): Apple Inc.,IP & Licensing; (Badge Google App): Google Ireland ltd.; **S. 2** (Mi.): Cornelsen/Björn Schumann; (u.): Cornelsen, Landschaft im Hintergrund: Shutterstock/ActiveLines, Nagel: stock.adobe.comGraphicsRF, Hammer+ Klammern+Bäume+Wäscheleine: Cornelsen/Bettina Nutz; **S. 3:** Shutterstock.com/paulaphoto; **S. 4** (1): Shutterstock.com/Iakov Filimonov; (2): Cornelsen/Björn Schumann; (3): Shutterstock.com/LightField Studios; (4): Cornelsen/Inhouse; **S. 5** (5): stock.adobe.com/Daniel Ernst; (6): Shutterstock.com/Ronald Rampsch; (7): Shutterstock.com/Blue Titan; **S. 6** (8, 9): Cornelsen/Björn Schumann; (10): Cornelsen/Andrea Mackensen; **S. 7** (11): stock.adobe.com/carballo; (12): Depositphotos/Monkey Business; (13): Shutterstock.com/hedgehog94; (14): stock.adobe.com/Tryfonov; (15): Shutterstock.com/Marko Rupena; (16): stock.adobe.com/Ana Blazic Pavlovic; (17): Shutterstock.com/Hugo Felix; (18): Shutterstock.com/Ground Picture; (19): Shutterstock.com/PR Image Factory; (20): Shutterstock.com/PeopleImages.com – Yuri A; **S. 8:** Cornelsen/Inhouse; **S. 10** (1): stock.adobe.com/zorandim75; (2): stock.adobe.com/SundGo; (3): Depositphotos/Sergei Domashenko; (A): Shutterstock.com/Iakov Filimonov; (B): stock.adobe.com/2016 Corepics VOF; (u.li., u.2.v.re.): stock.adobe.com/deagreez; (u.2.v.li.): stock.adobe.com/Krakenimages.com; (u.re.): Shutterstock.com/Prostock-studio; **S. 11** (u.li.): Depositphotos/Ion Chiosea; (u.2.v.li.): Depositphotos/Beatriz Gasco Lallave; (u.2.v.re.): stock.adobe.com/pathdoc; (u.re.): stock.adobe.com/Carlos David; **S. 12** (o.): Cornelsen/Björn Schumann; (u.): Shutterstock.com/Jussi Suvela; **S. 13:** Cornelsen/Björn Schumann; **S. 16:** Cornelsen/Björn Schumann; **S. 18** (o.li.): Shutterstock.com/Phovoir; (o.Mi.) stock.adobe.com/lightpoet; (o.re.): stock.adobe.com/peopleimages.com; (u.li.): Depositphotos/Angel Nieto; (u.2.v.li.): Shutterstock.com/dieddin; (u.Mi.): Shutterstock.com/anon_tae; (u.2.v.re.): stock.adobe.com/Vladimir Gerasimov; (u.re.): stock.adobe.com/Monet; **S. 19** (Mi.): stock.adobe.com/alotofpeople; (u.li.): Shutterstock.com/PaeGAG; (u.2.v.li.): stock.adobe. com/lovelyday12; (u.Mi.): stock.adobe.com/Robert Kneschke; (u.2.v.re.): stock.adobe.com/FERNANDO; (u.re.): Shutterstock.com/Panumas Yanuthai; **S. 20:** Cornelsen/Björn Schumann; **S. 21:** stock.adobe.com/ Bjoern Wylezich; **S. 23** (re.): Shutterstock.com/Roman Samokhin; **S. 24** (o.): Shutterstock.com/morrowlight; (Mi.): Shutterstock.com/Werner Lerooy; (u.): Shutterstock.com/Ground Picture; S. 25 (o.): Shutterstock.com/Mangostar; (u.): Shutterstock.com/Pressmaster; **S. 26** (1): stock.adobe.com/studio.com (Olga Yastremska and Leonid Yastremskiy)/africa/Pixel-Shot; (2): stock.adobe.com/brizmaker; (3): stock.adobe.com/auremar; (4): Depositphotos/Angel Nieto; (5): Shutterstock.com/Tasha Cherkasova; (6): stock.adobe.com/wildworx; **S. 27** (li.): Shutterstock.com/LightField Studios; (re.): Shutterstock.com/dotshock; **S. 28:** Cornelsen/Björn Schumann; **S. 30** (Gabel): stock.adobe.com/sveta; (Löffel): stock.adobe.com/BillionPhotos.com; (Messer): stock.adobe.com/Anton; (Teller): stock.adobe.com/Friedberg; (Glas): stock.adobe.com/MissesJones; (Serviette): stock.adobe.com/Sergii Moscaliuk; **S. 31** (Speisekarte): stock.adobe.com/aleksangel; (Trinkgeld): stock.adobe.com/Richard Villalon; (Vorspeise): stock.adobe.com/Bjoern Wylezich; (Hauptgericht): stock.adobe.com/exclusive-design; (Nachtisch): stock.adobe.com/Baiba Opule/baibaz; (Getränke): stock.adobe.com/Elenathewise; **S. 32** (ausschlafen): Shutterstock.com/Studio Romantic; (Sport): stock.adobe.com/Robert Kneschke; (Meer): Shutterstock.com/Dmitry Polonskiy; (Berge): Shutterstock.com/Ko Zatu; (reparieren): Shutterstock.com/Pressmaster; (kaufen): stock.adobe.com/Iakov Filimonov/JackF; (Stadt): stock.adobe.com/Rudolf Balasko; (Dorf): Shutterstock.com/Funny Solution Studio; (telefonieren): Shutterstock.com/MediaGroup_BestForYou; (chatten): Shutterstock.com/Tero Vesalainen; (Pizza, Salat): Shutterstock.com/Foodio; (Zug): stock.adobe.com/Vladimir Vinogradov; (Flugzeug): Shutterstock.com/aapsky; (singen): Shutterstock.com/Prostock-studio; (tanzen): stock.adobe.com/denis_vermenko; (joggen): Shutterstock/NDAB Creativity; (spazieren): Shutterstock.com/Robert Kneschke; (fernsehen): stock.adobe.com/Kaspars Grinvalds; (Kino): stock.adobe.com/snvv; (Schokolade): Shutterstock.com/Andris Tkacenko; (Chips): Shutterstock.com/Tarasyuk Igor; (Regen): Shutterstock.com/Mr Twister; (Schnee): stock.adobe.com/ magdal3na; (Sommer): stock.adobe.com/EwaStudio; (Winter): Shutterstock.com/VLukas; (bestellen): Shutterstock.com/SFIO CRACHO; (kochen): stock.adobe.com/New Africa; (Lokführer/-in): Shutterstock.com/Viktoriia F; (Gärtner/-in): stock.adobe.com/studio.com (Olga Yastremska and Leonid Yastremskiy)/africa/Pixel-Shot; **S. 34** (Wohnzimmer): Shutterstock.com/Procreators; (Badezimmer): stock.adobe.com/Joerg Lantelme; (u.li.): stock.adobe.com/Uwe Bumann; (u.2.v.li..): stock.adobe.com/KSENIA; (u.2.v.re.): stock.adobe.com/JARUKA; (u.re.): stock.adobe.com/bluedesign; **S. 35** (ob.): Shutterstock.com/Procreators; (u.li.): stock.adobe.com/stgrafix; (u.2.v.li.): stock.adobe.com/Tobias; (u.2.v.re.): stock.adobe.com/Janina_PLD; (u.re.): stock.adobe.com/Robert Kneschke; **S. 36** (o., Sessel): Cornelsen/Björn Schumann; (Fußboden): stock.adobe.com/hanohiki; (Ecke, Wand): stock.adobe.com/alexus; (Decke): stock.adobe.com/Olga Yastremska, New Africa, Africa Studio; (Teppich): stock.adobe.com/perfectlab; **S. 37** (Tisch): stock.adobe.com/Igor Savenchuk; (Sofa): Shutterstock.com/Room27; (Bank): Shutterstock.com/Shtefany; (Sessel): stock.adobe.com/Foton; (Mi.): stock.adobe.com/Omid Mahdawi; (Lehnstuhl): stock.adobe.com/pigprox; (Pflanze, Spiegel): stock.adobe.com/studio.com (Olga Yastremska and Leonid Yastremskiy)/africa/New Africa; (Vorhang): stock.adobe.com/leszekglasner; (Papierkorb): stock.adobe.com/Frank Roeder/Imaginis; **S. 38** (o.): Shutterstock/kimchin; (u.) Cornelsen/Inhouse; **S. 39** (o.li.): Shutterstock.com/BearFotos; (o.re.): stock.adobe.com/auremar; (u.) Cornelsen/Inhouse; **S. 40:** Cornelsen/Inhouse; **S. 41:** Cornelsen/Inhouse; **S. 42:** Shutterstock.com/paulaphoto; **S. 43** (o.li.): Shutterstock.com/Oleggg; (o.re.): Shutterstock.com/baranq; **S. 44:** stock.adobe.com/Daniel Ernst; **S. 45:** Shutterstock.com/Andrey_Popov; **S. 47:** stock.adobe.com/Andre Bonn; **S. 48** (Bildschirm, o.): Shutterstock.com/Ioan Panaite, (Icon Datei): stock.adobe.com/2ponzu, (Icon Speichern): stock.adobe.com/nazar12, (Icon Drucken): Shutterstock.com/iconohek, (Icon X): stock.adobe.com/Nikolai Titov, (Icon Herunterladen): stock.adobe.com/Olga, (Icon Löschen): stock.adobe.com/Minh Do; (Tastatur, Taste): Shutterstock.com/Duda Vasilii; (Bildschirm u.): stock.adobe.com/Brian Jackson; (Maus): stock.adobe.com/tashka2000; (Datei): stock.adobe.com/2ponzu; (USB-Stick): stock.adobe.com/zasazana; (Drucker): stock.adobe.com/Olga Yastremska, Africa Studio; **S. 49** (o.): Cornelsen/Björn Schumann; (Mi.): Shutterstock/ByEmo; (drucken): Shutterstock.com/FabrikaSimf; (kopieren): Shutterstock.com/A_stockphoto; (ein-/ausschalten): Shutterstock.com/Olivier Le Moal; (anklicken, löschen, speichern, herunterladen): Copyright(C)2000-2006 Adobe Systems, Inc. All Rights Reserved; **S. 50:** Cornelsen/Björn Schumann; **S. 51:** Shutterstock.com/Stella_E; **S. 52** (o.): Cornelsen/Björn Schumann; **S. 53** (u.li.): stock.adobe.com/makstorm; (u.2.v.li.): Shutterstock.com/Photos SS; (u.2.v.re.): Shutterstock.com/Oleksandr_Delyk; (u.re.): Shutterstock.com/WDnet Creation; **S. 54** (o.): Shutterstock.com/Palatinate Stock; (Mi.): stock.adobe.com/nedomacki; (Autobahn u.): Shutterstock.com/TTstudio; (Richtung): stock.adobe.com/ansi29; (Stau): Shutterstock.com/Ronald Rampsch; (Kurve): stock.adobe.com/upixa; (Knoten): stock.adobe.com/frogmo9; **S. 55** (o.): Cornelsen/Björn Schumann; (u.li.): stock.adobe.com/mhp; (u.2.v.li.): Shutterstock.com/Gorodenkoff; (u.Mi.): stock.adobe.com/

bluedesign; (u.2.v.re.): stock.adobe.com/Caito; (u.re.): Shutterstock.com/75tiks; **S. 56** (o.): Shutterstock.com/Photobank.kiev.ua; (u.): Shutterstock.com/BearFotos; **S. 60** (o.): Shutterstock.com/Yaw Niel; (Mi.): Shutterstock.com/Cat Box; (u.): Shutterstock.com/marvent; **S. 61** (o.): Shutterstock.com/bbernard; (Mi.): Shutterstock.com/Grigvovan; (u.): Shutterstock.com/Spitzi-Foto; **S. 62** (o.li.): Shutterstock.com/SeventyFour; (e-card): dpa Picture-Alliance/ROLAND SCHLAGER/APA/picturedesk.com; (o.re.): stock.adobe.com/luckybusiness; (Mi.li.: Shutterstock.com/RONNACHAIPARK; (Mi.Mi.): Shutterstock.com/Kzenon; (Mi.re.): Shutterstock.com/Blue Titan; (u.li.): Imago Stock & People GmbH/CHROMORANGE; (u.Mi.): Shutterstock.com/stockfour; (u.Mi.re.): stock.adobe.com/benjaminnolte; (u.re.): Shutterstock.com/Prostock-studio; **S. 63** (u.li.): Shutterstock.com/OtmarW (u.2.v.li.): Shutterstock.com/Aleksandra Gigowska; (u.Mi.): Shutterstock.com/RONNACHAIPARK; (u.2.v.re.): Shutterstock.com/Elle Aon; (u.re.): stock.adobe.com/Yaroslav Astakhov/Yakobchuk Olena; **S. 64** (A): Shutterstock.com/vectorfusionart; (B): stock.adobe.com/Aleksej; (C): stock.adobe.com/Prostock-studio; **S. 65:** Shutterstock.com/tairome; **S. 67** (1–4): Cornelsen/Björn Schumann; **S. 68** Copyright(C)2000-2006 Adobe Systems, Inc. All Rights Reserved.; **S. 69** (Würfel): stock.adobe.com/taddle; (Figuren): Shutterstock.com/Jussi Suvela; (u.): Shutterstock/Lexi Claus; **S. 70** (1–4): Cornelsen/Björn Schumann; (Mi.): Copyright(C)2000–2006 Adobe Systems, Inc. All Rights Reserved.; (u.li.): stock.adobe.com/detailblick-foto; (u.2.v.li.): Shutterstock.com/Rawpixel.com; (u.Mi.): Shutterstock.com/Gorynvd; (u.2.v.re.): stock.adobe.com/weedezign; (u.re.): Shutterstock.com/fizkes; **S. 71** (u.li.): stock.adobe.com/Peter Atkins; (u.2.v.li.): Shutterstock.com/Rawpixel.com; (u.Mi.): Shutterstock.com/MAYA LAB; (u.2.v.re.): Shutterstock.com/fizkes; (u.re.): stock.adobe.com/Cookie Studio 2017; **S. 72** (Emoticons): stock.adobe.com/Ivan Kopylov; **S. 73** (o.): stock.adobe.com/Zaiets Roman/romaset; (1): stock.adobe.com/anon; (2): stock.adobe.com/pathdoc; (3): stock.adobe.com/Wayhome Studio; **S. 74:** stock.adobe.com/nikolarakic; **S. 75** (o.): stock.adobe.com/oneinchpunch; (A,B ,E): stock.adobe.com/T. Michel; (C): stock.adobe.com/Daniel Berkmann; (D): stock.adobe.com/thawats; (F): stock.adobe.com/Maxi_2015; (G): stock.adobe.com/Archer7; (H): stock.adobe.com/thostr; **S. 76** (Karteikarte): Shutterstock.com/photastic; **S. 77:** Cornelsen/Björn Schumann; **S. 78:** Shutterstock.com/Dan Negureanu; **S. 79** (li.): stock.adobe.com/Yaroslav Astakhov; (re.): Shutterstock.com/Ground Picture; **S. 80** (Flöhe): Shutterstock.com/Teguh Mujiono; (Topf): Shutterstock.com/K303; (Pfanne): Shutterstock.com/Irina Simkina; (Brett): Shutterstock.com/Guiyuan Chen; (Schüssel): Shutterstock.com/SOMMAI; (Kanne): Shutterstock.com/Degtiarova Viktoriia; **S. 81** (Tischdecke): Shutterstock.com/kc look; (Geschirr): Shutterstock.com/New Africa; (Besteck): Shutterstock.com/Dan Dragos; (Dose): Shutterstock.com/donross; (Kerze): Shutterstock.com/Anatoliy Sadovskiy; **S. 82** (o.): Cornelsen/Björn Schumann; **S. 83** (1): Shutterstock.com/AlexRoz; (2): stock.adobe.com/TrudiDesign; (3): stock.adobe.com/canbedone; (4): stock.adobe.com/nikkytok; (u.li.): stock.adobe.com/Nikolai Sorokin; (u.2.v.li.): stock.adobe.com/Axel Bueckert; (u.2.v.re.): stock.adobe.com/studio.com (Olga Yastremska and Leonid Yastremskiy)/africa/Pixel-Shot; (u.re.): stock.adobe.com/accurate_shot; **S. 84** (Skateboard): Shutterstock.com/al7; (Auto): Shutterstock.com/Tatiana Popova; (Brettspiele): Shutterstock.com/restyler; (Teddy): Shutterstock.com/Timmary; (Bausteine): Shutterstock.com/Vladimir Prusakov; (Puppe): Shutterstock.com/Karana; (Gitarre): Shutterstock.com/khuruzero; (Ball): Shutterstock.com/Mega Pixel; (Bilderbücher): Shutterstock.com/Andrienko Anastasiya; (Fußball): Shutterstock.com/irin-k; (Buntstifte): Shutterstock.com/pticelov; (Eisenbahn): Shutterstock.com/Peter Vanco; (Stoff): Shutterstock.com/Evgeniya369; (Plastik): Shutterstock.com/photka; (Holz): Shutterstock.com/AlexeyRyumin; (Leder): Shutterstock.com/Prozo; **S. 85** (o.): Shutterstock.com/fizkes; (Mi.): Shutterstock.com/Dmytro Vietrov; (u.li.): Shutterstock.com/safakcakir; (u.2.v.li.): Shutterstock.com/sichkarenko.com; (u.2.v.re.): Shutterstock.com/DmyTo; (u.re.): Shutterstock.com/Igor Stramyk; **S. 86:** Shutterstock.com/donross; **S. 87:** Shutterstock.com/Ruth Black; **S. 88** (o.): Shutterstock.com/UfaBizPhoto; (Zahnpasta): Shutterstock.com/Dmytro Melnyk; (Ladekabel): Shutterstock.com/Marcelo Trad; (Spitzer): Shutterstock.com/MeteeChaicharoen; (Brille): Shutterstock.com/nokkaew; (Ring): Shutterstock.com/Roma Borman; (Shampoo): Shutterstock.com/JeweBewe; (Haar auf Shampoo): Shutterstock.com/Subbotina Anna; (Drogerie): Shutterstock.com/4 PM production; (Schuhgeschäft): Shutterstock.com/BearFotos; (Spielzeuggeschäft): Shutterstock.com/Fascinadora; (Boutique): Shutterstock.com/fiphoto; (Optiker): Shutterstock.com/Terelyuk; **S. 89** (u.li.): Shutterstock.com/Kwangmoozaa; (u.Mi.li.): Shutterstock.com/Nomad_Soul; (u.Mi.): Shutterstock.com/LStockStudio; (u.Mi.re.): Shutterstock.com/Sergey Ryzhov; (u.re.): Shutterstock.com/dotshock; **S. 90** (o.) Shutterstock.com/Aron M; (Mi.): Shutterstock.com/The Art of Pics; (A): Shutterstock.com/Aron M; (B): stock.adobe.com/Vladislav Gajic; (c): stock.adobe.com/st1909; **S. 93** (u.): Shutterstock.com/vipflash; (o.): Shutterstock.com/pixelheadphoto digitalskillet; (Mi.): Shutterstock.com/GroundPicture; **S. 95:** Shutterstock.com/d13; **S. 96** (o.li.): Shutterstock.com/Jacob Lund; (o.re.): Shutterstock.com/NDAB Creativity; (Mi.): Shutterstock.com/NTshutterth; (u.): Shutterstock.com/Gorodenkoff; **S. 97** (li.): Shutterstock.com/Motortion Films; (Mi.): Shutterstock.com/RJ22; (re.): Imago Stock & People GmbH/Manfred Segerer; **S. Ü 4:** Shutterstock.com/takayuki; **S. Ü 5** (1): Shutterstock.com/Studio Romantic; (2): Shutterstock.com/Jacob Lund; (3): Shutterstock.com/Mangostar; (4): Shutterstock.com/Bencemor; **S. Ü 6** (1): Shutterstock.com/Prostock-studio; (2): Shutterstock.com/fizkes; (3): Shutterstock.com/Ramann; **S. Ü 7:** Shutterstock.com/MIA Studio; **S. Ü 9:** Shutterstock.com/Mr.Exen; **S. Ü 10:** Shutterstock.com/Jussi Suvela; **S. Ü 11** (oben): Shutterstock.com/Pressmaster; (Mitte): Shutterstock.com/Monkey Business Images; (unten): Shutterstock.com/tanyaya; **S. Ü 12:** Shutterstock.com/Rido; **S. Ü 13:** Shutterstock.com/pics five; **S. Ü 14:** Shutterstock.com/Ebtikar; **S. Ü 15:** Shutterstock.com/Robert Kneschke; **S. Ü 16:** stock.adobe.com/Art_Photo; **S. Ü 18:** Shutterstock.com/Monkey Business Images; **S. Ü 19** (Luis): Shutterstock.com/Makistock; (Federica): Shutterstock.com/OlgaLucky; **S. Ü 21** (oben): Shutterstock.com/ALPA PROD; (unten): Shutterstock.com/Andrew Angelov; **S. Ü 24** (1): Shutterstock.com/antoniodiaz; (2): Shutterstock.com/Dani Metaz; (3 + unten Mitte): Shutterstock.com/Pressmaster; (4): Shutterstock.com/Ground Picture; (5): Shutterstock.com/sculpies; (6): Shutterstock.com/guruXOX; (7): Shutterstock.com/Nattakorn_Maneerat; (8): Shutterstock.com/Toystory; (9): Shutterstock.com/The_Molostock; (Würfel): Shutterstock.com/art-sonik; (Spielfigur): Shutterstock.com/Jussi Suvela; **S. Ü 25** (10): Shutterstock.com/Andrey_Popov; (11): Shutterstock.com/Mongkolchon Akesin; (12): Shutterstock.com/Dean Drobot; (13): Shutterstock.com/michaelheim; (14): Shutterstock.com/TunedIn by Westend61; (15): Shutterstock.com/OlgaLucky; (16): Shutterstock.com/Irina Torsunova; (17): Shutterstock.com/f.t.Photographer; (18): Shutterstock.com/LightField Studios; **S. Ü 30:** Shutterstock.com/Robert Kneschke; **S. Ü 33:** Shutterstock.com/GaudiLab; **S. Ü 34** (Buch): Shutterstock.com/recebin; (Kopfhörer): Shutterstock.com/likekightcm; **S. Ü 35:** Shutterstock.com; **S. Ü 36** (Spiralblock): Shutterstock.com/Elena Pimukova; (rechts): Shutterstock.com/Monkey Business Images; **S. Ü 37** (2.1–1): Shutterstock.com/Elena Gordeichik; (alles bis auf 2.1–1): Shutterstock.com;

Quellen

S. Ü 38 (oben): Shutterstock.com/fizkes; (unten): Shutterstock.com/fizkes; **S. Ü 40** (links): Shutterstock.com/Prostock-studio; (rechts): Shutterstock.com/BearFotos; **S. Ü 42:** Shutterstock.com/l i g h t p o e t; **S. Ü 43** (unten): Shutterstock.com/Interior Design; **S. Ü 44** (oben): Shutterstock.com/Vectorpocket; (unten): Shutterstock.com/Ljupco Smokovski; **S. Ü 46:** Shutterstock.com/F.Schmidt; **S. Ü 47:** Shutterstock.com/terekhov igor; **S. Ü 48:** Shutterstock.com; **S. Ü 50** (5): Shutterstock.com; (6): stock.adobe.com/BillionPhotos.com; (7): Shutterstock.com/Petro Artem; (8): stock.adobe.com/Anton; (9): Shutterstock.com/Arctic ice; (10): Shutterstock.com/Andrey Arkusha; (11): Shutterstock.com/19 STUDIO; (12): Shutterstock.com/Karuka; **S. Ü 51** (13+14): Cornelsen/VDL/shutterstock.com/Intrepix/bsk1d; (15): Shutterstock.com/Patryk Kosmider; (16): Shutterstock.com; (17): stock.adobe.com/JARUKA; (18): stock.adobe.com/bluedesign; (19): stock.adobe.com/stgrafix; (20): stock.adobe.com/js-photo; (21): stock.adobe.com/Robert Kneschke; (22): Shutterstock.com/hanohiki; (23): Shutterstock.com/liyuhan; (24): stock.adobe.com/Andrea; **S. Ü 52:** Shutterstock.com/Kindlena; **S. Ü 58** (Person grün): stock.adobe.com/kite_rin; (Person blau): stock.adobe.com/Wayhome Studio; (Person orange): stock.adobe.com/Cookie Studio; **S. Ü 61** (1+2): stock.adobe.com/pressmaster; (3): stock.adobe.com/Brian Jackson; (4): stock.adobe.com/tashka2000; (5): stock.adobe.com/zasazana; (6): Shutterstock.com/FabrikaSimf; **S. Ü 63:** Shutterstock.com; **S. Ü 64:** stock.adobe.com/pavelgulea; **S. Ü 66** (1.1–1): stock.adobe.com/Photographer Vitaliy Mateha; (1.1–2): stock.adobe.com/LIGHTFIELD STUDIOS; (1.1–3): stock.adobe.com/Andrey Popov; (1.1–4): Shutterstock.com/Branislav Nenin; (1.1–5): Shutterstock.com/antoniodiaz; (1.1–6): Shutterstock.com/FrimuFilms; (1.1–7): Shutterstock.com/pio3; (1.1–8): Shutterstock.com/Maridav; (1.2–1): Shutterstock.com/fizkes; (1.2–2): Shutterstock.com/Ground Picture; (1.2–3): Shutterstock.com/Mangostar; **S. Ü 68** (rechts): Shutterstock.com/Michaelpuche; (links): Shutterstock.com/KreativKolors; **S. Ü 70** (1): Shutterstock.com/Rudmer Zwerver; (2): Shutterstock.com/XXLPhoto; (3): Shutterstock.com/KPG-Payless2; (4): stock.adobe.com/frogmo9; (5): Shutterstock.com/Gorodenkoff; (6): stock.adobe.com/arnold_oblistil; (7): Shutterstock.com/nnattalli; (8): Shutterstock.com/ABCDstock; **S. Ü 72:** stock.adobe.com/fottoo; **S. Ü 73:** Shutterstock.com/Monkey Business Images; **S. Ü 74** (A): Shutterstock.com/antoniodiaz; (B): Shutterstock.com/Tijana Simic; **S. Ü 76** (1): stock.adobe.com/2ponzu; (2): stock.adobe.com/Valeriy Lebedev; (3): Shutterstock.com/Ioan Panaite; (4): Shutterstock.com/Rannev; (5): stock.adobe.com/2010 Werner Münzker, Himmelssturm; (6): Shutterstock.com/Duda Vasilii; (7): stock.adobe.com/gunnar3000; (8): Shutterstock.com/Sergey Peterman; (9–11): Shutterstock.com; (12): stock.adobe.com/nazar12; (13): stock.adobe.com/Olga; (14): stock.adobe.com/Minh Do; (15): stock.adobe.com/Rahman Malikzada; (16): Shutterstock.com/iconohek; **S. Ü 77** (17–23+26–27): Shutterstock.com; (24): Shutterstock.com/Jojoo64; (25): stock.adobe.com; (28): Shutterstock.com/BaLL LunLa; **S. Ü 79** (2.1–A): stock.adobe.com/Aleksandra; (2.1–B): Shutterstock.com/Ronald Rampsch; (2.7–A): Shutterstock.com/Dean Drobot; (2.7–B): Shutterstock.com/Ground Picture; **S. Ü 83:** Shutterstock.com/fizkes; **S. Ü 84** (Mitte): Shutterstock.com/fizkes; (Praxisschild): Shutterstock.com/cherezoff; **S. Ü 85** (Mitte): Shutterstock.com/Prostock-studio; (unten): Shutterstock.com/Semjonow Juri; **S. Ü 86:** Shutterstock.com; **S. Ü 88:** Shutterstock.com/fizkes; **S. Ü 89** (1–a): Shutterstock.com/ungvar; (1–b): Shutterstock.com/i viewfinder; (1–c): Shutterstock.com/Maxx-Studio; (2–a): Shutterstock.com/Andrey_Popov; (2–b): Shutterstock.com/LDprod; (2–c): Shutterstock.com/Branislav Nenin; (3–a): Shutterstock.com/Ground Picture; (3–b): Shutterstock.com/Arsenii Palivoda; (3–c): Shutterstock.com/Beloborod; **S. Ü 90:** Shutterstock.com/Kindlena; **S. Ü 91:** Shutterstock.com/Kindlena; **S. Ü 92** (1): Shutterstock.com/Robert Kneschke; (2): Shutterstock.com/Monkey Business Images; (3): Shutterstock.com/Africa Studio; (4): Shutterstock.com/Milan Ilic Photographer; (5): Shutterstock.com/Basar; **S. Ü 94:** Shutterstock.com/Irelee; **S. Ü 96** (1): Shutterstock.com/General photographer; (2): Shutterstock.com/amenic181; (3): Shutterstock.com/TommyStockProject; (4): Shutterstock.com/fizkes; (5): Shutterstock.com/Gaia Conventi; **S. Ü 97:** Shutterstock.com/fizkes; **S. Ü 98** (1,3,4,7): Shutterstock.com; (2): stock.adobe.com/Maxi_2015; (5): stock.adobe.com/Daniel Berkmann; (6): stock.adobe.com/T. Michel; (8): stock.adobe.com/Archer7; **S. Ü 99** (oben): Shutterstock.com/Gorodenkoff; (Mitte): Shutterstock.com/1st footage; (unten links): Shutterstock.com/ViDI Studio; (unten links Mitte): Shutterstock.com/Kzenon; (unten rechts Mitte): Shutterstock.com/Farknot Architect; (unten rechts): Shutterstock.com/Marian Fil; **S. Ü 100** (oben links): Shutterstock.com; (oben 2.v.links): Shutterstock.com; (oben 3.v.links): Shutterstock.com; (oben 3.v.rechts): Shutterstock.com; (oben 2.v.rechts): Shutterstock.com; (oben rechts): Shutterstock.com; (Assane): Shutterstock.com/fizkes; (Ich-Ikon unten): Shutterstock/moloko_vector; **S. Ü 101** (alles außer 2): Shutterstock.com; (2): stock.adobe.com/Maxi_2015; **S. Ü 102** (1): Shutterstock.com/PeopleImages.com – Yuri A; (2): Shutterstock.com/Prostock-studio; (3): Shutterstock.com/Pressmaster; (4): Shutterstock.com/CHAjAMP; (5): Shutterstock.com/Kzenon; (6): stock.adobe.com/sebra; (7): Shutterstock.com/Roman Zaiets; (8): Shutterstock.com/nimito; (9): stock.adobe.com/studio.com (Olga Yastremska and Leonid Yastremskiy)/Africa Studio; (10): Shutterstock.com/memonic; (11): Shutterstock.com/Africa Studio; (12): Shutterstock.com/Monkey Business Images; **S. Ü 103** (13): Shutterstock.com/Zivica Kerkez; (14): Shutterstock.com/Dragon Images; (15): stock.adobe.com/wichayada; (16): Shutterstock.com/Ground Picture; (17): Shutterstock.com/Mila Supinskaya Glashchenko; (18): Shutterstock.com/Mangostar; (19): Shutterstock.com/MAYA LAB; (20): stock.adobe.com/Graphicroyalty; (21): Shutterstock.com/fizkes; **S. Ü 107:** Shutterstock.com; **S. Ü 109** (2.1–1): Shutterstock.com/mdbildes; (2.1–2): Shutterstock.com/FabrikaSimf; (2.1–3): stock.adobe.com/www.pelzinger.de/picoStudio; (2.1–4): Shutterstock.com/Jiri Hera; (2.1–5): Shutterstock.com/naskami; (2.1–6): Shutterstock.com/Alex Kolokythas Photography; (2.1–7+8): Shutterstock.com/New Africa; (Tisch mit bunter Tischdecke): Shutterstock.com/Axel Wolf; (Tisch mit weißer Tischdecke): Shutterstock.com/World_of_Textiles; (Tische ohne Decke): Shutterstock.com; (Schneidebretter): Shutterstock.com/Guiyuan Chen; (blaue Schüsseln): Shutterstock.com/Mikhail Akimov; (bunte Schüsseln): Shutterstock.com/Golf-Photo; **S. Ü 110:** Shutterstock.com/Lysenko Andrii; **S. Ü 111** (oben): Shutterstock.com/Pressmaster; (Mitte): Shutterstock.com/piksik; **S. Ü 112** (a): Shutterstock.com/Ansis Klucis; (b): Shutterstock.com/Sergiy Kuzmin; (c): Shutterstock.com/Tatiana Popova; (3.4–1): stock.adobe.com/sombatkapan; (3.4–2): Shutterstock.com; (goldene Uhr): Shutterstock.com/Isolated Pro; (schwarze Uhr): Shutterstock.com/Smirnof; (3.4–4): Shutterstock.com/Vereshchagin Dmitry; (3.5–1): stock.adobe.com/Magdalena; (3.5–2): Shutterstock.com/AlexPhotoGo; (3.5–3): Shutterstock.com/everytime; (3.5–4): Shutterstock. com/VLADIMIR VK; (3.5–5): Shutterstock.com/Born_Rich_japan; (3.5–6): Shutterstock.com/Runrun2; (3.5–7): Shutterstock.com/xiaorui; (3.5–8): Shutterstock.com/Vlad Teodor; (3.5–9): Shutterstock.com/Africa Studio; (3.5–10): Shutterstock.com/ed2806; **S. Ü 113** (1): Shutterstock.com/Nenov Brothers Images; (2): Shutterstock.com/Andrienko Anastasiya; (3): Shutterstock.com/koya979; (4): Shutterstock.com/sema srinouljan; (5): stock.adobe.com/freeman83; (6): Shutterstock.com/LuPol; (7): Shutterstock.com/Michael Kraus; (8):

Shutterstock.com/alarich; (9): stock.adobe.com/www.foto-und-mehr.de/ Jeanette Dietl; (10): Shutterstock.com/New Africa; **S. Ü 114** (1.2–1): Shutterstock.com/Prozo; (1.2–2): Shutterstock.com/Dinga; (1.2–3): Shutterstock.com/sichkarenko.com; (1.2–4): Shutterstock.com/ Olga_Koelsch; (1.2–5): Shutterstock.com/DmyTo; (1.2–6): Shutterstock.com/Pixel-Shot; (1.2–7): Shutterstock.com/Alex Ander; (1.2–8): Shutterstock.com/Anze Furlan; (1.3–1): Shutterstock.com/Gittta; (1.3–2): Shutterstock.com/Alfa Photostudio; (1.3–3): Shutterstock.com/bibakin; (1.3–4): Shutterstock.com/New Africa; (1.3–5): Shutterstock.com/Sergiy Kuzmin; (1.3–6): Shutterstock.com/CapturePB; (1.3–7): Shutterstock.com/ shiva3d; (1.3–8): Shutterstock.com/Guzel Studio; **S. Ü 115** (1): Shutterstock.com/Monkey Business Images; (2): Shutterstock.com/Ground Picture; (3): Shutterstock.com/maxbelchenko; (4): Shutterstock.com/G-Stock Studio; (5): Shutterstock.com/Lucky Business; **S. Ü 117** (1): Shutterstock.com/Rodionova Marina; (2): Shutterstock.com/KITSANANAN; (3): Shutterstock.com/gualtiero boffi; (4): Shutterstock.com/Anton Starikov; (5): Shutterstock.com/helena0105; **S. Ü 118** (1): stock.adobe.com/amnach; (2): Shutterstock.com/korkeng; (3): Shutterstock.com/Olga Popova; (4): Shutterstock.com/Random435; (5): Shutterstock.com/Art_girl; (6): Shutterstock.com/Leah-Anne Thompson; (7): Shutterstock.com/ aperturesound; (8): Shutterstock.com/Kabardins photo; **S. Ü 119** (1): Shutterstock.com/George Rudy; (2): Shutterstock.com/Sergey Ryzhov; (3): Shutterstock.com/Tyler Olson; (4): Shutterstock.com/ViktoriiaNovokhatska; (5): Shutterstock.com/BearFotos; (6): Shutterstock.com/Serhii Bobyk; (7): Shutterstock.com/Marc Calleja; (8): Shutterstock.com/ dotshock; **S. Ü 120** (links): Shutterstock.com/Jimartinfotografo; (Mitte): Shutterstock.com/McLittle Stock; **S. Ü 122:** stock.adobe.com/dudlajzov; **S. Ü 123:** stock.adobe.com/TTstudio; **S. Ü 124** (1): Shutterstock.com/Ruud Morijn Photographer; (2): Shutterstock.com/photomobilet; (3): Shutterstock.com/Prostock-studio; (4): Shutterstock.com/Rawpixel.com; **S. Ü 125** (1): Shutterstock.com/michaelheim; (2): stock.adobe.com/alexey chigretskiy/Alex from the Rock; (3): stock.adobe.com/Studio Harmony; (4): stock.adobe.com/Ivanko/ivanko80; **S. Ü 126** (Miri): stock.adobe.com/ Werner Lerooy/Werner; (Francesco): stock.adobe.com/Anatoliy Karlyuk; (Laura): stock.adobe.com/Cookie Studio; (Pawel): stock.adobe.com/A Stock Studio; **S. Ü 128** (1): Shutterstock.com/NatalyaBond; (2): Shutterstock.com/photka; (3): Shutterstock.com/AlexeyRyumin; (4): Shutterstock.com/Prozo; (5): Shutterstock.com/Golden Shrimp; (6): Shutterstock.com/ sichkarenko.com; (7): Shutterstock.com/Evgeniya369; (8): Shutterstock.com/Ewa Studio; (Mitte): Cornelsen/Shutterstock.com/nito (Eisenbahn), Shutterstock.com/Igors Homenko (Holzeisenbahn), Shutterstock.com/ Chachamp (Stofftasche), Shutterstock.com/Hugh Adams (Ledertasche), Shutterstock.com/keellla (Stoffpuppen), Shutterstock.com/Prachaya Roekdeethaweesab (Babypuppe), Shutterstock.com/Victor Moussa (Holzbrett), Shutterstock.com/Anton Starikov (Plastikbrett), Shutterstock.com/PHONGSAKON (Besteck Holz), Shutterstock.com/Anton Starikov (Besteck Plastik), Shutterstock.com/koosen (Besteck Metall), Shutterstock.com/urfin (Schüssel Glas), Shutterstock.com/Chilero Calidad (Schüssel Metall), Shutterstock.com/Evgeny Tomeev (Kanne Glas), Shutterstock.com/robert8 (Kanne Metall), Shutterstock.com/Andreas Kraus (Ball Leder), Shutterstock.com/Dakalova Iuliia (Ball Gummi), Shutterstock.com/ Olga Popova (Tischdecke Plastik), Shutterstock.com/Ann Yuni (Tischdecke Stoff); **S. Ü 129** (9): Shutterstock.com/Tyler Olson; (10): Shutterstock.com/ fiphoto; (11): Shutterstock.com/zhu difeng; (12): Shutterstock.com/ dotshock; (13): Shutterstock.com/Fascinadora; (14): Shutterstock.com/ Terelyuk; (15): Shutterstock.com/Kwangmoozaa; (16): stock.adobe.com/ pio3; (17): Shutterstock.com/Nomad_Soul; (18): Shutterstock.com/ LStockStudio; (19): Shutterstock.com/Sergey Ryzhov; (20): Shutterstock.com/ALL best fitness is HERE; (22): Shutterstock.com/Prostock-studio; (23): Shutterstock.com/Carrastock; (23): Shutterstock.com/MLIN; (24):Shutterstock.com/cesar iannarella; **S. Ü 131:** Shutterstock.com/ouh_desire; **S. 141** (u.) Cornelsen, Ball: Shutterstock.com/BigMouse, Kugel: Shutterstock.com/Macrovector; **S. 142** (Geschenke): stock.adobe.com/ iiierlok_xolms; (Herzen, Daumen): Shutterstock.com/Alex Hariyandi; **S. 144** (Tisch): stock.adobe.com/Igor Savenchuk; **S. 168** (oben) Cornelsen Verlag, Dr. V. Binder; (unten): stock.adobe.com/photo 5000; **S. 174** (1): stock.adobe.com/luftklick; (2): stock.adobe.com/forma82; (3): stock.adobe.com/adam; (4): stock.adobe.com/Wellnhofer Designs; **S. 200:** Cornelsen Verlag, Dr. V. Binder

Treffpunkt
Österreich

Deutsch für Alltag und Beruf

Kurs- und Übungsbuch A2.1

Im Auftrag des Verlages erarbeitet von: Julia Herzberger, Friederike Jin, Martina Schäfer und Matthias Scheliga (Kurs- und Übungsbuch) sowie Kateřina Chrástová (Übungsbuch und interaktive Übungen zu "Alles klar?")
Video-Clips: Matthias Scheliga
Grammatik-Animationen: Ute Voß

Adaption der Österreich-Ausgabe
Im Auftrag des Verlags erarbeitet von: Eva Enzelberger

Redaktion: Kristina Kremer
Redaktion (intern) und Projektleitung: Ulrike Litters
Redaktionsleitung: Andrea Mackensen

Redaktion der Originalausgabe: Andrea Mackensen, Lisa Krack, Anne Planz und Jacolien de Vries
Redaktionelle Mitarbeit: Kristina Hageneder (auch bei der Österreich-Ausgabe), Lonnie Wegener
Besonderer Dank gilt Maren Schoenfelder (Paderborn) und Lothar Bunn (Münster) für den Input im Bereich der inter- und plurikulturellen Kommunikation sowie Rudi Camerer (Frankfurt/Main) für die Beratung bei der Umsetzung der Vorgaben des Begleitbandes zum GER.
Beratende Mitwirkung: Laura Dürschmied (Würzburg), Georg Krüger (Berlin), Claudia Lühmann (Buxtehude), Le Phuong Hoa (Hanoi, Vietnam), Sabine Roth (Erlangen), Joachim Schote (Freiburg), Alev Yazıcı (Ankara, Türkei)

Umschlaggestaltung und Layoutkonzept: Rosendahl Berlin, Agentur für Markendesign
Umschlagfoto: stock.adobe.com/Raul Dederichs
Technische Umsetzung: zweiband.media, Berlin
Illustrationen: Sylvia Wolf, Christoph Grundmann (S. 169–173)

1. Auflage, 1. Druck 2024

Alle Drucke dieser Auflage sind inhaltlich unverändert und können im Unterricht nebeneinander verwendet werden.

Druck: AZ Druck und Datentechnik GmbH, Kempten

ISBN: 978-3-06-122901-6
ISBN: 978-3-06-122928-3 (E-Book)

PEFC
PEFC/04-31-2260
PEFC-zertifiziert
Dieses Produkt stammt aus nachhaltig bewirtschafteten Wäldern und kontrollierten Quellen
www.pefc.de

Tschechien
Slowakei
Ungarn
Deutschland
Schweiz
Italien
Slowenien
Liech-
ten-
stein
Nieder-
österreich
Ober-
österreich
Wien
Burgen-
land
Steiermark
Kärnten
Salzburg
Tirol
Tirol
Vorarl-
berg
Bregenz
Innsbruck
Salzburg
Linz
St. Pölten
Eisen-
stadt
Graz
Klagenfurt
Donau
Inn
Salzach
Mur
Drau
0
50
100
150 km